KB196018

상견니

想見你

Someday or One Day

想見你 someday or one day 原著小說

Copyright ⓒ 2020 by Shui-Ling Culture & Books Co., Ltd.
All rights reserved.

Original edition published by Shui-Ling Culture & Books Co., Ltd.
Korean Translation Copyright ⓒ 2024 by Dasan Books Co., Ltd.
This Korean edition published by arranged with
Shui-Ling Culture & Books Co., Ltd. through MJ Agency.

이 책의 한국어판 저작권은 MJ 에이전시를 통해
수이링 컬쳐 앤 북스와 독점 계약한 ㈜다산북스가 소유합니다.
저작권법에 의하여 한국 내에서 보호를 받는 저작물이므로
무단 전재 및 복제를 금합니다.

상견니

想見你

Someday or One Day

오브제

차례

일러두기

1 인물의 속마음은 볼드체로 표기했습니다.
2 인물의 회상 중에 나오는 대화문은 「 」로 묶었습니다.
3 대화문은 생동감을 살리기 위해 표준 한글 맞춤법과 다른 표현(입말)을 일부 사용했습니다.

프롤로그

1998년, 타이난.

초여름.

거리 위로 차량 행렬이 끝없이 이어진다. 자동차 경적과 사람들의 말소리로 시끌벅적하다. 눈부신 햇살 아래로 간간이 먼지가 날아오른다.

골목으로 들어서자 사방이 순식간에 고요해진다. 낮은 담장은 시멘트 칠로 얼룩덜룩하고, 낡은 울타리에는 푸른 이끼가 가득 올라와 있다. 붉게 칠한 철문과 비좁은 뜰 밖으로 뻗어 나온 거대한 고목나무가 보인다. 무성하게 피어난 잎이 햇살을 가리며 그림자를 드리우고 있다. 초조하던 마음이 이내 가라앉는 게 느껴진다.

남자의 귓가에 매미 소리가 들린다. 이어서 조용한 골목에

想見你

자리한 레코드 가게 밖으로 잔잔한 음악 소리가 퍼진다. 잠긴 듯 가라앉은 남성의 목소리가 슬프도록 아름다운 사랑 노래를 읊고 있다.

그러니 잠시 눈을 감아봐
나의 기대가 어둠을 가득히 채워……

레코드 가게 안에 있던 소녀가 살며시 눈을 감는다. 입가로 잔잔한 미소가 피어난다.

레코드 가게 밖을 지키던 소년은 소녀의 평온한 얼굴 위에 드리워진 희미한 빛을 바라보다가 살며시 보청기를 뺀다. 소녀를 따라, 칠흑같이 어둡지만 아름다운 그 세계로 빠져드는 것처럼.

제1장

2019년, 타이베이.

가수가 무대 위에서 노래를 부르고 있다. 감성을 자극하는 서정적인 노래다. 무대 아래 객석, 여자는 눈앞의 남자에게서 시선을 뗄 수 없었다. 눈언저리가 기억 속의 모습 그대로다. 허스키하게 가라앉은 노랫소리가 흐르는 가운데 남자는 가까이 다가가 여자를 품에 안았다. 이마를 맞대자 여자의 눈 속이 남자로 가득 찬다.

「그거 알아? 널 만나기 훨씬 전부터 난 너를 좋아하고 있었어.」

남자는 그렇게 말했었다. 애틋하고 다정한 목소리로.

여자는 남자의 품 안에 안겨서도 여전히 남자에게서 시선을 떼지 못했다. 영원히 바라보고만 싶다. 잠시라도 눈을 감았다 뜨면 사라져 버릴까 두렵다.

남자가 가볍게 노래를 흥얼거리기 시작했다.

내 걸음을 따라 사뿐사뿐 밟아봐
아름다운 추억들이 천천히 되살아나

남자는 매해 여자의 생일을 잊지 않고 챙겼다. 매년 서프라이즈 이벤트를 새롭게 준비했다. 스무 살 생일에는 특별히 케이크를 준비해 여자가 일하던 가게 밖에서 내내 기다렸고, 스물한 살 생일에는 친구들을 초대해 생일을 축하했다. 스물두 살 생일에는 어디에서 구해온 건지 인형 탈을 쓰고 나타나 생일 축하 노래를 부르며 어설픈 춤 솜씨를 선보였다. 스물세 살 생일에는 일부러 여자에게 짜증을 부렸다. 이에 여자가 화를 내려는 순간, 집 안의 불이 갑자기 꺼져버렸다. 다시 불이 들어왔을 때, 남자는 작전 성공이라는 듯 환하게 웃는 얼굴로 여자가 제일 좋아하는 타로 케이크를 손에 들고 서 있었다. 스물네 살 생일에는 집에 들어와 문을 열자마자 풍선들이 쏟아져 나와 여자가 깜짝 놀랐다. 남자는 생일 케이크를 들고 풍선 더미 속에서 생일 축하 노래를 부르며 걸어 나왔다. 케이크를 먹으며 포크로 풍선을 연신 찔러 펑펑 터뜨리는 바람에 이웃집의 항의를 받았던 밤이었다. 스물다섯 살 생일, 작년이다. 그날은 앞치마를 두른 남자가 엉망이 된 꼴로 주방에서 나왔다. 미안한 기색이 가득한 얼굴로 딱 보기에도 엉망진창인 케이크를 손에 들고 있었다. 여자는 조금도 개의치 않고 케이크를 전부 다 먹어치웠다. 그때 남자가 말했다. 다음 생일에는 반드시 세상에서 가장 맛있는 케이크를 만들어 만회하겠노라고.

"약속했잖아, 내 생일에는 무슨 일이 있어도 함께할 거라며……."

여자는 남자의 뺨을 어루만지고 싶은 마음에 손을 천천히 뻗다가 이내 멈추었다.

문득 이 낭만을 떨치기 아쉬워
내일이면 나는 떠나야 해……

남자의 미소가 흐릿해지기 시작했다. 여자가 눈을 깜빡이자 눈물이 투두둑 쏟아졌다. 미소 띤 남자의 얼굴을 좀 더 또렷하게 바라보고 싶은데, 눈물이 감당할 수 없을 만큼 쏟아져 내린다. 얼굴에 쓰고 있던 VR 안경이 그 무거운 슬픔을 감당할 수 없다는 듯 눈물로 범벅이 된 여자의 눈에서 천천히 미끄러졌다.

음악이 서서히 잦아들고, 노랫소리도 차츰 다른 음색으로 변해가고 있었다. 유독 가사 한 구절이 여자의 머릿속을 계속 해서 헤집는다…….

내일이면 나는 떠나야 해……

거짓말쟁이. 왕취안성, 이 거짓말쟁이야! 내 생일에는 무슨 일이 있어도 함께할 거라고 했잖아. 그런데 2년 전 그날부터, 넌 내 생일을 함께할 수 없는 운명이 되어버렸어.

*

"이번에 저희가 새로 개발한 앱은 사진을 스캔하면, 미리 설정된 가상현실에서 곧바로 3D 영상을 구현해 누구나 자신의 아이돌 혹은 좋아하는 사람과 가까이에서 함께 있는 듯한 경험을 할 수 있게 해줍니다. 현실에서는 불가능한 비현실적인 꿈을 완벽하게 이뤄주는 것이죠."

카이웨 테크놀로지 회사의 회의실에서 오타쿠 스타일의 엔지니어 아퉈가 최근 개발에 성공한 앱을 달뜬 얼굴로 소개하고 있다. VR의 역사를 새로 쓰게 될 제품이라며 호언장담 중이다. 회의실에 모여 앉은 직원들이 귀 기울여 이야기를 듣고 있다.

"현재는 사내 직원들에게도 테스트해 볼 기회를 제공하고 있습니다."

아퉈가 테이블 가장 앞쪽으로 시선을 돌리더니 단발머리를 한 여자에게 물었다.

"황위쉬안, 어제저녁에 테스트해 보니까 어땠어? 소감을 말해줄래?"

황위쉬안은 담담한 얼굴로 천천히 고개를 끄덕였다.

"괜찮았어."

아퉈는 불만스러운 듯 냉큼 물었다.

"괜찮았다고? 그게 다야? 샤오다이는 테스트 끝나고서 신난다고 얼마나 소릴 질렀는데! 옆에서 나는 찍소리도 못 하게 했다고. 소녀의 꿈을 방해하지 말라나, 뭐라나."

아퉈가 황위쉬안 옆에 있는 여자아이를 가리켰다. 그러자 샤오다이가 신나게 고개를 끄덕이며 사용 후기를 늘어놓으려고 하는데, 황위쉬안이 손을 저으며 막더니 화제를 돌렸다.

"최근에 또 새로운 앱 개발했다고 하지 않았어? 오늘 정식으로 브리핑한다며?"

아퉈는 눈을 흘기고 싶은 것을 꾹 참았다. 고심해서 개발해 낸 결과물이 조금도 놀랍지 않다는 듯 언제나 냉랭하게 구는 황위쉬안이 이따금 불만스럽다. 하지만 재작년 그 사건 이후, 황위쉬안은 줄곧 그래왔다. 담담해 보이다 못해 오히려 그 담담함이 지나쳐서 이상할 만큼 평온한 얼굴로 지냈다. 그런 일을 겪었는데, 이렇게 빨리 회복한다는 건 있을 수 없는

想見你 Someday or One Day

일이다.

아훠가 목을 가다듬더니 계속해서 소개를 이어나갔다.

"좋습니다. 지금 이 순간, 바로 이 세상에 나와 혈연관계는 아니지만 똑같이 생긴 누군가가 존재한다고 생각해 보세요. 평행 세계에 또 다른 내가 살고 있는 거죠. 그렇다면…… 그 사람을 한번 찾아보고 싶지 않으세요?"

아훠가 동료들의 얼굴을 쓰윽 훑어보니, 황위쉬안을 포함해 모두가 몰입해 있다. 흡족해하며 손을 휘두르자 화면 위로 슬라이드가 한 장 떴다. '세상에 존재하는 또 다른 나 찾기'라는 제목이 보인다.

"사진을 업로드하고 간단한 데이터만 입력하면, 인터넷으로 전 세계에서 가장 비슷한 사람, 그러니까 혈연관계가 아닌데 나와 똑같이 생긴 또 다른 나를 찾아내 준다, 이겁니다."

황위쉬안이 불쑥 손을 들며 물었다.

"질문이 있어. 사진으로 검색하는 방식이라는 건데, 그럼 사용자 본인이 나올 수도 있는 거잖아?"

아훠가 대답했다.

"그래서 우리가 대단하다는 거야! 우리 알고리즘은 외모가 비슷한 형제자매, 부모, 조부모, 기타 친척을 포함해서 온라인상 사용자와 연관된 데이터는 일단 전부 제외시키거든. 그런 다음, AI 이미지 처리 기술을 사용하는 거야. 온라인상에서 사용자와 어떠한 접점도 없지만, 외모는 매우 유사한 대상을 찾아내는 거지."

황위쉬안은 납득한 듯 고개를 살며시 끄덕이며 말했다.

"정말 이 앱으로 그 정도까지 할 수 있다면, 회사에 실질적으로 얼마나 이득이 될 것이냐는 둘째 치고, 사용자 로그인만으로도 고객 데이터를 빠르게 모을 수 있겠네."

"그렇지? 어때, 우리 대단하지!"

아퉈의 어깨가 한껏 올라갔다.

"그보다 일단은, 너희가 만든 이 앱으로 정말 그게 가능하냐는 게 문제지."

황위쉬안이 던진 말 한마디에 의기양양하던 아퉈의 얼굴이 순식간에 굳어버렸다.

"샤오다이, 네가 한번 해봐."

황위쉬안이 옆에 있는 어시스턴트에게 말했다. 샤오다이가 아퉈의 컴퓨터 앞으로 가려고 일어서자 황위쉬안이 다시 입을 열었다.

"어차피 앱이니까 샤오다이 휴대폰에 직접 다운로드 받아서 해보자. 사용자 인터페이스나 안정성은 어떤지도 확인해 볼 겸."

샤오다이가 아퉈에게 휴대폰을 건네자 아퉈가 회사 서버로 연결해서 앱을 내려받았다. 그런 다음 휴대폰을 샤오다이에게 다시 돌려주었다.

"황위쉬안, 너도 해볼래?"

아퉈의 물음에 황위쉬안은 잠시 고민하다 고개를 끄덕이더니 휴대폰을 아퉈에게 건넸다. 샤오다이가 다운로드한 앱에 자신의 정보와 사진을 업로드하자 앱이 작동하기 시작했다. 샤오다이는 설레면서도 긴장되는 얼굴로 연신 아퉈에게 묻기 시작했다.

"이렇게 하면 정말 나랑 똑같이 생긴 사람을 찾을 수 있다는 거지?"

그때, 앱이 데이터 처리를 마치자 휴대폰 화면에 사진 한 장이 떴다. 엉뚱하게도 아프리카계 흑인의 얼굴이었다. 샤오다이는 못마땅한 얼굴로 불평을 늘어놓았다.

"무슨 이런 개똥 같은 앱이 다 있어! 내가 흑인이랑 닮았다는 거야?"

아퉈가 다급히 변명했다.

"사진이 좀 어둡게 찍혀서 식별에 오차가 있었나 봐. 조금 더 환한 사진으로 다시 해보는 게 어때?"

샤오다이가 투덜대며 대답했다.

"앱을 엉터리로 만들어놓고서 지금 내 탓하는 거야? 차라리 미백 주사를 맞고 오라고 하지, 왜? 처음부터 다시 만들어!"

금방이라도 다툴 듯한 모습에 황위쉬안이 황급히 두 사람을 말렸다.

"됐어, 그만해. 앱에 문제가 좀 있긴 하지만, 이런 아이디어라면 수익성이나 비전 측면에서 회사에 확실히 큰 도움이 될 거야."

아퉈가 우쭐대는 얼굴로 샤오다이를 한 번 쳐다보더니 뭔가 말하려는데, 황위쉬안이 계속 말을 이었다.

"아퉈, 앱을 다시 손본 다음에 미디어 디자인 팀에 사용자 인터페이스 디자인을 새로 해달라고 요청해 줘. 이번 정보의 달까지 가능할까?"

"정보의 달까지? 고작 2주밖에 안 남았는데? 그때까지 어떻게 끝내?"

아퉈는 약간 난감했다.

"그 전까지 끝내주면 이번 행사에 필요한 쇼걸 면접 때 와서 도와줘도 돼."

황위쉬안은 오타쿠 엔지니어들의 속마음을 누구보다 잘 알고 있었다. 말이 끝나기 무섭게 아퉈는 눈을 반짝이더니 순식간에 투지로 활활 타오르기 시작했다.

"나만 믿어! 밤을 새워서라도 해낼 테니까!"

아퉈가 흥분하며 꽉 쥔 두 주먹을 마구 흔들었다.

그때, 갑자기 회의실 문이 열렸다. 마케팅 업무 담당인 나 선배가 초조한 얼굴로 고개를 쓱 내밀더니, 황위쉬안을 보자마자 입을 열었다.

"아휴, 위쉬안. 업체에서 우리 페이스북 팬 페이지에 잘못된 정보가 올라와 있다고 하는데 어떻게 하지?"

황위쉬안은 침착하게 휴대폰을 꺼내 관리자 페이지에 접속하며 물었다.

"어디가 문제라는 거예요? 제가 지금 바로……."

갑자기 말소리가 뚝 끊겼다. 나 선배가 궁금한 듯 목을 길게 빼며 휴대폰 화면으로 시선을 던졌다. 황위쉬안의 페이스북 개인 페이지에 '4년 전 오늘' 영상이 떠 있다. 동영상 속에는 술에 취한 남자가 소파에 쓰러져 있고, 그 옆에서 황위쉬안이 남자의 얼굴에 매직으로 낙서를 하고 있다.

황위쉬안의 손이 부들부들 떨리기 시작했다. 영상 위로 손가락이 스치자 화면이 크게 확대되면서, 술에 취한 남자가 벌떡 일어나 카메라를 향해 소리치는 모습이 계속 이어졌다.

"황위쉬안! 사랑해! 들었지? 이봐, 못 들은 척하지 말라고……."

회의실에 순간 정적이 흘렀다. 멍하니 말이 없는 황위쉬안에게로 모두의 시선이 집중되었다. 평소 당차고 차갑던 얼굴은 온데간데없이 사라지고, 영상 속 남자에게 고정된 두 눈에 끝없는 그리움이 가득 차 있었다. 영상이 끝나기 전까지 몇 초의 시간이 흐르는 동안, 황위쉬안은 과거에 빠져 있었다. 왕취안성과 함께했던 지난 시간들 속에.

나 선배는 가여운 눈으로 황위쉬안을 바라보았다. 뭐라 말을 건네고 싶었지만, 막상 어떻게 입을 열어야 할지 난감했다.

그 사건 이후로 누구도 황위쉬안이 우는 모습을 본 적이 없었다. 하지만 동료들은 알았다. 울지 않는다고 슬프지 않은 건 아니라는 걸. 슬픔이 깊고 깊어지면, 때론 눈물조차 나오지 않을 만큼 아픈 법이다.

회의실 분위기가 얼어붙고 있을 때, 노크 소리와 함께 문이 열렸다. 비서가 고개를 내밀고 들어오더니 황위쉬안을 향해 말했다.

"위쉬안 씨, 오후 3시에 약속되어 있던 고객이 지금 접견실에서 기다리고 계세요."

황위쉬안은 이내 평소의 차가운 얼굴로 돌아왔다. 비서를 향해 고개를 끄덕이더니 휴대폰을 챙겨 회의실 밖으로 나갔다. 회의실 문이 닫히자 동료들은 짐을 내려놓은 듯 긴장이 스르르 풀렸다. 나 선배가 가슴을 쓸어내리며 말했다.

"아휴, 놀래라. 저렇게 갑자기 동영상이 튀어나올 줄이야."

아튀가 말했다.

"다들 너무 예민하게 반응하는 거 아냐? 고작 동영상 하나 갖고."

샤오다이가 못마땅한 눈으로 아튀를 바라보며 말했다.

"연애 한번 못 해본 오타쿠가 그 마음을 어떻게 알겠어?"

아튀가 지지 않고 받아쳤다.

"이게 연애 경험이랑 무슨 상관이야? 황위쉬안 페이스북이랑 인스타그램에 올라오는 글하고 사진 보면 아무렇지 않던데, 뭐! 매일 버스로 출퇴근하고, 저녁 먹고, 또 주말이면 놀러 가고 영화도 보던데."

아퉈가 휴대폰을 꺼내더니 몇 번 쓱쓱 넘기다가 샤오다이 앞으로 불쑥 내밀었다.

"이것 봐, 지난달에는 해외여행도 가서 이렇게 신나게 웃으며 놀았잖아. 어디가 슬퍼 보인다는 거야? 왕취안성 있었을 때랑 별 차이 없구만."

"너무 멀쩡해 보이니까 오히려 이상하다는 거야! 그런 일을 겪고서 태연할 수 있는 사람이 어디 있어?"

샤오다이의 반박이 계속 이어졌다.

"위쉬안은 우리가 걱정할까 봐 억누르고 있는 거야. 솔직히 다들 위쉬안 마음을 정말 이해해?"

샤오다이가 아퉈 손에서 휴대폰을 낚아채더니 사진을 한 장 한 장 넘겼다. 미소를 지으며 찍은 셀카가 대부분이다.

"위쉬안이 정말 즐거워서 웃고 있는 걸까?"

조금만 더 들여다보면 금방 알아챌 수 있었다. 억지로 지어낸 미소라는 것을.

"즐겁지 않으면 안 웃으면 되지. 뭐 하러 굳이 힘들게 그러는 건데?"

아퉈는 이해할 수 없었다.

"너 보라고 웃는 거 아니거든."

샤오다이가 퉁명스레 대꾸했다.

“위쉬안의 페이스북이나 인스타그램을 조금만 자세히 들여다보면 금방 알 수 있어. 위쉬안이 가는 식당은 하나같이 예전에 왕취안성이 데려갔던 곳이야. 주말에 외출할 때도 왕취안성이 남기고 간 낡은 중고차를 탄단 말이야.”

샤오다이는 황위쉬안의 사진들을 바라보다가 깊은 한숨을 쉬었다.

“위쉬안이 이렇게 매일같이 근황을 올리는 건, 우리가 걱정할까 봐 괜찮은 척한다기보다 왕취안성에게 보여주고 싶어서일 거야.”

아퉈는 여전히 이해할 수 없다는 표정이었다.

“하지만 왕취안성은 이미…….”

“아직 이야기들 안 끝났어?”

갑자기 문 쪽에서 황위쉬안의 목소리가 들려왔다. 샤오다이 주변에 몰려 있던 동료들이 깜짝 놀랐다. 나 선배가 재빨리 서류 뭉치를 집어 들더니 샤오다이에게 말했다.

“샤오다이, 이 기획안에 오타가 너무 많던데 이걸 고객한테 어떻게 보여드리니?”

샤오다이는 어리둥절해하며 대답했다.

“오타가 어디 있어요? 제가 몇 번이나 확인했는데…….”

“없다고? 이리 와, 다시 보면서 같이 수정하자.”

나 선배가 후다닥 샤오다이를 데리고 나갔다. 나머지 동료들도 이런저런 핑계를 대며 빠르게 회의실을 벗어나자 황위쉬안 혼자 남았다. 모두가 나가고 나서야 황위쉬안은 자신의 휴대폰을 들어 그 위에 뜬 사진을 가만히 바라보았다. 가장 최근에 업로드한 사진이 보였다. 오늘 아침, 버스 안에서 찍은 사진이다.

그날은 새벽에 비가 많이 내렸다. 황위쉬안이 집을 나설 때는 이미 비가 그친 뒤였다. 바닥은 여전히 축축했지만, 진작 떠오른 태양이 거리의 사람들을 따스하게 비추고 있었다. 황위쉬안은 307번 버스에 올랐다. 자리를 잡고 앉자 창밖으로 무지개가 보였다. 휴대폰을 들어 무지개를 찍은 뒤, 업로드를 하려고 하는데 버스가 멈춰 섰다. 젊은 남녀 한 쌍의 모습에 눈길이 닿았다. 황위쉬안은 문득 대학 시절이 떠올랐다. 왕취안성은 스쿠터가 있는데도 황위쉬안의 마음을 얻겠다고 평일이면 언제나 307번 버스에 올라 함께 학교에 갔었다.

차에 오른 여자가 1인석 자리에 앉자, 남자는 가까이에 빈 자리가 있음에도 굳이 여자의 옆에 섰다. 한창 연애 중인 커플인 듯 내내 붙어서 끊임없이 웃으며 대화를 나눴다. 바로 그 순간, 황위쉬안은 남자의 모습이 왕취안성으로 보였다. 왕취안성도 언제나 자신의 옆에 서 있곤 했다. 고개 숙여 황위쉬안을 내려다보며 밝고 행복하게 웃으면서.

황위쉬안은 한참이 지나서야 시선을 거두었다. 방금 찍었던 무지개 사진을 인스타그램에 올리려고 키보드를 터치해

글을 썼다.

잘 지내? 나는 잘 지내. 오늘은 아주 예쁜 무지개가 떴어.

게시 버튼을 누르기 직전에 애써 글을 지워버렸다. 최근에 올렸던 게시글 역시 전부 사진들뿐, 글은 없었다. 문자의 실타래가 너무 많은 감정을 드러낼까 봐 두려웠다. 차라리 가슴 안에 전부 묻어두는 편이 나았다.

*

퇴근 시간이 다가왔다.

아퉈가 눈을 비비며 모니터 앞에서 몸을 일으켰다. 찌뿌둥한 몸을 움직여 볼 요량이었다. 황위쉬안이 던진 약속 때문에 하루 종일 동료들과 컴퓨터 앞에만 앉아 있었더니 엉덩이가 의자와 한 몸이 될 지경이었다. 담배를 피우러 나가는 길에 화장실 옆을 지나치는데 안에서 누군가 우는 소리가 들렸다. **설마 황위쉬안인가?** 아퉈는 흠칫 놀랐다.

순간 죄책감이 밀려왔다. 어떻게 이 상황을 해결해야 할지 고민하면서 여자 화장실 앞을 맴돌았다. 화장실을 훔쳐보는 변태처럼 보일 수 있다는 생각은 조금도 하지 못했다.

"너 여기서 뭐 하는 거야?"

뒤에서 누군가가 소리쳤다. 아퉈가 머리를 긁적이며 대뜸 대꾸했다.

“황위쉬안이 화장실에 숨어서 울고 있길래 어떻게 해야 하나 싶어서.”

“안에서 누가 울고 있다고?” 그가 다시 물었다.

“황위쉬안! 근데, 어쩌면 저렇게 우는 게 잘된 일일지도 모르겠다. 계속 억누르고 있는 게 건강에 좋을 리 없잖아…….”

아퉈는 어딘가 찜찜한 생각에 불쑥 뒤를 돌아보았다.

“황위쉬안! 네가 왜 여기 있어? 그럼 화장실에서 울고 있는 사람은 누구야?”

황위쉬안은 한번 쏘아보더니 아퉈를 밀치고 화장실로 들어갔다. 잠시 후, 눈물 콧물로 범벅이 된 샤오다이가 황위쉬안에게 이끌려 화장실 밖으로 나왔다.

“샤오다이, 너 왜 화장실에 숨어서 울고 그래? 누가 보면 네 남자 친구가…….”

아퉈가 순간 말실수를 인지하고 잽싸게 입을 다물더니 황위쉬안을 슬쩍 살폈다.

“우리 야옹이 블루스 왕자가 없어졌단 말이야!”

샤오다이는 목 놓아 울기 시작했다.

“엄마한테 전화가 왔는데, 창문이 열려 있는 사이에 블루스 왕자가 밖으로 나갔나 봐. 오후 내내 찾아다녔는데도 못 찾았대. 흑흑……. 어떡해……. 한 번도 밖에 나가본 적 없는데, 길고양이한테 당할 게 분명해. 이러다 못 찾으면…….”

샤오다이는 말을 할수록 더욱 슬퍼지는 것 같았다. 휙 돌아서서 화장실로 들어가 화장지 한 롤을 끌어안고 나오더니, 엉엉 울면서 화장지를 찢어 얼굴을 닦기 시작했다. 닦을수록 얼굴은 엉망이 되어갔다.

“겨우 고양이 한 마리 갖고, 이렇게나 울 일이야?”

아퉈는 이해가 되지 않았다. 그 말에 샤오다이는 더 서러운 듯 울었다. 황위쉬안이 아퉈를 한번 노려보더니 서둘러 샤오다이를 다독이기 시작했다.

“일단 진정해. 이제 곧 퇴근이니까 이따가 우리 다 같이 방법을 찾아보자, 응?”

*

“안녕하세요. 저는 하늘을 나는 새부터 땅 위를 기는 거북이까지, 고양이부터 강아지까지 모든 것을 꿰뚫어 보는 써니입니다!”

어느 카페 안, 집시 여인을 연상케 하는 중년 여성이 황위쉬안과 샤오다이를 향해 열정적으로 인사를 건넸다. 양손은 번쩍이는 반지로 가득하고, 얼굴은 진한 화장으로 덮여 있다. 눈앞에 수정 구슬만 있다면 딱일 것 같다.

想見你 Someday or One Day

"써니 선생님, 온라인에서 엄청 용한 분이라고 들었어요. 우리 블루스 왕자가 어디 있는지 찾아주실 수 있나요?"

샤오다이는 써니 선생 앞에 앉아 있었다. 자못 경건해 보이는 모습이었다. 샤오다이 옆에 앉은 황위쉬안은 반려동물 소통 전문가니 뭐니 하는 말을 애초에 믿지 않았다. 딱 봐도 요상한 분위기를 풍기는 써니가 돈만 노리는 사기꾼 점쟁이로 보였다. 샤오다이는 그런 써니를 철석같이 믿고 있었다. 유명한 고양이 커뮤니티에서 강력 추천한 선생님이라면서 무조건 찾아가야 한다고 했다. 그런 샤오다이를 뜯어말리려는 황위쉬안에게 샤오다이는 이렇게 반문했다.

"그럼 네가 알려줘. 블루스 왕자를 어떻게 찾을 건데?"

황위쉬안은 말문이 막혔다. 이렇다 할 방법이 금방 떠오르지 않았다. 그래서 결국 퇴근하자마자 샤오다이를 따라 이곳에 오게 됐다.

"자, 일단 블루스 왕자의 사진을 룩 룩 해야 하니까 보여주시겠어요? 링크 링크 해서 교감해 볼게요."

괴상한 말투하며 맥락 없이 끼워 쓰는 어설픈 영어까지, 황위쉬안은 당장이라도 눈을 흘기고 싶은 것을 겨우 참아냈다. 샤오다이는 고양이와 함께 찍은 사진을 휴대폰에서 다급히 찾아 보여주었다. 고귀하고 우아한 러시안 블루 고양이였다. 써니는 휴대폰을 받아 들더니, 두 눈을 감고서 사진 위에 손바닥을 포갰다. 마치 무언가를 느끼고 있는 듯한 그 모습에 샤오다이는 한껏 열중했지만, 황위쉬안은 그저 어이없어 한숨이 나올 지경이었다. 써니가 고개를 이리저리 흔들다가 갑자기 입을 열었다.

"예스! 아이 갓 잇! 연결됐어요! 엄마, 무엇이 궁금한가요? 질문하셔도 좋아요."

샤오다이가 냉큼 물었다.

"블루스 왕자, 너 지금 괜찮은 거야?"

써니가 대답했다.

"블루스 왕자가 지금 상황이 좋지 않다고 하네요. 쏘 콜드, 쏘 헝그리, 쏘 스케어드 앤드 쏘 미싱 유……."

그 말에 샤오다이는 눈물이 핑 돌기 시작했다.

"블루스 왕자가 엄마는 너무 바쁘다네요. 매일 외출하면 한참이 지나서야 집에 온다고, 종일 집에 갇혀 엄마를 기다리는 게 너무 지루하고 외롭대요……. 쏘 론리……."

황위쉬안은 헛소리를 늘어놓는 써니를 가만히 바라보고 있었다. 써니는 샤오다이가 죄책감을 느껴 자신을 신뢰하게 할 작정으로 화술을 써서 자극하고 있었다. 황위쉬안은 조금씩 화가 나기 시작했다. 그때 샤오다이가 또 질문을 던졌다.

"써니 도사님, 블루스 왕자가 돌아오려면 어떻게 해야 할까요?"

써니는 손으로 기를 모으는 듯한 동작을 하다가 눈을 번쩍 뜨더니 샤오다이를 바라보며 말했다.

"보인다, 보여! 아이 캔 필 잇 나우!"

눈이 휘둥그레진 샤오다이가 다급히 물었다.

"선생님, 뭐가 보여요?"

"아이 씨 지저스!"

샤오다이는 고개를 갸우뚱했다. **지저스? 예수? 하느님? 오, 안 돼! 설마 블루스 왕자가 하늘나라로 갔다는 걸까?**

황위쉬안은 더 두고 볼 수가 없었다. 샤오다이에게 저쪽으로 가서 앉으라며 손을 휘둘렀다. 그러곤 써니 앞에 앉아 차가운 시선으로 빤히 바라보았다. 적대감을 감지한 써니는 움찔하며 뒤로 살짝 물러나 앉았다. 순간 어색한 기운이 감돌았다. 그때 황위쉬안이 불현듯 미소를 띠며 말을 건넸다.

"선생님, 저도 키우던 개를 최근에 잃어버렸는데 찾아주실 수 있나요?"

써니는 일감이 또 들어왔구나 싶어 곧장 웃는 얼굴로 응대하기 시작했다.

"오브 코스! 당연하죠! 혹시 사진 있으세요? 링크 링크 해볼게요."

황위쉬안은 잠시 고민하다가 휴대폰에서 사진을 하나 찾아 써니에게 내밀었다. 작은 강아지를 안고 찍었던 사진이다. 샤오다이는 석연치 않은 얼굴로 의아한 듯 두 사람을 바라보았다. **위쉬안이 개를 키운다고 했었나?**

"강아지 이름이 뭐예요?"

써니의 물음에 황위쉬안이 잠시 생각하다 대답했다.

"샤오왕이요."

샤오다이가 순간 눈을 크게 뜨며 무어라 말하려다가, 황위쉬안이 슬쩍 눈짓을 보내자 입을 꾹 닫았다. 써니가 손을 뻗으며 사진과 교감하듯 진지한 얼굴을 하자 황위쉬안이 그 모습을 빤히 쳐다보았다. 언제든 이 여자의 수작을 들춰낼 셈으로. 잠시 후, 써니가 돌연 물었다.

"뭐 하나만 물어봐도 될까요? 이 사진, 혹시 누가 찍은 거예요?"

"그게 강아지랑 관련이 있나요?"

어리둥절해하는 황위쉬안의 물음에 써니가 대답했다.

"이 사진에서 뭔가 모르게 강렬한 이모션이 느껴져요. 이 사진을 찍어준 사람은 아마 그쪽에게 아주 중요한 사람일 거예요."

황위쉬안은 순간 멈칫하다가 바로 대답했다.

"선생님, 잘못 아셨네요. 이건 그냥 친구가 찍어준 사진이에요."

써니가 태연한 얼굴로 계속 말을 이었다.

"그쪽은 친구로 생각했을 수도 있죠. 벗, 이 사람은 아니에요. 그쪽이 몰랐던 것뿐이지. 벗, 이건 중요하지 않고, 중요한 건, 샤오왕이 그러는데 그쪽이 엄청나게 애지중지했나 봐요."

황위쉬안이 불쑥 말을 잘랐다.

想見你 Someday or One Day

"아뇨. 전 샤오왕한테 잘해주지 못했어요. 무섭게 굴고, 욕도 하고, 때린 적도 있는데요."

써니는 입가가 살짝 떨려왔지만 계속 말을 이어갔다.

"어쨌든 샤오왕이 그러네요. 그쪽을 너무나 좋아한다고, 너무 미스 한다고. 그리고 이렇게 전해달래요. 헤어지고 싶지 않았다고, 지금 이렇게 떠난 건 말 못 할 이유가 있어서라고. 하지만 계속 기다리고 있대요, 자기를 찾으면 다시 집으로 데려가 달래요……."

써니가 이렇게 말하면 주인들은 하나같이 가슴 아파하며 후회하곤 했다. 같은 반응을 기대하며 바라보는데, 황위쉬안은 달랐다. 덤덤한 얼굴로 아무런 반응이 없었다.

"선생님, 샤오왕이 저를 기다린다고 하셨죠. 그럼 어떻게 해야 샤오왕을 찾을 수 있을까요?"

써니가 다시 사진에 대고 기를 모으는 듯한 동작을 했다. 얼마나 진지한지 얼굴을 잔뜩 찡그리고 있었다. **망했다, 이번엔 왜 아무것도 안 느껴지는 거지?** 써니는 황위쉬안이 자신을 훼방 놓으러 왔을지도 모른다는 걸 은연중에 느끼고 있었다. 그러니 더더욱 실수하면 안 되는 상황이다. 써니는 슬그머니 눈을 뜨고서 영감을 줄 만한 것을 찾기 시작했다. 마침 문밖으로 NBA 농구 유니폼 차림을 한 남자가 보였다. 유니폼에 적힌 번호 32를 보자마자 써니가 소리쳤다.

"예스! 아이 갓 잇! 32예요!"

"32요?"

황위쉬안은 뜬금없는 이야기에 황당했다.

"댓츠 라이트! 32요! 이 숫자를 잘 기억해 둬요. 샤오왕을 찾을 수 있을 테니까!"

황위쉬안이 코웃음을 치더니 테이블을 '쾅' 내리치며 일어섰다.

"됐어요! 이제 쇼는 그만두시죠! 저 강아지 같은 거 안 키우거든요. 방금 그 강아지는 공원에 갔다가 만난 애라 이름도 뭔지 모른다고요!"

황위쉬안은 손가락으로 써니를 겨누며 말을 이었다.

"반려동물 소통가는 무슨, 사기꾼 주제에! 번지르르한 말재주로 사람들 환심이나 사고, 부끄럽지도 않아요?"

써니는 잠시 얼어붙었다가 벌떡 일어서서 맞받아쳤다.

"세상에! 지금 누가 누굴 속인다는 거예요? 내가 진짜로 교감을 했다니까!"

흥분했는지 말을 와르르 쏟아냈다.

"고양이든 강아지든, 아니면 사람이든 간에, 어쨌든 그쪽이 찾는 아주 중요한 거랑 교감을 했다니까!"

황위쉬안은 그 말을 믿지 않았다. 샤오다이를 끌고 밖으로 나가버렸다. 이런 사기꾼에게 시간을 낭비하느니 직접 찾아 나서는 편이 낫다.

*

"블루스 왕자야? 야옹아? 어디 있는 거야?"

황위쉬안과 샤오다이는 손전등을 들고 샤오다이 집 근처 골목골목을 돌았다. 길가에 세워진 차량이 보이면, 야옹이의 흔적을 기대하며 땅에 꿇어앉아 허리를 숙이고 차 밑으로 손전등을 비춰 보았다. 고양이를 찾으러 다니는 내내 울던 샤오다이는 끝내 지쳤는지 바닥에 털썩 주저앉았다. 황위쉬안이 다가가 어깨를 다독이며 말했다.

"괜찮아?"

샤오다이가 고개를 절레절레 흔들자 눈물방울이 이리저리 마구 떨어졌다.

"아니, 하나도 안 괜찮아. 블루스 왕자를 영영 못 찾을 것 같아."

황위쉬안이 샤오다이를 안으며 달랬다.

"울지 말고, 같이 계속 찾아보자. 오늘 못 찾으면 내일 또 찾으면 되지."

"그러다 내일도 못 찾으면?"

샤오다이는 거의 절망 상태였다.

"그럼, 모레 또 찾으면 되지. 못 찾으면 또 계속 찾는 거야. 얼마가 걸리든 포기하면 안 돼."

"하지만…… 하지만 너무 괴롭지 않을까? 어차피 찾을 수도 없는데 계속 찾아야 한다면."

샤오다이가 물었다. 황위쉬안은 고개를 끄덕이며 대답했다.

"그래, 분명 괴로울 거야. 하지만 언젠가 블루스 왕자를 떠올릴 때, 블루스 왕자가 널 떠난 건 마음 아프겠지만, 블루스 왕자를 너무 쉽게 잃었다는 생각 때문에 슬프진 않을 거야……."

샤오다이는 무슨 이야기인지 알 것 같았다. 고개 숙인 채, 잠시 고민하는 듯하더니 코를 훌쩍 들이마시고는 고개를 번쩍 들었다. 단단한 표정으로 고개를 끄덕이는 황위쉬안을 보며 말했다.

"알았어. 계속 찾아볼게."

황위쉬안이 샤오다이를 부축해 일으켰다. 두 사람이 다시 고양이를 찾아 나서는데, 앞쪽에 세워진 검은 차량 아래에서 고양이 울음소리가 희미하게 들려왔다. 두 사람은 깜짝 놀란 얼굴로 눈길을 주고받았다. 샤오다이가 헐레벌떡 달려가 바닥에 엎드려 손전등으로 차량 아래를 비춰 보았다.

"블루스 왕자! 여기 있었구나! 드디어 찾았어!"

샤오다이는 바닥이 더럽든 말든 야옹이를 꺼내려고 차량 밑으로 기어 들어갔다. 황위쉬안은 혹시라도 야옹이가 놀라서 도망칠까 봐 일부러 차 앞쪽으로 걸어갔다. 그러다 무심코 고개를 들자 벽에 붙은 전단지가 눈에 들어왔다. 예수의 초상화가 그려진 교회 전단지였다.

「선생님, 뭐가 보여요?」

「아이 씨 지저스!」

그저 우연이었을 것이다.

*

샤오다이와 힘을 합해 블루스 왕자를 차량 밑에서 구출해냈다. 샤오다이가 야옹이를 품에 안고 서둘러 집으로 돌아가고, 황위쉬안은 혼자 지하철역 방향으로 걷기 시작했다. 걷고 또 걷다가 어느 버스 정류장 안내판 옆을 지나치는데, 문득 머릿속을 스치는 게 있었다. 안내판 아래로 되돌아와서 고개를 들고 바라보니, 안내판에 '32'라는 숫자가 커다랗게 적혀 있었다.

「댓츠 라이트! 32요! 이 숫자를 잘 기억해 둬요. 샤오왕을 찾을 수 있을 테니까!」

사기꾼 점쟁이가 내뱉은 헛소리를 설마 진짜라고 생각하는 거야? 그 사람을 찾을 수 있다는 게 말이 안 되잖아? 하지만…….

그때 멀리서 버스 한 대가 다가왔다. 천천히 속도를 줄이더니 황위쉬안 앞에 정차했다. 문이 열리자 황위쉬안은 마치 최면에 걸린 사람처럼 발을 떼더니 32번 버스에 올랐다. 맨 뒤 좌석에 자리를 잡고 앉아 버스 안의 승객들을 쓰윽 훑어보았지만, 낯익은 얼굴은 없었다.

버스가 출발했다. 익숙하지 않은 노선을 달리며 황위쉬안은 집에서 점점 멀어지고 있었다. 버스가 정차하고 문이 열릴 때마다 버스에 오르는 승객들을 유심히 살펴보았다. 눈빛에 일말의 기대감을 담고서. 특히 젊은 남자 승객이 보이면, 몇 번이고 살피다가 그 사람이 아닌 게 확실해지면 실망스러워하며 눈길을 거두었다. 버스가 다시 정차하자 이번에는 커플이 함께 버스에 올랐다. 여자는 황위쉬안의 시선이 자신의 남자 친구에게 꽂히는 걸 보더니, 갑자기 소유욕에 불탄 듯 황위쉬안을 노려보며 남자 친구의 손을 끌고 구석 자리로 가서 앉았다. 황위쉬안은 그제야 정신이 들었다. 자신이 너무나 바보 같았다.

대체 뭘 하고 있는 거야? 그 사람을 만날 수 있을 리가 없잖아……. 정말, 아주 정말 딱 한 번만 만나고 싶었는데. 이렇게 갑작스레 예고 없이 보내고 싶지 않았는데…….

황위쉬안은 차창에 머리를 기댔다. 버스가 움직일 때마다 진동하는 창문이 황위쉬안을 현실로 데려왔다. 결국 황위쉬안은 좌석에서 일어섰다. 다음 정거장에서 내릴 생각이었다. 그런데 버스 출입문 쪽으로 걸으며 무심코 차창 밖으로 시선을 던졌을 때였다. 왕취안성을 닮은 남자가 저만치에서 인도 위를 걷고 있었다. 황위쉬안은 순간 자신의 눈을 믿을 수가 없었다.

"기사님! 차 세워주세요! 빨리요!"

황위쉬안은 버스 기사를 향해 다급히 소리쳤다. 날카로운 브레이크 소리가 울리고 버스가 정차했다. 차 문이 완전히 열리기도 전에 황위쉬안은 헐레벌떡 버스에서 내려 아까 그 인도 쪽으로 달려갔다. 골목으로 들어가는 남자의 뒷모습이 보였다. 뒤쫓아 가려는 순간, 갑자기 나타난 인파가 시야를 가로막았다. 간신히 사람들 사이를 헤치고 나왔을 때는 남자가 이미 사라지고 난 뒤였다.

사람들이 오가는 거리 위에서 황위쉬안은 멍하니 서 있었다. 더 이상 견딜 수 없을 만큼 슬픔이 차오르면서 눈앞이 흐려지기 시작했다. 하지만 꿋꿋한 척 버텼다. 온몸이 가늘게 떨리고 있었지만, 눈물을 꾹 참아냈다. **대체 왜 이런 바보 같은 짓을 하는 거야? 다시는 볼 수 없다는 걸 알면서, 여전히…… 여전히 놓지 못하고 있잖아.**

*

오후 11:22 방금 그 남자, 너 맞지? 그렇지?

오후 11:23 이번엔 하나도 재미없어.

오후 11:23 너 맞다는 거 알아.

오후 11:23 이제 장난 좀 그만해 줄래?

오후 11:23 죽고 싶지 않으면, 셋 세기 전에 당장 내 앞에 나타나는 게 좋을 거야!

오후 11:24 하나……

오후 11:24 둘……

오후 11:30 보고 싶어, 너무 보고 싶어, 다시 만나고 싶어……

어둠 속에서 황위쉬안은 번쩍이는 화면을 바라보고 있었다. 아무리 들여다보고 있어도 '읽음' 상태로 바뀌지 않는 메시지에 결국 눈물이 쏟아져 내렸다. 그 사람은 이 세상에 정말 존재하지 않는다. 휴대폰 화면이 어두워졌다가 잠시 후 다시 반짝하고 불이 들어왔다. 샤오다이에게서 온 메시지다. 고양이 찾는 걸 도와주어서 고맙다는 말과 함께 내일 퇴근 후에 스물일곱 번째 생일을 축하할 겸 다 함께 노래방에 가자는 내용이었다. 결국, 황위쉬안의 생일이 와버렸다. 생일을 축하해 줄 왕취안성이 없는 그날이 와버렸다.

지친 하루 끝에 피곤함이 몰려왔다. 휴대폰을 막 끄려는데, 문득 앱 하나가 눈에 들어왔다. 아퉈가 대신 다운로드해 주었던 앱이다. 삭제할까 싶은 순간, 머릿속으로 생각이 스쳐갔다. **이 세상에 나와 똑같이 생긴 사람이 정말 존재한다면, 그렇다면 또 다른 왕취안성이 존재할 수도 있지 않을까?** 설령 그런 사람이 정말 있다고 해도 그저 닮은 사람일 뿐, 진짜 그 사람은 아니라는 걸 잘 알면서도 황위쉬안은 침대에서 몸을 벌떡 일으켰다. 앱을 열고 왕취안성의 사진과 정보를 입력했다. 앱이 구동되기 시작하자 심장이 요동쳤다. 그토록 강렬하게 그 사람이 보고 싶었다. 그저 닮은 사람일지라도 상관없었다. 단 한 번만, 단 한 번만 볼 수 있다면…….

데이터 처리가 끝났다. 휴대폰 화면 위에 사진이 한 장 떴다. 남자 두 명과 여자 한 명이 함께 찍은 사진이었는데, 모두 앳된 얼굴에 고등학교 교복 차림을 하고 레코드 가게 앞에 서 있었다. 그중 한 명은 왕취안성이고, 여자아이의 얼굴은 명백히 황위쉬안의 모습이었다.

황위쉬안은 말문이 턱 막혔다. 이런 사진을 찍은 기억이 없었다. 또 다른 남자는 처음 보는 얼굴인 데다 심지어 레코드 가게는 전혀 모르는 곳이었다. 황위쉬안은 사진을 확대해서 곳곳을 자세히 살펴보았다. 레코드 가게의 이름은 '32레코드'. 32라면 사기꾼 점쟁이가 언급했던 그 숫자다. 황위쉬안은 화면 속에서 웃고 있는 왕취안성의 얼굴을 자기도 모르게 손가락으로 어루만졌다. 앳된 그 얼굴을.

하지만 어째서 또 다른 남자와 레코드 가게는 낯설게 느껴지는지 알 수 없었다. 세 명 모두 같은 고등학교 교복을 입고 있는 것도 이상했다. 왕취안성을 처음 만난 건 대학 시절인데. 황위쉬안의 시선이 사진 한가운데에 있는 소녀에게로 천천히 움직였다. 생긴 건 무척이나 닮았지만, 분명 자신은 아니었다. 만약…… 사진 속 여자아이가 황위쉬안이 아니라면 그 아이는 누구일까?

想見你 Someday or One Day

제2장

1998년, 타이난.

32레코드.

레코드 가게 안에 클래식한 분위기를 풍기는 LP판이 빼곡하다. 스피커에서는 우바이의 〈라스트 댄스〉가 흘러나오고 있다. 허스키한 목소리가 공간을 가득 메우며 초여름의 드문 매미 소리와 한껏 어우러져 나른한 졸음을 부른다.

카운터 뒤에 앉은 소녀는 두 눈을 감은 채 노래의 리듬에 한껏 취해 있었다. 고개를 가볍게 흔드는 소녀 앞으로 누군가 다가오는데도 소녀는 전혀 눈치채지 못하고 있었다. 똑똑. 누군가 손가락으로 카운터 위를 가볍게 두드렸다. 소녀가 화들짝 놀라 눈을 뜨자 같은 학교 교복을 입은 남학생 두 명이 앞에 서 있었다. 앞에 선 남학생은 호기심 어린 얼굴로 소녀를 바라보고 있고, 그 뒤의 남학생은 소녀가 눈을 뜨자 재빨리 고개를 돌렸다. 소녀는 무안한 얼굴을 감추려 고개를 후다닥 숙이고는 교과서를 보는 척했다.

"저기, 방금 내가 한 얘기 못 들었어?"

앞의 남학생이 웃으며 물었다. 소녀는 귀가 화끈거렸다. 대답할 엄두는커녕 고개도 들 수 없었다.

"방금 흥얼거리던 노래, 엄청 좋던데."

남학생이 계속 말을 이었다.

"지금 나오는 이 노래 말이야, 제목이 뭐야?"

소녀의 고개가 더욱 아래로 떨어졌다. 레코드 가게 손님인가 싶어 소녀는 기어 들어가는 목소리로 대답했다.

"우바이의 〈라스트 댄스〉."

"내가 사고 싶은데, 앨범 어디에 있어?"

남학생이 계속해서 물었다. 소녀는 여전히 고개를 푹 숙인 채 손을 뻗어 앞쪽 모퉁이를 가리켰다.

"모퉁이에 있는 첫 번째 진열대. 앨범 이름은 《사랑의 끝》이야."

두 남학생은 진열대 쪽으로 갔다가 잠시 후 되돌아왔다. 이번에도 아까 말을 걸었던 남학생이 물었다.

"저기, 안 보이는데?"

"그럼…… 다 팔렸나 봐."

겨우 고개를 든 소녀의 눈에 남학생의 아쉬워하는 얼굴이 들어왔다. 남학생이 다시 입을 여는 찰나, 소녀는 카운터 아래에서 종이 한 장과 펜 하나를 다급히 꺼냈다.

"이름하고 전화번호 적어줘. 앨범 새로 들어오면 연락 줄게."

남학생은 고개를 돌렸다. 뒤에 있던 친구에게 어서 와서 쓰라고 눈짓을 보냈다. 친구가 고개를 저으니 남학생이 대뜸 친구를 앞으로 밀치며 말했다.

"네가 써! 연락 받으면 네가 가지러 오고."

친구가 다시 뒤로 물러서며 말했다.

"내가 살 것도 아닌데, 네가 쓰면 되잖아."

남학생은 마지못한 얼굴로 다시 돌아섰다. 종이를 집어 들더니 이름과 전화번호를 후다닥 적고는 웃으며 소녀에게 내밀었다.

"앨범 들어오면 꼭 연락해!"

자신에게 이토록 따스한 미소를 건넨 남학생은 처음이었다. 소녀는 가슴이 설렜다. 타고나길 수줍음이 많아 똑같이 미소로 화답할 용기는 없었다. 그저 고개를 다시 푹 숙이며 시선을 피할 뿐이었다.

남학생은 친구를 끌고 밖으로 나갔다. 웃고 장난을 치며 레코드 가게를 떠나는 두 남학생의 뒷모습을 소녀는 가만히 바라보았다. 종이를 손에 들고 그 위에 적힌 이름으로 시선을 옮겼다.

리쯔웨이

남학생의 미소가 다시금 떠올랐다. 종이를 바라보던 소녀는 자신도 모르게 미소가 흘러나왔다. 그때 갑자기 눈앞에 그림자가 드리워지면서 누군가의 목소리가 들려왔다.

"저기!"

화들짝 놀란 소녀가 종이를 다급히 숨기고는 긴장한 얼굴로 고개를 들었다. 아까 그 남학생이었다. 여전히 미소 가득한 얼굴로 소녀에게 물었다.

"미안한데, 이름 물어보는 걸 깜빡해서."

고작 이름을 물어보려고 다시 돌아온 거라고? 소녀는 사람들 속에서 언제나 눈에 띄지 않는 존재였다. 자신을 눈여겨보는 사람이 있을 거라는 생각은 단 한 번도 해본 적이 없었다. 그것도 이렇게 햇살처럼 밝게 웃는 잘생긴 소년이 자신을 봐줄 줄이야.

"천윈루."

소녀는 고개를 숙인 채, 작은 목소리로 대답했다.

"뭐라고?"

남학생은 잘 못 들었다는 듯 손을 귓가에 가져다 댔다. 소녀는 용기를 내기로 했다. 고개를 들고 남학생의 얼굴을 똑바로 바라보면서 아까보다 조금 더 큰 목소리로 대답했다.

"내 이름은 천윈루야."

소녀는 똑똑히 봤다. 남학생이 또다시 미소 짓고 있었다.

그 순간, 언제나 어둡기만 했던 인생에 처음으로 햇살이 스며드는 기분이었다.

*

리쯔웨이.

외삼촌의 레코드 가게에서 아르바이트를 마치고 집으로 돌아온 뒤, 천원루의 마음에는 온통 그 이름뿐이었다. 리쯔웨이의 미소만 떠올리면, 온몸이 따스해지고 가슴이 좀처럼 진정되지 않았다. 무언가를 끄적이고 싶은 마음에 책상 앞에 앉아 일기장을 펼쳤다. 가슴속에서는 말로 표현할 수 없는 감정이 한껏 밀려오는데, 한 글자도 쉽게 써지지 않았다. 생각을 정리할 수가 없었다. 모든 것이 너무나 갑작스러운 탓이었다. 결국 천원루는 일기장을 덮고 침대에 누웠다. 오늘 밤 제대로 잠들기는 글렀구나 싶었는데, 어느새 날이 밝아 알람 소리가 들려왔다. 어젯밤 일어났던 일들이 꼭 꿈만 같았다. 어쩌면 정말 꿈일지도 모른다.

밤사이 마음이 가라앉아 다시 현실로 돌아온 천원루는 평소처럼 일어나 교복으로 갈아입었다. 거실로 나와보니 텔레비전이 여전히 켜져 있었다. 소파에는 술에 잔뜩 취한 엄마가 화장도 지우지 않은 채 쓰러져 있고, 그 옆으로 가방과 하이

힐이 보였다. 텔레비전에서 뉴스가 흘러나왔다. 연말에 타이베이 지하철 중허선이 개통될 거라는 소식이다. 타이베이, 분명 같은 섬 안에 있지만 천윈루에게는 마치 다른 세계와 다름없었다.

술에 취해 귀가하는 엄마의 모습은 익숙했다. 천윈루는 엄마를 부축해 방으로 데리고 갔다. 아직 술이 깨지 않은 엄마는 비몽사몽간에 술 냄새를 풍기면서 한껏 웃으며 말했다.

"린 사장님, 한잔 더 해요!"

천윈루는 엄마를 눕힌 뒤, 동생 방으로 향했다. 이불을 당기며 작은 소리로 동생을 깨웠다.

"천쓰위안, 일어나."

이불 속에서는 아무런 기척이 없었다. 아침 자율학습 시간에 시험이 있었기 때문에 천윈루는 마음이 조급해졌다.

"천쓰위안, 빨리 일어나! 아침 차려놨고, 교복도 다 다려놨어. 빨리 안 일어나면 또 늦는다!"

갑자기 이불이 벌컥 젖혀졌다. 잠에서 덜 깬 천쓰위안이 벌컥 화를 냈다.

"내가 늦든 말든 무슨 상관이야? 누가 누나더러 그런 거 준비해 달래? 누나나 잘 챙겨!"

화를 쏟아낸 천쓰위안은 찌푸린 얼굴로 침대에서 내려왔다. 그러고는 욕실로 들어가면서 문을 세게 쾅 닫았다. 천윈루는 감정을 억누른 채 한마디도 하지 않았다.

이게 바로 천원루의 가족이었다. 아빠는 빚만 남기고 사라졌고, 술집에서 일하는 엄마는 매일 밤 술에 취해 귀가했다. 동생은 중2병 말기의 중학생이었다. 가족 모두 오로지 자기 자신만 생각할 뿐, 누구도 천원루에게 관심을 두지 않았다.

천원루가 가방을 메고 집을 나섰다. 버스 정류장에 막 도착할 때쯤, 무심히 멀어져 가는 버스 한 대가 보였다. 지각은 불 보듯 뻔한데, 어쩔 수 없이 다음 버스를 기다려야 했다. 가방에서 워크맨을 꺼냈는데, 배터리가 없었다. **어제 분명히 새 걸로 바꿨는데, 고장 난 건가? 대체 오늘 왜 이러는 거야?** 천원루가 실망하며 워크맨을 다시 가방에 넣고 있는데, 스쿠터 두 대가 나란히 천원루 앞을 지나갔다. 그들은 천원루를 발견하더니 브레이크를 잡았다. 발로 천천히 스쿠터를 뒤로 밀며 천원루 앞으로 되돌아왔다.

"천원루?"

천원루가 깜짝 놀라 고개 들어보니 리쯔웨이와 그 친구다.

"아직도 버스 기다리는 거야? 지각일 텐데?"

리쯔웨이가 물었다. 천원루는 어떻게 대답해야 좋을지 몰라 고개를 숙이며 두 남학생의 시선을 피했다. 어색해하며 수줍어하는 그 모습이 이제 익숙하다는 듯 리쯔웨이는 잠시 웃더니 스쿠터를 멈춰 세웠다. 안장 밑에서 헬멧 하나를 더 꺼내 천원루에게 건네며 말했다.

"우리가 태워다 줄게!"

천원루는 헬멧을 바라보며 한참을 망설이다가 기어 들어가는 목소리로 말했다.

"아직 고등학생인데, 스쿠터 타고 가는 거 교칙 위반 아니야?"

리쯔웨이와 친구는 서로를 바라보며 웃음을 터뜨렸다. 천원루는 두 사람이 왜 웃는지 알 수 없었다.

"나 진짜 팔 아프거든! 빨리 안 타면 우리까지 늦겠다."

리쯔웨이가 말했다. 잠시 갈등하던 천원루는 아침 자율학습 시간에 시험이 있다는 사실을 떠올렸다. 큰맘 먹고 손을 뻗어 헬멧을 받은 뒤 머리에 쓰려는데, 리쯔웨이가 갑자기 고개를 획 돌리더니 친구에게 눈을 깜빡거렸다. 그러고는 스로틀을 당겨 먼저 출발해 버렸다. 천원루가 당황한 얼굴로 서 있는데, 리쯔웨이의 친구가 살짝 쑥스러워하는 얼굴로 스쿠터를 밀며 천원루 앞으로 다가왔다.

"타! 내가 태워다 줄게."

저만치 멀어져 가는 리쯔웨이의 스쿠터를 보고 있자니 깊은 실망감이 몰려왔다. 그렇다고 리쯔웨이 친구의 호의를 거절할 수 없어 천원루는 얌전히 스쿠터에 올라탔다. 남학생의 스쿠터를 얻어 타는 건 처음이었다. 뒷좌석의 손잡이를 꽉 쥔 채, 몸이 뻣뻣하게 굳어 긴장하고 있을 때였다. 백미러로 그 모습을 본 소년이 안 되겠다 싶은지 입을 열었다.

"차라리 내 어깨를 잡을래? 그게 더 안전할 거야."

천원루는 여전히 손잡이를 꽉 쥔 채 대답이 없었다. 소년은 어쩔 수 없이 속도를 줄였다. 리쯔웨이와의 거리가 점점 더 멀어지고 있었다. 길목에 다다른 리쯔웨이가 고개를 돌렸다. 여전히 저 멀리서 느릿느릿 오고 있는 두 사람의 모습이 답답했는지 소리를 쳤다.

"모쥔제, 거북이냐! 지각하게 생겼는데 왜 이렇게 늦어?"

말이 끝나기가 무섭게 신호등이 파란불로 바뀌었다. 리쯔웨이는 다시 스쿠터를 몰고 휭하니 가버렸다. 모쥔제는 어쩔 수 없이 고개를 돌리며 천원루에게 말했다.

"이러다가는 너까지 지각하겠다, 속도를 내야겠어."

"그래."

천원루가 고개를 끄덕였다.

"그럼…… 꽉 잡아야 해!"

모쥔제가 속도를 내기 시작했다. 뒤에 타고 있던 천원루는 그 순간 몸이 앞으로 기울어지면서 본능적으로 모쥔제의 허리를 끌어안았다. 모쥔제의 마음에 기쁨이 차올랐다. 더 힘차게 스트롤을 당겨 금방 리쯔웨이를 따라잡았다. 가는 내내 백미러에 비친 소녀의 모습을 틈틈이 훔쳐보던 모쥔제는 입가에 미소가 걸렸다. 속도를 내던 스쿠터가 학교 근처에 다다랐다. 외진 골목에 스쿠터를 세우는 두 남학생을 보며 천원루가 물었다.

"왜 굳이 여기에 세우는 거야?"

리쯔웨이가 대답했다.

"아까 네가 스쿠터 타면 교칙 위반이라며? 그리고 우리 둘 다 면허도 없어. 학주한테 걸리면 무조건 벌점이야."

리쯔웨이의 말이 끝나기가 무섭게 세 사람의 뒤로 학생주임의 차가운 목소리가 들려왔다.

"알면 됐다! 방과 후에 전부 교무실로 와서 반성문 쓰고 가!"

*

학생주임의 목소리가 교무실을 쩌렁쩌렁 울렸다.

"반성문 다 쓰기 전까지 집에 갈 생각도 하지 마! 특히 너, 리쯔웨이, 제대로 써라. 대충 쓸 생각 말고!"

학생주임이 잠시 밖으로 나갔다. 천윈루는 아무 말 없이 책상 앞에 얌전히 앉아 반성문을 쓰고 있었다. 후회가 몰려왔지만, 리쯔웨이가 옆에 있다는 사실만큼은 은근히 기뻤다. 반성문을 쓰면서도 수시로 리쯔웨이에게 시선이 갔다. 리쯔웨이는 엉덩이가 근질거리는 사람처럼 몇 글자 적다 말고 낙서를 하기 시작했다. 그러더니 목을 쑤욱 빼고서 모쥔제의 반성문을 슬쩍 훔쳐보며 말했다.

"모쥔제, 어떻게 쓰는 건지 네 것 좀 보여줘."

모쥔제가 자기 반성문을 일부러 손으로 가리자 리쯔웨이

가 종이를 둥글게 구기더니 모쥔제에게 던졌다. 종이공이 모쥔제를 정확히 맞히면서 두 사람은 장난을 치기 시작했다. 천원루가 두 사람을 말리려는 찰나, 남학생들이 우르르 몰려들었다. 교무실에 있는 세 사람을 보더니 큰 소리로 농담을 늘어놓기 시작했다.

"여학생 꼬시다가 반성문 쓰는 꼴이라니, 너무 오버 아니야?"

"그러니까 둘 중에 누가 작업 중인 건데?"

"보면 모르냐! 딱 보니 삼각관계네!"

리쯔웨이와 모쥔제의 얼굴이 순식간에 어두워졌다. 두 사람은 말없이 각자의 자리로 되돌아갔다. 그때 여학생 두 명이 다가왔다. 천원루와 같은 반 학생들이었다. 평소 존재감 따위 없던 천원루가 남학생 두 명과 교무실에서 반성문을 쓰고 있다니, 여학생들은 뜻밖의 광경에 놀라 속닥거리기 시작했다.

"어, 진짜 천원루잖아……. 쟤가 어떻게 8반 애들이랑 같이 벌을 받는 거야?" 그중 한 여학생이 낮은 소리로 물었다.

다른 여학생이 답했다.

"너 몰랐어? 쟤네 둘이 오늘 스쿠터에 천원루 태우고 등교하다가 학주한테 딱 걸렸다잖아!"

"진짜? 천원루를? 쟤 맨날 혼자였잖아? 저 남자애들이랑 저렇게 친하다고?"

"남자 친구 둘 사귀기도 시간이 빠듯한데, 우릴 상대할 새가 어딨니?"

속닥거리던 두 여학생은 자기들끼리 조용히 웃어댔다. 그중 한 명이 일부러 천윈루 쪽으로 힐끗 시선을 던졌다. 쾅! 리쯔웨이가 빈 의자를 발로 걷어찼다. 여학생들이 깜짝 놀라 입을 다물자 리쯔웨이가 노려보며 쏘아붙였다.

"야, 재수탱이들! 어디 한번 계속 떠들어봐!"

두 여학생은 고개를 숙이며 빠르게 자리를 떴다. 천윈루는 처음부터 끝까지 모든 걸 들었으면서도 아무 말이 없었다. 그저 고개를 푹 숙인 채, 계속해서 반성문에 열중했다. 그저 빨리 이곳을 벗어나고 싶었다. 주목받는 것이 싫었다.

학생주임이 돌아왔다. 천윈루는 다 쓴 반성문을 학생주임에게 제출했다. 학생주임은 앞으로 교칙을 위반하지 말라며 몇 마디 훈계를 한 뒤, 천윈루를 교실로 돌려보냈다. 천윈루는 가방을 메고서 누가 볼세라 고개를 숙인 채 얼른 학교 밖으로 나갔다. 교문에 막 다다랐을 때, 누군가 부르는 소리가 뒤에서 어렴풋하게 들려왔다.

"…… 천윈루……."

천윈루는 걸음을 멈추지 않았다. 금방이라도 뛸 듯이 걸음을 재촉했다.

"천윈루!"

이름을 부르던 누군가가 뒤에서 쫓아오더니 천윈루의 가방끈을 확 잡아당겼다.

"사람이 부르는데 왜 도망을 가? 그렇게 뛰어가는 이유가 뭔데? 혹시 아까 애들이 쓸데없는 소리 해서 우리가 싫어지기라도 한 거야? 같이 다니기 싫은 거냐고?"

천원루는 뭐라고 대답해야 할지 난감했다. 리쯔웨이의 말이 전부 틀린 것도 아니었다. 천원루는 사람들의 시선을 피하고 싶었다. 그러려면 두 사람과 거리를 두어야 했다. 리쯔웨이가 천원루 앞을 가로막고 서서 진지한 얼굴로 말했다.

"날 싫어하는 건 뭐라 안 하겠는데, 모쥔제를 싫어하는 건 안 돼."

천원루는 무슨 말인지 알 수 없었다. 리쯔웨이는 장난스럽게 웃으며 뒤에 서 있는 모쥔제를 가리켰다.

"왜냐하면, 내 절친이 좋아하는 사람한테 미움받는 건 싫거든."

천원루는 휘둥그레진 눈으로 잠시 멍해 있다가 겨우 정신을 차렸다. **이거…… 고백인가? 근데 리쯔웨이가 아니라 모쥔제라는 거지?** 모쥔제가 다급하게 리쯔웨이의 입을 틀어막으며 천원루에게 해명하려 애썼다.

"얘가 헛소리한 거니까 신경 쓰지 마."

리쯔웨이가 모쥔제의 손을 잡아뗐다.

"헛소리라고? 네가 천원루를 좋아하는 게 아니면 참으로 좋겠네."

그러더니 도발하듯 친구를 바라보며 물었다.

"너 천원루 좋아하는 거 아니면, 내가 좋아해도 되냐?"

그 말에 천원루는 눈을 동그랗게 떴다. 심장이 두근거리기 시작했다. 그 순간, 천원루는 자신의 감정을 깨달았다. 동시에 다정해 보이지만 말수가 없는 모쥔제에게 알 수 없는 미안한 마음이 들었다. 리쯔웨이는 천원루 앞으로 다가가더니 일부러 손을 뻗어 어깨를 감싸며 모쥔제에게 말했다.

"내 생각에 천원루도 싫어할 것 같진 않은데?"

천원루는 심장이 금방이라도 튀어나올 것처럼 두근거렸다. **리쯔웨이…… 진심인 걸까?**

"리쯔웨이!"

결국 모쥔제가 불쾌한 듯 리쯔웨이를 노려보자, 리쯔웨이는 웃음을 터뜨렸다. 손을 떼고 뒷걸음질을 치며 모쥔제에게 말했다.

"농담이야! 친구가 좋아하는 여자한텐 나도 관심 없거든!"

그러고는 고개를 돌려 천원루 쪽을 보며 말을 이었다.

"오늘 너 때문에 우리가 벌점에다 반성문까지 썼는데, 어떻게 갚을래?"

천원루는 롤러코스터를 타고 있는 기분이었다. 방금까지 하늘을 날던 기분이 순식간에 깊은 나락으로 곤두박질쳤다. **그러니까 리쯔웨이는 농담이었다는 거지?** 천원루는 깊은 실망감을 내비치고 싶지 않았다. 평소처럼 고개를 떨군 채 중얼거렸다.

"갑자기 무슨 소리야……."

모쥔제는 약간 난감했다.

"리쯔웨이, 장난 그만해."

리쯔웨이는 아랑곳하지 않고 계속 천원루에게 말했다.

"이렇게 하자, 나에 대한 보상으로 모쥔제가 너를 집에 데려다주는 거야!"

리쯔웨이가 이번에는 모쥔제의 어깨를 툭툭 치며 말했다.

"오늘 벌점 받은 거 아깝지 않게 잘해봐."

그러고는 손을 흔들며 표표히 가버렸다. 모쥔제는 뒤따라가고 싶었지만, 천원루를 혼자 두고 갈 수는 없었다. 조심스럽게 천원루를 바라보는데, 천원루가 무어라 말을 하고 있었다. 모쥔제는 오른쪽 귀가 들리지 않았다. 하필 천원루가 오른쪽에 서 있어서 무슨 말을 하는지 알아들을 수 없었다. 자연스럽게 고개를 돌리면서 천원루 쪽으로 왼쪽 귀를 가까이 가져다 댔다.

"방금 뭐라고 했어? 잘 못 들었는데, 한 번 더 말해줄래?"

"저렇게 얄미운 애랑 어떻게 같이 다니는 거야?"

천원루는 약간 언짢은 얼굴로 조용히 물었다. 모쥔제가 웃는 얼굴로 대답했다.

"눈치도 없고 장난만 쳐서 가끔 얄밉긴 하지, 근데……."

저만치 가고 있는 리쯔웨이의 뒷모습을 바라보며 모쥔제

가 마음속 이야기를 꺼냈다.

"너도 조금 더 오래 알고 지내다 보면, 재가 얼마나 좋은 친구인지 알게 될 거야."

천원루는 고개를 들어 모쥔제를 바라보다가 모쥔제의 시선을 좇아 교문 밖으로 멀어지고 있는 리쯔웨이의 뒷모습을 보았다.

*

모쥔제는 천원루의 뒤를 따라 걸었다. 멀지도 가깝지도 않은 거리가 둘 사이를 메웠다. 천원루는 내내 고개를 떨군 채 아무 말이 없었다. 모쥔제는 소녀를 지키려는 사람이라도 된 것처럼 조용히 그 뒤를 따랐다. 하지만 이대로는 아무래도 좀 이상하다 싶었는지 천원루는 결국 걸음을 멈추고 고개를 돌렸다. 모쥔제의 시선을 피하며 작은 목소리로 입을 열었다.

"나 혼자 가면 되니까 데려다주지 않아도 돼. 이렇게 가는 건 좀 이상해서."

모쥔제가 급히 대답했다.

"마침 우리 집도 같은 방향이라서 그래. 정말이야, 오해하지 마."

"아침에는 스쿠터 타고 갔었잖아? 왜 굳이 걸어서 가?"

천원루가 물었다.

"아……. 기억 안 나? 아침에 학주한테 걸렸잖아. 근데 어떻게 또 스쿠터를 타고 집엘 가겠어? 학주가 저 앞에서 잡으려고 기다릴지도 모르고!"

모쥔제가 서둘러 변명거리를 생각해 냈다. 물론, 모쥔제의 집은 같은 방향이 아니었다. 학생주임에게 잡힐까 봐 두려워서도 아니었다. 그저 천원루와 함께 이 길을 걷고 싶었다. 천원루는 그 말을 믿는 듯 고개를 끄덕이더니 계속해서 걷기 시작했다. 다만 이번에는 아까처럼 서두르지 않았다. 모쥔제가 재빨리 따라가 마침내 천원루 옆에서 걸음을 맞췄다. **무슨 말이라도 해야 하지 않을까? 이렇게 마냥 걷는 것도 어색한데.** 모쥔제가 무슨 이야기를 꺼내야 하나 머리를 굴리고 있을 때였다. 다행히 천원루가 먼저 말을 건넸다.

"리쯔웨이랑 알고 지낸 지는 오래됐어?"

모쥔제가 고개를 끄덕였다.

"응, 초등학교 때부터 알았으니까 엄청 오래됐지."

초등학교 때부터 친구였구나. 어쩐지 사이가 엄청 좋아 보인다 했더니. 천원루는 속으로 생각했다.

"그럼 너희 둘은……."

천원루가 잠시 머뭇거리다 물었다.

"어떻게 이렇게 친해지게 된 거야?"

"그건 대답하기 쉽지 않은데."

모쥔제가 일부러 난감한 표정을 지었다. 천원루는 말실수

했다는 생각에 서둘러 말했다.

"미안, 내가 이상한 걸 물었네."

사실 천윈루는 사람들과 어울리는 법을 잘 알지 못했다. 절친은 고사하고, 친구라고 할 만한 사람이 단 한 명도 없었다. 그래서 리쯔웨이가 '절친'이라는 말을 아무렇지도 않게 내뱉었을 때, 약간 부러운 마음과 함께 궁금증이 일었다. 어떻게 해야 다른 사람과 절친이 될 수 있는 걸까? 모쥔제는 잠시 고민하다 가방에서 무언가를 꺼내 천윈루에게 건넸다. 보청기였다. 천윈루가 아리송한 얼굴로 모쥔제를 바라보자 모쥔제가 입을 열었다.

"이건 보청기야. 실은 아까 네 말을 제대로 못 들었던 건 오늘 보청기를 안 껴서였어."

모쥔제가 자신의 오른쪽 귀를 가리켰다.

"오른쪽 귀가 아예 안 들리거든."

천윈루는 순간 멈칫했다. 사과를 해야 할 것 같았다.

"미안, 나는 그런 줄도 모르고……."

모쥔제가 웃으며 고개를 저었다.

"계속 미안해할 거 없어, 네 잘못도 아닌데."

그러고는 잠시 멈추었다가 다시 입을 열었다.

"리쯔웨이랑 어떻게 친해졌는지 물었지? 이것 때문이었어."

모쥔제가 고개를 숙여 손 위에 놓인 보청기를 바라보았다.

"어릴 때부터 이것 때문에 다들 나를 이상한 눈으로 바라봤어. 귀에 보청기를 꽂고 있으면 귀머거리라고 놀리거나 괴물 보듯 쳐다봤거든. 아니면 동정하는 얼굴로 바라보더라. 정말 불쌍한 아이라는 듯이."

모쥔제는 쓴웃음을 지었다.

"리쯔웨이 그 눈치 없는 녀석만 빼고."

"걔는…… 어떻게 했는데?"

천윈루가 궁금한 듯 물었다.

"초등학교 3학년 때 처음 만났는데, 그 녀석이 아이스크림을 들고는 부럽다는 얼굴로 내 귀에 있는 보청기를 쳐다보는 거야. 뭐냐고 묻길래 나는 이쪽 귀가 안 들려서 이걸 꽂아야만 들린다고 했지. 그랬더니 끝내준다면서 계속 자기도 귀에 꽂아보겠다는 거야. 이걸 귀에 꽂으면 무슨 소리가 들리는지 궁금하다면서."

천윈루는 모쥔제의 이야기를 듣는 내내 열 살짜리 꼬마 리쯔웨이의 개구쟁이 같은 모습이 떠올라 절로 미소가 지어졌다.

"내 대답은 듣지도 않고 그 녀석이 아이스크림을 반 떼어서 나를 주더라. 대신 보청기를 빌려달라면서. 그러더니 보청기를 귀에 꽂고서 이리저리 뛰어다니는 거야. 외계인의 신호를 찾아내야 한다나. 그 모습을 보고 다른 반 친구들까지 재밌어했어. 수업만 끝나면 보청기를 빌려달라고 찾아올 만큼.

그 뒤론 내 오른쪽 귀를 이상하게 생각하는 친구들이 없었지."

이야기를 끝낸 모쥔제가 천윈루를 바라보았다. 경계심과 놀란 기색이 사라진 듯한 표정을 보자 마음이 놓였다.

"그때부터 녀석과 친해지기 시작한 거야."

천윈루는 고개를 끄덕였다. 두 사람은 계속해서 천천히 걷기 시작했다. 잠시 후, 모쥔제가 다시 입을 열었다.

"내 대답은 끝났는데, 이제 내가 물어봐도 돼?"

천윈루가 고개를 끄덕거렸다.

"혹시 내가 한쪽 귀가 안 들리는 게 신경 쓰여?"

모쥔제의 물음에 천윈루는 고개를 저었다.

"아니."

"그럼, 지금부터 너도 리쯔웨이처럼 나의 친한 친구야."

천윈루는 순간 발걸음을 멈추었다. 마음에 따스한 기운이 번졌다. **정말?** 이제 천윈루에게도 친구가 생겼다. 비록 모쥔제에게 강한 설렘은 느끼지 못했지만, 둘 사이의 거리가 한층 좁혀진 느낌이었다. 소년의 친절과 배려에 소녀는 더 이상 외롭지 않았다. 소년은 소녀의 내면 깊숙이 자리한 무력감과 어둠을 이해하는 것 같았다. 두 소년은 소녀의 삶에 어느 날 갑자기 찾아온 빛이었다. 그때, 소녀는 그렇게 믿었다.

*

천원루가 드물게 밝은 얼굴로 집에 돌아왔다. 현관을 막 들어서는데, 어딘가 모르게 무거운 분위기가 느껴졌다. 오랜만에 집으로 돌아온 아빠가 엄마와 함께 거실 소파에 앉아 있었다. 둘 다 심각한 얼굴이었다. 엄마는 천원루를 보자마자 입을 열었다.

"원루, 이리 와. 아빠 엄마가 할 말이 있어."

천원루는 불길한 예감이 들었다. 느릿느릿 두 사람 앞으로 가서 가방을 내려놓고 자리에 앉았다. 두 사람이 서로 눈길을 한 번 주고받더니, 엄마가 아빠에게 물었다.

"당신이 말할래, 아니면 내가 말할까?"

"당신이 얘기해!"

아빠는 고개를 돌려버렸다. 원루에게는 눈길조차 주지 않았다. 엄마가 천원루 쪽으로 고개를 돌리며 말을 꺼냈다.

"원루, 너도 이제 컸으니까 이해할 거라고 생각한다. 최근 몇 년간, 아빠랑 왜 떨어져 살았는지 너도 알고 있지?"

천원루는 무표정한 얼굴로 잠시 침묵하다 천천히 고개를 끄덕였다. 엄마가 계속 말을 이었다.

"실은 일찌감치 끝냈어야 했는데, 이제 더 미루면 안 되겠어서. 아빠랑 이혼하기로 했어. 그 전에 양육권 문제부터 정리해야……."

천원루가 소파에서 벌떡 일어났다. 방으로 들어가려고 가방을 들고 돌아섰다.

"오늘 숙제가 너무 많아서요."

난 몰라! 알고 싶지 않아! 어른들 일에 왜 날 끌어들이는 거야? 엄마는 천윈루의 손을 붙들고 추궁하듯 물었다.

"숙제는 이따가 해도 되잖아. 엄마가 아빠랑 이혼하면, 넌 누구랑 살래?"

그때, 소파에 앉아 있던 아빠가 입을 열었다.

"우리는 신경 쓸 거 없다. 누구랑 살고 싶은지 말해봐."

순간 천윈루는 무언가를 깨달은 듯 냉랭한 얼굴로 따져 물었다.

"그걸 왜 저한테 물어보세요?"

엄마와 아빠는 서로 눈을 마주치더니 억지로 웃음을 짜내며 대답했다.

"당연히 널 존중하니까 그렇지."

"그럼 천쓰위안은요? 걔한테도 물어보셨어요?"

천윈루의 물음에 아빠가 바로 대답했다.

"물어볼 것도 없지, 쓰위안은 분명 나랑 산다고 할 테니까."

그 말에 엄마가 대뜸 반박했다.

"쓰위안이 당신이랑 산다고 언제 그랬어?"

아빠가 코웃음을 쳤다.

"당신이 지금 무슨 일을 하며 사는지 몰라서 그래? 내 아들을 당신 같은 여자랑 살게 두라고? 웃기고 있네! 쓰위안은 당연히 나랑 살아야지!"

"지금 당신이 그런 말 할 자격이 있어?"

엄마는 화가 나서 얼굴이 달아올랐다.

"당신이 그때 빚만 잔뜩 지고 그렇게 뒤꽁무니 빼지 않았으면, 내가 이런 일을 하면서 살았겠냐고?"

아빠는 더는 언쟁하고 싶지 않다는 듯 손을 휘휘 젓더니 일어서며 말했다.

"어쨌든 한 명씩 데려가기로 얘기 끝났잖아. 쓰위안은 내가 데려갈 테니 당신이 원루 데려가."

"당신이 뭔데? 지난 몇 년 동안 한 번이라도 애들 돌봐준 적 있어? 쓰위안은 내가 데려가!"

엄마가 지지 않고 맞섰다. 두 사람은 말끝마다 쓰위안만 찾고 있었다. 누구도 원루의 기분을 신경 쓰지 않았다. 더 이상 참을 수 없어 천원루는 두 사람을 향해 소리쳤다.

"그만하세요! 그만들 싸우라고요! 날 존중한다면서요, 실은 다들 나를 원치 않으니까 나한테 물어본 거잖아요, 맞죠!"

두 사람은 말문이 막혔다. 속내를 들키기라도 한 듯 얼굴에 미세한 당혹감이 스쳤다. 변명하려던 엄마는 딸의 눈빛 속에서 원망과 서러움을 읽었다. 순간, 자신이 딸에게 상처를 주었다는 걸 알았다.

"원루, 우리는 그게 아니라……."

천원루는 듣고 싶지 않았다. 집 밖으로 나가면서 '쾅' 하고 현관문을 세차게 닫았다.

*

천원루는 혼자 거리를 정처 없이 걸었다. 어디로 가야 할지 알 수 없었다. 그토록 두려워했던 일이 결국 현실로 다가오고 말았다. 아무도 자신을 원하지 않고, 누구도 자신의 감정을 생각해 주지 않는 그런 일이. 가족들은 그저 자기 생각만 할 뿐이었다. 눈물이 멈추질 않았지만, 그런 것까지 신경 쓸 여력이 없었다. 슬픔을 그대로 쏟아내며, 걷는 내내 계속 울었다.

"천원루?"

깜짝 놀라 발걸음을 멈췄다. 익숙한 목소리였다. 황망히 돌아보니 아니나 다를까 리쯔웨이가 서 있었다. 천원루는 손등으로 후다닥 눈물을 훔치고는 리쯔웨이를 보며 물었다.

"너 여기서 뭐 해?"

리쯔웨이가 손에 든 냄비우동을 들어 보이며 웃었다.

"배고파서 야식 좀 사러 나왔지. 너는? 이 늦은 시간에 왜 돌아다니는 거야, 그것도 여태 교복 차림으로?"

리쯔웨이의 물음에 천원루는 자신이 왜 집에 들어가지 않고 밖을 헤매고 있는지 다시금 떠올랐다. 눈가가 다시 붉어지면서 금방이라도 눈물이 쏟아질 것 같았다. 그 모습에 리쯔웨이는 장난기를 거두고 부드러운 말투로 말했다.

"기분이 안 좋아 보이는데, 나랑 이야기할래? 내가 도움은 못 줘도, 털어놓고 나면 속이 좀 후련해질 거야."

천원루는 리쯔웨이를 바라보았다. 리쯔웨이에게 말해도 될지 망설여졌다. 부끄러운 집안일을 남에게 말하자니 찝찝했다. 하지만…… 어쩌면 리쯔웨이의 말처럼 자신의 이야기를 들어줄 누군가가 필요한 건지도 몰랐다. 그렇지 않으면 온 세상으로부터 버림받은 기분이 들 것 같았으니까……. 천원루의 주저하는 모습을 보다 못한 리쯔웨이가 딱 잘라 말했다.

"이렇게 하자! 내 비밀 하나를 네 비밀과 바꾸는 거야, 어때? 네가 내 약점을 하나 쥐고 있는 거니까 어디 가서 함부로 떠벌릴까 봐 걱정하지 않아도 되잖아."

그 말에 천원루는 마음의 벽이 살짝 허물어지는 듯했다.

"그럼…… 약속해 줘. 절대 다른 사람한테 말하지 않기다?"

그래도 여전히 약간 불안한 듯 천원루가 물었다.

"당연하지!" 리쯔웨이가 제 가슴을 툭툭 치며 대답했다. "절친한테도 말 안 할게."

그 말은 모쥔제에게도 비밀로 하겠다는 뜻이었다.

"약속할게."

리쯔웨이가 시원스럽게 말했다.

*

여름날의 밤바람이 산들산들 불어왔다. 공원 내부에 있는 스케이트장에서 두 사람은 바닥에 자리를 깔고 앉았다. 손에 든 냄비우동이 식어가고 있었지만, 리쯔웨이는 아랑곳하지 않았다. 그저 소녀가 털어놓는 이야기에 귀 기울이고 있을 뿐이었다. 천윈루는 부모님이 곧 이혼하는데, 둘 다 남동생만 데려가려 한다고 리쯔웨이에게 말했다. 자신은 버렸다면서.

"단지 내가 여자아이라서 그런 걸까? 아무도 내 이름을 이야기하지 않았어, 단 한 번도……."

천윈루가 나지막한 목소리로 말했다. **가족들에게조차 난 언제든 잊히고 마는 희미한 존재인 걸까?** 휴지 하나가 눈앞에 불쑥 나타났다. 놀란 천윈루는 휴지를 받아 들지 않았다. 고개를 돌리며 고집스럽게 손등으로 눈물을 훔쳤다. 애써 꿋꿋한 척하며 말했다.

"절대로 아빠 엄마 때문에 상처받지 않을 거야! 존중은 무슨, 애초에 나한테 선택권 같은 건 없었으면서. 결심했어. 어떤 결론이 나도, 더 이상 버려지는 사람 따윈 되지 않을 거야!"

"그럼 어떻게 할지 결정했어?"

리쯔웨이는 태연하게 휴지를 다시 거두었다. 천윈루가 코를 훌쩍이더니 대답했다.

“진작부터 여길 떠나고 싶었거든. 레코드 가게 아르바이트도 그래서 하는 거야. 고등학교 졸업하면, 혼자 다른 도시로 가서 대학을 다닐 거야.”

리쯔웨이가 힘차게 고개를 끄덕였다.

“좋아, 나도 응원할게.”

천원루는 그다지 자신 없는 얼굴로 떠보듯 물었다.

“내가 정말 할 수 있을 거라고 생각해?”

“난 네가 잘해낼 거라고 믿어.”

리쯔웨이의 격려에 천원루는 몸속 깊은 곳에서 따스한 기운이 솟구치는 걸 느꼈다. 문득 이 세상이 희망으로 가득해 보였다. 졸업 후 시작될 혼자만의 삶이 벌써부터 기다려졌다. 그러다 순간 자신이 리쯔웨이 앞에서 엉망이 된 얼굴로 눈물 콧물을 짜고 있었다는 생각에 불편해지자 시선을 휙 돌리고는 작은 소리로 말했다.

“내 비밀은 이제 다 얘기했어. 네 비밀은 뭐야?”

리쯔웨이는 잠시 밤하늘의 별을 응시하다 천원루를 바라보며 입을 열었다.

“내 비밀은, 모쥔제도 모르는 거라서 말이야. 비밀 지킨다고 약속해. 그래야 말해줄 거야.”

천원루는 진지하게 고개를 끄덕였다. 남몰래 기쁜 마음이 들었다. **절친인 모쥔제도 모르는 비밀이라잖아, 그렇다면 나 역시 절친으로 생각하고 있다는 의미일까? 어쩌면 모쥔제보다 더**

친한 친구라고 생각하는 걸지도 몰라. 속으로는 모쥔제보다 날 더 중요하게 생각하는 걸까? 머릿속을 헤집는 갖가지 생각을 멈출 수가 없었다. 그때, 리쯔웨이가 이야기를 시작했다.

"네가 아까 어떤 기분이었을지 나도 백 퍼센트 이해해. 사실 우리 아빠 엄마도 똑같거든. 나 대신 결정은 일찌감치 다 끝내놓고서 말로만 선택권을 준다고 하지."

리쯔웨이가 고개를 숙였다. 옆에 내려놓은 식어빠진 야식을 바라보며 담담한 목소리로 말을 이어갔다.

"아빠 엄마가 이민 수속을 다 끝내놨대. 고등학교 졸업하면, 다 같이 캐나다로 이민 가."

천윈루는 깜짝 놀랐다.

"캐나다로 이민 간다고?"

모쥔제에게 무조건 비밀이라던 말이 갑자기 떠올랐다.

"설마 모쥔제한테도 말을 안 한 거야?"

"당연하지. 아니면 내가 왜 너한테 비밀을 지켜달라고 했겠어?"

"하지만, 하지만 너흰 절친이잖아? 왜 말을 안 해?"

천윈루는 도무지 이해되지 않았다. 리쯔웨이는 예의 그 장난기 어린 웃음을 지으며 대답했다.

"넌 아마 이해 못 할걸. 어릴 때부터 나는 어딜 가든 친구가 많았어. 근데 모쥔제는 친구가 나 하나뿐이란 말이야. 만약 내가 고등학교 졸업하고 나서 타이완을 떠나야 한다고 얘기하면, 걔 성격상 울고불고 난리가 날 텐데 그 얘길 어떻게 해? 내 바짓가랑이 붙잡고 가지 말라고 울면서 사정할 거 생각하면, 상상만으로도 소름 돋는다."

리쯔웨이가 일부러 진저리 치는 듯한 얼굴을 했다. 장난기 어린 웃음까지 띠며 태연한 척하고 있지만, 세심한 천윈루는 알 수 있었다. 가장 놓지 못하고 있는 사람은, 다른 누구도 아닌 바로 리쯔웨이라는 사실을. 마음이 깊을수록 입을 여는 건 더더욱 쉽지 않을 터였다. 어떻게 이야기해도 무거운 상처가 되고 말 테니까.

천윈루는 눈앞의 소년을 가만히 바라보았다. 리쯔웨이를 향한 호감이 더욱 강해지고 있었다. **누군가를 좋아한다는 게 이런 걸까?**

"천윈루, 그런 눈으로 쳐다보지 마. 잘못하다 나한테 빠지기라도 하면, 모쥔제가 더 서럽게 울걸."

리쯔웨이가 웃으며 말했다. 천윈루는 어색해하며 고개를 돌렸다.

"자빽은. 내가 널 왜 좋아해!"

사실 리쯔웨이가 천윈루의 미묘한 감정을 눈치채지 못한 건 아니었다. 다만 친한 친구가 좋아하는 여자에게는 관심이 없었다. 게다가 지나치게 내성적인 천윈루의 성격은 매력적으로 느껴지지 않았다. 모쥔제가 그 많고 많은 여학생 중 왜 하필 이 아이를 좋아하는지 이해가 가지 않았다. 하지만, 사랑이란 이성적으로 설명이 불가능한 것. 모쥔제가 천윈루를 좋아한다고 하니 전적으로 밀어줄 생각이었다.

"오케이, 이제 너도 내 비밀을 알았으니 우리 쌤쌤이다."

리쯔웨이가 말했다. 그러고는 별이 빛나는 하늘을 향해 고개를 들었다. 더 이상 말은 없었다. 가만히 천윈루의 옆자리를 지키고 있을 뿐. 천윈루는 소년의 옆모습에 시선을 잠시 두었다가 소년의 눈을 따라 천천히 밤하늘을 바라보았다.

별이 가득한 여름날의 밤하늘은 무척이나 아름다웠다. 공원의 풀숲 여기저기에서 풀벌레가 울었고, 희미한 가로등의 불빛이 두 사람 위로 쏟아졌다. 이 세상에 마치 둘만 존재한다는 듯이. 문득 천윈루는 상처로 시작되었던 이 밤이 조금만 더 오래 이어지기를 바랐다. 알아가기에도 시간이 부족한데, 머지않아 소년은 떠나게 될 터였다.

想見你

제3장

2019년, 타이베이.

아퉈가 황위쉬안의 휴대폰 속 사진을 들여다보다가 잠시 후 황위쉬안을 힐끗 쳐다보았다. 그러고는 다시 고개를 숙이고 휴대폰 속 사진을 바라보다가 황위쉬안에게 물었다.

"왜 네 사진을 갖고 와서 사람을 찾아달라는 거야? 나 놀리는 거지?"

황위쉬안이 진지한 얼굴로 대답했다.

"이 사진 속에 있는 여자, 나 아니야."

아퉈가 당황하며 휴대폰 속 사진을 조금 더 자세히 들여다보았다.

"진짜 너 아니야? 근데 아무리 봐도 너랑 똑같잖아! 잠깐만……."

아톼는 갑자기 들뜨기 시작했다.
"그럼 우리가 만든 앱이 성공했단 뜻이네? 진짜 너랑 똑같이 생긴 사람을 찾아냈다는 거잖아?"
한껏 감격한 얼굴이었다.
"황위쉬안, 나 몰래 테스트까지 해주다니, 정말……."
황위쉬안이 짜증을 내며 말을 잘랐다.
"내 정보를 입력한 게 아니라 왕취안성 거였단 말이야."
"왕취안성?"
그제야 아톼는 사진 속에 있는 또 다른 남자의 얼굴을 주목했다.
"네가 말 안 했으면 몰랐을 뻔했다. 옆에 있는 남자, 진짜 왕취안성이네! 그러니까 왕취안성 정보를 넣었는데, 둘이 예전에 찍은 사진이 나왔다는 거지?"
황위쉬안이 사진 속 남자를 가리키며 대답했다.
"이 사람은 왕취안성이 맞는 것 같은데, 그 옆에 있는 여자는 나 아니야."
아톼는 믿기지 않았다.
"그게 말이 돼?"
"사진 속에 있는 장소에는 가본 적도 없고, 옆에 있는 또 다른 남자는 아예 모르는 사람이라고."
황위쉬안의 대답에 아톼는 알 듯 말 듯 한 얼굴로 잠시 생각에 잠기더니 혼잣말을 했다.

“그러니까 왕취안성과 닮은 사람을 찾다가 너를 닮은 사람이 검색되었는데, 그 사람이 왕취안성과 같이 사진을 찍었다는 얘기네…….”

아퉈가 갑자기 눈살을 찌푸리며 말을 이었다.

“아니지, 시스템상 본인 정보는 제외되는데, 이 남자가 어떻게 왕취안성일 수가 있어?”

오타쿠 개발자의 탐구 본능이 갑자기 활활 타오르기 시작했다. 아퉈는 사진의 출처를 찾기 위해 컴퓨터 앞에 자리를 잡고 앉았다. 황위쉬안은 평소와 다르게 그 옆에 가만히 서서 결과가 나오기를 기다렸다. 잠시 키보드 소리만 타닥타닥 울렸다. 아퉈가 갑자기 뭔가 떠오른 듯 무심결에 입을 열었다.

“황위쉬안, 근데 할 일 없이 왕취안성 정보는 왜 넣어본 거야? 설마 닮은 사람이라도 찾아서 그 사람을 왕취안성 대신…….”

아퉈는 순간 싸한 느낌에 고개를 돌렸다. 눈을 가늘게 뜨고 매섭게 쏘아보는 황위쉬안과 눈이 마주쳤다. 한마디라도 더 했다가는 그 자리에서 살아남지 못할 것 같았다. 아퉈는 모니터로 후다닥 고개를 돌리며 하던 일에 집중했다. 얼마간 시간이 흐른 뒤, 사진의 출처를 찾았다. 2013년에 폐쇄된 ‘레치(Wretch)’라는 웹사이트였다. 로그 파일의 정보에 따르면 사진은 2010년에 업로드되었는데, 웹사이트가 이미 폐쇄된 상태라 다른 자료는 더 찾을 수 없었다.

"황위쉬안, 이 여자 정말 너 아니라는 거지?"

아퉈는 여전히 미심쩍은 얼굴이었다. 황위쉬안이 못마땅한 얼굴로 대답했다.

"2010년 3월에 업로드된 사진이라고 네가 방금 그랬잖아. 그때는 왕취안성을 만나기도 전인데, 어떻게 같이 사진을 찍어? 타임슬립이라도 했다는 거야?"

아퉈가 드디어 알았다는 듯 말했다.

"알았다, 어쩐지 자꾸 꼬치꼬치 캐묻는다 했더니. 이제 보니 불륜녀 잡겠다는 거네! 잠깐, 아니지. 사진 속에 있는 이 여자가 너보다 왕취안성을 먼저 만난 거니까, 불륜녀는 너잖아……."

아퉈는 갑자기 오싹한 기분이 들었다. 황위쉬안의 형체 없는 살벌한 시선이 느껴졌다.

"미안, 말이 많았다."

아퉈가 자신의 입을 손으로 두어 번 때렸다.

"어쨌든 이 사진 출처나 계속 찾아봐 줘."

황위쉬안이 말했다.

"근데 내가 지금 업무 시간이라……."

"데이터베이스 수정하는 셈 치면 되잖아. 아니, 테스트만 해도 이렇게 문제가 많은데, 나중에 발표하고 나서 얼마나 웃음거리가 되려고 그래?"

뭐라 입을 달싹거리던 아퉈는 결국 고분고분하게 황위쉬

안의 말을 듣기로 했다. 모니터 앞에 앉아 사진의 출처를 찾기 시작했다.

황위쉬안은 자기 자리로 돌아왔지만, 도무지 마음이 진정되지 않았다. 머릿속에는 온통 한 가지 생각뿐이었다. **사진 속 여자는 대체 누구지?** 황위쉬안은 휴대폰을 열고 왕취안성의 페이스북에 올라온 사진을 하나하나 살펴보았다. 실낱같은 단서라도 찾을 수 있을까 싶었는데, 아무것도 발견하지 못했다. 마지막으로 시선이 멈춘 건, 왕취안성이 가장 마지막에 올렸던 게시물이었다. 왕취안성이 손가락으로 황위쉬안의 볼을 계속 찌르면서 장난을 치는 영상이다. 황위쉬안이 재미없다고 화를 내는데도 왕취안성은 입으로는 미안하다고 하면서 계속 촬영을 했다. 황위쉬안이 대꾸가 없자 왕취안성이 장난꾸러기처럼 몰래 등 뒤로 다가가 무릎으로 황위쉬안의 무릎 뒤쪽을 톡 하고 쳤다. 그 바람에 황위쉬안은 중심을 잃고 땅에 무릎을 꿇었다. 화면 속에서 왕취안성의 웃음소리가 크게 퍼져 나왔다. 벌떡 일어선 황위쉬안이 돌아서며 화면에 대고 소리쳤다.

「왕취안싱, 거기 서, 너 죽었어!」

영상이 멈췄다. 눈앞이 또 흐려지고 있었다. 황위쉬안은 일부러 시선을 아래로 떨어뜨렸다. 추억에 잠겨 슬퍼하는 모습을 남들이 보는 게 싫었다. 그러다 문득 영상 아래에 있는 마지막으로 '좋아요'를 누른 사람의 이름에 시선이 닿았다.

'비키'. 순간 머릿속을 스치는 장면이 있었다.

언젠가 왕취안성과 식당에서 밥을 먹을 때였다. 테이블 위에서 왕취안성의 휴대폰이 울렸다. 슬쩍 보니 발신자 이름이 비키였다. 당시 왕취안성은 회사에서 걸려 온 전화라며 웃더니 휴대폰을 들고 식당 밖으로 나가서 전화를 받았다. 황위쉬안이 식당 안에서 계속 쳐다보자 경계하듯 돌아서서 황위쉬안을 등진 채 통화를 했다.

회사 동료라던 그 비키인가? 설마 아퉈 그 자식 말대로 정말 다른 여자가 있었던 거야? 약간의 의심을 품은 채 왕취안성이 페이스북에 올린 게시글을 하나하나 살피다가, 거의 모든 게시물에 비키가 '좋아요'를 누른 흔적을 발견했다. 황위쉬안은 그 흔적들을 보면 볼수록 기분이 불쾌해졌다. 왕취안성은 이미 세상을 떠나고 없는데도 울컥하고 화가 치밀었다. **설마…… 대체물 같은 거였어? 사진 속 그 여자와 꼭 닮은 대체물? 아니지, 사진 속의 왕취안성은 나이가 안 맞잖아, 왕취안성일 리가 없어.** 하지만 아무리 생각해도 사진 속의 남자가 왕취안성이 아니라는 사실은 납득하기 어려웠다.

황위쉬안은 휴대폰을 열고 왕취안성과 조금이라도 아는 친구의 연락처를 전부 찾아보았다. 갑작스러운 행동이라는 걸 알면서도 순서대로 한 명씩 전화를 걸어 확인했다. 하지만 왕취안성을 편들어 숨겨준 걸로 절대 탓하지 않겠다고 아무리 구슬려도 비키가 누구인지 알려주는 사람이 없었다. 황위쉬안은 마지막으로 '천차이위'에게 전화를 걸었다. 고등학교 동창이자 대학 시절의 절친이었다. 왕취안성과 그렇게 친했으니 비키가 누군지 잘 알 터였다. 물론 왕취안성을 위해 숨기지 않는다는 전제하에서. 전화가 걸리자마자 황위쉬안이 다짜고짜 물었다.

"야, 천작업. 물어볼 게 있는데, 예전에 왕취안성이 비키라는 여자랑 썸 탄 적 있지?"

천차이위가 전화기 밖으로 튀어나올 듯 놀라며 물었다.

"비키? 네가 비키를 어떻게 알아?"

역시 정말이었구나. 황위쉬안은 속으로 생각했다. 동시에 가슴 한편이 서늘해졌다.

*

어느 카페. 천차이위가 계속해서 황위쉬안을 달래느라 애를 먹고 있었다.

"왕취안성이랑 비키는 정말 네가 생각하는 그런 사이가 아니야. 아무것도 없다니까……."

"자꾸 감싸줄 필요 없어!"

황위쉬안이 차갑게 쏘아붙였다. 더 말해봤자 입만 아프겠다 싶어진 천차이위는 얌전히 입을 닫았다. 왕취안성이 떠난 지 벌써 오래되었는데 여전히 그 속에서 헤어 나오지 못하고 있는 건 그래도 이해할 수 있었다. 하지만 왕취안성이 배신했다는 증거를 왜 그렇게 못 찾아 안달인지는 의문이었다. 죽은 지 2년이나 된 사람을 이제 와서 어쩌겠다는 건지.

카페 문이 열렸다. 아담하고 어려 보이는 여자가 들어왔다. 천차이위를 보자 공손하게 미소를 짓더니 두 사람을 향해 다가왔다. 천차이위가 자리에서 일어나 소개했다.

"황위쉬안, 이분이 비키야."

눈에 띄는 외모를 지닌 비키가 두 손으로 황위쉬안에게 명함을 내밀었다. 황위쉬안이 명함을 받아들었다. '프러포즈 이벤트 회사'라는 회사명이 보였다. 어리둥절해하는 황위쉬안에게 비키가 먼저 친절하게 설명을 시작했다.

"우리 회사는 고객의 의뢰를 받아 프러포즈 기획과 장소 섭외를 전문으로 하는 곳이에요."

황위쉬안이 천차이위를 쳐다보았다.

"왕취안성 고객님은 천 선생님 소개로 저희를 찾아오셨어요. 제가 담당자였고요."

프러포즈 기획이라고? 황위쉬안은 가슴에 묵직한 돌덩이가 서서히 내려앉는 느낌이었다. **그러니까 왕취안성이 이 회사를 찾아간 이유가 혹시…….** 약간 머뭇거리는 마음을 뒤로 하고 비키에게 물었다.

"무엇 때문에 거길 찾아간 건데요?"

비키는 옅은 유감이 섞인 미소를 띠며 대답했다.

想見你 Someday or One Day

"그야 당연히 사랑하는 여자분께 프러포즈하기 위해서였죠. 그 여자가 바로 황위쉬안 씨예요."

왕취안성이 정말 프러포즈를 준비했었단 말이야? 마른하늘에 날벼락 같은 이야기였다. 모두가 당황하는 사이, 명함을 들고 있던 황위쉬안의 두 손이 미세하게 떨리기 시작했다. 하지만 황위쉬안은 고집스럽게 부정하고 있었다.

"아니, 말도 안 돼요. 나한테 한 번도 그런 얘길 한 적이 없었는데……."

옆에 있던 천차이위가 한숨을 내쉬며 말했다.

"황위쉬안, 그거야 당연히 서프라이즈로 준비한 거니까 그렇지."

그 때문에 천차이위는 처음부터 황위쉬안에게 이 일을 어떻게 설명해야 하나 난감했다. 그러는 사이 이렇게 오해가 깊어질 줄은 몰랐다. 결국 왕취안성이 뒤에 다른 여자를 두고 있었다고 황위쉬안이 생각하는 탓에 기어이 비키를 소환하는 데 이른 것이다.

비키는 더 이야기해도 될지 망설이다 의견을 구하는 눈빛으로 천차이위를 바라보았다. 천차이위가 고개를 끄덕였다.

"어차피 이렇게 된 거 이야기하시죠. 그래야 또 엉뚱한 상상을 안 할 거예요."

그리하여 비키는 왕취안성의 프러포즈 계획을 전부 털어놓기 시작했다.

“당시 황위쉬안 씨는 상하이 발령을 앞두고 계셨죠. 왕취안성 씨는 황위쉬안 씨를 붙잡아 두려는 게 아니라 떳떳한 신분으로 함께하고 싶어서 프러포즈를 결심했다고 해요. 계획은 이랬어요. 일단 황위쉬안 씨를 공항으로 배웅하는 길에 차가 고장 난 척 멈추면, 우리 회사 직원이 교통경찰로 위장해서 벌금 고지서를 내미는 거예요. 사실 그 고지서는 결혼 증서고요. 그다음엔 왕취안성 씨가 미리 숨겨둔 반지를 꺼내서 프러포즈할 예정이었습니다.”

황위쉬안은 넋 나간 얼굴로 이야기를 듣고 있었다. 눈물을 흘리지 않으려 애쓰고 또 애썼다. **그러니까…… 그러니까 왕취안성은 프러포즈를 하려던 거였어**…….

“근데 프러포즈를 하려던 그날 아침에 왕취안성 씨가 갑자기 전화를 하시더니, 일정을 미루자고 하셨어요. 공항으로 얼른 황위쉬안 씨를 찾으러 가야 한다면서, 나중에 돌아오면 다시 이야기 나누자고 하셨죠. 그게 마지막 통화가 될 줄은…….”

비키의 목소리에 안타까운 마음이 묻어났다. 황위쉬안이 갑자기 고개를 들더니 심호흡을 한 번 했다. 터져 나오려던 눈물을 간신히 참다가 말없이 일어서서 카페 밖으로 나갔다.

*

想見你 Someday or One Day

황위쉬안은 오후 반차를 냈다. 집 근처 주차장에서 왕취안성의 차 안을 구석구석 샅샅이 뒤졌다. 뒷좌석 틈 사이에 정말로 반지 상자가 있었다. 멍하니 상자를 두 손으로 받쳐 들고 그날의 장면을 떠올렸다.

그날 왕취안성은 이 차로 황위쉬안을 공항까지 데려다줄 예정이었다. 그런데 출발 직전, 두 사람 사이에 다툼이 있었다. 황위쉬안은 굳이 왕취안성을 외면하며 짐을 끌고 나가 택시를 잡아타고 혼자 공항으로 가버렸다. 황위쉬안이 탑승한 비행기가 상하이로 떠났을 때, 왕취안성은 가까스로 공항에 도착했다. 서둘러 티켓을 사서 비행기에 올랐지만, 항공기 추락 사고를 당했다. 사고 후 2년이 지났지만 시신조차 찾지 못했다. 마치 한순간에 이곳을 떠나 사라져 버린 사람처럼. 잠시 떨어져 있는 거라고, 각자 마음이 진정되고 나면 다시 이야기 나눌 기회가 있을 거라고 생각했다. 그날이 마지막 날이 되어 영원히 이별하게 될 줄은 누구도 예상하지 못했다.

황위쉬안이 반지 상자를 열었다. 뫼비우스의 띠 모양을 한 반지가 보였다. 시작도 끝도 없이 그저 돌고 또 도는 형상의 반지가. 황위쉬안은 입이 벌어졌다. 눈물을 참으려 애쓰다 한참 부들부들 떨리던 입술로 억척스레 욕을 토해냈다.

"왕취안성, 이 나쁜 놈. 무슨 깜짝 프러포즈를 한다고. 할 거면 진작 하지 그랬어."

우리에겐 시간도, 기회도 많았는데, 왜 하필 그날이었을까?

반지 상자를 품에 꼭 안고, 황위쉬안은 고요한 차 안에서 목 놓아 울었다. **보고 싶어……. 정말 많이 보고 싶어. 한 번만 만날 수 있다면, 단 한 번만이라도. 내가 누군가를 이렇게 그리워하는 날이 올 줄은 꿈에도 몰랐어…….**

*

비 갠 어느 주말 오후.

초인종이 울렸다. 아침부터 택배를 기다리던 황위쉬안은 현관으로 뛰어나갔다. 천차이위에게 찾아달라고 협박했던 졸업 앨범이 도착했다. 꽤 두껍고 무거웠다. 다급한 마음에 상자를 대충 뜯은 뒤, 고등학교 졸업 앨범을 꺼내 뒤적거리기 시작했다. 천차이위는 자신이 왕취안성과 고등학교를 다니던 시절, 황위쉬안을 닮은 여자는 본 적이 없다고 몇 번이나 강조했지만 황위쉬안은 미련을 버리지 못하고 있었다. 사진 속 그 소녀가 대체 누구인지 알아야 했다. 그 소녀 때문에 왕취안성이 자신을 좋아했던 건 아닐까 하는 의심을 거둘 수 없었다. 하지만 아무리 졸업 앨범을 뒤적거리고, 앨범 속 여학생의 사진을 하나하나 전부 뜯어보아도 그 소녀는 보이지 않았다. 짜증이 난 황위쉬안은 앨범을 한쪽에 툭 던져 놓고 잠시 고민을 하다가 천차이위에게 전화를 걸었다.

"야, 천작업. 혹시 바로 위아래 학년 졸업 앨범은 없어?"

천차이위의 거의 울부짖는 목소리가 휴대폰 너머로 들려왔다.

"나한테 그게 있을 리가 없잖니? 황위쉬안, 맹세코 왕취안성이 고등학교 때 여자 친구를 사귀었다거나 좋아하는 여자가 있다거나 그런 얘길 한 적은 없다니까. 이제 의심 좀 그만하지 그래?"

"야, 천작업, 됐고! 자꾸 감싸줄 생각 하지 말고, 아는 게 있다면 솔직하게 부는 게 좋을 거야. 만약 내가 뭐라도 찾아내는 날엔 그때 넌……."

천차이위가 말을 잘랐다.

"너 계속 나를 '천작업'이라고 부르는데, 그 별명이 왜 붙었는지 잘 알 거 아니야? 고등학교 때 위아래 학년이 뭐야, 5년 선후배까지 전부, 아니 학교에서 50킬로미터 이내에 있는 여학생이라면 보통보다 아주 조금만 예뻐도 내가 전부 작업 들어갔다. 특히 너처럼 대충 봐도 꽤 눈에 띄는 애들은 그냥 지나쳤을 리가 없지! 근데 그때는 널 본 적이 없었다니까? 그 사진에 있는 애가 누군지 나도 모른다고! 황위쉬안, 제발 부탁인데 나 좀 놔줘라, 그리고 너도 좀 내려놔! 도대체 뭘 확인하고 싶은 거야? 왕취안성은 프러포즈까지 준비했었는데, 넌 왜 아직도 고등학교 시절 좋아했던 여자 타령을 하는 건데?"

천차이위는 황위쉬안이 가여운 한편 자신이 한계에 다다르고 있다는 걸 느꼈다. 이제 결혼까지 해서 딸도 낳고 얌전히 잘 살고 있는데, 황위쉬안은 왕취안성이 바람피운 증거를 찾지 못하면 천차이위의 화려했던 연애사까지 낱낱이 밝혀낼 태세로 협박을 하고 있었다. 잠시 말이 없던 황위쉬안은 그래도 미련을 버리지 못한 듯 물었다.

"그럼, 그 사진은 도대체 뭔데?"

천차이위가 지친 듯 한숨을 내쉬며 대답했다.

"난들 알겠니? 근데 왕취안성이 널 만나기 전에 너랑 닮은 그 여자애를 먼저 알았다면, 너도 금방 알아채지 않았을까?"

황위쉬안은 천차이위의 이야기를 들으며 왕취안성이 대학 시절 자신에게 고백하던 때를 떠올렸다. 당시 두 사람은 만난 지 얼마 되지 않았었다. 황위쉬안은 왕취안성에 대해 개강 첫날 길 잃은 다른 과 후배라는 정도만 알고 있었으니 사실 아는 사이라고 할 수도 없었다. 그런데 왕취안성이 당당하게 황위쉬안에게 다가오더니 웃으며 말했었다. "좋아해요"라고. 당시 황위쉬안은 약간 황당했을 뿐, 대수롭지 않게 여겼는데 왕취안성은 이렇게 덧붙였다.

"좋아해요. 만난 지 얼마나 됐는지는 중요하지 않아요."

"처음 볼 때부터 알았어요. 좋아하게 될 거라고."

"왜냐하면, 선배가 저를 알기 전부터 저는 선배를 깊이 좋아하고 있었으니까."

당시 황위쉬안은 남자 친구가 있었다. 왕취안성의 뜬금없는 고백을 그저 짓궂은 장난으로 여기고 전혀 마음에 두지 않았다. 하지만 이제 와서 생각해 보니 왕취안성의 행동은 확실히 좀 이상한 면이 있었다. 만나자마자 고백하는 사람이 어디 있단 말인가?

「선배가 저를 알기 전부터 저는 선배를 깊이 좋아하고 있었으니까.」

혹시 정말 다른 사람의 대체물로 생각했던 건 아닐까?

"야, 황위쉬안, 듣고 있어?"

수화기 너머에서 천차이위의 목소리가 들려왔다. 그제야 현실로 돌아온 황위쉬안이 대충 얼버무리며 둘러대자 천차이위가 말했다.

"황위쉬안, 너 왜 자꾸 다른 여자가 있었다는 증거를 찾는 거야? 개는 정말 널 좋아했다고……."

황위쉬안은 전화를 끊어버렸다. 더는 듣고 싶지 않았다.

너무 사랑해서 그 사실을 마주하고 싶지 않았다. 마주하고 싶지 않아서 피하기로 했다. 차라리 더는 마음 쓰지 않을 만한 이유라도 생겼으면 했다. 왕취안성이 가장 사랑했던 사람이 자신이 아니었다는 것만 확인하면, 이렇게 괴롭고 후회스럽지는 않을 거라고 생각했다. 졸업 앨범을 물끄러미 바라보던 황위쉬안의 눈에서 또다시 주체할 수 없이 눈물이 흘렀다.

왕취안성…… 다 너 때문이야! 왜 그렇게 잘해준 거야! 왜 이렇게 널 좋아하게 만든 거냐고! 내가…… 널 도무지 놓을 수가 없잖아……. 네가 없는 삶은 정말이지 너무 괴로워…….

*

월요일의 회사 사무실.

황위쉬안이 애써 정신을 가다듬으며 새로운 기획안에 집중하고 있다. 그때 아퉈가 다가오더니 우쭐한 얼굴로 말을 걸었다.

"황위쉬안, 사진 속 그 여학생의 단서를 하나 찾았는데 얘기해 줄까?"

아퉈는 황위쉬안이 자신의 공을 인정하고 몇 마디 정도는 칭찬해 주겠거니 기대했다. 하지만 황위쉬안은 무표정한 얼굴로 일어서더니 두 손으로 아퉈의 윗옷을 잡아당기며 사나운 얼굴로 물었다.

"찾았다고?"

"아…… 그래, 주말 시간 다 써가며 찾았으니까 황위쉬안 너 나한테 제대로 감사 표시…… 아아아! 내 귀!"

황위쉬안이 아퉈의 귀를 꼬집으며 말했다.

"빨리 얘기나 해!"

"이 손 놔!"

황위쉬안이 손을 놓자 아퉈가 벌겋게 달아오른 귀를 매만지며 끙끙대면서도 입을 열었다.

"사진 속 배경이 32레코드라는 곳이었잖아?"

황위쉬안이 답답한 듯 대꾸했다.

"그건 나도 진작 찾아봤거든. 폐업했는지 안 나오던데."

아퉈가 어깨를 한껏 치켜올렸다.

"그래서 내가 대단하다는 거야. 32레코드는 없지만, 이름이 똑같은 32카페를 찾았거든. 그래서 카페 주인에 대한 단서를 찾아봤지. 푸드 잡지에서 인터뷰한 게 있었는데, 예전에 레코드 가게를 했었다는 거야. 근데 그 이름이 32레코드였어!"

*

퇴근 후, 어느 한적한 동네. 황위쉬안은 휴대폰으로 내비게이션을 열심히 들여다보며 32카페를 찾고 있었다. 마침내 카페가 보였다. 심장이 금방이라도 튀어나올 듯 두근거리기 시작했다. 그 수수께끼 같은 사진 속 의문을 이곳에서 풀 수 있을까? 문을 열고 들어가니 시간을 거슬러 올라간 듯 고풍스러운 인테리어가 눈에 들어왔다. 희미한 조명에 테라초 바닥, 소박한 나무 테이블과 의자가 보였다. 한쪽 벽면에는 LP판이 수북이 쌓여 있고 기타도 한 대 걸려 있었다. 부드러운 클래식 선율이 카페 내부를 채웠다. 바 카운터 뒤에서 카페 주인으로 보이는 중년 남성이 커피 내리기에 열중하다가 문이 열리는 소리에 고개를 들었다. “어서오세요”라고 인사하려던 주인은 황위쉬안을 보는 순간 그대로 굳어버렸다. 그러고는 놀란 기색으로 황위쉬안을 빤히 쳐다보기만 했다.

“사장님, 죄송합니다만, 여쭤볼 게 있는데요…….”

황위쉬안이 가까이 다가서며 물었다.

“원루?”

주인이 말을 잘랐다. 황위쉬안은 살짝 당황스러웠다. **원루? 그게 누구지?** 아무래도 주인은 뭔가를 알고 있는 듯했다. 황위쉬안은 심호흡을 한 번 한 뒤 입을 열었다.

“사장님, 사람을 잘못 보신 것 같은데요.”

주인은 정신을 가다듬으며 놀란 얼굴을 거두었다. 그러고는 해명하듯 혹은 스스로에게 되뇌듯 고개를 저으며 말했다.

“그렇죠. 원루일 리가 없는데.”

황위쉬안이 휴대폰을 꺼낸 뒤 사진을 찾아 주인 앞으로 내밀었다.

“방금 저라고 오해하신 그 사람, 이 학생인 것 같은데, 맞죠?”

주인이 휴대폰 속 사진을 바라보았다. 지난 일이 떠올랐는지 눈가 주름이 옅게 드리운 얼굴 위로 그리운 마음이 피어났다. 주인은 황위쉬안을 바라보다가 또다시 휴대폰 속 사진을 바라보았다. 운명이란 참으로 기묘하다는 걸 깊이 느끼고 있었다. 황위쉬안이 정말 찾아오다니.

"사장님, 이 여학생을 아시는 거죠. 그렇죠?"

황위쉬안이 물었다. 주인은 황위쉬안을 바라보고 있었다. 마치 오래전, 얼굴이 같았던 그 어린 소녀를 바라보듯이.

"네, 압니다."

주인이 고개를 끄덕였다.

"천원루라는 아이예요. 제 조카입니다. 예전에 제가 하던 레코드 가게에서 아르바이트를 했었죠."

드디어 찾았다! 황위쉬안은 속으로 소리쳤다.

"그럼…… 혹시 오른쪽에 있는 이 남학생도 아세요?"

황위쉬안은 왕취안성과 똑같이 생긴 소년의 얼굴을 가리켰다. 주인은 바로 대답하는 대신 잠시 생각하고 나서야 입을 열었다.

"알아요, 원루 친구였어요."

"그러니까 그냥 친구라는 건가요?"

황위쉬안은 미련을 버리지 못하고 캐물었다. 주인은 어째서 그런 걸 묻는지 모르겠다는 얼굴로 황위쉬안을 쓱 쳐다보았다.

"아, 그러니까 제 얘기는……."

황위쉬안은 잠시 생각을 정리하며 침착해지려 애썼다.

"두 사람, 혹시 사귀는 사이였나요?"

"그건 저도 잘 모르겠네요. 두 남학생이 레코드 가게로 윈루를 자주 찾아왔던 기억은 나요. 세 사람 사이가 좋아 보였어요."

"그럼 혹시 이 남학생 이름이 왕취안성인가요?"

시기상 말이 안 되는 일이라는 걸 알면서도 물어보았지만, 주인은 고개를 저었다.

"너무 오래전이라 정말 기억이 안 나네요."

황위쉬안은 조금도 낙담하는 기색 없이 계속해서 질문을 쏟아냈다.

"괜찮아요. 사장님, 아까 조카라고 하셨잖아요. 괜찮으시다면 연락처를 좀 알 수 있을까요?"

순간 주인의 얼굴에 난처한 기색이 드러났다.

"그건 아무래도 안 될 것 같은데요."

"곤란하게 할 생각은 없어요. 그냥 직접 물어보고 싶은 게 있어서요."

황위쉬안의 설명에 주인은 한숨을 내쉬며 대답했다.

"그런 뜻이 아니라, 도와주고 싶어도 그럴 수가 없어요. 윈루는 이미 여기 없거든요."

"없다고요? 타이완을 떠난 거예요?"

황위쉬안은 무슨 의미인지 알 수 없었다.

"아니요."

황위쉬안을 바라보는 주인의 눈 속에 감출 수 없는 슬픔이 어렸다.

“원루는 오래전에 세상을 떠났습니다.”

황위쉬안은 순간 당황했다. 뭐라고 대답해야 할지 잠시 말문이 막혔다. 한참이 지나서야 더듬거리며 물었다.

“어…… 언제요?”

“내 기억이 맞다면, 1999년이었을 거예요.”

천원루…… 그러니까 사진 속 여학생이…… 20년 전에 이미 죽었다는 거야? 천원루가 정말 1999년에 세상을 떠난 거라면, 사진은 그보다 전에 찍었다는 뜻이다. 그때 왕취안성은 고작해야 예닐곱 살 된 꼬마였을 것이다. 사진 속 소년은 왕취안성이 아니라 똑같이 생긴 사람일 뿐이라는 게 더욱 확실해졌다. 도무지 믿기지 않았다. 이 세상에 황위쉬안과 똑같이 생긴 소녀뿐만 아니라 왕취안성과 꼭 닮은 소년이 존재했다는 것, 그리고 그 둘이 다른 시공간에서 만났다는 사실이……. 황위쉬안은 휴대폰 속 사진을 멍하니 바라보았다. **이 남학생은 정말 왕취안성이 아니었던 거네. 나도 누군가의 대체물이 아니었던 거야. 그런데 왜 오히려 더 실망스럽고 슬퍼지는 거지?**

황위쉬안이 돌아섰다. 인사도 못 한 채 적막한 기분으로 카페를 나섰다. 주인이 “저기, 황……” 하고 부르는 소리마저 귀에 들어오지 않았다. 그런데, 황위쉬안은 주인에게 자신의 이름을 언급한 적이 전혀 없었다.

*

황위쉬안은 왕취안성의 부모에게서 전화를 받았다. 정식으로 고별식을 치러주려고 한다는 소식이었다. 비록 왕취안성은 지금도 여전히 '실종' 상태지만, 모두 알고 있었다. 비행기 추락 사고로 인한 사망을 그저 에둘러 표현한 말이라는 것을. 자식 잃은 부모의 마음은 이루 말할 수 없이 비통했지만, 삶은 계속 흘러가고 있었다. 그 삶을 이어가려면, 불가능한 희망을 끊어내야만 한다.

고별식은 지금 이 순간부터 왕취안성이 더 이상 이 세상에 존재하지 않는다는 것을 모두에게 알리는 자리였다. 황위쉬안은 그곳에서 울지 않았다. 오히려 왕취안성 생전의 사진들을 미소 지으며 바라보았다. 울고 싶지 않았다. 슬퍼하고 싶지도 않았다. 지금 이 순간은 그 사람을 잃은 아픔으로 채우고 싶지 않았다. 대신 그 사람이 그토록 자신을 아끼고 사랑했다는 사실, 자신을 아내로 맞아 평생을 함께하려 했다는 사실만 기억하고 싶었다. 황위쉬안은 왼손 네 번째 손가락에 끼워진 반지를 가만히 바라보았다. **그래, 받아들일게. 왕취안성, 네 프러포즈 받아들인다고.** 황위쉬안은 속으로 남몰래 되뇌었다.

그때 고별식의 어느 구석 자리, 누군가의 시선이 계속해서 황위쉬안을 좇고 있었다. 고별식이 끝나고 황위쉬안은 왕취

想見你 Someday or One Day

안성의 부모와 잠시 이야기를 나누었다. 왕취안성의 어머니가 말했다.

"위쉬안, 멋진 사진들 찾아줘서 고맙구나. 예전에는 사진 찍어도 웃기는커녕 늘 굳어 있었거든."

그 말에 황위쉬안은 약간 의아했다.

"정말요? 사진 찍을 때마다 제일 크게 웃곤 했는데."

왕취안성의 어머니가 자상한 얼굴로 황위쉬안을 바라보았다.

"널 만난 후로 잘 웃기 시작한 거야. 예전에는 사람들하고 말 섞는 것도 싫어하고 잘 웃지도 않았지. 널 만나고 나서 얼마나 많이 변했는지……."

어머니가 황위쉬안의 손을 꼬옥 잡았다.

"너랑 함께 있을 때 정말 행복해하는 게 느껴지더라."

황위쉬안은 순간 코가 시큰거리면서 말이 나오지 않았다. 잠시 어딘가로 자리를 떴던 왕취안성의 아버지가 다가왔다. 손에 작은 상자를 들고 있었다.

"위쉬안 앞으로 택배가 하나 왔더구나."

황위쉬안이 어리둥절한 얼굴로 택배를 받아들었다. 왕취안성의 부모가 궁금한 듯 바라보자 황위쉬안은 그 자리에서 상자를 뜯어보았다. **누가 굳이 고별식 자리로 택배를 보낸 걸까?** 상자 안에는 이어폰이 꽂힌 워크맨이 있었다. 옆쪽으로 《사랑의 끝》이라는 앨범 이름이 적힌 우바이의 카세트테이프가 보였다. 황위쉬안은 더욱 혼란스러웠다. **이게 다 뭐지? 설마 누가 장난하는 걸까?**

“누가 보낸 거니?”

왕취안성 어머니의 물음에 황위쉬안은 고개를 저으며 솔직히 답했다.

“저도 모르겠어요.”

약간 경계하듯 카세트테이프를 바라보던 황위쉬안은 이내 과거에 우바이의 콘서트가 있었다는 사실이 떠올랐다. 콘서트 티켓을 사려다가 매진된 것을 알고 낙담하고 있는데, 왕취안성이 갑자기 티켓 두 장을 내민 덕분에 기뻐서 소리를 질렀던 적이 있었다. 황위쉬안의 눈빛에 따스한 빛이 어렸다. **누가 보낸 건지 모르겠지만, 분명 어떤 의미가 있는 거겠지?** 그리고 왠지 모를 어떤 예감이 들었다. 이 모든 게 어쩌면 왕취안성과 연관이 있을지도 모른다고.

*

돌아가는 버스 안에서 황위쉬안은 워크맨을 꺼냈다. **대체 누가 보낸 걸까? 요즘 사람들은 워크맨이 뭔지도 모를 텐데. 게다가 당장 박물관에 진열해도 이상하지 않을 옛날 물건이잖아.** 카세트테이프를 워크맨에 넣고 되감기 버튼을 눌렀다. 순간 휴대폰에서 알람 소리가 들렸다. 화면을 슬쩍 보니 며칠 전

생일 축하 자리에서 찍은 사진을 샤오다이가 페이스북에 업로드했다는 알림이었다. 샤오다이와 동료들이 황위쉬안을 노래방으로 불러낸 날이다. 커다란 케이크를 사놓고 생일을 축하해 주면서 촛불을 불고 나서 소원을 빌라고 했었다. 황위쉬안은 두 가지 소원을 대충 말한 뒤, 세 번째 소원은 입 밖으로 내지 않았다. 대신 그날 밤, 집으로 돌아오고 나서 단 한 명에게만 소원을 털어놓았다. 다들 세 번째 소원은 반드시 속으로만 빌어야 한다고, 입 밖으로 내뱉으면 이뤄지지 않는다고 했지만, 어차피 이제 그 사람은 이 세상에 없었다. 그러니 황위쉬안 말고 그 세 번째 소원을 아는 사람은 이 세상에 없는 셈이다.

테이프가 되감기는 동안 황위쉬안은 휴대폰 화면을 열었다. 여전히 '읽지 않음' 상태로 남아 있는 메시지들을 다시 한 번 훑었다. 잠시 후, '딸깍' 하는 소리와 함께 테이프가 되감기를 멈추었다. 황위쉬안은 이어폰을 귀에 꽂고 재생 버튼을 눌렀다. 몇 초간 정적이 흐르고 귓가에 첫 번째 곡이 들려왔다. 〈라스트 댄스〉다. 생각의 물결이 현실 밖으로 멀어지고 있었다. 황위쉬안은 눈을 감은 채 허스키한 남성의 목소리가 읊조리는 슬프고도 애절한 사랑 이야기에 귀를 기울였다. 버스가 터널로 들어섰다. 터널의 불빛이 슬픔 어린 옆모습 위로 스쳐 지나갔다. 버스의 엔진 소리 속에서 황위쉬안은 익숙한 멜로디를 조용히 흥얼거렸다. 휴대폰 화면은 여전히 메시지

전송 창에 멈춰진 채 푸른빛만 은은하게 뿜어내고 있었다. 그때였다. 황위쉬안이 두 눈을 감고 있는 동안, 교차하는 빛과 그림자 사이로 메시지가 하나씩 '읽음' 표시로 바뀌었다. 마치 아득한 어둠 속에서 누군가가 황위쉬안의 간절한 마음과 그리움을 읽어내는 것처럼. 황위쉬안의 마지막 메시지가 보였다.

오늘은 내 생일이야. 세 번째 소원은 너의 얘길 빌었어. 널 만나고 싶다고.

그때 불현듯 자신의 것이 아닌 낯선 기억의 조각이 불꽃처럼 머릿속을 스쳐 지나갔다.

"방금 흥얼거리던 노래, 엄청 좋던데." 남학생이 말을 이었다. "지금 나오는 이 노래 말이야, 제목이 뭐야?"

소녀가 고개를 들어 눈앞에 서 있는 소년을 바라보았다. **'왕취안성?!'**

황위쉬안이 두 눈을 번쩍 떴다. 여전히 버스 안이다. **방금 이건 뭐지?** 차창 밖을 바라보니 버스는 여전히 터널을 달리고 있었다. 황위쉬안은 의아했다. **이 터널이 이렇게 길었었나?** 익숙한 멜로디가 여전히 귓가에 흐르고 있었다. 황위쉬안은 의아한 마음 반, 또 기대하는 마음 반으로 다시 한번 눈을 감았다. **그 남자아이는 누구지? 왕취안성인가? 방금 잠들었던 걸까? 혹시 잠들면 꿈에서 왕취안성을 만날 수 있는 걸까?**

"천원루?"

사진 속 그 여학생 이름이잖아!

"아직도 버스 기다리는 거야? 지각일 텐데?"

앳된 얼굴의 왕취안성이 스쿠터를 타고 와 앞에 멈춰 서더니 헬멧을 내밀었다. 이게 어떻게 된 일인지 물으려는 찰나 갑자기 누군가 두 손으로 눈을 가렸다.

"누구게?"

"왕취안성, 장난 그만해!"

눈앞의 두 손을 내치며 바라보니 자신이 뜬금없이 32레코드 밖에 서 있었다. 사진 속에서 보았던 또 다른 소년은 생일 케이크를 손에 들고, 어린 왕취안성은 큰 소리로 생일 축하 노래를 부르고 있다.

"천원루, 생일 축하해!" 두 소년이 말했다.

난 천원루가 아니야! 입 밖으로 말을 꺼내려는 찰나, 이번에는 자신이 도로 한가운데 서 있었다. 순간 눈을 자극하는 빛줄기에 본능적으로 고개를 돌리며 두 눈을 감았다. 이어서 귀를 찌르듯 날카로운 브레이크 소리가 들려왔다. 잠시 후, 세상이 칠흑 같은 어둠으로 빠져들었다. 의식을 잃기 직전 몇 초 동안, 노랫소리는 여전히 귓가를 울렸다. 아득히 머나먼 곳에서 들려오는 듯하다가 차차 흐릿해지며 음정이 변조되기 시작했다. 하지만 끝내 사라지지 않고 시공간을 가로지르며 황위쉬안을 또 다른 세계로 이끌고 있었다.

*

문득 음악 소리가 다시 선명해졌다. 본래의 리듬을 되찾으며 귓가를 맴돈다. 다시 눈을 떠보았지만, 빛줄기가 눈을 자극해 이내 다시 감았다. **뭐야, 터널 빛이 이렇게 강했던가?** 다시 천천히 눈을 떴을 때는 낯선 천장이 시야에 들어왔다. **버스 천장인가? 잠깐만. 내가 왜 침대에 누워 있는 거지?** 희미한 소독약 냄새가 코를 찔렀다. 병원 냄새였다. **이게 어떻게 된 거지? 방금 길고 이상한 꿈을 꿨던 것 같은데? 꿈에서 왕취안성을 만났었는데.** 이곳이 어디일까 궁금한 마음에 두리번거리는데, 병원 침대 옆에 앉아 있는 소년이 눈에 들어왔다. 순간 '헉' 하고 숨을 들이켜며 침대에서 벌떡 일어나 소년을 두 팔로 꽉 끌어안았다. 소년은 갑작스러운 포옹에 놀란 듯 잔뜩 얼어 있었다. **그 사람이야! 왕취안성! 사진 속에서 보았던 왕취안성이야! 방금 꿈에서 만났던 그 어린 왕취안성!** 참을 수 없는 기쁨에 눈물이 터져 나왔다. **생일날 빌었던 소원이 이루어진 거야! 드디어 다시 왕취안성을 만났어!** 하룻밤 꿈일지라도 상관없었다. 이 꿈에서 오래도록 깨고 싶지 않았다. 조금만 더 계속 이어지길 바랐다. 그 사람이 사무치게 그리웠다.

한참을 품에 안겨 있던 소년은 당황한 얼굴로 굳어 있다가 입을 열었다.

"천원루, 괜찮아?"

제4장

1998년, 타이난.

32레코드의 영업시간이 끝났다. 천윈루가 간판 불을 끄고 밖으로 나와 철문을 내려 닫았다. 돌아서서 길을 나서는데, 두 눈 위로 누군가의 손이 불쑥 나타났다.

"누구게?"

목소리만 들어도 누군지 알 수 있었다.

"리쯔웨이, 너 할 일이 그렇게도 없니?"

리쯔웨이가 웃으며 대답했다.

"그래, 우리가 너무 심심해서 뭐 할까 고민하다 너한테 노래 불러주려고 특별히 왔단 말이지."

우리? 그러니까 리쯔웨이 혼자 온 게 아니라는 거네? 천윈루는 살짝 알 수 없는 실망감에 젖었다. **같이 온 친구라면, 분**

명 모쥔제일 거야. 역시 예감이 맞았다. 리쯔웨이가 두 손을 내렸다. 천윈루가 고개를 돌리자 모쥔제가 촛불 켜진 케이크를 들고 앞에 서 있었다. 리쯔웨이가 옆에서 큰 소리로 생일 축하 노래를 부르기 시작했다. 노래가 끝나자 두 소년이 동시에 소리쳤다.

"천윈루, 생일 축하해!"

오늘은 천윈루의 열일곱 번째 생일이었다. 가족들조차 잊어버린 날을 두 소년은 기억해 주는 것도 모자라 진심으로 축하해 주고 있었다. 천윈루는 감동에 휩싸였다. 케이크 위에서 일렁이는 따스한 촛불을 바라보는데 마음이 절로 따듯해졌다. 아주 오랜만에 미소가 지어졌다.

"천윈루, 촛불 다 꺼지겠다. 얼른 소원 빌어."

리쯔웨이가 일부러 짜증이 난 척 재촉했다.

"그래, 얼른 소원 빌어봐!"

모쥔제도 거들었다. 고개를 끄덕이는 천윈루의 입가에는 여전히 미소가 걸려 있었다. 그 평온한 미소에 모쥔제는 자신도 모르게 정신이 아득했다.

"첫 번째 소원은, 앞으로 너희들이 스쿠터를 타다 학주에게 걸리지 않았으면 하는 거고."

천윈루의 말에 두 소년이 서로 눈을 맞추며 실소를 터뜨렸다.

"소원을 그런 식으로 낭비하지 말아줄래?"

리쯔웨이의 말에 모쥔제가 눈을 흘겼다.

“계속 소원 빌게 끼어들지 마.”

리쯔웨이가 어깨를 으쓱해 보였다.

“두 번째 소원은, 우리 모두 원하는 대학에 들어갈 수 있으면 좋겠어.”

그 말에 리쯔웨이가 대뜸 “와아” 하고 소리를 질렀다.

“천원루, 너 왜 이렇게 재미없는 소원만 자꾸 비냐?”

생일 케이크를 손에 든 모쥔제가 리쯔웨이를 옆으로 거칠게 밀치더니 천원루에게 말했다.

“천원루, 얘는 내버려두고 얼른 세 번째 소원 빌어. 세 번째 소원은 절대 말하면 안 된다는 거 잊지 말고.”

천원루는 고개를 끄덕였다. 속으로 소원을 빌려다가 문득 궁금해졌다.

“너희는 궁금하지 않아? 세 번째 소원은 왜 말하면 안 되는 거지?”

모쥔제가 잠시 생각하다가 대답했다.

“말하지 않으면 더 쉽게 이뤄지기 때문 아닐까!”

리쯔웨이의 생각은 달랐다.

“내 생각은 달라. 말하지 않으면, 언젠가 소원이 이뤄지지 않아도 실망하지 않고 계속 마음에 담아둘 수 있어서일 거야.”

리쯔웨이가 이런 대답을 할 줄이야. 천원루는 뜻밖의 답변에 약간 놀랐다. 눈을 감고 세 번째 소원을 조용히 빌고 난 뒤, 촛불을 '후' 불어 껐다. 리쯔웨이가 무언가 대단한 걸 건네듯 천원루에게 선물을 내밀며 말했다.

"모쥔제랑 같이 준비한 선물이야."

천원루가 선물을 풀어보았다. 워크맨이었다.

"어때, 맘에 들어?"

모쥔제의 긴장 섞인 물음에 천원루는 한껏 들뜬 얼굴로 기뻐하며 고개를 끄덕였다.

"당연하지! 어째서 이런 귀한 선물을 주는 거야?"

리쯔웨이가 모쥔제를 가리키며 대답했다.

"이 자식이 그러더라고. 네가 매번 낡아빠진 워크맨으로 노래를 듣고 있더래. 완전 다 망가져 가는 걸 버리지도 못하고 있더라나. 그래서 우리가 새걸로 선물해 주자 했지."

리쯔웨이의 말에 모쥔제가 서둘러 해명했다.

"너 왜 헛소리해. 좀 더 좋은 걸 쓰면 좋겠다고 말한 거잖아."

"그게 그거지."

리쯔웨이가 모쥔제의 어깨를 가볍게 두드리며 말했다.

"자자, 생일 축하 노래도 다 불렀고, 촛불도 껐고, 선물도 줬으니까 이제 시간도 늦었는데 네가 천원루 좀 바래다줘라!"

리쯔웨이는 친구의 연애에 힘을 보태러 왔을 뿐, 이제 물러날 차례였다. 그러나 리쯔웨이가 돌아서서 자리를 뜨려는 순간, 천원루가 리쯔웨이의 옷자락을 슬쩍 붙잡았다. 두 소년은 의아했다. 천원루가 붉어진 얼굴로 고개를 푹 숙이고 있었다. 리쯔웨이가 데려다주었으면 좋겠다는 말은 끝내 입 밖으로 나오지 않았다. 그 모습을 본 모쥔제의 눈빛이 살짝 어두워졌다. 왠지 어색해하는 리쯔웨이에게로 고개를 돌리며 애써 웃는 얼굴로 말했다.

"왠지 천원루는 네가 바래다주길 바라는 것 같은데!"

"내가?!"

리쯔웨이가 눈을 크게 뜨고 손가락으로 자신을 가리켰다. 모쥔제가 케이크를 리쯔웨이에게 건네며 태연한 척 말을 이었다.

"난 일이 있어서 먼저 가야겠다. 네가 데려다줘."

"야, 모쥔제, 너……."

모쥔제가 리쯔웨이의 말을 잘랐다.

"운전 조심해, 너무 속도 내지 말고."

모쥔제는 감정을 들키고 싶지 않아 서둘러 자리를 떴다. 이제 남은 건, 당황한 리쯔웨이와 여전히 부끄러운 듯 얼굴이 발그레해진 천원루 둘뿐이었다.

*

집으로 돌아가는 길, 스쿠터를 모는 리쯔웨이는 평소와 달리 말이 없었다. 뒷좌석에 앉은 천원루는 앞쪽 백미러를 통해 운전에 집중하는 리쯔웨이의 얼굴을 바라보았다. 몇 번이나 말을 걸어보려 했지만 너무 긴장한 탓에 입이 떨어지지 않았다.

여름날의 밤바람이 부드럽게 불어왔다. 밤거리는 인적과 차량이 드물어 한산했다. 길가의 가로등이 하나둘 두 사람을 스쳐 지나갔다. 스쿠터 뒷좌석의 손잡이를 꽉 쥔 손에서 땀이 살짝 배어 나왔다. 손을 앞으로 뻗어 리쯔웨이의 허리를 안고 싶었지만, 소녀 특유의 수줍음 탓에 행동으로 옮기지 못했다. 어느새 집과 가까워지고 있었다. 천원루는 용기를 내기로 했다. 어쩌면 이번 생에서 천원루가 낼 수 있는 최대치의 용기였을지도 모른다. 빨간불에 스쿠터가 멈추자, 리쯔웨이가 들을 수 있도록 큰 소리로 말을 건넸다.

"리쯔웨이, 내 세 번째 소원이 뭐였는지 말해줘도 돼?"

리쯔웨이는 말없이 백미러를 바라보았다. 거울에 천원루의 얼굴이 비쳤다. 거울 속에서 시선이 마주치자 리쯔웨이는 무언가 깨달은 것처럼 이내 시선을 돌렸다. 신호등이 파란불로 바뀌려 하자 천원루가 재빨리 입을 열었다.

"나…… 나는 언젠가 네가 좋아할 만한 그런 여자가 되고 싶어……."

천원루는 순간 자신의 혀를 깨물어 버리고 싶었다. **세상에……. 더듬더듬, 횡설수설, 이게 무슨 고백이야?** 신호등이 파란불로 바뀌었다. 리쯔웨이는 마치 아무것도 못 들었다는 듯 여전히 침묵 상태였다. 스로틀을 당기며 속도를 내자 스쿠터가 앞으로 나아갔다. 천윈루는 차가운 반응에 고개를 떨군 채 더 이상 말을 잇지 못했다. 뒷좌석 손잡이를 붙잡고 있던 두 손이 차갑게 식어갔다.

*

집에 다다르자 천윈루가 스쿠터에서 내린 뒤 헬멧을 리쯔웨이에게 건넸다. 리쯔웨이는 헬멧을 받아 들고는 스쿠터 앞좌석 밑에서 생일 케이크를 꺼내 조심스럽게 천윈루에게 내밀었다.

"저기…… 데려다줘서 고마워."

천윈루가 작은 목소리로 말했다.

"응, 늦었다. 얼른 들어가 쉬어."

리쯔웨이가 대답했다. 두 사람은 어색한 듯 서로 눈길을 피했다. 천윈루가 돌아서서 집으로 들어가려던 찰나, 잠시 망설이던 리쯔웨이가 천윈루를 불렀다.

"천윈루!"

천윈루는 심장이 세차게 뛰었다. 몇 초간 멍하니 서 있다가 천천히 돌아섰다. **혹시 아까 그 바보 같은 고백에 답해주려는 걸까?** 돌아서서 본 리쯔웨이의 얼굴은 매우 차분해 보였다. 막 피어오르던 희망의 불씨 한 줄기가 순식간에 사그라들었다. 리쯔웨이는 가볍게 숨을 들이쉬더니, 천원루를 마주 바라보며 말했다.

"나는 널 친구로 대할 수밖에 없어."

천원루의 머릿속이 '쾅' 하고 울렸다. 그 후로는 모든 것이 백지처럼 하얘졌다. 인생 첫 고백. 그리고 거절. 천원루는 뭐라고 대답해야 할지 알 수 없었다. 창피와 수치, 상처와 슬픔까지 온갖 감정이 한꺼번에 밀려들었다. 어찌할 바를 몰라 고개를 떨군 채 자신의 발끝만 바라보았다. 차디찬 기운이 발끝을 타고 서서히 올라오는 기분이었다. 한때 소년이 가져다주었던 따스한 온기가 조금씩 밀려나기 시작했다. 과거의 그 익숙한 냉기와 어둠이 다시금 천원루의 몸속으로 깊숙이 스며들었다.

"앞으로도 계속 친구로 지낼 거면, 날 좋아하지 말아줘."

말을 마친 리쯔웨이는 천원루를 힐끗 쳐다보았다. 상처 주는 말이라는 건 알지만, 어쩔 수 없었다. 천원루에게 아무런 감정이 느껴지지 않는 데다가 더욱이 천원루는 모췬제가 좋아하는 여자였다. 리쯔웨이는 스쿠터에 올라탄 뒤 키를 돌리며 시동을 걸었다. 길을 나서려는데, 천원루가 소리쳤다.

"잠깐만!"

천원루가 리쯔웨이 앞으로 다가서더니, 용기를 내 얼굴을 바라보며 물었다.

"모쥔제 때문이야?"

리쯔웨이는 순간 얼어붙었다. 고개를 끄덕이려다 말고 다시 고개를 저어야 하나 싶었다. 잠시 생각에 잠겨 있다가 애써 설명을 시도했다.

"모쥔제 때문만은 아니야. 내가 널 좋아할 일은 없을 거라고 한 건……."

"그만해!"

천원루가 말을 잘랐다. 더 이상 듣고 싶지 않았다. 상처는 한 번으로 충분했다.

"데려다줘서 고마워, 잘 가."

천원루는 억지 미소를 보인 뒤, 빠르게 인사를 건네고 집으로 들어갔다. 자신의 비참하고 초라한 모습을 보이고 싶지 않았다. 리쯔웨이는 천원루의 뒷모습을 바라보며 내심 마음이 불편했지만 어쩔 수 없었다.

*

처음으로 한 남학생을 좋아하게 됐다. 그리고 처음으로 용기를 내 고백했지만, 눈앞에서 거절당했다. 제아무리 밝고 긍정적인 소녀였다 해도 마음이 가라앉을 상황이었다. 그러니 줄곧 내성적이고 자신감 없던 천원루로서는 더 말할 것도 없었다. 문 앞에 한참을 서서 마음을 가다듬은 뒤에야 열쇠를 꺼내 집으로 들어갈 수 있었다. 하지만 집으로 들어서서 불을 켜자마자 천원루는 그대로 굳어버렸다. 도둑이라도 들이닥친 듯 거실이 온통 난장판이었다. 불안한 예감에 두리번거리던 천원루는 동생 방 문이 열려 있는 걸 보고 재빨리 걸음을 옮겼다. 방 안 역시 엉망진창이었다. 옷장 문이 열려 있고 그 안에는 옷들이 뒤죽박죽 어질러져 있었다.

"엄마! 엄마……. 집에 도둑이 든 것 같아요. 천쓰위안이……."

허겁지겁 엄마 방으로 달려가 전등을 켰다. 엄마 방도 마찬가지였다. 옷장 문이 활짝 열려 있고, 옷가지와 중요한 물건은 모두 사라진 듯했다. **엄마가 가버린 거야? 동생을 데리고 가버린 거야? 나 혼자 남겨두고? 아니, 아닐 거야, 그럴 리가 없어…….**

천원루는 다급히 거실로 나왔다. 생일 케이크를 계속 들고 있었다는 사실을 그제야 깨달았다. 케이크를 내려놓고 엄마의 휴대폰으로 전화를 걸었지만, 전원이 꺼져 있다는 음성만 들려왔다. 불안한 마음이 갈수록 커지고 있었다. 금방이라도 눈물이 터질 것 같았지만, 차마 울어버릴 수가 없었다. **어떻게 이럴 수 있지?** 얼마 전까지만 해도 하루빨리 독립해서 이 집을 떠나 자신만의 삶을 살고 싶었다. 하지만 천원루는 고작 열일곱 살 소녀였다. 한 번도 집을 떠나본 적이 없었다. 갑자기 가족에게 버림받은 현실 앞에서 그야말로 속수무책이었다. 천원루는 다시 전화기를 들고, 이번에는 외삼촌인 우원레이에게 전화를 걸었다. 수화기 너머로 외삼촌의 "여보세요" 하는 소리가 들리자마자, 참고 있던 눈물이 왈칵 쏟아졌다. 수화기를 붙들고 격앙된 얼굴로 울면서 소리쳤다.

"외삼촌……. 엄마가 가버렸어요, 쓰위안도 같이 가버렸다고요! 물건도 전부 챙겨 가고, 이제 나 혼자 남았어요……. 나 어떡해요?"

"윈루, 일단 진정하고 무슨 일인지 얘기해 볼래?"

수화기 너머에서 우원레이가 다급히 물었다.

"다들 정말 저를 버리기로 했나 봐요……."

천원루가 훌쩍이면서 가까스로 전후 상황을 대략이나마 털어놓았다. 우원레이는 엄마와 쓰위안이 어디로 갔는지 찾아볼 테니 함부로 나가지 말고 일단 집에서 기다리라고 일렀다. 하지만 전화를 끊고 나서도 천원루는 혼란스러운 마음에 가만히 앉아 기다릴 수가 없었다. **어쩌면…… 어쩌면 집을 나선 지 얼마 안 돼서 멀리 가지 못했을지도 모르잖아?** 생각이 거기에 미치자 더는 얌전히 앉아 있을 수가 없었다. 집 밖으로 뛰쳐나가 근처를 배회하며 가족들을 찾기 시작했다. 시간이 흐르면서 처음의 간절했던 기대감은 서서히 식어갔다. 결국 천원루는 한밤중 인적 드문 거리에서 홀로 어깨를 축 늘어뜨린 채 느릿느릿 걸음을 옮겼다. **그래도 오늘은 내 생일인데……. 정말이지 가장 비참한 생일이 되었네…….**

울적한 얼굴로 고개를 떨군 채, 혼자만 남게 된 집으로 향했다. 길을 건너려 할 때였다. 돌연 눈부신 빛줄기가 번쩍 비쳐왔다. 이어서 날카로운 브레이크 소리가 귀를 찔렀다. 그 순간에도 천원루는 몸을 피하지 않았다. 절망에 빠진 얼굴로 두 눈을 감았다. 곧 들이닥칠 엄청난 고통과 어둠을 기다리듯이. 더 이상 이 세상에 어떤 기대도 품고 싶지 않았다. 세상이 미웠다. 이런 세상에 홀로 남겨질 자신은 더더욱 싫었다.

*

머나먼 어딘가에서 조각난 듯 음정이 엇나간 노랫소리가 어렴풋하게 들려왔다. 홀로 남겨진 이 어둠 속에서 깨어나고 싶지 않았다. 그러나 노랫소리는 사라질 줄 모르고 계속되다가 점점 선명해져 갔다. 누군가 말을 거는 소리가 들리는 것도 같았다. **옆에 누가 있는 거지?**

"천원루, 도대체 무슨 일이 있었던 거야? 왜 이렇게 된 거냐고……."

후회와 아쉬움이 짙게 밴 목소리가 어쩐지 귀에 익었다. 천천히 눈을 뜨니 낯선 천장이 시야에 들어왔다. 소독약 냄새가 코끝을 찔렀다. 어디일까 궁금한 마음에 고개를 돌리는데, 병상 옆에 앉아 있는 소년이 보였다. 깜짝 놀라 눈이 번쩍 떠졌다.

"너……. 정말 너 맞는 거지……."

상반신을 일으켜 두 손으로 소년을 꽉 끌어안았다. 귀에서 떨어져 내린 이어폰을 타고 〈라스트 댄스〉의 익숙한 노랫소리가 흘러나왔다. 소년을 와락 끌어안고 울부짖듯 소리쳤다.

"왕취안성! 너 정말 너무해, 날 이렇게 혼자만 남겨두고! 내가 얼마나 보고 싶었는지 알아……."

소년은 갑작스러운 포옹에 놀란 듯 잔뜩 얼어 있었다. 잠시 후, 소년이 물었다.

"천윈루, 괜찮아?"

소녀는 멈칫했다. 눈물 가득한 얼굴을 들고서 고개를 갸우뚱하며 물었다.

"내가 누구라고?"

리쯔웨이는 당혹스러웠다.

"일단 너무 흥분하지 말고 진정해 봐……."

"방금 나를 천윈루라고 부른 거지……. 아……."

말을 이어가던 중, 갑자기 복잡하게 뒤엉킨 기억의 파편들이 쉴 새 없이 뇌리를 스쳐갔다.

난 황위쉬안인데……. 아니, 천윈루야……. 소녀는 눈앞의 리쯔웨이를 바라보았다. **분명 아는 아이인데, 왜 자꾸 왕취안성이라는 이름이 떠오르는 거지……. 왕취안성은 이미 죽었잖아?**

"천윈루, 괜찮아?"

또 다른 소년의 목소리가 들렸다. 정신을 차리고 보니 병실에는 한 명이 더 있었다. 그 소년을 바라보며 긴가민가한 말투로 물었다.

"너는…… 모…… 모쥔제?"

평소와 다른 소녀의 모습에 모쥔제는 잠시 멈칫하다가 고개를 끄덕였다. 소녀는 다시 리쯔웨이에게로 시선을 돌렸다. 왠지 모르게 '리쯔웨이'라는 말이 나오지 않았다.

"설마 내가 누군지도 기억 못 하는 거 아니지? 나 리쯔웨이잖아! 대체 무슨 일이 있었던 거야?"

리쯔웨이가 물었다. 소녀는 두 소년을 바라보며 열심히 생각해 내려 애썼다.

"그…… 그러니까 너희 둘이 내 생일을 축하해 주고 나서……. 아니지."

소녀가 고개를 흔들었다.

"너희가 아니라 우리 회사 동료들이었는데……."

황위쉬안과 천원루가 지닌 기억의 조각들이 동시에 겹쳐지고 있었다. 기억을 더듬을수록 혼란만 더해져 갔다.

"동료? 동료라니? 너 무슨 소릴 하는 거야?" 리쯔웨이가 물었다.

"나도 모르겠어……. 그러고 나서 누군가의 고별식에 갔었는데, 너무 괴롭고 슬펐어……."

소녀는 미간을 찌푸리며 기억을 애써 더듬어보았지만, 끊어졌다 이어지기를 반복하는 기억들은 낯설면서도 친숙했다. 모쥔제가 소녀를 제지했다.

"천윈루, 기억 안 나면 그만해도 돼. 너무 애쓰지 마."

소녀는 문득 머리를 꽉 움켜쥐더니 괴로운 얼굴로 말했다.

"생각났다! 그날 저녁, 집에 가니까 동생이 안 보이고 엄마도 연락이 안 돼서 너무 슬프고 무서웠어. 버려질까 봐 무서워서 집 밖으로 뛰쳐나가 가족들을 찾아다녔어……. 그러다가…… 그러다가 길을 건너는데, 차 한 대가 내 쪽으로 달려왔어……."

소녀가 두 소년을 바라보며, 답을 구하듯 물었다.

"그러니까 교통사고가 나서 병원에 온 거네, 맞지?"

두 소년은 서로 눈길을 주고받았다. 리쯔웨이가 잠시 머뭇거리다 말을 꺼내려 할 때였다. 불현듯 천윈루의 머릿속에서 누군가의 음성이 들렸다. **우리 엄마랑 동생은?** 소녀가 다급히 두리번거려 보았지만 다른 사람은 보이지 않았다.

"또 왜 그래?"

모쥔제가 조심스럽게 소녀를 바라보았다.

"우…… 우리 엄마랑 내 동생은? 나는 병원에 있는데, 다들 어디 간 거지?"

소녀가 혼잣말을 했다. 그러다 갑자기 리쯔웨이와 모쥔제를 바라보며 물었다.

"너희 스쿠터 있지? 나 집에 갈래. 나 좀 데려다줘!"

명령조에 가까운 말투에 두 소년은 한 번 더 시선을 주고받았다. **천원루가 정말 머리를 다친 건가? 왜 이렇게 딴사람이 된 것 같지?**

*

거실 테이블 위에 놓인 휴대폰에서 연신 진동이 울렸다. 옆에서 게임을 하던 천쓰위안이 짜증을 부리며 소리쳤다.

"엄마! 전화!"

원루의 엄마가 땀범벅이 된 얼굴로 주방에서 나오며 몇 마디 던졌다.

"누나가 지금 그런 일을 당했는데, 병원 가서 돌봐주지는 못할망정 네가 지금 게임할 정신이 있니?"

"내가 게임 안 한다고 누나가 깨어날 것도 아니고……."

천쓰위안은 입으로는 투덜대면서도 시선은 재차 천원루의 방으로 향했다. 실은 게임에 도통 집중이 안 되던 차였다.

"너 지금 그게 무슨 소리야? 다른 사람도 아니고 네 누나야! 지금 누구 때문에 이런 일이 생겼는데?"

"왜 나를 끌어들여. 누나가 그 일을 당한 게 나랑 무슨 상관인데?"

천쓰위안은 여전히 빠득빠득 소리를 쳤다. 그때, 초인종이 울렸다. 원루의 엄마는 전화를 받을 새도 없이 현관으로 달려갔다. 문밖에 서 있는 사람은 원루의 외삼촌이자 엄마의 남동생인 우원레이였다. 엄마가 의아한 얼굴로 물었다.

"네가 어쩐 일이야?"

우원레이가 집으로 들어서며 반문했다.

"나야말로 묻고 싶은데? 왜 여태 집에 있는 거야? 나는 또 누나가 병원에서 원루 챙기고 있는 줄 알고, 지나는 길에 쓰위안 먹을 것 좀 사 왔지. 누나, 이렇게 원루 혼자 병원에 두면 안 되는 거 아냐?"

"내가 돌봐야 할 애가 원루 하나뿐이니? 내가 집에 와서 먹을 거 안 해놓으면, 누가 쟤를 챙겨?"

엄마가 변명하듯 대답했다. 그 말에 소파에 앉아 있던 쓰위안이 대뜸 퉁명스레 받아쳤다.

"내가 밥해달라고 엄마한테 사정한 것도 아니고. 매사 그렇게 나한테 떠넘기지 좀 마, 응?"

원루 엄마가 대꾸하기도 전에 우원레이가 더는 못 참겠다는 듯 말했다.

"천쓰위안, 엄마한테 그게 지금 무슨 말버릇이야?"

천쓰위안이 작은 소리로 투덜거렸다.

"아빠도 아니면서 무슨 상관이야……."

그러고는 시선을 모니터로 돌리더니 계속 게임하는 척을 했다. 우원레이가 철부지 같은 녀석에게 몇 마디 훈계를 더 하려는데, 원루 엄마가 손을 저으며 말렸다.

想見你 Someday or One Day

"됐어. 아직 어린애한테 뭘 그렇게 따져."

"재가 나이가 몇인데. 누나만 재를 어린애 취급하지……."

말을 잇던 중, 갑자기 울리는 휴대폰 소리에 우원레이가 전화를 받았다.

"여보세요? 네……. 제가 천원루 외삼촌인데요……."

순간 천쓰위안이 귀를 쫑긋 세웠다.

"뭐라고요?"

우원레이 얼굴에 놀란 기색이 스쳤다.

"네, 알겠습니다. 지금 바로 갈게요!"

"무슨 일이야?"

원루의 엄마가 심각해진 우원레이 얼굴을 보며 물었다.

"병원에서 온 전화인데, 원루가 없어졌대."

원루 엄마는 소스라치게 놀랐다. 게임하는 척하던 천쓰위안은 두 손이 굳은 듯 멈췄다.

"대체 어떻게 된 거지?"

원루 엄마의 얼굴에 당혹감과 걱정이 어렸다.

"글쎄. 누나, 일단 병원부터 가보자!"

그때였다. 벌컥 하고 현관문이 열렸다. 천원루가 노기등등한 얼굴로 서 있었다. 당황한 세 사람은 눈을 휘둥그렇게 뜬 채 얼떨떨해했다. 천원루 뒤로 리쯔웨이와 모쥔제가 약간 난처한 얼굴로 서 있었다.

"원루, 이게 어떻게……."

원루의 엄마가 가까스로 입을 열었지만, 천원루가 불쑥 나서서 말을 가로챘다.

"그날 저녁 다들 어딜 갔던 거야? 아빠가 쓰위안 데리고 가버릴까 봐 엄마가 먼저 데리고 나간 거지, 나 혼자 버려두고?"

천원루의 기세에 다들 움찔하며 당황했다. 이런 모습은 처음이었다.

"원루, 그런 게 아니라, 그날 쓰위안이 집을 나가는 바람에 엄마가 급하게 찾으러 나갔던 거였어. 널 혼자 버려둔 게 아니라니까."

엄마가 해명하려 애썼다. 천원루는 한 발 앞으로 더 다가서더니 이번에는 양손을 허리에 올리며 몰아붙였다.

"아니었다고? 그날 저녁에 방이며 옷장이며 물건들이 전부 쏟아져 나뒹굴고 있었는데? 딱 봐도 허겁지겁 집 나간 모양새였다고!"

"그건 오해야! 쓰위안이 그렇게 만들어놓은 거라고!"

이렇게 큰 소리로 따져 묻는 딸의 모습이 난생처음이라 원루 엄마는 차마 전처럼 아들을 감싸고돌 수가 없어 그날의 상황을 솔직하게 털어놓았다. 천원루는 고개를 홱 돌리더니 소파에 앉아 있는 천쓰위안을 노려보았다. 천쓰위안은 마치 남의 일이라도 되는 양 게임을 하며 아무 생각 없이 말을 뱉었다.

"돈 찾느라 그런 거야. 돈 없이 어떻게 집을 나가?"

그 말에 천원루는 천쓰위안 앞으로 후다닥 다가갔다. 천쓰위안 손에서 게임용 조이스틱을 낚아채고는 마구 따졌다.

"집을 나가? 네가 뭐 때문에? 무슨 꿍꿍이로?"

천쓰위안이 얼빠진 얼굴로 바라보자, 천원루는 더욱 화가 치밀어 올랐다. 천쓰위안의 귀를 세게 잡아 쥐면서 말했다.

"자고로 머리는 생각하라고 있는 거야, 넌 생각이 있기는 하니? 가슴에 손을 얹고 생각해 봐라, 이 집에서 너한테 못해준 사람이 누가 있는지. 집을 나가야 할 사람은 바로 나라고. 어디서 나서, 나서긴!"

누나에게 이토록 호된 꾸지람을 듣는 건 난생처음이었다. 천쓰위안은 아파서 얼굴이 일그러졌지만, 찍소리도 못 하고 그저 참았다. 평소 얌전하고 조용하다 못해 극도로 내성적인 천원루가 폭발하는 모습에 모두가 입을 다물지 못했다. 결국 우원레이가 정신을 차리고는 천원루를 달래기 시작했다.

"원루, 일단 진정하고 대화를 나눠보자."

천원루는 비웃듯 콧방귀를 뀌고서 천쓰위안의 귀에서 손을 거칠게 떼어냈다. 평소 같았으면 예의 따위 없이 진작 맞받아쳤을 천쓰위안도 이번에는 얌전히 서 있었다. 얼얼해진 귀를 손으로 감싸며, 당혹스러운 눈빛으로 연신 누나를 힐끗거릴 뿐이었다. **진짜 우리 누나 맞아? 달라도 너무 다른데! 완전 다른 사람이잖아, 기 센 여자가 따로 없네! 머리를 진짜 심하**

게 다쳤나……. 이런저런 생각에 천쓰위안은 처음으로 누나 앞에서 걱정스러운 얼굴을 했다.

"원루, 엄마는 정말 너를 버리려던 게 아니야, 오해라고. 엄마가 어떻게 널 버리니?"

원루의 엄마가 계속해서 상황을 설명하려 애썼다. 그러자 천원루가 또다시 맞받아쳤다.

"자꾸 오해라고 날 탓하는데, 엄마라는 사람이 병원에 날 혼자 내버려둔 건 둘째 치고, 아빠랑 이혼 이야기하던 날에는 둘 다 쓰위안만 데려갈 생각이었지, 나는 아랑곳하지 않았잖아! 그런데도 오해 말라고? 엄마가 나였다면 어땠을 것 같아?"

원루의 엄마는 순간 말문이 막혔다. 천쓰위안이 엄마를 바라보다 누나에게로 시선을 옮기며 무언가 말을 하려다가 입을 닫았다.

천원루는 병원에서 깨어난 뒤 씩씩거리며 집으로 달려와 분노를 한바탕 터뜨리고 나서야 뭉쳐 있던 긴장감이 조금 누그러졌다. 그러고 나니 머리가 여전히 지끈거리고 아팠다. 이틀 내내 혼수상태에서 링거만 맞았으니 체력도 많이 떨어진 상태였다. 천원루는 고통스러운 기색으로 머리를 손으로 짚으면서도 앓는 소리를 내지 않으려 애썼다. 원루의 엄마는 그 모습에 애가 타기 시작했다.

"원루, 괜찮니? 많이 불편해 보이는데? 우선 병원에 데려다줄게, 응?"

엄마가 딸의 어깨를 부축하려 손을 뻗자, 천원루가 뿌리치며 토라진 듯 말했다.

"됐어, 나 혼자 갈 거야!"

천원루는 빠르게 현관으로 나가더니 문 앞에 서 있던 리쯔웨이를 향해 명령조로 말했다.

"왕취안성, 병원으로 데려다줘!"

"나는 왕취안성이 아니라 리쯔웨이라니까!"

리쯔웨이가 항의하듯 대답했다.

"뭐 어때, 그게 그거지!"

천원루는 아무래도 좋다는 듯 휑하니 문밖으로 나가버렸다. 모두가 어리둥절한 표정으로 서로의 얼굴만 바라보았다. 몇 초가 흘러서야 꿈에서 깬 사람들처럼 정신을 차리고는 일제히 그 뒤를 쫓아 나갔다.

*

천원루가 병원으로 돌아오자, 담당 의사가 다시 진찰을 시작했다. 머리가 약간 벗어진 중년의 남자 의사는 기본적인 검사를 하고 나서 천원루에게 물었다.

"이름이 뭐죠? 올해 나이는요?"

"저는 황……."

천원루는 잠시 머뭇거렸다. 무언가 이상하다는 생각에 잠시 고민하다 다시 입을 열었다.

"아니, 천…… 천원루예요. 올해 스물일곱 살…… 아니, 열일곱인가?"

의사는 옆에 있던 원루의 엄마, 외삼촌과 눈길을 한 번 주고받더니 다시 물었다.

"병원에 왜 오게 된 건지 기억나요?"

천원루는 미간을 찌푸리며 애써 기억을 더듬어보았다. 하지만 기억나는 건, 길을 건너던 중 자신을 향해 돌진해 오던 차 한 대와 귀를 찌르던 급브레이크 소리뿐이었다. 천원루는 약간 자신 없는 얼굴로 대답했다.

"아마…… 교통사고였던 것 같아요."

"교통사고 말이죠?"

의사는 천원루 가족에게 일단 진정하라는 눈빛으로 슬그머니 시선을 던졌다.

"좋아요, 알겠습니다. 그럼 혹시 집이 어디인지 기억나요?"

"네, 저는……."

또다시 확신이 서지 않는 얼굴이었다.

"저는…… 저는 타이베이에…… 잠깐, 타이난인가……."

"집 주소를 자세하게 이야기해 볼래요?"

의사가 물었다. 천원루는 한마디도 꺼내지 못한 채 멍하니

想見你

있었다.

"기억이 안 나세요?"

의사가 다시 묻자 천원루가 천천히 고개를 저으며 말했다.

"그게 아니라 헷갈려서요."

"헷갈린다고요? 그게 무슨 말이에요?"

"그러니까 저한테 질문하실 때마다 이상하게 머릿속에 두 가지 답이 떠올라서 어느 게 진짜 답인지 헷갈려요……."

의사가 고개를 끄덕이며 달래듯 말했다.

"너무 염려하지 마세요. 아주 흔하게 나타나는 기억 혼란 증세입니다. 상처는 큰 문제가 없어 보이지만, 혹시 모를 상황에 대비해 며칠 더 입원해서 지켜보는 게 좋겠어요."

의사가 진단서를 작성하려 하자 천원루가 대뜸 물었다.

"선생님, 입원 안 하고 집에 보내주시면 안 되나요?"

그 말에 원루의 엄마와 외삼촌은 깜짝 놀랐다. 어른들 말에 의견을 내는 법이 없고, 있어도 절대 고집부리는 일 없이 순종적이던 아이가 오늘따라 정말 이상했다. 천원루는 다시 의사를 설득하기 시작했다.

"상처는 큰 이상 없어 보인다고 하셨잖아요? 지금은 머릿속이 조금 혼란스러워서 기억하지 못하는 게 많을 뿐이에요. 어차피 쉬면서 회복할 시간이 있어야 하는데, 병원에 종일 누워서 아무것도 못 하고 있을 바에야 차라리 집에서 쉬는 게 낫지 않을까요? 익숙한 환경에 있으면 회복도 더 빠르고 기억도 금방 돌아올지 모르잖아요."

병실 바깥에서 엿듣고 있던 리쯔웨이와 모쥔제는 구구절절 조리 정연하게 말을 늘어놓는 천원루의 모습에 의아한 얼굴로 서로를 쳐다보았다. **언제부터 저렇게 말을 거침없이 잘했지?** 원루의 엄마와 외삼촌은 깜짝 놀라 입이 벌어지고 턱이 빠질 지경이었다. 천원루가 이렇게 주관이 뚜렷한 아이였던가. 게다가 자기 생각을 이렇게 유창하면서도 논리적으로 표현하다니. 예전에는 사람들과 눈 맞추고 대화하는 것조차 꺼리던 아이가 하루아침에 다른 사람이 된 것만 같았다. 이대로 집에 데려가도 괜찮을지 걱정스러웠다.

천원루의 예전 모습을 알 리 없는 의사는 천원루의 말에 그저 웃으며 대답했다.

"집에 가서 쉬는 거야 안 될 거 없지만, 제날짜에 병원 와서 검사는 꼭 받아야 해요, 알았죠?"

천원루가 고개를 끄덕였다. 의사가 병실을 나서며 우원레이에게 말했다.

"혹시 경찰 측에서 해결할 게 남았다고 해도 조금 더 기다리라고 해주세요. 환자분이 직접 기억을 되찾을 수 있게 하는 편이 좋을 것 같습니다."

천원루는 '경찰'이라는 말을 들었지만, 그저 교통사고의 사후 처리에 관련된 것이라 여기고 크게 신경 쓰지 않았다. 우원레이는 의사를 병실 문 앞까지 배웅했다. 병실 밖에 서 있는 리쯔웨이와 모쥔제의 모습이 약간 의아했다.

"너희가 여긴 웬일이니?"

"아……. 천원루가 걱정돼서요! 이제 저희도 슬슬 가봐야겠네요."

리쯔웨이가 머리를 내밀더니 병실 안의 천원루를 향해 말했다.

"천원루, 우리 이만 간다. 푹 쉬어. 안녕!"

천원루는 가볍게 손을 흔들었다. 리쯔웨이가 돌아서서 몇 걸음 발을 떼는데 모쥔제가 보이지 않았다. 고개를 돌려보니 모쥔제는 여전히 병실 밖에서 약간 복잡한 눈빛으로 천원루를 바라보고 있었다. 리쯔웨이가 다가가 모쥔제를 붙잡아 끌고 가며 말했다.

"가자! 의사 선생님이 괜찮다잖아. 너도 그만 걱정해."

"그래도 경찰이……."

잠시 후, 모쥔제의 목소리가 병원 복도 속으로 사라졌다. 천원루는 왠지 이상하다는 생각이 들었다. **의사랑 모쥔제가 왜 경찰을 언급하는 거지? 단순한 교통사고잖아?** 천원루는 엄마의 걱정스러운 얼굴을 뒤로하고 우원레이에게 물었다.

"외삼촌, 무슨 일이 있는 거예요? 왜 이렇게 다들 긴장하고 있어요? 의사가 상처도 괜찮다고 했잖아요?"

약간 난처한 얼굴로 잠시 고민하던 우원레이는 사실대로 털어놓기로 했다.

"원루, 네 머리는 사실 교통사고 때문에 다친 게 아니야."

천원루는 놀란 얼굴로 뒷머리 상처 부위 쪽으로 손을 뻗었다. 은근한 통증은 여전했다. **교통사고가 아니라고?** 우원레이가 계속 말을 이었다.

"그날 저녁, 네가 집을 나간 후 계속 돌아오지 않아서 너희 엄마랑 밤새 널 찾아다녔어. 새벽이 돼서야 경찰의 전화를 받았는데, 네가 길가에 쓰러져 있었다고 하더라. 머리에 난 상처는 누군가 뒤에서 둔기로 내리친 것 같다고 했어."

누군가 계획적으로 공격을 한 거란 말이야?! 왜? 누가 그런 짓을 한 거지? 천원루는 아무리 기억을 더듬어보아도 떠오르는 게 없었다. 그날 밤, 귀를 찌르던 급브레이크 소리가 울린 뒤로는 모든 게 새하얀 기억뿐이었다. **대체 무슨 일이 있었던 걸까…….**

*

"야! 모쥔제, 같이 가!"

병원에서 나온 뒤, 모쥔제는 내내 리쯔웨이를 공기 취급하며 존재 자체를 무시하고 있었다. 화가 난 듯했다.

"야! 대체 왜 화가 난 건데? 천원루 잘 깨어났잖아? 그리고 내가 집에 데려다준 다음에 자기 혼자 가족들 찾아서 나간 거라고! 쟤가 다친 건 나랑 아무 관련도 없다니까!"

모쥔제가 갑자기 멈춰 섰다. 돌아서서 리쯔웨이를 매섭게 바라보며 말했다.

"그래, 네 말이 맞아. 너랑 아무런 관련도 없는 일이지, 네 잘못도 아니고!"

모쥔제는 후회하는 기색이 역력했다.

"탓하려면 나를 탓해야지. 너한테 천윈루를 데려다주라고 한 것도 잘못이고! 내가 이 모양이라서 천윈루가 나 아닌 널 좋아하게 만든 것도 잘못이니까!"

리쯔웨이는 순간 굳어버렸다. **모쥔제가 알고 있었다니.**

"너 무슨 엉뚱한 소릴 하는 거야, 천윈루가 나 좋아한다고 누가 그래……."

리쯔웨이는 웃으며 얼버무렸다. 모쥔제가 내키지 않는 얼굴로 말했다.

"연기할 거 없어. 그날, 천윈루 생일 축하해 주고 나서 나 집으로 바로 안 갔어. 실…… 실은 스쿠터 타고 너희 뒤를 따라갔다가 천윈루가 집 앞에서 고백하는 거 다 들었다고!"

리쯔웨이는 순간 뭐라고 대꾸해야 좋을지 몰라 막막했다. 천윈루가 고백하는 걸 들었다면, 천윈루에게 거절한 것도 분명 들었을 텐데 왜 화를 내는 건지 이해가 되지 않았다.

"네가 무슨 생각 하고 있는지 알아. 그래, 너는 거절했지. 하지만 이런 생각은 안 해봤어? 만약 네가 거절하지 않았다면, 저렇게 상처 주고 힘들게 하지 않았다면, 그 늦은 시간에 혼자 가족들을 찾아 나갔다가 그런 무서운 일을 당하진 않았을 거야…….”

모쥔제가 감정을 억누르며 주먹을 꽉 쥐었다.

“난 왜 이렇게 겁이 많을까, 나 자신이 원망스러워. 처음부터 네 도움을 바라지 않고 내가 직접 좋아한다고 말했더라면, 상황이 달라지지 않았을까? 천윈루가 너만 바라보지는 않았을지도 모르지…….”

가만히 참고 듣고 있던 리쯔웨이는 모쥔제가 점점 엉뚱한 쪽으로 물고 늘어지는 걸 보다 못해 화가 치밀어 반박하듯 내뱉었다.

“어차피 벌어진 일을 네가 이제 와서 후회한들 무슨 소용인데? 네 말대로라면, 천윈루 상처받지 않게 나도 좋아한다고 말했어야 한다는 거야? 나는 걔한테 아무런 감정이 없다고!”

리쯔웨이는 살짝 짜증이 난 듯 머리를 헝클어뜨렸다. **이게 뭐야, 대체! 좋은 마음으로 도와주자 한 게 나까지 말려들어서 이렇게 복잡해질 줄이야! 게다가 애초에 나랑 아무 상관도 없는 일이잖아! 모쥔제는 왜 자꾸 나까지 끌어들이려고 하는 거야?**

모쥔제는 여전히 화가 가라앉지 않았다.

“리쯔웨이, 너는 네 생각만 하는구나! 그날 네가 그렇게 매몰차게 거절하고 상처 주지 않았으면, 천윈루는 분명 우리한테 도와달라고 했을 거야. 한밤중에 혼자 그렇게 무작정 가족을 찾아 나서지는 않았을 거라고……."

"모쥔제, 너 너무 과하게 받아들이는 거 아냐? 이건 애초에 천원루가 자초한 일이라고, 어?"

리쯔웨이는 순간 충동적으로 내뱉은 말에 아차 싶어 곧 후회했다. **큰일이다.** 아니나 다를까, 그 순간 모쥔제가 꽉 쥐고 있던 주먹을 들어 올렸다. 리쯔웨이가 본능적으로 피하려 하는데, 모쥔제가 주먹을 서서히 거두었다. 그러고는 리쯔웨이를 내버려두고 돌아서서 가버렸다. 쫓아가려던 리쯔웨이는 더 이상 무슨 말을 할 수 있을지 막막하다는 생각에 그만두기로 했다.

정말 내 잘못일까? 나는 정말 내 생각만 하고, 천원루의 감정은 무시해 버린 걸까? 조금 전까지는 화가 치밀었는데, 가만히 생각해 보니 모쥔제의 말도 어느 정도는 일리가 있었다. 모쥔제에게 순간적으로 화가 치밀어 말을 함부로 내뱉긴 했지만, 그렇다고 천원루가 신경 쓰이지 않았던 건 아니었다. 사고로 다쳐서 입원했다는 소식을 듣자마자 곧장 모쥔제와 함께 수업을 빼먹고 천원루를 보러 달려가지 않았던가.

의식 없는 천원루가 하루빨리 깨어났으면 하는 마음에 워크맨으로 천원루가 가장 좋아하는 우바이의 〈라스트 댄스〉를 들려주기도 했다. 천원루의 귀에 이어폰을 꽂아준 뒤 얼마 안 되어 천원루가 깨어났다. 다만 완전히 다른 사람이 된 것처럼 리쯔웨이를 연신 '왕취안성'이라고 불렀을 뿐. **망할 놈의 왕취**

안성은 또 도대체 누구야? 한참을 생각한 끝에 이 문제를 해결할 방법은 단 하나라는 결론에 도달했다. 천원루를 다시 한 번 만나야겠다.

想見你
Someday or One Day

제5장

1998년, 타이난.

집으로 돌아온 천원루는 집 안 구석구석을 생경한 눈으로 둘러보았다. 옆에서 천쓰위안이 전과 180도 달라진 누나를 가만히 지켜보았다. 아무래도 누나가 좀 이상하다 싶다. 원루의 엄마는 집에 오자마자 부랴부랴 방으로 들어가 출근 준비를 마쳤다. 집을 나서려다 말고 무언가 떠오른 듯 천원루를 보며 말했다.

"오후에 닭곰탕 끓여놨는데, 지금 데워줄까?"

천원루는 됐다는 듯 고개를 저었다.

"그럼 엄마 먼저 출근할게. 몸조심하고, 푹 쉬고 있어."

천원루가 의아하다는 얼굴로 물었다.

"출근? 다 늦은 시간에 어디로 출근을 한다는 거야?"

잠시 멈칫하던 엄마는 이내 '아차' 싶은 얼굴로 미안하다는 듯 대답했다.

"아니지, 네가 원하면 엄마 오늘 휴가 내고 네 옆에 있어 줄 수 있어."

그때, 천윈루는 갑자기 뭔가가 머리를 스쳤다.

"아, 엄마 어디에서 일하는지 생각났다. 어쩐지 다 늦은 시간에 출근하더라니."

그러고는 아무래도 상관없다는 얼굴로 말을 이었다.

"괜찮아, 엄마 없어도 되니까 걱정 말고 얼른 출근해! 나는 알아서 잘 쉴 테니까, 엄마는 술 너무 많이 마시지 말고."

엄마는 두 귀를 의심하며 눈을 깜빡였다. **방금 윈루가 나를…… 걱정해 준 건가?** 윈루의 엄마가 가족의 생계를 위해 어쩔 수 없이 술집에서 일을 시작한 뒤로 윈루는 줄곧 엄마의 직업을 부끄러워했다. 바깥에서 마주치기라도 하면, 고개를 푹 숙이고 모른 척하는 날이 많았다. 윈루 엄마는 순간 목이 메어 말을 이을 수 없었다. 동생 방으로 향하는 딸의 모습을 그저 물끄러미 바라보았다.

"야! 어디 가? 거긴 내 방이거든!"

천쓰위안이 소리쳤다. 천윈루는 발을 멈추고 돌아서서 천쓰위안을 노려보았다.

"나도 알아!"

그러고는 방향을 바꿔 또 다른 방으로 들어가서 문을 닫았다.

*

방에 들어선 천원루는 제일 먼저 책상 위에 나란히 놓인 카세트테이프들이 눈에 들어왔다. 다가가 몇 개를 꺼내 살펴보았지만, 이상하게도 낯설었다. 마치 아주 오랜만에 보는 듯한 느낌이었다. 자리에 앉아 서랍을 열어보니 일기장이 한 권 있었다. 꺼내서 아무 페이지나 펼쳐보았다. 반듯하고 단정한 글씨체로 글이 적혀 있었다.

나는 가끔 우주에서 가장 어둑한 별이 된다.
이 미약한 존재를 누군가 알아주길 바라면서 혼신을 다해 빛을 내는 별…….
그러나 결국 날 기다리는 건 추락뿐이다.
추락하는 순간, 나는 안다. 이 세상에 날 기억하는 이는 없다는 걸…….
아쉬움 가득한 청춘 속에서 나는 점점 시들어가고,
상실감 가득한 황무지에서 나는 우는 법을 배웠다.
내가 나를 연기하는 동안 나 자신을 내버렸다…….
마음 깊숙이 어둑한 그 방 안에서 날 안아주는 사랑의 노래를 읊조린다…….

글을 읽어 내려가던 천원루는 무심코 얼굴이 살짝 일그러졌다. **세상에, 이게 정말 내가 쓴 거라고? 도대체 그간 어떻게 살았던 거야? 어째서 이렇게 숨 막히고 어두운 시간을 보낸 거야?** 천원루는 한 페이지를 넘겨보았다.

> 햇살이 눈부시게 밝았다……. 하지만 차마 눈을 감을 수가 없다.
> 그 아이를 볼 수 없을 테니까…….

그때, 천원루의 머릿속을 스쳐 가는 장면이 있었다. 앞에서 걷고 있는 리쯔웨이와 모쥔제를 지켜보는 모습이었다. 환하게 웃고 있는 리쯔웨이에게서 천원루는 내내 시선을 떼지 못했다. 이어서 비슷한 장면 하나가 또다시 머릿속을 스친다. 이번에는 왕취안성이다. 앞서 걷던 왕취안성이 걸음을 멈추더니, 미소 띤 얼굴로 돌아서며 손을 내밀었다. 두 가지 기억이 동시에 떠오르자 천원루는 혼란스러움에 머리를 흔들었다. 어느 것이 진짜 기억인지 알 수 없었다.

일기장을 덮으니 병원에서 가져온 가방에 눈길이 닿았다. 가방에 든 물건을 침대 위로 전부 쏟았다. 워크맨이 보였다. 손에 들고 가만히 바라보는데 당혹스러운 기분이 들었다. 어디선가 본 듯한 느낌, 하지만 왠지 지금 여기 시공간이 아닌 것 같았다……. 이어폰을 귀에 꽂으려는데, 창문에서 무언가 부딪히는 소리가 작게 들려왔다. 밖을 내다보니 리쯔웨이가 건물 밑에서 손을 흔들고 있었다. 두 사람 분량의 냄비우동을 다른 한 손에 들고서.

*

야식 먹는데 굳이 공원까지 와서 먹어야 하나? 그것도 하필 스케이트장에 앉아서? 이건 무슨 특이 취향인 거야? 천원루는 아직도 뜨끈뜨끈한 우동을 먹으며 답답한 듯 생각했다. 리쯔웨이가 자신을 계속 쳐다보고 있는 게 느껴졌다.

"왜, 내 얼굴에 뭐 묻었어?"

천원루의 물음에 리쯔웨이가 대답했다.

"아니. 너 머리는 괜찮아?"

"괜찮아. 조금 부어서 그렇지, 건드리지만 않으면 많이 안 아파."

리쯔웨이는 괜히 손으로 머리를 쓸어 넘기다 입을 열었다.

"어디 불편한 데 있으면 나한테 바로 얘기해!"

천원루가 영문 모를 눈빛을 보이자 리쯔웨이가 서둘러 대답했다.

"집에서 며칠 더 쉴 생각이야? 내가 대신 학교에 말해줄까?"

"됐어, 학교 일은 엄마가 알아서 할 거야."

천원루가 딱 잘라 거절했다.

"그럼 내가 도와줄 일은 없어? 나랑 모쥔제 번호 있을 거 아니야, 어떻게 연락하면 되는지 알지?"

우동을 먹던 천윈루가 고개 돌려 리쯔웨이의 얼굴을 바라보다 동작을 멈췄다. 그러다 잠시 후, 중얼거리듯 말했다.

"어쩜 이렇게 닮았지……."

"뭐? 무슨 소리야? 뭐가 닮아?"

리쯔웨이가 보기에 천윈루가 왠지 자기 말을 듣지 않고 있는 듯했다. 반응도 평소와는 달라 보였다. 리쯔웨이는 걱정이 되었다.

"천윈루, 너 진짜 괜찮아?"

천윈루는 그제야 정신을 차리더니 입에 있던 우동을 꿀꺽 삼키며 대답했다.

"괜찮아. 참, 방금 뭐라고 했지?"

기껏 진지하게 이야기했더니 아예 못 들은 모양이었다.

"그러니까, 그게, 앞으로 무슨 일 있으면 언제든 나한테 도움 요청해도 된다고."

리쯔웨이가 감정을 가다듬으며 최대한 침착하게 다시 한 번 말했다. 그러자 천윈루가 어리둥절한 얼굴로 되물었다.

"왜 굳이 나한테 그런 얘길 하는데?"

"아무튼 너는 깊이 생각할 거 없이, 앞으로 무슨 일 생기면 나랑 모쥔제 찾아오면 된다고!"

"할 말 있으면 그냥 하지 그래?"

리쯔웨이가 진짜 의도는 감춰두고 말을 빙빙 돌리고 있다는 걸 천원루는 단번에 알았다. 리쯔웨이는 그 말에 마음의 준비가 안 된 듯 머리만 쓸어 넘겼다. 어떻게 이야기를 꺼내야 하나 난감했다. 그때, 천원루가 야식을 싹 비웠다.

"나 다 먹었어. 너 얘기 안 하면, 나 집에 간다."

천원루가 일어서려고 하자 리쯔웨이가 다급히 붙잡았다.

"알았어, 알았어! 얘기하면 되잖아."

"네 생일날, 내가 너 집에 데려다주고 나서 너한테 했던 말 혹시 기억나?"

천원루는 가만히 생각하다가 물었다.

"나 좋아할 일은 없을 거라고 했던 말?"

리쯔웨이는 순간 당황했다. 천원루가 이렇게 직설적으로 대답할 줄이야. 무안해진 리쯔웨이는 애써 태연한 척 말했다.

"그러니까…… 내가 한 말 때문에 나랑 모쥔제를 피하지 않았으면 좋겠어. 그보다 더 중요한 건, 힘든 일이 생기면 무조건 우리한테 도움을 요청하라는 거야. 그날처럼 혼자 무작정 뛰쳐나가는 거, 너무 위험해……."

천원루가 리쯔웨이를 빤히 바라보았다. 리쯔웨이는 그런 천원루가 어쩐지 이상했다. 예전 같았으면 고개만 푹 숙인 채 눈도 마주치지 못했을 터였다. 이렇게 눈을 동그랗게 뜨고 빤히 쳐다보는 모습은 불가능에 가까웠다.

"천원루, 그게 무슨 표정이야?"

리쯔웨이가 천원루의 얼굴을 가리키며 물었다.

"너 혹시 머리 다치면서 안면 근육도 이상해진 거야?"

"이상한 건 너겠지! 그냥 모든 게 다 이상해! 너도 그렇지만, 나도 내가 이상하다니까……."

천원루가 퉁명스레 대답했다.

"그게 무슨 말이야?"

리쯔웨이는 어리둥절했다.

"그게……."

천원루는 잠시 생각하다 말을 이었다.

"예전에 있었던 일들이 기억은 나는데, 왠지 내가 직접 겪은 일이 아닌 것 같단 말이지."

"그게 다야? 왜 들을수록 더 모르겠지?"

리쯔웨이는 더 혼란스러워졌다.

"그러니까 설명하기가 너무 어려운데. 그 생일날도 말이야, 내가 너한테 고백을 왜 했는지 모르겠다니까. 그건 내 스타일이 아니란 말이지. 나는 좋아하는 사람이 생기면 직접 말하는 대신 상대방이 먼저 나를 좋아하게끔 전략을 쓰거든. 나한테 고백할 수밖에 없도록 만드는 거지."

천원루가 청순한 얼굴을 들며 말했다. 은은하게 반짝이는 눈빛이 자신감에 차 있었다. 그 순간, 리쯔웨이는 천원루에게서 다른 사람이 보였다. 갑자기 가슴 한편에 알 수 없는 감정이 스몄다. 입을 헤벌리고 있던 리쯔웨이는 한참이 지나서야 말을 건넸다.

“너 방금 이야기할 때, 천원루 아닌 거 같았어.”

“그래, 왕취안성, 바로 그거야! 나도 지금 내가 천원루 같지 않다니까.”

또 시작이네. 그놈의 왕취안성. 도대체 왕취안성이 누구야?

천원루는 답답하고 혼란스러운 마음을 알아줄 사람이 드디어 나타났다는 듯 계속해서 말을 이었다.

“아무래도 머리를 다쳐서 그런 거겠지? 내 일기장을 봐도 예전 일들이 기억은 나는데, 내가 왜 그랬는지 도무지 이해가 안 되는 거야. 지금의 나였다면 절대 그럴 리가 없는데…….”

“잠깐만, 나 궁금한 게 있는데 도대체 왕취안성이 누구야?”

리쯔웨이는 쉼 없이 쏟아지는 천원루의 말을 듣다못해 불쑥 끼어들었다. 왕취안성이 누구인지 궁금해서 참을 수가 없었다. 천원루가 왜 그토록 자신을 왕취안성이라고 부르는지도 궁금했다.

“왕취안성?”

천원루가 물었다.

“너 몰라? 너 깨어난 뒤로 계속 나를 왕취안성이라고 부르고 있잖아.”

“내가?”

“그래! 방금 나보고 왕취안성이라며? 그리고 병원에서 깨어났을 때 나 꽉 끌어안고 울면서 왕취안성이라고 불렀잖아. 왜 널 혼자 두고 떠났냐고 다그치면서!"

리쯔웨이는 그날 받았던 충격을 지울 수 없었다. 여학생에게 그렇게 꽉 끌어안긴 건 그날이 처음이었다. 천윈루는 어떻게 설명해야 할지 난감한 얼굴로 리쯔웨이를 잠시 바라보다가 입을 열었다.

"그것도 내가 이상하다고 느끼는 점이야. 네 이름이 리쯔웨이라는 걸 분명 아는데, 너를 보면 네가 리쯔웨이가 아니라 왕취안성이라는 사람 같단 말이지."

"그게 무슨 소리야?"

"그만 물어봐, 나도 어떻게 설명해야 할지 모르겠으니까. 그리고 굳이 너랑 이런 얘기까지 하고 싶진 않지만……."

"왜? 서로 비밀까지 주고받은 마당에 말 못 할 게 뭐 있어?"

리쯔웨이가 계속해서 캐묻자 천윈루는 할 수 없이 입을 열었다.

"사실은 병원에서 깨어난 뒤로 내가 아주 길고 긴 꿈에서 깨어난 것 같은 느낌이야. 그 꿈이 너무 생생해. 깨어난 건지, 아니면 여전히 꿈속인지 헷갈릴 정도로."

"꿈? 무슨 꿈이었는데?"

"너랑 내가 다른 삶을 살고 있는 꿈이었어. 그 꿈에서 내 이름은 천윈루가 아니라 황위쉬안이었고, 너는 리쯔웨이가 아니라 왕취안성이었어……."

천원루가 다시 고개를 들었다. 은은한 행복감이 빛이 되어 눈 속을 채웠다. 입가에도 미소가 번지고 있었다.

"꿈속에서 본 황위쉬안은 지금의 천원루랑 정말 달랐어……. 내키지 않는 일은 억지로 하지도 않았고, 꿈을 좇는 데에는 거침이 없었지. 그리고 꿈에서 대학생이 되었을 때 너를 만났는데 이름이 왕취안성이라고 했어……."

꿈 이야기에 푹 빠져든 천원루의 모습을 리쯔웨이는 자신도 모르게 넋 놓은 얼굴로 바라보았다.

"꿈에서 우린 분명 처음 만났는데, 이상하게도 내가 뭘 좋아하고 싫어하는지 네가 전부 알고 있는 거야. 나를 아주 오래전부터 알고 있기라도 했던 것처럼 말이야. 꼭 나를 만나려고 내 앞에 나타난 것 같았어……."

리쯔웨이는 천원루의 꿈 이야기에 점점 빠져들었다. 꿈이 아니라 실제로 존재하는 또 다른 세계처럼 느껴졌다.

"꿈에서 우리는 타이베이에 있는 작은 아파트를 하나 빌렸어. 사실 나는 처음에 그 집이 별로였거든. 근데 같이 산 가구들이며 함께 찍은 사진들이 늘어가고, 둘만의 흔적들이 쌓여가는 걸 보니까 그 집이 날이 갈수록 좋아지더라. 얼마나 좋았냐면, 우리가 돈을 충분히 모아서 더 큰 집으로 옮기려고 했을 때도 차마 그 집을 못 떠나겠더라고……."

그때였다. 천원루의 눈빛이 어두워지면서 미소도 함께 사라졌다.

"나중에, 네가 날 떠났을 때도, 난 혼자 그 집에 살았으니까……."

이상했다. 그건 분명 꿈이었는데. 꿈속에서 왕취안성이 떠나버렸다는 사실을 떠올릴 때마다 천원루는 여전히 가슴이 아프고 슬펐다. 심지어는 어느새 눈시울이 붉어지곤 했다. 천원루가 리쯔웨이에게로 고개를 돌렸다. 리쯔웨이는 괴상하고 난해한 무언가를 바라보는 사람처럼 입을 헤벌리고 있었다. 천원루는 순간 부끄러운 생각에 화가 치밀었다.

"야, 너 그게 무슨 얼굴이야? 내 얘기 못 믿는 거지!"

그제야 정신이 든 리쯔웨이는 넋 나간 얼굴로 천원루를 바라보고 있었다는 걸 자각하고 약간 당황스러웠다. 그 마음을 애써 감추려 능글맞게 웃었다.

"못 믿는 게 아니라, 생각지도 못했네……."

리쯔웨이는 일부러 천원루에게 힐끗 시선을 던졌다.

"네가 그 정도로 나를 좋아할 줄이야!"

"내가 널 좋아한다고?"

천원루는 손으로 자신을 가리키며 황당해했다.

"그래, 봐봐, 꿈을 꿔도 계속 내 꿈만 꾸잖아!"

그 순간, 리쯔웨이는 왠지 모르게 기분이 한껏 좋아졌다. 참다못한 천원루가 눈을 흘겼다.

"자뻑도 정도껏 해라. 내가 왜 널 좋아한 건지 이해가 안 되네."

"야, 너 그건 또 무슨 소리야?"

천원루가 리쯔웨이의 이마를 손가락으로 거침없이 쿡쿡 찔렀다.

"너 말이야, 애송이 녀석아! 솔직히 말해서 네가 얼굴만 좀 반반하지, 다른 건 하나도 눈에 안 차거든! 맨날 영양가 없는 소리에다가 실없이 시시덕거리기나 하고, 어설픈 개그 아니면 폼만 잡잖아. 그리고 손목에 찬 그 전자시계, 그건 정말 못 봐주겠다. 네가 초딩이냐……."

천원루에게 이런 식으로 지적을 당할 줄이야. 무안해진 리쯔웨이는 전자시계를 차고 있던 손을 무의식적으로 슬그머니 등 뒤로 감췄다.

"그러니까 내 생각에, 내가 정말 좋아한 건 꿈속에서 만난 그 왕취안성이야. 네가 아니라."

천원루가 고개를 돌리더니 리쯔웨이의 어깨에 손을 '탁' 올렸다.

"말 나온 김에 제발 부탁인데, 내가 고백했던 거 얼른 잊어주라. 남들이 알면 창피하니까."

그 말에 리쯔웨이는 왠지 기분이 상했다.

"그러든가."

리쯔웨이가 토라진 듯 고개를 돌려버렸다. **좋아한다고 했다가 또 아니라고 했다가. 천원루 도대체 어떻게 된 거야?** 천원루는 리쯔웨이의 모습에 웃음이 나왔다.

"뭐야, 설마 화난 거 아니지? 언제는 너 좋아하지 말라며? 이제 안 좋아한다니까 왜 또 못마땅한 얼굴이야?"

"누가 화났다고 그래?"

리쯔웨이가 불만스레 대답했다.

"화났는데, 뭐. 유치해 죽겠네! 아니면…… 실은 너도 나를 좀 좋아하는구나?"

천윈루가 자신을 가리키며 오버스럽게 말했다.

"제발 부탁인데 날 좋아하지 말아줘, 내가 널 좋아할 일은 없으니까."

리쯔웨이는 기가 막힌다는 듯 말을 뱉었다.

"누가 너 좋아한대! 내일 당장 지구에 종말이 와서 우리 둘만 남아도 절대 널 좋아할 일은 없을 거다!"

"야! 왕취안성, 너 다시 한번 말해봐!"

리쯔웨이의 도발에 천윈루도 슬그머니 화가 치밀었다.

"첫째, 나는 리쯔웨이니까 자꾸 왕취안성이라고 부르지 마!"

리쯔웨이의 반발이 이어졌다.

"둘째, 몇 번이든 얘기해 줄게. 죽어도 널 좋아할 일은 없을 거…… 아악!"

말이 채 끝나기 전에 어깨 위로 주먹이 세차게 날아왔다.

"천윈루, 너 나 때렸냐!"

"누가 왕취안성 얼굴로 그런 소릴 하래! 경고하는데, 그 얼굴로 나한테 아무 말이나 막 하지 마."

왕취안성, 그놈의 왕취안성! 고작 꿈꾼 걸로 저렇게 진지할 일이야? 리쯔웨이가 벌떡 일어서며 맞받아쳤다.

"너 자꾸 무슨 꿈이네, 왕취안성이네 하면서 나 끌어들이지 마. 실은 고백하고 거절당해서 그럴듯한 핑곗거리를 대고 싶은 거잖아! 그렇게 허무맹랑한 이야기를 지어내다니, 상상력도 참 풍부하다. 소설 쓰냐?"

천윈루도 자리를 박차고 일어나 리쯔웨이의 종아리를 거세게 걷어찼다. 리쯔웨이는 아팠는지 한쪽 무릎을 꿇고 바닥에 주저앉았다. 천윈루에게 따지려고 고개를 들자, 가슴 앞에 엑스자를 그린 채 두 주먹을 불끈 쥐고 있는 천윈루의 모습이 눈에 들어왔다. 게다가 눈을 부라리며 불만스러운 표정까지 짓는데 그건 상스러운 욕설이나 다름없었다. 씩씩대며 자리를 뜨는 천윈루의 뒷모습을 가만히 바라보는데 머릿속에 또다시 물음표가 떴다. **도대체 어디서 저런 걸 배워 온 거야?**

*

하교를 알리는 종이 아직 울리지 않았다. 그런데도 모쥔제는 가방을 메고 아무도 보지 않는 틈을 타 담을 넘으려 하고 있었다. 두 발이 땅에 닿는 순간, 담장 밖에 자신보다 한발 앞서 대기하던 누군가가 있었다.

"땡땡이치면서 나한테 말도 안 하냐, 이 의리 없는 자식아!"

리쯔웨이가 먼저 말을 걸면서 우호적으로 다가왔다. 모쥔제는 약간 놀랐지만, 별 대꾸 없이 돌아서서 걷기 시작했다. 리쯔웨이가 그 뒤를 쫓으면서 능글맞게 웃으며 말했다.

"딱 보니까 천원루 찾아가려는 거 같은데, 맞지?"

모쥔제의 걸음이 빨라졌다. 리쯔웨이가 그 뒤통수를 향해 큰 소리로 말을 이었다.

"밤새 생각해 봤는데, 네 말이 맞더라. 천원루가 다친 건 내 책임도 있어."

순간 모쥔제가 걸음을 멈칫하자 리쯔웨이가 바짝 따라붙으며 말했다.

"그리고 말이야. 천원루를 공격했던 범인이 아직 안 잡혔잖아. 만약 천원루가 깨어났다는 걸 알면, 입막음하려고 다시 또 천원루를 괴롭힐지도 몰라."

모쥔제가 돌아섰다. 이 녀석을 용서해야 할지 말아야 할지 고민하는 얼굴로 리쯔웨이를 가만히 바라보다가 마침내 입을 열었다.

"나도 같은 생각이야."

*

천원루가 문을 열었다. 두 소년의 모습이 보이자 의아했다. **아직 수업 중 아닌가? 얘네가 여기 웬일이지?** 두 소년이 서로 눈을 한 번 마주쳤다. 리쯔웨이가 입을 열었다.

"오늘 야외 수업이라서."

모쥔제도 입을 맞추며 말을 이었다.

"맞아, 마침 여기 근처라서 겸사겸사 너 보려고 왔어."

천원루가 못 들어주겠다는 얼굴로 두 소년의 거짓말을 단칼에 들춰냈다.

"땡땡이면 땡땡이지, 무슨 변명을 그렇게 해?"

두 소년은 당황한 얼굴로 서로 눈길을 주고받았다. 동시에 두 사람 얼굴 위로 물음표가 떴다. **범생이 천원루가 웬일로 화를 안 내는 거지?** 모쥔제는 걱정스러운 마음에 미간이 살짝 일그러졌다. 그때, 천원루가 물었다.

"땡땡이까지 치고 뭐 때문에 날 찾아온 건데?"

리쯔웨이가 대답했다.

"우리는 널 공격했던 범인이 또 너를 찾아올까 봐 걱정돼서……."

리쯔웨이가 모쥔제를 힐끗 쳐다보고는 가슴을 꼿꼿이 세우며 말을 이었다.

"그래서 우리가 널 지켜주려고!"

천원루는 그 말에 '푸훗' 하고 웃음을 터뜨렸다.

"너희가 날 지켜준다고? 어떻게 지켜줄 건데? 24시간 옆에 붙어서 보디가드 노릇이라도 하게?"

천원루가 웃으며 말하자 리쯔웨이는 살짝 무안했다.

"웃을 것까진 없잖아! 아니면 우리가 어떻게 했으면 좋겠는데?"

천원루는 진지하게 고민하다가 대답했다.

"지금 가장 중요한 건, 일단 그날 저녁 무슨 일이 있었는지 기억해 내는 일이야. 그럼 범인의 얼굴도 생각날 테고, 그렇게 되면 범인 잡는 건 시간문제잖아?"

천원루는 말이 나온 김에 바로 나서기로 했다. 마침 종일 집에만 있으려니 답답해서 바깥 공기를 마시고 싶었다.

"어차피 수업도 빠진 거, 나랑 같이 어디 좀 가자!"

*

세 사람은 천원루가 부상당해 쓰러진 채 발견되었던 현장을 다시 찾았다. 어느 산업도로였다. 옆으로는 절반쯤 짓다가 버려진 공장 건물이 있었다. 천원루가 마지막으로 기억하는 교차로와는 꽤 떨어진 곳으로 천원루는 이곳을 전혀 기억하지 못했다.

세 사람은 천원루가 이곳까지 오게 된 경위를 두고 이러쿵저러쿵 추측을 하기 시작했다. 리쯔웨이는 범인이 의도적으로 천원루를 이곳으로 유인했을 거라고 했다. 그 말에 모쥔

想見你 Someday or One Day

제가 그렇게 넘겨짚는 말로 천원루를 혼란스럽게 하지 말라고 반박했다. 이에 리쯔웨이가 지지 않고 맞받아치면서 두 사람이 다투기 시작했다. 그 유치한 모습을 보다 못해 천원루가 입을 열었다.

"그만! 모쥔제, 왕취안성, 너희 그만 좀 싸워!"

리쯔웨이는 천원루 입에서 또 왕취안성이라는 이름이 나오자 무심결에 툴툴거렸다.

"천원루, 너 아직도 꿈꾸냐! 왜 또 왕취안성을 찾아? 미안한데, 나는 네 꿈속에 나오는 그 다정하고 따뜻한 남친이 아니거든. 제발 좀 꿈에서 깨어나 줄래?"

천원루가 리쯔웨이를 쏘아보았다.

"믿거나 하고 얘기했더니, 너 지금 비꼬는 거야? 내가 헛소리한 것 같아?"

리쯔웨이는 살짝 난처한 마음에 사과하고 싶었지만, 차마 체면이 허락하지 않았다. 모쥔제는 두 사람이 주거니 받거니 나누는 이야기들을 전혀 알아들을 수 없었다. 문득 소외감이 느껴지면서 쓸쓸해졌다.

"너희 무슨 이야기를 하는 거야?"

모쥔제가 결국 입을 열었다. 천원루는 모쥔제를 힐끗 바라보고는 여전히 분이 풀리지 않은 목소리로 대답했다.

"내가 혼수상태였을 때 꿨던 꿈 이야기를 이 자식한테 해줬거든."

모쥔제는 리쯔웨이를 쳐다보았다. **어째서 리쯔웨이는 나한테 이 얘길 안 한 거지?** 모쥔제가 추궁하는 눈길을 보내자 리쯔웨이가 스스로 실토했다.

"어제저녁에 너랑 이야기하고 나니까 왠지 좀 마음에 걸리더라고. 그래서 야식 사 들고 천원루한테 갔었지. 그냥 이야기 몇 마디 나눈 거야, 진짜 별거 없었어."

리쯔웨이가 서둘러 발뺌했다.

"꿈 내용은 천원루한테 물어봐!"

리쯔웨이는 모쥔제가 기분 나빠할 거라고 생각했는데, 의외로 태연한 얼굴이었다.

"시간도 늦었고, 어차피 천원루도 기억나는 게 없다고 하니까 이만 돌아가자!"

그러고는 천원루 쪽으로 고개를 돌렸다.

"내가 집에 데려다줄게. 가는 길에 꿈 이야기 좀 해줘. 어쩌면 그 꿈이 실마리가 될지도 모르잖아."

모쥔제는 곧바로 스쿠터에 올라타더니 시동을 걸었다. 천원루는 리쯔웨이를 슬쩍 바라보았지만, 아무런 말도 하지 않았다. 특별히 미련이 남은 눈빛도 아니었다. 그대로 돌아서서 모쥔제의 스쿠터에 올라탔다. 모쥔제는 리쯔웨이를 향해 "간다" 하고 인사한 뒤, 천원루를 등에 태우고 가버렸다. 멀어지는 두 사람의 뒷모습을 바라보면서 리쯔웨이는 왠지 모르게 친구에게 버림받은 기분이었다. 동시에 묘하게 질투심이 일었다.

*

모쥔제의 스쿠터가 천원루의 집에 도착하자 천원루가 스쿠터에서 내려 헬멧을 벗었다. 모쥔제의 두 눈을 거리낌 없이 마주 바라보며 헬멧을 돌려주었다. 고맙다는 말도 잊지 않았다. 모쥔제는 그런 천원루의 모습이 아무리 봐도 낯설었다. **예전에는 고개만 숙이고, 이렇게 눈도 마주치지 못했는데…….** 모쥔제의 의구심 어린 시선을 알아챈 천원루가 물었다.

"왜? 왜 그렇게 쳐다봐? 너도 리쯔웨이처럼 내 말이 헛소리라고 생각해?"

집으로 돌아오는 길, 천원루는 왕취안성이 나왔던 꿈 이야기를 모쥔제에게 전부 들려주었다. 모쥔제는 별말 없이 가만히 들어주었다. 모쥔제가 고개를 저으며 대답했다.

"난 네 말 전부 믿어. 그러니까 네가 꿈에서 만난 사람이 있었고, 너는 그 사람을, 그 사람은 너를 좋아했다는 것도 전부."

천원루는 모쥔제의 순수한 눈에 미소가 지어졌다. **모쥔제는 알아주는구나. 참 성숙해. 그 애송이 같은 리쯔웨이랑 딴판이라니까.** 천원루가 인사를 하려는데 모쥔제가 갑자기 입을 열었다.

"실은 네가 좋아하는 사람이 그 꿈에 나오는 왕취안성이었으면 좋겠다는 마음일지도 몰라."

"왜?"

천원루가 궁금한 듯 물었다.

"네가 리쯔웨이를 좋아하는 이유가 단지 꿈에 나온 그 남자와 닮아서라면, 내 마음을 달랠 수 있을 것 같아서."

모쥔제가 잠시 머뭇거리다가 용기를 냈다.

"그래야 널 좋아한다고 말할 용기가 날 것 같거든."

천원루는 당황스러웠다.

"날…… 좋아한다고?"

"못 느끼고 있었구나?"

모쥔제가 씁쓸한 웃음을 지었다. 천원루는 갑작스러운 고백 앞에서 살짝 난감해져 모쥔제의 시선을 슬그머니 피했다. 사실 천원루는 모쥔제의 마음을 어렴풋하게나마 느끼고 있었다. 다만 마음의 준비가 전혀 되지 않은 상태에서 갑작스럽게 고백을 받게 될 줄은 몰랐다. 난처한 얼굴로 어찌할 바 몰라 하는 천원루의 모습에 모쥔제가 나지막이 말을 이었다.

"실은 리쯔웨이랑 레코드 가게로 처음 널 찾아가기 전부터 널 알고 있었어."

모쥔제가 천원루를 처음 본 건 학교에서였다. 천원루는 언제나 이어폰을 귀에 꽂은 채 주변 친구들을 피해 다녔다. 마치…… 자신의 존재를 들키고 싶지 않은 것처럼 혼자 멀찌감치 거리를 두곤 했다. 그런 천원루를 본 순간, 모권제는 첫눈에 알았다. 자신과 같은 부류의 사람이라는 것을. 둘은 사람들 눈에 띄는 게 겁이 났다. 둘은 평범한 사람들과 다른 부류의 사람이었다.

언젠가 모권제는 학교 옥상 담벼락 앞에 홀로 서 있는 천원루를 보았다. 천원루는 텅 빈 교정을 바라보다가 숨을 깊게 들이쉬더니 힘주어 소리쳤다. 눈물이 가득 고인 눈으로 목이 찢어질 듯 절규하고 있었다. 그러나 누구의 귀에도 닿지 않았다. 그건 절망이 담긴 무언의 외침이었다. 모권제는 그때 오른쪽 귀에서 보청기를 빼냈다. 소리가 들리는 왼쪽 귀를 손으로 막고서 천원루의 입 모양을 읽기 시작했다. 세상을 향해 토해내는 눈물 섞인 무언의 외침이 모권제의 마음을 강하게 흔들었다.

'이 세상이 싫어. 이런 세상을 혼자 살아가야 하는 나 자신은 더 싫어.'

모권제는 알았다. 천원루가 왜 그런 외침을 쏟아내는지를.

리쯔웨이를 만나기 전, 모권제는 자신을 알아주는 사람이 없다고 생각했다. 자신의 생각에 귀 기울여주는 사람 또한 없었다. 겉으로는 괜찮은 척했지만 모권제는 바랐다. 언젠가는 자신을 알아주고 마음의 소리를 들어주는 사람이 있기를. 굳이 입을 열고 말하지 않아도 자신의 목소리를 들어주기를.

그리하여 바로 그 순간, 모쥔제는 그 소녀에게 강하게 이끌렸다. 소녀의 모습에서 그토록 무력하게 세상을 증오하던 과거의 자신이 보였다. 소녀를 알아주고 마음의 소리를 들어줄 수 있는 사람이 되고 싶었다. 그래서 가까이하고 싶었을 뿐인데, 지금 이 순간 눈앞의 천원루는 아무리 생각해도 너무나 낯설었다.

"그러고 나서 일부러 네가 일하는 레코드 가게 앞을 지나가곤 했는데, 차마 들어갈 용기가 나지 않더라. 리쯔웨이가 눈치채고서 날 강제로 끌고 들어간 덕에 너랑 알고 지낼 수 있었어."

모쥔제가 말했다. 천원루는 어린 소년의 얼굴을 바라보았다. 분명 자신의 이야기를 하고 있는데, 어쩐지 모쥔제가 구원해 주고자 했던 그 사람은 자신이 아닌 것 같은 느낌이 들었다. 모쥔제는 한층 홀가분해진 얼굴로 말을 이었다.

"무슨 대답을 바라고 한 이야기는 아니고, 그냥…… 후회하기 싫어서."

"후회?"

천원루의 물음에 모쥔제가 고개를 끄덕였다.

"응, 네 생일날 말이야. 네가 리쯔웨이를 좋아한다는 사실을 마주할 용기가 없어서 난 도망을 택했어. 근데 그날 네가 다치고 병원에서 이틀이나 의식 없이 누워 있는 걸 보니까 후회가 물밀듯이 밀려오더라. 거절당할까 봐 두려워도 말했어야 했어. 거절당하는 것보다 후회를 남기는 게 더 싫으니까."

모쥔제가 진지한 눈으로 천원루를 바라보았다.

"널 좋아해, 천원루."

천원루는 모쥔제를 바라보았다. 자신은 모쥔제를 좋아하지 않는다는 걸 잘 알았기에 무겁고 안타까운 마음이 스쳤다. 어떻게 대답해야 할까 머뭇거리는 천원루에게 모쥔제가 웃으며 말했다.

"서둘러 대답할 필요 없어. 난 그저 네가 나에게는 아주 중요한 사람이라는 걸 알았으면 해서 이야기한 거니까."

천원루가 고개를 끄덕였다. 다정한 미소를 바라보고 있자니 자신도 모르게 미소가 흘러나왔다.

"모쥔제, 고마워."

천원루가 나지막이 말을 건넸다. 착하디착한 소년이 진심으로 고마웠다.

*

집에서 며칠 더 휴식을 취하고 천원루는 다시 학교로 되돌아왔다. 아르바이트도 다시 시작했다. 모든 것이 제자리를 찾은 듯 보였다. 리쯔웨이와 모쥔제는 여전히 레코드 가게로 천원루를 찾아오곤 했다. 간혹 장난기가 발동해 카세트테이프를 멋대로 뒤섞어 놓았다가 주인인 우원레이에게 들켜 쫓겨나는 일도 부지기수였다.

어느 날, 방과 후 리쯔웨이가 카운터 위에서 SLR 카메라를 발견하고는 호기심에 만지작거렸다. 우원레이가 소리 없이 나타나 리쯔웨이의 뒤통수를 때리자, 옆에서 지켜보던 천윈루가 박장대소했다.

"녀석아, 나와!"

우원레이가 리쯔웨이를 레코드 가게 바깥으로 끌어낸 뒤, 모쥔제와 천윈루도 함께 불러냈다.

"셋이 똑바로 서봐. 카메라는 장난감이 아니다, 이렇게 쓰는 거라고!"

"리쯔웨이, 저쪽으로 서봐!"

"싫어, 나 가운데에 설 거야. 내가 주인공이라고!"

"됐어, 됐어. 천윈루를 가운데 세우자……."

'찰칵' 하고 셔터가 눌리는 순간, 세 사람의 희로애락이 정지된 화면 위에 담겨 영원히 남았다. 사진을 현상하고 나니 우원레이는 사진 속 천윈루의 모습에 눈길이 갔다. 조카가 이렇게 환하게 웃었던 적이 있었나 싶었다. 특별히 몇 장을 더 현상해서 천윈루에게 주었다. 셋이 함께 찍은 사진을 바라보던 천윈루는 낯익은 느낌이 들었지만, 이유는 알 수 없었다. 한참을 바라보다가 그중 한 장을 뒤집어 뒷면에 글씨를 써넣었다.

삼촌이 몇 장 더 인화해 주셨어. 이건 너 줄게.

시원시원한 글씨체에서 자유분방한 지금의 성격이 그대로 드러났다. 천원루는 사진을 각각 두 소년의 가방 속에 슬그머니 넣었다.

*

토요일 오후, 천원루는 수업이 끝나자마자 레코드 가게로 달려와 가게를 보고 있었다. 가을로 접어들어 선선한 날씨가 기분 좋았다. 우바이의 노래가 흐르는 가운데, 천원루는 두 손으로 턱을 받친 채 노래에 심취해 있었다. 노랫소리를 따라 점점 눈이 감기는데……. 갑자기 누군가 '쾅' 하고 카운터를 세게 내리쳤다. 화들짝 놀란 천원루는 두 손이 풀리는 바람에 턱이 테이블에 부딪혔다. 얼마나 아픈지 순식간에 잠이 달아났다.

"삼촌…… 깜짝 놀랐잖아요……."

"아르바이트 시간에 누가 졸고 있으래? 가게를 통째로 훔쳐 가도 모르겠다."

가게에서 또 우바이의 노래가 흘러나오자 우원레이가 한숨을 쉬며 말했다.

"내가 몇 번이나 말했어? 여긴 클래식이랑 재즈만 취급하는 곳이야. 자꾸 대중가요 좀 틀지 말라니까."

천원루가 턱을 어루만지며 대답했다.

"클래식이랑 재즈는 늘 사는 사람들만 사잖아요. 가끔 대중가요도 틀어놔야 새로운 고객이 들어올 거 아니에요. 이런 게 바로 '신규 고객 유치'라는 거예요, 아시겠어요?"

우원레이는 처음 듣는 말이었다. 고등학생이 이런 걸 어찌 알고 있을까 의아할 만도 한데, 별다른 의심 없이 손을 휘저으며 말했다.

"토요일은 오전 수업만 하잖아. 끝나자마자 가게로 올 거 없이 저녁에 오면 돼."

말이 끝나기 무섭게 누군가 레코드 가게로 들어왔다. 우원레이와 천원루가 고개를 돌려 바라보니, 제복을 입은 경찰이 손에 투명한 봉투를 들고 서 있었다. 경찰이 천원루를 보자마자 물었다.

"천원루 학생 맞지?"

천원루가 고개를 끄덕거렸다.

"그날 밤에 있었던 사건에 관해 물어볼 게 있어서 왔어."

경찰은 바로 본론으로 들어갔다.

"저는 아직 그날 무슨 일이 있었는지 기억이 나질 않는데요."

천원루가 멋쩍어하며 대답하자, 경찰이 투명한 봉투를 천원루 앞으로 들어 올리며 말했다.

"현장에서 발견된 물건이야. 그날 학생을 공격했던 범인의 것이 맞는지는 아직 확실치 않지만, 좀 특별한 물건이라. 혹시 기억나는 게 있을까 싶어 보여주려고 가져왔어."

천원루는 투명한 봉투에 담긴 증거물을 보는 순간, 그대로 얼어버렸다. 보청기였다.

"혹시 주변에 청각 장애를 앓고 있는 사람이 있니?"

그건 모훤제다.

그때, 한 번도 떠오른 적 없던 기억의 조각들이 갑자기 밀려들었다. 그날, 길을 건너려던 천원루에게로 차 한 대가 달려들자 누군가가 천원루를 세차게 끌어당기던 장면이 불쑥 떠올랐다. 화면이 바뀌자, 이번에는 천원루가 누군가에게 짓눌린 채 울부짖으며 몸부림치는 장면이었다. 장소는 바로 그 산업도로 옆에 있던 폐건물 안! 어렵사리 벗어난 천원루가 도망을 치자 누군가 바짝 쫓아왔다. 이어서 뒤통수에 극심한 통증이 느껴졌다. 천원루는 앞으로 세차게 고꾸라지듯 쓰러졌다. 그 사람이 걸음을 멈췄다. 당황한 듯 뒤로 몇 발짝 물러서다가 이내 허겁지겁 달아나는 것이 보였다.

피가 서서히 새어 나오고 있었다…….

이내 모든 것이 새까만 어둠에 잠겨 버렸다…….

*

"손님, 종점이에요. 내리셔야죠!"

여자는 혼란스러운 얼굴로 두 눈을 떴다.

"종점이라뇨? 저는 레코드 가게에 있었는데?"

버스 기사가 재미있다는 듯 웃으며 여자를 바라보았다.

"손님, 꿈을 꾸셨나 보네요? 여긴 종점이라 이제 운행하지 않습니다."

잠에서 완전히 깬 걸 확인한 버스 기사가 버스에서 내렸다. 여자는 멍하니 일어나 창밖을 바라보았다. 텅 빈 버스들이 촘촘히 정차되어 있었다. 종점이 맞았다. **근데…… 난 왜 갑자기 여기에 와 있는 거지?** 버스에서 내리자마자 저 멀리 우뚝 선 타이베이101 건물이 눈에 들어왔다. **그러니까 여긴 타이난이 아니라 타이베이인 거야? 그것도…… 타이베이101은 2004년에 완공된 걸로 기억하는데, 꿈에서 본 일기장에는 분명 1998년이라고 적혀 있었잖아…….** 여자는 차창에 비친 자신의 모습을 바라보았다. 눈에 익은 얼굴 위로 혼란이 뒤엉켰다. **나는…… 천윈루일까, 아니면 황위쉬안일까?**

想見你 Someday or One Day

제6장

2019년, 타이베이.

집으로 돌아온 황위쉬안은 소파 위에 그대로 쓰러져 버렸다. 이상하게 극심한 피로가 몰려왔다. 아주 오랫동안 길고 긴 꿈을 꾼 것만 같았다. 꿈에서 리쯔웨이라는 소년을 만났는데, 왕취안성과 너무나도 닮았던 기억이 났다.

가방에 넣어둔 휴대폰에서 메시지 알림음이 울렸다. 가방을 여는데 워크맨이 먼저 눈에 들어왔다. **이것도 꿈에서 봤던 건데. 대체 어떻게 된 거지? 어째서 이렇게 이상한 꿈을 꾼 거야?** 황위쉬안은 워크맨을 내려놓고 휴대폰을 꺼냈다. 샤오다이에게서 메시지가 와 있었다.

집에 잘 들어간 거지? 괜찮아? 별일 없는 거야?

순간 마음이 훈훈해졌다. 답장을 쓰려는데, 샤오다이의 메시지가 하나 더 도착했다.

별일 없는 거면 빨리 와서 나 좀 구해줘! 친구랑 노래방에서 만나기로 했는데 바람 맞았어. 이 큰 방에서 나 혼자 너무 외로워.

황위쉬안은 희번덕거리며 눈을 굴렸다. **못된 녀석, 난 또 내 걱정 하는 줄 알았더니 그냥 들러리가 필요한 거였잖아.** '띠링' 하는 알림음과 함께 메시지가 하나 더 도착했다.

왜 답을 안 해? 읽고 씹는 게 얼마나 상처인지 몰라?

우는 이모티콘까지 달려 있다. 황위쉬안은 재차 눈을 굴리다가 대화창에서 나와버렸다. 그때, 바로 다음 대화창이 눈에 들어왔다. 왕취안성과 메시지를 주고받았던 대화창이다. 왕취안성의 프로필 사진을 보자 그리움이 차올랐다. 자신도 모르게 화면을 건드리자 이어서 대화창이 보였다. 황위쉬안은 믿기지 않는 얼굴로 눈을 동그랗게 떴다. 왕취안성에게 보냈던 모든 메시지에 '읽음' 표시가 떠 있었다. 황위쉬안은 소파에 몸을 꼿꼿이 세우고 앉아서 이미 누군가가 읽은 메시지들을 바라보았다. 도저히 이해가 되지 않았다. 소파에서 벌떡 일어나 휴대폰 액정에 눈을 고정한 채로 방 안을 서성거리기 시작했다. **이건 말이 안 되잖아?**

잠시 후, 황위쉬안은 무언가 확인하려는 듯 전화를 걸었다. 2년 전에 이 세상에서 사라져 버린 그 사람에게. 이미 정지된 번호일지도 모른다고 생각했는데 뜻밖에도 전화가 걸렸다. 수화기 너머로 '뚜…… 뚜……' 하는 소리가 들려오자 심장이 주체할 수 없이 빠르게 뛰기 시작했다.

말이 안 되는 소리라는 건 알지만, 혹시 누군가 저 너머에서 전화를 받는 건 아닐까? 그리고 그 사람이 왕취안성이라면? 황위쉬안은 떨리는 마음으로 응답을 기다렸다. 하지만 수화기에서 흘러나온 건 음성 사서함의 기계적인 음성이었다. 기대가 산산이 부서져 버렸다. 황위쉬안은 실망한 얼굴로 전화를 끊었다.

결국 아무도 받지 않네. 혹시 전화를 놓친 걸까? 아니면 애초에 사용자가 없는 번호인 걸까? 아니지, 전화가 걸렸다는 건 여전히 이 번호가 사용 중이라는 뜻일 텐데, 그렇다면 도대체 누가 이 번호를 쓰고 있는 거야? 그저 모르는 사람일 수도 있었다. 하지만 왕취안성에게 보냈던 메시지를 낯선 사람이 전부 읽었을 거라고 생각하니 기분이 이상했다. 최소한 연락이라도 닿아서 자신이 보낸 사적인 메시지들을 전부 삭제하도록 하고 싶었다. 그래서 다시 한번 전화를 걸어보았다. 여전히 수화기 너머에서는 '뚜…… 뚜……' 하는 소리만 들려올 뿐, 전화를 받지 않아 이내 음성 사서함으로 연결되고 말았다. 밤새 전화를 걸고 또 걸었지만, 음성 사서함의 메시지만 반복되었다. 끝내 전화를 받지 않았다. **정말 이상하네. 설마 번호가 도용된 건 아니겠지?**

황위쉬안은 잠시 고민하다가 통신사로 직접 전화를 걸었다. 번호가 정말 도용된 건 아닌지 확실히 확인해 보고 싶었다. 처음에는 통신사에서 고객 정보를 알려줄 수 없다고 했다. 하지만 황위쉬안의 사정을 듣고 나서는 확인을 해주었는데, 그 번호는 지금껏 한 번도 정지된 적이 없다고 했다. 황위쉬안은 더욱 혼돈에 빠졌다. **정지된 적이 없었다면 지난 2년 동안 누군가가 왕취안성 대신 통신비를 내고 있었다는 뜻이잖아. 누가? 그리고 왜 굳이?**

어쩌면 왕취안성이 전에 설정해 놓은 계좌 이체 서비스 때문일지도 몰랐다. 하지만 그런 경우라면, 휴대폰은 전원이 꺼진 채로 연결 자체가 불가능할 테니 전화가 걸리지 않을 것이다. 통신사에서 알려줄 수 있는 건 여기까지라고 했다. 더 알고 싶다면 다른 방법을 찾아야 했다.

그때, 아퉈가 떠올랐다. 보통 이런 오타쿠 엔지니어들 주위에는 해커 수준의 지인이 있었다. 몰래 청구서를 조회하는 일 정도는 그들에게 식은 죽 먹기였다. 황위쉬안은 지체하지 않고 곧바로 아퉈에게 전화를 걸었다. 일의 자초지종을 듣고 난 아퉈가 대답했다.

"그 정도는 껌이지, 내가 알아봐 줄게!"

"아퉈, 역시 네가 최고야!"

아퉈가 수화기 너머에서 멋쩍은 듯 헤헤 웃었다.

"그걸 이제 알았냐."

황위쉬안은 평소 칭찬에 인색했다. 아퉈에게는 더더욱 그랬다. 하지만 지금은 목적 달성을 해야 하니 칭찬을 아낄 필요가 없었다. 그저 아퉈가 간혹 프로그램을 짜다 엉뚱한 방향으로 나갔을 때처럼 실수만 하지 않기를 바랄 뿐이었다.

밤이 깊었지만, 황위쉬안은 조금도 졸리지 않았다. 안절부절못하며 아퉈의 답만 기다리고 있었다.

'띠링' 하고 휴대폰에서 알림음이 들려왔다. 아퉈에게서 온 메시지에는 'ZI WEI LI'라는 영문 이름만 달랑 적혀 있었다. 곧이어 아퉈에게 전화가 왔다.

"통신사 결제 내역을 조회해 보니까, 이 번호는 지난 2년 동안 카드 자동 이체로 요금을 납부하고 있었어. 방금 너한테 메시지로 신용카드 명의자 이름 보내놨어."

"왜 영문이야?"

황위쉬안이 물었다.

"이게 타이완 계좌가 아니라 캐나다 밴쿠버 계좌야."

"캐나다? 그렇게 멀리? 그럼 사람은 어떻게 찾지?"

"재미있는 게 있어, 그 번호가 마지막으로 인터넷에 접속한 IP 주소를 추적해 봤거든. 그래서 최근에 접속한 장소를 알아냈는데, 어디게?"

아퉈가 제법 자신감 넘치는 목소리로 물었다.

"뜸 들이지 말고, 빨리 말해봐!"

"바로 타이완! 잠깐만, 내가 상세 주소를 보내줄게. 황위쉬안, 어때, 나 좀 대단하지? 내가 아마 다시 보일 거……."

황위쉬안이 전화를 뚝 끊어버렸다. 잠시 후, 아퉈가 찾아낸 주소가 메시지로 도착했다. 황위쉬안은 얼른 휴대폰을 열어보았다. 주소가 왠지 낯설지 않았다. **잠깐……. 이건 32카페 주소잖아?** 황위쉬안은 다시 아까 그 영문 이름을 하나씩 읽어보았다.

"쯔…… 웨이……. 리쯔웨이?"

리쯔웨이라고?! 꿈에서 만났던 그 리쯔웨이? 말도 안 돼, 그건 그냥 꿈이었잖아. 꿈에서 만난 사람이 진짜 존재한다고?

*

황위쉬안은 현실과 꿈의 경계가 점점 흐려지는 기분이었다. 32카페, 리쯔웨이, 캐나다 계좌.

황위쉬안은 꿈에서 리쯔웨이가 했던 말을 정확히 기억하고 있었다. 고등학교를 졸업하고 나면 캐나다로 유학을 간다고 했었다. 이 모든 게 그저 우연일까?

다음 날, 황위쉬안은 간신히 마음을 다잡으며 업무에 집중했다. 그리고 퇴근과 동시에 32카페로 향했다. 버스에 앉아 빠르게 스쳐 지나가는 창밖의 풍경을 무심하게 바라보면서 그날 꾸었던 꿈을 떠올려보았다. **꿈에서 나는 황위쉬안이 아니라 천윈루였어. 그리고 왕취안성이랑 똑같이 생긴 그 남학생은 리쯔웨이라고 했지. 리쯔웨이…… 왕취안성…….** 버스가 빨간불에 멈춰 서자, 황위쉬안은 무심결에 맞은편 거리로 시선을 던졌다. 그때였다. 왕취안성과 똑 닮은 남자의 뒷모습이 눈에 들어왔다. 황위쉬안은 벌떡 일어서서 출입문으로 달려가며 소리쳤다.

"기사님, 저 내릴게요!"

"손님, 정류장은 조금 더 가야 해요!"

기사가 큰 소리로 대답했다. 황위쉬안은 버스 기사 곁으로 달려가 사정하듯 말했다.

"제발요. 세워주세요! 급한 일이라서 그래요!"

기사는 다급해 보이는 황위쉬안의 모습에 마지못해 문을 열어주었다. 당부의 말도 잊지 않았다.

"손님, 차 오는지 잘 살피고……."

황위쉬안은 이미 차에서 뛰어내린 상태였다. 위험을 무릅쓰고 길을 가로지르며 달려가던 황위쉬안은 그 익숙한 뒷모습을 몇 걸음 앞에 남겨두고는, 갑자기 걸음을 멈추었다. **혹시 잘못 본 거면 어쩌지?** 기대감 뒤의 무거운 실망감을 또다시 겪고 싶지 않았다. 평소와 다르게 겁이 덜컥 났다. 약간의 거리를 두고 남자를 뒤따라가는데, 남자의 목적지는 놀랍게도 32카페였다. 남자가 카페 문을 열고 들어가려는 순간, 황위쉬안이 드디어 용기를 내 이름을 불렀다.

"왕취안성!"

남자가 멈칫하며 손과 발을 멈추었다. 뒤를 돌아보지는 않았으나, 등 뒤로 저만치 서 있는 황위쉬안의 모습이 유리문에 비쳤다. 남자는 황황히 문을 열고 들어가 버렸다. 황위쉬안이 서둘러 그 뒤를 쫓았다. 카페로 들어가 내부를 둘러보았지만, 그 익숙한 뒷모습은 어디에도 없었다. 카운터에 물어보려는 찰나, 카운터 뒤에서 종업원용 앞치마를 들고나오는 남자 한 명이 보였다. 얼핏 보니 체격이 왕취안성과 비슷했다. 몸에 걸친 옷도 방금 그 뒷모습의 남자가 입고 있던 옷이었다. 황위쉬안은 눈을 커다랗게 뜨고서 남자의 얼굴을 유심히 살펴보았지만, 이내 또 한 번 실망하고 말았다. 이번에도 아니었다. 황위쉬안은 아무래도 요즘 자신이 이상해졌다는 생각에 괜히 짜증이 났다. 그때, 그 남자가 앞치마를 두르며 다가와 물었다.

"몇 분이세요?"

황위쉬안은 약간 당황했지만, 이곳에 온 목적을 다시 떠올리며 대답했다.

"혹시 사장님 계신가요?"

종업원이 대답했다.

"오늘 나오실지 안 나오실지 잘 모르겠네요. 혹시 무슨 일

想見你 Someday or One Day

이세요? 잠깐 나오시라고 전화해 볼까요?"

황위쉬안은 잠시 고민하다가 고개를 저었다.

"아니에요, 뭐 좀 마시면서 기다려볼게요."

황위쉬안은 아이스 아메리카노를 한 잔 주문했다. 잠시 후, 종업원이 커피를 들고 오자 잠시 주저하다가 끝내 입을 열었다.

"저기, 혹시 여기 리쯔웨이라는 사람이 있나요?"

커피를 내려놓던 종업원의 움직임이 잠시 멈칫하는 게 눈에 띄었다. 종업원은 고개를 저었다.

"저는 잘 모르겠네요. 사장님께 여쭤보셔야 할 것 같아요."

황위쉬안이 시선을 떨구었다. 가슴속에서 긴 한숨이 새어 나왔다.

"괜찮아요. 커피 마시면서 기다려볼게요."

자신이 잘못 본 게 분명한데, 어째서인지 잠시나마 이곳을 떠나고 싶지 않았다. 황위쉬안이 아이스 커피를 홀짝이면서 내부를 둘러보았다. 벽에 걸린 재즈 LP판과 구석의 작은 테이블 위에 놓인 SLR 카메라가 눈에 들어왔다. 낯익은 물건들이었다. 전부…… 꿈에서 보았었다. 단지 그때는 32레코드라는 곳에 놓여 있었을 뿐.

언제부터 내리기 시작했는지, 은은한 클래식 음악 사이로 빗소리가 섞여 들었다. 어느새 폐점 시간이 되고 말았다. 결국 카페 주인은 만나지 못했다. 머릿속에는 여전히 의문이 가득했지만, 답을 찾지 못한 채 아이스 커피만 배불리 마신 상태였다. 종업원이 공손하게 자리를 비워달라고 했다. 황위쉬안은 전화번호를 남기며 주인에게 전해달라고 부탁했다. 카페 밖으로 나오니 비가 제법 내리고 있었다. 비를 맞으며 가야 하나 망설이고 있는데, 종업원이 나오더니 다정하게 우산을 내밀었다.

"우산 빌려드릴 테니까 쓰고 가세요, 비 맞지 마시고요."

황위쉬안은 감사히 우산을 받아 들고 고개를 살짝 끄덕인 뒤 길을 나섰다. 종업원은 다시 카페로 들어와 간판과 실내의 조명을 모두 껐다. 그러고는 어두운 구석에 앉아 있던 누군가의 그림자를 향해 입을 열었다.

"우산 드렸어요. 이제 가셨으니까 안심하세요."

어둠 속에서 누군가가 고개를 주억이며 일어섰다.

"오늘 고마웠어. 윗옷은 이따가 벗어서 돌려줄게."

*

현실인지 꿈인지 분간이 안 되는 게 혹시 정신적으로 문제가 생겨서는 아닐까? 황위쉬안은 생각했다. 왕취안성이 세상을 떠난 후, 좀처럼 잠을 이루지 못했다. 나중에는 수면제의 힘을 빌려 겨우 잠들곤 했다. 보통의 일상으로 되돌아가려 막무

가내로 애써온 날들이었다. 그렇다면 혹시 2년 동안 먹어왔던 수면제가 현실과 꿈을 헷갈리게 하는 부작용을 낳은 것일지도 몰랐다.

정기적으로 진료를 받던 정신과 의사에게 진료를 예약했다. 확실한 답을 듣고 싶었다.

이름이 '셰즈치'인 의사는 금테 안경을 쓰고 있었다. 점잖은 인상에 나이는 서른쯤 되어 보였다.

"전에 약을 바꾼 게 부작용이 있는 건 아닌지 걱정하셔서 제가 최근 몇 년간 동일한 수면제를 복용한 환자들의 추적 기록을 확인해 보았는데요. 위쉬안 씨처럼 꿈과 현실이 뒤섞이면서 혼동되는 증상을 보인 사람은 없었습니다."

의사가 안경을 살짝 올렸다. 황위쉬안은 약간 풀 죽은 얼굴로 물었다.

"그러니까 제가 그런 꿈을 꾸는 게 수면제 복용과는 직접적인 관련이 없다는 말씀이시죠?"

"그건 저도 단언하기는 어렵습니다. 어쨌든 환자마다 상황이 다르니까요. 그런데 어떤 꿈인지 대략 이야기해 보시겠어요? 악몽인가요? 깨고 나면 다리에 쥐가 난다거나 하는 식으로 몸이 불편하시지는 않았어요? 아니면 환각 증상이 있어서 꿈과 현실을 분간하기 어려우신가요?"

의사는 분석하려 애썼다. 황위쉬안은 잠시 생각하다가 입을 열었다.

"엄밀히 말해 악몽은 아니고, 아주 현실처럼 느껴지는 꿈이었어요."

의사는 호기심을 보이며 황위쉬안이 계속 말을 이을 수 있도록 격려했다. 황위쉬안은 다소 망설여졌다. 의사가 자신을 비정상으로 보지 않을까 두려웠다. 의사가 웃으며 먼저 입을 열었다.

"여기는 정신과라는 거 잊지 마세요. 여기 오는 사람 중에 정상인 분들은 없습니다."

황위쉬안이 재밌다는 듯 웃었다. 순간 마음이 조금 편안해져서 꿈 이야기를 시작할 수 있었다.

"꿈에서 제가 다른 사람이 되어 있었는데, '천원루'라는 소녀였어요."

웃는 얼굴로 황위쉬안을 바라보던 의사는 '천원루'라는 세 글자를 듣는 순간, 희미하게 멈칫하더니 손에 든 펜을 휘휘 돌리기 시작했다.

"그래서요?"

"꿈에서 '리쯔웨이'라는 소년을 만났는데, 죽은 남자 친구와 똑같이 생겼더라고요. 그 애를 바라보면 꼭 남자 친구가 아직 살아 있는 것 같았어요. 그러다 서서히 꿈속에서 제가 정말 천원루가 된 것 같은 기분이 들었어요. 오히려 황위쉬안의 삶이 꿈처럼 느껴질 만큼……."

황위쉬안은 다소 무력해진 얼굴로 의사를 바라보았다.

"선생님, 이건 전부 꿈일 뿐이니까 심각하게 생각할 필요가 없다는 걸 저도 이성적으로는 알아요. 근데 마음 한쪽에서는 또 다른 목소리가 들려요. 이게 전부 꿈이 아니라는……. 제가 이상한 건가요? 혹시…… 머리에 무슨 문제가 생긴 건가요?"

의사는 여전히 친절한 얼굴을 하고 있었지만, 펜을 만지작거리던 손동작은 이미 멈췄다. 의사가 자신의 머리를 가리키며 대답했다.

"의학적인 관점에서 보면, 우리가 자면서 꿈을 꿀 때 뇌에서 논리와 계획을 담당하는 전두엽 피질의 활동이 줄어듭니다. 그래서 꿈을 꾸는 동안 현실로 착각하죠."

황위쉬안이 집중해 듣자 의사는 계속해서 말을 이어갔다.

"게다가 뇌가 렘수면 단계에 들어서면 시간을 인지하는 게 불가능해요. 그래서 대부분은 꿈에서 아무리 기이하고 이상한 일을 겪어도 자신이 꿈을 꾸고 있다는 걸 인지하지 못하죠. 하다못해 외계인이 되는 꿈을 꿔도 그 상황이 이상하다는 의문조차 갖지 못할 정도로요."

황위쉬안이 감탄하며 고개를 주억거렸다.

"그렇군요."

"하지만 의사로서 말씀드리면, 생활 방식을 바꿔보면 어떨까 해요. 남자 친구를 떠나보내고 죄책감이나 후회가 들 수는 있어요. 그래도 그런 감정에서 조금은 벗어나야 불면증도

호전될 거예요."

황위쉬안이 고개를 끄덕이며 의사에게 감사 인사를 했다. 진료실을 나가려고 자리에서 일어섰다. 마음이 한결 편안해진 느낌이었다. **모든 게 그저 내가 너무 심각하게 생각한 탓이었구나. 그건 그냥 꿈이었을 뿐인데.**

황위쉬안이 돌아서는 순간, 황위쉬안을 바라보던 의사의 눈빛에 어떤 의미 있는 기색이 스쳤다. 황위쉬안은 아무것도 모른 채, 진료실 문을 닫고 나왔다. 그때, 휴대폰이 울렸다.

"여보세요?"

"황위쉬안 씨 되십니까?"

수화기 너머로 어디선가 들어본 듯한 목소리가 들려왔다.

"32카페 주인 우원레이입니다."

황위쉬안은 순간 굳어버렸다. 갑자기 떠오르는 게 있었다. **이 사람이 꿈에서 내 외삼촌이었지, 그리고 32레코드 주인이었잖아. 그러니까, 우원레이는 실제로 존재하는 사람인 거네?**

*

32카페.

우원레이가 아이스 아메리카노를 황위쉬안 앞에 내려놓았다.

"어제 저를 찾아오셨다면서요. 한참 기다리셨다고 들었는데, 무슨 일이신가요?"

우원레이가 상냥하게 말을 건네는 동안, 황위쉬안은 우원레이의 얼굴을 유심히 살펴보았다. 꿈속에서 보았던 그 얼굴이 틀림없었다. 단지 꿈속에서의 모습이 훨씬 더 젊어 보였다. 황위쉬안은 하고 싶은 말도, 묻고 싶은 것도 너무 많았다. 한참을 정리하고 나서야 입을 열 수 있었다.

"사장님, 지금부터 제가 하는 이야기가 이상하게 들리실 수도 있어요. 헛소리라고 느끼실지도 모르고요. 하지만 일단은 끝까지 다 들어주세요, 네?"

우원레이는 차분한 얼굴로 고개를 끄덕였다. 황위쉬안이 침을 꿀꺽 삼킨 뒤, 입을 열었다.

"그러니까, 최근에 꿈을 꿨는데요. 제가 천원루가 되어 있었어요. 그리고 사장님이…… 제 외삼촌이었고요."

황위쉬안은 우원레이가 깜짝 놀라자 다급히 덧붙였다.

"황당하게 들리실 거예요. 하지만 맹세컨대, 정말 거짓말이 아니에요. 믿어주세요……."

"황위쉬안 씨, 괜찮으니까 일단 긴장 풀어요."

우원레이는 일단 황위쉬안을 진정시켰다.

"그러니까 원루가 되는 꿈을 꿨다는 거죠……? 그럼 그때의 상황에 대해 구체적으로 기억나는 게 있나요?"

황위쉬안은 애써 기억을 더듬기 시작했다.

"꿈에서 천원루의 부모님은 별거 상태였어요. 천원루는

엄마와 살고 있었는데, 엄마는 술집에서 일하느라 매일 술에 잔뜩 취한 채로 귀가했고요. 아 참, 동생도 하나 있었고, 저는 같은 학년의 남학생 두 명과 친했어요. 제가 전에 사장님께 보여드린 그 사진 속 남학생들이요. 리쯔웨이라는 아이랑 모 췬제라는 아이……."

우원레이는 황위쉬안의 말을 자르지 않고 가만히 들으면서 표정이 점점 어두워졌다. **그 말이 맞았네. 황위쉬안이 정말 나타났다니. 모든 것이 다시 반복되겠구나.**

황위쉬안의 이야기가 계속 이어졌다.

"이틀 전, 죽은 남자 친구의 휴대폰 번호가 아직도 사용 중이라는 걸 알았어요. 지인을 통해서 알아봤더니 사용자 이름이 리쯔웨이더라고요. 꿈속에서 만났던, 제 죽은 남자 친구와 똑같이 생긴 그 사람이요. 그런데 이상한 건, 리쯔웨이라는 사람이 그 번호로 가장 최근에 인터넷 접속을 한 장소가 바로 여기라는 거예요……."

황위쉬안은 살짝 불안한 눈빛으로 우원레이를 보았다.

"말도 안 되는 이야기라는 거 알아요. 하지만 이 모든 게 단순히 우연이라는 게 도저히 믿기지 않아요."

우원레이가 황위쉬안을 바라보며 물었다.

"만약 이 모든 게 단순한 우연이 아니라고 한다면요?"

황위쉬안은 순간 어리둥절했지만, 우원레이가 뭔가 알고 있다는 걸 눈치챘다. 우원레이가 다시 말을 이었다.

"지금 궁금해하는 것들에 내가 답을 줄 수는 없어요. 하지만 이건 이야기해도 되겠네요. 윈루가 저한테 그런 말을 한 적이 있어요. 자신은 천윈루가 아니라 황위쉬안이라고."

황위쉬안이 눈을 커다랗게 떴다. 어떻게 반응해야 할지 막막할 만큼 충격이었다. **그러니까 이 모든 게 진짜였단 말이야? 정말 과거로 타임슬립을 했다고? 천윈루의 몸으로? 말도 안 되는 일이잖아?**

그때, 우원레이가 낡은 일기장 한 권을 황위쉬안 앞에 내려놓았다. 황위쉬안은 일기장을 보자마자 낮은 목소리로 외쳤다.

"이건 꿈에서 보았던 일기…… 천윈루의 일기예요!"

*

황위쉬안은 일기장을 가지고 집으로 왔다. 늦은 밤, 책상 앞에 앉아 천윈루의 일기장을 한 장 한 장 넘기며 읽어 내려갔다. 일기장 안에는 천윈루가 쓴 일기뿐만 아니라 황위쉬안이 꿈에서 썼다고 생각했던 일기까지 그대로 남아 있었다. 확연히 다른 두 사람의 글씨체가 눈에 띄었다. **그러니까 모든 게 진짜였어. 꿈이 아니었다고……. 진짜 과거로 돌아갔던 거야. 근데 어쩌다 과거로 갔던 거지? 만약 꿈을 꾸다가 과거로 간 거라면, 그럼 천윈루의 몸으로 다시 돌아갈 수 있는 걸까?**

황위쉬안은 테스트하는 기분으로 일찌감치 잠자리에 누웠다. 이리저리 뒤척이기만 할 뿐 잠이 들지 않았다. 그래서 가만히 생각해 보았다. **뭐가 빠졌나? 맞다, 워크맨.** 버스에서 워크맨으로 노래를 듣다가 잠이 들었던 게 생각났다. 침대에서 후다닥 몸을 일으켜 테이블 위에서 워크맨을 낚아채고는 다시 침대에 누웠다. 이어폰을 귀에 꽂은 뒤 재생 버튼을 눌렀다. 익숙한 음악 소리가 들리기 시작했다. 황위쉬안은 두 눈을 감고 잠을 청하려 애썼다. 하지만 자려고 애를 쓸수록 잠은 더 달아났다. 황위쉬안이 두 눈을 떴다. 정신이 너무나 또렷했다.

자세가 잘못된 건가? 전에는 앉아서 잔 거였잖아. 황위쉬안은 거실로 나가 소파에 앉았다. 슬그머니 눈을 다시 감으며 노래가 흐르기를 기다리는데…… 어째서인지 아무 소리도 들리지 않았다. 이어폰을 빼고 버튼을 이것저것 눌러보았지만 반응이 없었다. 배터리가 다 된 것 같았다. **왜 하필 이럴 때 배터리가 없는 거야?** 집에 있는 서랍을 모두 열어가며 필사적으로 뒤진 끝에 건전지 몇 개를 찾아냈다. 건전지를 바꿔 끼우고 나서 다시 재생 버튼을 누르려다가 순간 동작을 멈췄다. **내가 대체 뭐 하는 거지? 음악을 듣다가 꿈을 꾸면 타임슬립을 한다는 게 말이 돼? 아무래도 요즘 너무 피곤했나 보다.**

어쩌면 의사의 말이 맞을지도 몰랐다. 생활 방식에 작게나마 변화를 주어야 했다. 왕취안성을 잃은 슬픔과 상실감에 빠진 채 살아갈 수는 없었다. 이러다간 언젠가 정신이 무너져 내릴 터였다.

황위쉬안은 깊게 한숨을 내쉬다 워크맨을 소파 위로 던져 놓고는 무거운 발걸음을 이끌고 침실로 되돌아왔다. 침대에 누워 어둠을 마주하자 참을 수 없이 눈물이 흘렀다. **왕취안성, 나 어떻게 해? 너 없는 세상은 정말 견디기가 힘들어. 나 홀로 하루하루를 살아가야 하잖아. 널 놓고 싶지 않아, 하지만…… 널 놓지 않으면 나는 더 이상 살아갈 수 없겠지.**

*

2년 전 놓쳤던 기회가 황위쉬안을 다시 찾아왔다.

회사의 상하이 지사에서 매니저 한 명을 육성하려고 하는데, 나 선배가 황위쉬안을 추천하고 싶다고 했다. 왕취안성의 비행기 사고 소식을 듣자마자 상하이 파견 근무를 포기하고 타이완으로 돌아온 게 2년 전이었다. 여전히 같은 회사에서 일하고 있었지만, 승진을 위해 끊임없이 노력하던 2년 전의 야망은 진작 사라지고 없었다. **만약 그때 내가 타이완에 계속 머물렀더라면, 왕취안성이 세상을 떠나는 일은 없었을까?** 시종일관 옭아매는 의문에 황위쉬안은 때로 숨이 막혀왔다. 일은 열심히 했지만, 승진은 바라지 않았다. 일에서 성공할수록 왕취안성에게 더욱 미안해지는 기분이었다. 나 선배는 소식을 전하면서 의미심장한 어조로 이런 말도 덧붙였다.

"위쉬안, 사실 남겨진 사람이 제일 괴로운 법이야. 마음으로는 아무리 아쉬워도 이제는 작별 인사를 해야지."

황위쉬안이 나 선배의 말에 고개를 돌리는 순간, 눈물이 후두둑 떨어졌다. 나 선배가 한숨을 쉬며 말을 이었다.

"얼마나 힘든 일인지 알아. 하지만 이젠 그렇게 해야 해. 타이완에 머물면서 내려놓기가 어렵다면, 여길 떠나서 상하이로 가도록 해."

황위쉬안이 주저하며 대답이 없자 나 선배가 덧붙였다.

"난 지금 네 상사가 아니라 친구로서 말하는 거야. 위쉬안, 이젠 정말 놓아줘야 해."

그 뒤로 사흘을 고민한 끝에 황위쉬안은 마침내 나 선배의 제안을 받아들이기로 결심했다. 타이완을 떠나 상하이로 향하는 것이다. 나 선배 말이 맞다. 최근에 꾸었던 기묘한 꿈부터 꿈과 현실을 구분할 수 없었던 우연들까지 그 뿌리를 파헤치면, 결국 왕취안성의 부재를 받아들이지 못하는 자신이 있었다. 이제는 정말 놓아야 한다.

황위쉬안은 왕취안성과 함께 꾸려온 집을 떠나기 위해 짐을 싸기 시작했다. 하루하루 날이 흘러가는 동안 한때 왕취안성의 것이었던 물건들을 바라볼 때마다 추억이 되살아났다. 눈물 지으며 물건을 정리하면서 마음으로 왕취안성에게 작별 인사를 했다. **안녕, 왕취안성. 난 이제 네가 정말 떠났다는**

걸 받아들여야 해. 그리고 네가 없는 이 세상을 계속 살아가야 겠지.

*

짐 정리가 어느 정도 마무리되었다. 이제 남은 건 천원루의 일기장과 미스터리한 워크맨뿐이다. **이건 어떻게 처리하지?** 우원레이에게 돌려줘야 하나 고민하며 일기장을 무심코 넘기던 그때, 마지막 페이지에 적힌 문장 하나에 문득 몸이 굳어버렸다.

그 애가 왕취안성이야.

단정한 글씨체, 천원루의 필체였다. **그 애라니? 리쯔웨이 말하는 거야? 리쯔웨이가 왕취안성이라고? 말도 안 돼, 왜? 천원루는 왜 마지막 페이지에 굳이 이 말을 써놓은 거지? 과거 속 천원루가 뭔가를 알고 있는 거야?** 황위쉬안은 믿기지 않는다는 얼굴로 그 문장을 한참 동안 바라보았다. 그 뜨거운 눈길에 얇은 일기장이 타들어 갈 것만 같았다. **리쯔웨이가 정말 왕취안성이라고? 정말일까?** 황위쉬안은 답을 알고 싶었다. 일기장을 천천히 덮어두고, 곁에 놓인 워크맨으로 시선을 옮겼다.

*

다시 한번 이어폰을 귀에 꽂고 소파에 앉아 재생 버튼을 눌렀다. 일부러 테이프를 앞으로 감아 〈라스트 댄스〉부터 듣기 시작했다. 두 눈을 감는 순간, 마음속에는 오직 한 가지 생각뿐이었다. **보고 싶어. 다시 한번만 만나고 싶어. 언제 어느 때의 너라도 좋아. 우리가 만나기 전의 너일지라도.**

문득 떠오르는 추억이 하나 있었다. 왕취안성이 곁에 있던 시절, 황위쉬안이 잠들지 못하고 이리저리 뒤척이던 어느 밤이었다. 잠에서 깬 왕취안성이 황위쉬안을 보고는 애써 졸음을 몰아내며 황위쉬안과 이야기를 나눴다.

"이야기 나눌까. 그러다 보면 잠이 올지도 몰라."

왕취안성의 말에 두 사람은 최근에 함께 보았던 타임슬립 영화 이야기를 나누었다. 황위쉬안이 물었다.

"타임머신이 진짜 있다면, 과거와 미래 중 어디로 가고 싶어?"

왕취안성은 고민도 없이 과거라고 대답했다. 황위쉬안이 이유를 묻자 왕취안성이 웃으며 대답했다.

"왜냐하면 내 미래에는 분명 네가 있을 테니까. 난 네가 나타나기만 기다리면 되거든."

황위쉬안은 과거의 어느 때로 돌아가고 싶은지 물었다. 왕취안성은 황위쉬안을 알기 전으로 돌아갈 거라고 했다. 하루

전, 혹은 한 달 전이어도 좋고 심지어 1년 전도 좋다고 했다. 황위쉬안은 계속해서 이유를 물었다. 잠 생각이 달아날 만큼 정신이 더 또렷해지고 있었다. 왕취안성은 황위쉬안을 바라보며 웃음 띤 얼굴로 부드럽게 답했다.

"과거의 나한테 해주고 싶은 말이 있거든."

어둑한 밤, 창 너머로 스며든 달빛이 왕취안성의 얼굴을 비추었다. 그 모습에 황위쉬안은 형언할 수 없는 따스함과 행복이 차오르는 걸 느꼈다.

"무슨 말을 해주고 싶은데?"

황위쉬안이 물었다.

"미래에 언젠가 아주아주 좋아하는 여자를 만나게 될 거라고 말해줄 거야. 무슨 일이 있어도 절대 손을 놓아선 안 된다고."

왕취안성이 두 눈을 감았다. 얼굴에 말로 표현하기 힘든 아련한 그리움이 어렸다. 언젠가 정말 과거의 자신을 만났던 것처럼, 그 순간을 떠올리는 듯한 얼굴이었다. 괜히 부끄러워진 황위쉬안이 왕취안성을 일부러 밀치며 말했다.

"이런 식으로 꼬신단 말이지, 말발 하나는 정말!"

왕취안성이 웃음을 터뜨렸다. 황위쉬안을 더욱 꽉 품에 안으며 되물었다.

"그럼 넌? 만약 과거로 돌아간다면, 날 알기 전의 너에게로 갈 거야?"

이어폰에서 예의 그 익숙하고 허스키한 저음의 노랫소리가 흘러나오고 있었다. 황위쉬안은 자신도 모르게 가볍게 심호흡을 하며, 그때 자신이 했던 답을 떠올렸다. 그날 밤, 이렇게 대답했었다. 언젠가 과거로 돌아간다면, 내가 아니라 왕취안성을 찾아가서 말해줄 거라고. 미래에는 오직 나만 좋아하게 될 거라고, 그 누구도 널 빼앗아 갈 수 없다고.

……그러니 잠시 눈을 감아봐

나의 기대가 어둠을 가득히 채워……

찬란한 빛이 평온한 얼굴 위로 쏟아져

사랑할 수밖에……

두 눈을 꼭 감은 얼굴은 평온하고도 그리움으로 가득했다. 황위쉬안은 상상하고 있었다. 과거로 돌아가 그때의 왕취안성을 만나는 순간을.

내 걸음을 따라 사뿐사뿐 밟아봐

아름다운 추억들이 천천히 되살아나……

노랫소리와 멜로디가 서서히 멀어져 가고, 황위쉬안은 깊고 깊은 암흑 속으로 빠져들었다.

*

갑자기 누군가 '쾅' 하고 카운터를 세게 내리쳤다. 화들짝 놀란 소녀는 두 손이 풀리는 바람에 턱이 테이블에 부딪혔다. 얼마나 아픈지 순식간에 잠이 달아났다.

"아파라……."

정신이 돌아오기도 전에 앞에서 누군가 말을 걸었다.

"아르바이트 시간에 누가 졸고 있으래? 가게를 통째로 훔쳐 가도 모르겠다."

남자가 잠시 멈칫하다 한숨을 쉬더니 말을 이었다.

"내가 몇 번이나 말했어? 여긴 클래식이랑 재즈만 취급하는 곳이야. 자꾸 대중가요 좀 틀지 말라니까."

소녀는 당황했다. 언젠가 들어본 적이 있는 말이다. 주위를 둘러보다가 순간 정신이 번쩍 들었다.

"외삼촌!"

우원레이가 손을 휘저으며 말했다.

"토요일은 오전 수업만 하잖아. 끝나자마자……."

소녀가 그 말을 툭 자르며 말했다.

"끝나자마자 가게로 올 거 없이 저녁에 오면 돼."

우원레이가 의아한 눈으로 소녀를 바라보았다.

"내가 그 얘기 하려던 거 어떻게 알았어?"

소녀는 대답하지 않았다. 대신 레코드 가게 출입문으로 시선을 옮겼다. 아무도 보이지 않았다. 한참을 출입문만 바라보자 우원레이가 궁금한 듯 물었다.

"윈루, 뭘 그렇게 보는 거야?"

"쉿, 잠깐 조용히 있어봐요."

"응?"

우원레이는 도대체 무슨 영문인지 몰라 어리둥절했다.

"윈루, 도대체……."

그때, 누군가가 레코드 가게 문을 열고 들어섰다. 제복을 입은 경찰이 손에 투명한 봉투를 들고 서 있었다. 경찰이 천윈루를 보자마자 물었다.

"천윈루 학생 맞지?"

천윈루는 자신의 두 손을 바라보더니 얼굴을 더듬더듬 만져보다가 확신이 없는 듯 조심스럽게 고개를 끄덕였다. **나 돌아온 거야? 정말 과거로 돌아온 거야? 또 꿈꾸고 있는 거 아니겠지?**

경찰이 바로 본론으로 들어갔다.

"그날 밤에 있었던 사건에 관해 물어볼 게 있어서 왔어."

"혹시 현장에서 발견된 물건이 있어서 보여주려고 오신 거예요?"

천윈루가 곧바로 되물었다. 투명한 봉투를 건네려던 경찰이 멈칫하며 천윈루를 한 번 바라보았다.

"혹시 보청기인가요?"

천원루가 물었다. 경찰은 순간 긴장감이 도는 얼굴로 되물었다.

“보청기라는 걸 어떻게 알았니? 혹시 현장에서 누가 이걸 떨어뜨리는 걸 목격한 거야?”

그 말에 천원루는 엉뚱한 대답을 했다.

“오늘이 몇 월 며칠이죠?”

경찰이 우원레이에게 눈길을 던졌다. 천원루의 반응에 당황한 듯했다. 천원루를 바라보다 다시 경찰을 바라보던 우원레이는 걱정스러우면서도 난처한 기색이었다. 사고를 당한 이후 줄곧 이상한 행동을 보이는 천원루를 어떻게 설명해야 할지 난감했다.

“오늘이 몇 월 며칠이냐고요?”

경찰이 답이 없자, 천원루가 이번에는 우원레이에게 다급히 물었다.

“11월 14일.”

우원레이가 대답했다.

“원루, 괜찮니? 왜 갑자기 그걸 묻는 거야?”

“1998년 11월 14일이요?”

천원루가 재차 확인하듯 물었다. 우원레이와 경찰은 미심쩍은 얼굴로 천원루를 바라보았다.

“당연히 1998년이지. 그럼 몇 년도겠어?”

우원레이가 말했다. 충격이었다. 정말 과거로 돌아왔다.

그것도 이미 겪었던 시간대로 다시. 그렇다면 전에 꾸었던 꿈도, 일기장에 적혀 있던 내용들도 전부 진짜라는 뜻이다. **그 애가 왕취안성이야!**

"죄송한데, 가볼 데가 있어서요!"

천원루는 레코드 가게를 뛰쳐나갔다. 가게에 남겨진 우원레이와 경찰은 도대체 무슨 일인지 알 수 없다는 얼굴로 서로만 멀뚱히 바라보았다.

*

천원루는 단숨에 학교로 내달렸다. 너무 급하게 뛰어가는 바람에 발이 꼬여 넘어질 뻔했지만, 조금도 속도를 늦출 수 없었다.

「언젠가 과거로 돌아간다면 내가 아니라 널 찾아가서 말해줄 거야. 미래에는 오직 나만 좋아하게 될 거라고. 그 누구도 널 빼앗아 갈 수 없다고.」

그날 밤, 왕취안성에게 했던 이야기였다.

학교에 도착한 천원루는 사방을 둘러보다가 건물 옥상으로 달려갔다. 예상한 대로 리쯔웨이가 옥상 난간에 기대어 저 멀리 교정을 바라보고 있었다. 그 애가 정말 눈앞에 있다. 닿

想見你 Someday or One Day

을 수 없는 먼 곳이 아니라 바로 이곳에. 참았던 눈물이 또다시 흘러내렸다. **왕취안성, 드디어 다시 널 만나게 된 거야!** 너무나도 익숙한, 그러나 훨씬 앳된 얼굴이 된 왕취안성을 가만히 바라보며 한 걸음씩 다가갔다. 벅찬 감정을 숨기지 못한 채 천천히.

제7장

1998년, 타이난.

리쯔웨이가 옥상 난간에 기댄 채, 학교 구석의 육상 트랙에서 훈련 중인 육상부 여학생들을 바라보고 있었다. 유독 발육이 좋은 몇몇이 리쯔웨이의 시선을 사로잡았다.

"와, 재 가슴 엄청나다! 흔들리는 것 좀 봐!"

마음의 소리가 입 밖으로 터져 나왔다. 리쯔웨이는 불현듯 등 뒤에서 차가운 시선이 느껴져 고개를 돌리다 깜짝 놀랐다.

"천윈루? 네가 여기 무슨 일이야?"

눈물 자국이 가득한 천윈루는 왠지 당황한 기색이었다. 리쯔웨이의 말을 무시한 채, 가까이 다가가 방금까지 리쯔웨이가 바라보던 곳으로 시선을 옮겼다. 그 순간, 물음표가 느낌표로 바뀌었다. **천신만고 끝에 돌아와서 기껏 찾아왔더니, 이**

想見你 Someday or One Day

자식은 여자 가슴이나 쳐다보고 있었던 거야?! 이 변태!

화가 난 천윈루는 가까이 다가가 리쯔웨이의 종아리를 세게 걷어찼다. 리쯔웨이는 너무 아픈 나머지 한쪽 무릎을 꿇으며 앓는 소리를 냈다. 가슴 앞에 엑스자를 그린 채 두 주먹을 불끈 쥐고 있는 천윈루가 보였다. 천윈루는 씩씩거리며 홱 돌아서더니 빠르게 자리를 떴다. 또 한 번 무언의 욕을 먹었다.

"야! 천윈루, 대체 뭔데? 아, 아파……."

이해할 수 없는 상황이었지만, 리쯔웨이는 통증을 참으며 절뚝절뚝 뒤따라갔다.

"천윈루! 야……."

리쯔웨이는 천윈루의 어깨를 덥석 잡고 돌려세웠다. 천윈루가 눈물범벅이 된 얼굴로 리쯔웨이를 쏘아보았다.

"너…… 너 왜 울어? 무슨 일 있어?"

천윈루는 눈물을 거칠게 훔쳐내더니 아무 말 없이 돌아서서 다시 걷기 시작했다. **열받아! 내가 1998년으로 돌아오려고 얼마나 애를 썼는데, 이 자식은 후배 가슴이나 훔쳐보고 있었다니! 잠깐……. 지금이 정말 1998년이라면, 리쯔웨이가 왕취안성과 아무리 닮았다고 해도 왕취안성일 수가 없잖아! 그렇다면 난 뭐 때문에 여길 온 거지?**

"설마 내가 후배 가슴 얘기한 것 때문에 운 건 아니지?"

리쯔웨이가 물었다.

"누가 그런 시시한 걸로 우냐!"

천원루가 매섭게 노려보았다.

"그럼 도대체 왜 우는 건데?"

리쯔웨이는 도무지 갈피를 잡을 수 없었다.

"너랑 아무 상관도 없거든. 어쨌든 난 지금 네가 꼴도 보기 싫어!"

천원루가 또다시 리쯔웨이의 종아리를 향해 발을 들어 올렸다. 이번에는 리쯔웨이가 재빨리 몸을 피했다. 그러고는 노발대발하며 멀어져 가는 천원루를 어리둥절한 눈으로 바라보았다.

*

집으로 돌아온 천원루는 방으로 들어와 서랍에서 일기장을 꺼냈다. 애타게 일기장을 넘기며 생각했다. **리쯔웨이가 왕취안성이 아니라면, 일기장 마지막 페이지에 있던 그 말은 도대체 무슨 뜻일까? '그 애'는 대체 누구지?** 마지막 페이지를 열어 보았지만, '그 애가 왕취안성이야'라는 말이 보이지 않았다. 일기장이 너덜너덜해질 만큼 처음부터 끝까지 몇 번을 넘겨가며 아무리 찾아보아도 없었다. 실망한 천원루는 일기장을 덮으며 진정하려 애썼다. **그 말이 아직 일기장에 적히지 않은 거라면, 지금의 천원루는 왕취안성을 아직 못 만난 건가? 그렇다면 현재의 천원루가 1998년의 왕취안성을 만날 수도 있다는**

뜻일 텐데. 하지만 지금 왕취안성은 고작 대여섯 살일 거란 말이야. 만약 지금 왕취안성을 찾아간다면, 그건 아동 유괴나 다름없잖아?

천원루는 눈을 감았다. 괴로운 듯 이마를 책상에 맞댔다. 리쯔웨이와 왕취안성은 대체 어떤 관계일까. 이렇게 충동적으로 여길 올 게 아니라 일단 그것부터 확실히 알아보았어야 했다. 지금은 이러지도 저러지도 못하고 머릿속만 뒤죽박죽이었다. **지금 다시 돌아갈 수 있다면…….** 천원루가 갑자기 고개를 번쩍 들었다. 꽤 심각해진 얼굴이었다. **망했다, 2019년으로 돌아가는 방법은 생각 못 했잖아? 여기 갇혀서 못 돌아가면 어쩌지? 게다가…… 천원루는 1999년에 세상을 떠났다고 외삼촌이 그랬잖아. 지금이 1998년이니까, 원래의 시간으로 돌아가지 못한다면, 내년에 죽게 되는 건 나일까, 천원루일까?**

「원루는 살해당했어요.」

2019년의 우원레이가 황위쉬안에게 천원루의 일기장을 건네며 말했었다.

「위쉬안 씨도 눈치챘겠지만, 그 꿈도 그렇고 원루가 이후에 겪은 일도 그렇고 모든 게 원루가 사고를 당한 그날부터 시작된 것 같아요. 원루와 위쉬안 씨 사이에 정말로 어떤 불가사의한 관계가 있는 거라면, 어쩌면 위쉬안 씨가 과거를 바꿔서 윈루가 계속 살아가게 할 수 있지 않을까요?」

그러니…… 내년에 천윈루를 살해할 그 범인을 하루라도 빨리 찾아내야 한다. 그래야 이 모든 걸 바꿀 수 있을 테니까. **아**……. 마음속에서 한숨이 절로 나왔다. **왜 이렇게 복잡한 거야! 나 여기 있기 싫어! 2019년으로 돌아가고 싶다고!**

*

이튿날 아침, 거실에서 전화 소리가 울렸다. 윈루의 엄마가 잠에 취한 얼굴로 방에서 나와 전화를 받았다. 몇 분 후, 전화를 끊은 엄마는 천윈루의 방 문을 노크했다. 기척이 없었다. 몇 번을 더 두드려도 기척이 없자 문을 열어보았다. 책상 앞에 앉아 있는 딸의 모습이 보였다. 귀에 이어폰을 꽂은 채, 기도하듯 두 손을 꽉 쥐고서는 쿨쿨 잠들어 있었다. 윈루의 엄마가 딸을 흔들어 보았지만, 여전히 반응이 없었다. 그러자 이어폰 한쪽을 빼내고서 귓가에 대고 소리쳤다.

"천윈루!"

천윈루가 벌떡 일어나더니 주위를 열심히 살폈다. 여전히 어젯밤 그 방이다. 천윈루는 맥없이 책상 앞에 도로 앉으며 크게 한숨을 쉬었다.

"왜 아직도 여기 있는 거야?"

지켜보던 원루의 엄마가 참다못해 말했다.

"그러게, 왜 아직 여기 있는 거야? 학교도 안 가고, 혼자 방에 틀어박혀서 무슨 노래를 듣고 있는 건데? 선생님 전화 아니었으면, 너 여태 이러고 있는 것도 모를 뻔했네."

천원루는 엄마의 잔소리가 끝도 없이 이어지자 짜증이 났지만, 달리 설명할 방법이 없어 대충 핑계로 둘러댔다.

"그…… 그날이 와서 몸이 안 좋아. 학교 못 가겠어."

"그날이라고? 지난주에 끝났다면서?"

원루의 엄마가 고개를 갸웃거렸다. 밤새 잠을 제대로 자지 못한 탓에 인내심이 바닥난 천원루는 자리에서 일어나 엄마를 문밖으로 밀어내며 말했다.

"또 하나 보지. 그럼 안 돼? 뭘 그렇게 자꾸 물어! 나 혼자 조용히 쉬고 싶으니까 좀 나가줘, 응?"

엄마가 당황한 얼굴로 뭔가 말하려는 기색을 보이자 천원루는 더 이상 대꾸하고 싶지 않아 단호하게 문을 닫아버렸다.

어떻게든 돌아갈 방법을 찾아야 해. 진짜 천원루를 이곳으로 다시 되돌리자.

*

리쯔웨이는 답답했다. 수학 선생이 칠판 앞에서 공식을 설명하고 있었지만, 머릿속에는 어젯밤 모쥔제가 했던 말이 계속 맴돌았다.

「요즘 너 천원루한테 관심이 좀 과한 거 아니야?」

어이가 없었다. 처음에는 너무 의도적으로 천원루를 멀리하지 말라고, 그래야 천원루가 무슨 일이 생기면 도움을 청할 수 있지 않겠느냐고 했던 모쥔제였다. 그래서 그 말대로 천원루를 찾아가 친구로 대하며 챙겼더니, 이제는 리쯔웨이를 라이벌 취급하며 천원루와 거리를 두라고 한다. 리쯔웨이는 수업에 열중하고 있는 모쥔제의 뒷모습을 노려보며 속으로 투덜댔다. **여자 앞에서는 친구도 없다 이거지, 모쥔제! 완전 날 갖고 노네!**

생각하면 생각할수록 화가 치밀어서 가만히 앉아 있을 수가 없었다. 수업이 아직 한창이었지만, 리쯔웨이는 수학 선생이 등을 보이며 판서하는 틈을 타 가방을 메고 몰래 교실을 빠져나갔다. 원래는 수업을 빼먹고 학교에서 나갈 생각이었는데, 어쩐 일인지 발길이 천원루의 교실 근처로 향했다. 고개를 내밀고 보니, 천원루 자리가 비어 있었다. **오늘 학교 안 왔나?** 리쯔웨이는 살짝 걱정이 되었다.

*

리쯔웨이가 가방을 담장 밖으로 던져놓고 담을 넘으려는 순간, 등 뒤에서 모쥔제의 목소리가 들려왔다.

"리쯔웨이!"

리쯔웨이는 순간 동작을 멈추었지만, 돌아보지 않았다.

"어디 가?"

모쥔제가 물었다.

"네가 무슨 상관이야."

리쯔웨이가 일부러 퉁퉁댔다.

"너 천원루한테 가는 거지? 걔가 오늘 학교 안 와서."

리쯔웨이가 황당한 얼굴로 돌아서며 모쥔제를 바라봤다.

"걔 오늘 학교 안 온 거 알고 있었어? 근데 왜 나한테 말을 안 했어?"

"네가 무슨 상관이야."

모쥔제는 방금 리쯔웨이가 던진 말을 그대로 되돌려주었다. 리쯔웨이는 화가 치밀었다.

"네가 지금 여자 때문에 나를 등지고 친구 관계를 끊겠다면, 그건 네 일이니까 마음대로 해. 하지만 내가 지금 누굴 찾아가든, 누굴 챙기든 그건 내 일이니까 신경 꺼!"

리쯔웨이는 말을 마치자마자 담을 훌쩍 뛰어넘었다. 모쥔제도 뒤따라 담을 넘으려는 찰나, 뒤에서 불현듯 누군가가 이름을 부르는 소리가 들려왔다.

"모쥔제!"

돌아보니 학생주임과 경찰이 서 있었다. 경찰이 입을 뗐다.

"같이 경찰서에 가야겠다."

*

리쯔웨이는 기분이 상했다. 그것도 아주아주. 모쥔제에게 휘둘린 듯한 기분도 유쾌하지 않지만, 그보다 더 불쾌한 건 천윈루였다. 언제는 좋다고 고백했다가 돌연 태도를 바꿔서 좋아할 일은 없을 거라고 하더니, 이번에는 또 뜬금없이 울면서 찾아온 것이다. **둘 다 도대체 왜 그러는 거야?** 화가 치밀자 걸음이 점점 빨라졌다. 그러다 정신을 차려보니 천윈루 집 앞이었다. 천윈루 방의 창문을 쏘아보며 생각했다. **오늘은 직접 만나서 확실히 해야겠어! 나는 천윈루를 좋아해서가 아니라 친구로서 신경 쓰는 것뿐이라고! 그래. 그게 다야!**

바닥에서 작은 돌 하나를 주워 창문으로 던졌다. 잠시 후, 밤새 제대로 잠을 못 잔 천윈루가 창문을 열었다. 리쯔웨이가 굳은 표정을 짓더니 집게손가락을 올렸다가 바닥을 가리켰다. 지금 당장 나오라는 뜻이었다. 천윈루는 약간 어이가 없었지만, 잠시 후 밖으로 모습을 드러냈다. 리쯔웨이는 천윈루의 눈에 다크서클이 짙다는 걸 눈치챘다.

"리쯔웨이, 여긴 뭐 하러 왔어?"

천윈루가 물었다.

"할 말 있으니까 따라와."

"여기서 얘기하면 되잖아?"

천원루는 미심쩍은 얼굴이었다.

"어쨌든 따라오라고!"

서둘러 앞장서는 리쯔웨이를 바라보며 천원루는 속으로 투덜거렸다. **참 별난 애라니까, 대화하는 데 뭘 장소까지 정해. 저번엔 공원 스케이트장이더니, 이번엔 또 어딘데? 그러고 보니 이건 왕취안성하고 조금 닮았잖아…….** 천원루는 멈칫했다. **왜 지금 그런 생각을 하는 거야? 저 녀석은 절대 왕취안성이 아니라고!** 온갖 잡념에다가 수면 부족까지 겹친 탓에 스쿠터 뒤에 앉아 있는 내내 천원루는 스치는 풍경이 눈에 들어오지 않았다. 리쯔웨이가 스쿠터를 세우자 천원루는 리쯔웨이의 단단한 등에 머리를 부딪혔다.

"여기는……."

익숙한 풍경이 눈에 들어왔다. 푸르른 초원이 드넓게 펼쳐진 가운데, 거대한 벵골보리수 한 그루가 우뚝 서 있었다. 리쯔웨이가 나무 아래로 다가가더니 고개를 돌렸다.

"안 오고 거기서 뭐 해? 이리 와."

천원루는 천천히 걸음을 옮기며 커다란 벵골보리수를 살펴보았다. 어디선가 본 듯한 기분이 들었다. 기대와 추측이 뒤섞인 마음으로 나무 주위를 빙 돌았다. 예상대로 나무에 구멍 하나가 있었다. 천원루는 자기도 모르게 손을 뻗어 거친

나무껍질을 어루만져 보았다. 마음이 훈훈해지고 눈빛이 따스하게 물들었다. 맞다, 언젠가 왕취안성을 따라 이곳에 와본 적이 있었다.

"왜 굳이 여기로 데려온 거야?"

나무 구멍을 바라보던 천원루가 돌아서서 물었다.

"왜는 무슨, 그냥 속얘기나 하자는 거지."

리쯔웨이는 태연하게 대답하더니 나무 아래에 털썩 주저앉았다. 천원루도 옆으로 다가가 앉았다.

"속얘기? 무슨 얘긴데?"

천원루가 물었다.

"네 고민 얘기. 그날 왜 울면서 나를 찾아왔는지 궁금해서."

천원루는 까무러칠 지경이었다.

"세상에, 겨우 그것 때문에 불러낸 거야?"

"그럼 안 돼?"

리쯔웨이가 못마땅한 얼굴로 천원루를 바라보았다. 천원루는 속으로 깊은 한숨을 쉬었다. **내가 정말 늙었나, 도대체 이 꼬맹이들 머릿속을 알 수가 없네? 집 앞에서 물어보면 될 것을 굳이 이렇게 먼 데까지 와서, 그것도 보리수나무 아래라니. 어설픈 로맨스라도 찍자는 거야, 뭐야?** 천원루는 눈을 흘기고 싶은 마음을 꾹 참으며 최대한 차분하게 말했다.

"다음에 얘기하면 안 될까? 내가 지금 너무 졸리거든, 일단 나 좀 집에 데려다주라."

리쯔웨이는 살짝 기가 막혔다.

"그래, 얘기하기 싫으면 어쩔 수 없지. 그럼 내 얘기는 들어줄 수 있지? 지금 내가 가슴속이 꽉 막혀서 누구한테라도 털어놓지 않으면 폭발할 것 같단 말이야!"

천원루가 늘어지게 하품을 하며 희미한 목소리로 답했다.

"알았어, 그럼 얼른 얘기해. 끝나면 얼른 나 좀 집에 데려다주고……."

천원루는 나무에 기대며 눈을 반쯤 감았다. 리쯔웨이는 오랫동안 참았던 말을 쏟아내기 시작했다.

"사실 애초에 모쥔제가 널 좋아하지 않았다면, 나도 모쥔제를 돕겠다고 너랑 친구가 되지는 않았을 거야. 네가 사고를 당한 뒤부터는 너랑 점점 가까워지고 친해지면서 가끔 모쥔제가 좋아하는 여자라는 걸 잊어버릴 때가 있었어."

심지어 조금은 좋아하는 감정까지 생기고 있었다. 하지만 천원루는 모쥔제가 좋아하는 여자였다. 자신의 마음이 아무리 깊어진다 한들 친구의 사랑을 빼앗아선 안 되는 일이다. 게다가 애초에 널 좋아할 일은 없을 거라고 큰소리까지 치지 않았던가. 지금의 모습은 모순에 지나지 않는다.

"그러니까 지금 난, 앞으로 널 친구로 대할 거라는 얘기야……."

마음은 그렇지 않다는 걸 잘 알지만, 모쥔제를 위해 물러서야 한다. 천원루에 대한 호감을 꼭꼭 감춰야만 한다.

"그게 너랑 나, 모쥔제까지 우리 모두에게 가장 좋은 결말일 테니까……."

한창 진지하게 말을 이어가던 리쯔웨이가 그제야 천원루에게 시선을 돌렸다. 천원루는 잔디에 옆으로 누워서 졸고 있었다.

"천원루?"

리쯔웨이는 황당하다는 표정으로 말했다.

"진지하게 속얘기를 털어놨더니! 듣다 잠들어 버린 거야?"

천원루는 얼마나 피곤한지 눈도 제대로 뜨지 못했다. 희미하고 어렴풋하게 대답만 겨우 건넸다.

"조용히 해봐, 나 조금만 잘게. 졸려 죽겠어……."

천원루는 몸을 뒤척이며 자리를 제대로 잡더니 리쯔웨이 앞에서 그대로 잠들어 버렸다. 리쯔웨이는 입이 떡 벌어졌다.

아무리 그래도 이건 아니지?

그러나 잠시 후, 웃음이 툭 터져 나왔다. 자신 앞에서 편하게 행동하는 천원루의 모습을 보니 둘의 거리가 한층 가까워진 기분이었다. 리쯔웨이도 양손을 베개 삼아 잔디 위에 누웠다. 하늘을 반쯤 뒤덮고 있는 거대한 나무 그늘을 바라보고 있으니 조금 전까지 요동치던 마음이 서서히 잔잔해졌다.

"그래, 그냥 자는 게 낫겠다. 그래야 내가 속마음을 편하게 털어놓을 수 있으니까."

리쯔웨이는 천원루가 정말 잠이 들었는지 곁눈질로 힐끗 확인한 뒤 계속 말을 이었다.

"사실은 그날 네가 우는 걸 보니까 왠지 모르게 나도 마음이 아프더라. 그 뒤로 온종일 네가 울던 모습이 자꾸 생각났어. 대체 왜 울었을까, 왜 날 바라보면서 그렇게 슬피 울었을까?"

리쯔웨이가 몸을 살짝 돌려 천원루와 마주 보고 누웠다. 깊이 잠든 그 얼굴을 바라보며 무심결에 나지막이 물었다.

"천원루, 왜 그렇게 슬프게 울었는지 나한테 알려줄 수 있어?"

당연하게도 대답은 돌아오지 않았다.

산들바람이 나뭇가지를 살랑이자 부드러운 속삭임이 퍼져 나왔다. 멀지 않은 곳에서 사람들의 목소리가 희미하게 들려왔다. 리쯔웨이는 기다림이 살짝 지루했지만, 이대로 이곳을 떠나고 싶지는 않았다. 살그머니 손을 뻗어 천원루의 머리카락을 만지작거리는 순간, 마음이 포근해졌다. **천원루, 난 왜 지금 너에게 끌리는 기분이 드는 걸까?**

*

또 꿈을 꿨다. 꿈에서 왕취안성이 같은 곳으로 데려왔다.

왕취안성이 손을 붙잡고, 같은 벵골보리수 아래로 이끌었다. 나무에 난 구멍을 가리키며 비밀을 가진 나무 구멍이라고 했다. 전부터 기분이 안 좋을 때면 이곳을 찾아와 나무 구멍에 대고 울적한 이야기를 모두 털어놓곤 했는데, 그러고 나면 기분이 한결 나아진다고 했다.

"자, 한번 해봐."

왕취안성 손에 이끌려 나무 구멍 앞에 섰다. 왠지 내키지 않았다.

"안 하면 안 돼? 좀 바보 같잖아."

"복잡하게 생각하지 말고, 그냥 한번 해봐!"

왕취안성이 자꾸 권하는 바람에 하는 수 없이 나무 구멍 앞에 다가섰다. 고개를 돌려 왕취안성을 힐끗 한번 바라보고는 고민하다 눈을 감았다. 칠흑같이 어두운 나무 구멍에 대고 작은 소리로 비밀을 털어놓았다.

"어때, 우울했던 일들이 나무 구멍 속으로 모두 사라진 거 같지 않아?"

왕취안성의 물음에 그대로 눈을 감은 채 고개만 끄덕였다. 슬펐던 지난 일들이 의미를 잃고 흐릿해지는 것만 같았다.

"기분이 한결 좋아지고 편안해지는 것 같지?"

왕취안성의 목소리는 너무나 따스했다. 듣고 있자니 왠지 모르게 슬퍼지는 기분이었다.

"이제 많이 힘들지 않지? 내가 그렇게 많이 그립지도 않지?"

그때였다. 왕취안성의 목소리가 아득히 멀어지고 있었다. 고개를 흔들자 눈에서 눈물이 툭 하고 떨어졌다. 살며시 눈을 뜨니 왕취안성이 눈앞에 있었다. **아니…… 잠깐, 이 아이는…… 꿈속의 왕취안성이 아니라, 리쯔웨이잖아.** 꿈이었다. 꿈에서 왕취안성을 만났다. 마침 이곳은 왕취안성의 손에 이끌려 왔던 곳이다. 왕취안성과 똑같이 생긴 얼굴을 가만히 응시하고 있자니 의문이 더더욱 커져갔다. **분명 리쯔웨이는 왕취안성이 아닌데. 근데 왜 생김새며 목소리, 자는 모습까지 왕취안성과 똑같은 거야?**

리쯔웨이는 누군가의 시선을 느낀 듯 살며시 눈을 떴다. 코앞에서 자신을 바라보고 있는 천원루의 모습에 무심코 넋을 놓았다. 심장이 마구 뛰고 있었다. 한 번도 경험해 보지 못한 설렘이었다. 낯선 감정이 느껴진 순간, 리쯔웨이는 황황히 고개를 돌리며 벌떡 일어나 앉았다. 그러고는 일부러 투덜대기 시작했다.

"네가 자는 바람에 나까지 잠들었잖아, 이게 다 너 때문이야. 날 깨웠어야지?"

천원루는 어깨를 으쓱했다.

"깨서 보니까 네가 너무 곤히 자고 있길래 안 깨운 거거든."

어색해하는 리쯔웨이와 달리 천원루는 오히려 태연해 보

였다. 아마도 리쯔웨이는 왕취안성이 아니라는 것을, 두 사람은 그저 닮은 것뿐임을 마음으로 확신했을 터였다. 천원루는 순간 무언가 떠오른 얼굴로 물었다.

"속얘기하고 싶다고 하지 않았어? 무슨 얘긴데?"

리쯔웨이는 말없이 천원루에게 고개를 돌렸다. 시선이 맞닿자 자신도 모르게 눈을 피하며 돌아섰다.

"그게……. 시간이 좀 늦었네, 집에 데려다줄게! 다음에 기회 되면 얘기하자."

리쯔웨이는 다소 경직된 걸음걸이로 앞장서 걸어갔다. 천원루는 그 모습이 의아했지만, 더는 묻지 않고 자리에서 일어나 뒤따랐다. 앞서가는 리쯔웨이의 뒷모습이 문득 눈에 들어왔다. 익숙한 그 모습에 잠시 아득한 기분이 들었다. 금방이라도 돌아서서 미소를 띠며 "황위쉬안, 빨리 와. 데려가고 싶은 곳이 많단 말이야"라고 말하며 손을 내밀 것만 같았다. 순간 천원루는 그 자리에 멈춰 섰다.

그 애가 왕취안성이야.

일기장에 적혀 있던 그 문장이 머릿속을 스쳤다. 리쯔웨이가 돌아섰다. 멍하니 서 있는 천원루에게 소리쳤다.

"천원루, 왜 멍때리고 있어?"

천원루는 그제야 정신이 들어 서둘러 걸음을 옮겼다. 스쿠터 앞에 다다르자, 리쯔웨이가 헬멧을 건넸다.

"얼른 타!"

뒷좌석에 오른 천원루가 두 손을 어디에 두어야 할지 몰라 망설이자 리쯔웨이가 말했다.

"꽉 잡아, 출발한다!"

그 말에 천원루는 본능적으로 리쯔웨이의 허리를 살며시 붙잡았다. 순간 리쯔웨이의 온몸이 경직되었다. 천원루가 황급히 손을 거두며 물었다.

"왜 그래?"

"아, 아냐. 그냥 꽉 잡아."

리쯔웨이는 차마 고개를 돌릴 수가 없었다. 천원루는 "아" 하며 별생각 없이 두 손을 다시 리쯔웨이의 허리 위로 가져갔다. 리쯔웨이가 스로틀을 당겼다. 이번에는 오토바이가 전혀 움직이지 않았다. 고장 났나 싶어 고개를 숙여 살펴보다가 시동을 켜지 않았다는 걸 알았다. 너무 긴장한 탓에 애꿎은 스로틀만 열심히 당겨대고 있었다.

"또 왜 그래?"

천원루가 고개를 내밀며 물었다.

"아니야, 시동을 깜빡해서……."

리쯔웨이는 어색한 웃음을 짓더니 키를 돌려 시동을 걸었다. 엔진 소리가 울리자 이상하게도 마음이 놓였다. 백미러로 천원루를 힐끗 쳐다보았지만, 원루의 시선은 다른 곳에 있었다. 리쯔웨이는 왠지 모르게 서운한 감정을 느꼈지만 서둘러 마음을 다잡고 스로틀을 당겨 출발했다. 이번만큼은 너무 빨리 도착하지 않기를 바랐다.

*

집에 도착한 천윈루는 온몸이 기진맥진했다. 아무것도 신경 쓰고 싶지 않았다. 방에 들어서자마자 쓰러지듯 잠에 빠져 다음 날 아침이 되도록 깨어나지 않았다.

거실에서 전화 소리가 또다시 울렸다. 윈루 엄마가 전화를 받더니, 어이없다는 눈으로 딸의 방을 바라보았다. 딸 대신 대충 변명이라도 하고 그냥 집에서 쉬게 해줄까 하던 찰나, 초인종 소리가 귀를 찔렀다. 엄마는 어쩔 수 없이 천윈루가 결석한 이유를 적당히 둘러댄 뒤, 전화를 끊고 현관으로 나갔다. 문밖에 리쯔웨이가 초조한 얼굴로 서 있었다.

"안녕하세요, 저는 천윈루 친구인데요. 중요한 일이 있어서요!"

리쯔웨이의 말투가 다급해 보였다.

"근데 윈루가……."

"아침부터 시끄럽게 누구야?"

초인종 소리에 잠에서 깬 천윈루가 아직 덜 깬 얼굴로 눈을 비비며 방에서 나왔다. 리쯔웨이가 보이자 의아한 얼굴로 물었다.

"또 왜 온 거야?"

"모쥐제한테 일이 생겼어!"

격앙된 리쯔웨이의 말에 천윈루는 눈을 커다랗게 떴다.

"뭐라고? 무슨 일인데?"

리쯔웨이가 윈루의 엄마를 슬쩍 바라보며, 말을 꺼내도 될지 머뭇거렸다. 그 모습을 본 천윈루가 얼른 밖으로 나가 문을 쾅 닫으며 무거운 얼굴로 물었다.

"모쥐제한테 무슨 일이 생긴 건데?"

"휴학 처분을 받았대!"

*

담임선생이 모쥐제에게 꺼낸 말은 일단 집으로 돌아가 '휴식'을 하라는 것이었다.

그날은 학생주임과 함께 온 경찰이 모쥐제를 경찰서로 데려가 조사를 진행한 날이었다. 아직 미성년자인지라 보호자가 함께 있어야 했다. 결국 경찰은 모쥐제의 할머니를 경찰서로 불렀다. 한평생 경찰서라고는 가본 적이 없었던 할머니는 어찌 된 상황인지 몰라 당황하며 불안해했다. 여학생 피습 사건은 자신의 손자와 아무런 관련이 없는데, 어째서 손자를 범인으로 여기고 경찰서로 부른 건지 알 수 없었다. 모쥐제는 오히려 침착해 보였다. 아무 일 없을 거라며 할머니를 위로하기도 했다.

모퀀제의 사건 조사를 맡은 형사팀의 팀장 양비윈은 깔끔한 단발머리를 한 중년 여성이었다. 사건 현장 근처에서 보청기가 발견된 것 말고도 경찰에게 포착된 정황이 또 있었다. 32레코드 근처의 CCTV 영상을 확인하던 중, 천윈루를 태우고 떠나는 리쯔웨이의 스쿠터를 모퀀제가 뒤따라가는 모습이 발견된 것이다. 양비윈은 모퀀제에게 설명을 요구했지만, 모퀀제는 리쯔웨이와 천윈루가 너무 가까워지는 게 걱정되어서 그랬다는 말을 차마 꺼낼 수 없었다. 말하려다 멈추기를 여러 번 반복한 끝에 결국 침묵을 택했다. 그 모습을 본 양비윈은 모퀀제가 일부러 무언가를 숨기고 있다고 판단했고, 보청기를 모퀀제 앞에 내려놓으며 말했다.

"보청기에 적힌 모델명과 일련번호로 우리는 이 보청기가 네 거라는 걸 확인했어. 게다가 사건 당일, 리쯔웨이와 천윈루를 미행하는 수상한 행동이 발견되었는데, 너는 진술을 하려 하지 않으니 지금부터 넌 이 사건의 핵심 관계자가 되는 거야."

즉, 경찰들 눈에 모퀀제는 용의자인 셈이다. 이 소식이 학교에 전해지자 교장은 학생주임을 불러 면담했고, 학생주임은 다시 담임선생을 불러 면담했다. 결국은 담임선생이 나서서 모퀀제에게 당분간 학교에 나오지 말라고 전했다.

"전 아무것도 한 게 없어요!"

모퀀제가 해명하듯 말했다. 담임선생은 이해한다는 듯 고개를 끄덕이며 대답했다.

"모퀀제, 나야 당연히 널 믿지. 우리도 널 보호하기 위해서 이러는 거야. 이건 형사사건이야. 경찰이 기소를 결정하면, 그 순간 기소된 학생은 학교 규정에 따라 이유 불문하고 퇴학 처리될 수밖에 없거든."

담임선생의 말투는 사뭇 다정했으나 모퀀제는 그 한 마디 한 마디가 왠지 비아냥거리는 것처럼 느껴졌다. **정말로 날 믿는다면, 학교가 내 편을 들어줘야 하는 거 아닌가? 어째서 기소될까 두렵다고 미리 나를 쫓아내겠다는 거지? 당분간 학교에 나오지 말라니 그 '당분간'이 대체 얼마나 되는 건데? 일주일? 한 달? 아니면 한 학기? 학교는 그저 괜히 휘말리고 싶지 않으니까 돌려 말하는 것뿐이잖아. 결국 내가 눈치껏 자퇴하길 바라면서.**

모퀀제는 억울하고 화가 났다. 하지만 어떻게 해야 할지, 누구에게 도움을 청해야 할지 막막했다. 어른들이 가하는 억압과 결정을 그저 묵묵히 견뎌내야 했다. 교실로 돌아와 가방을 챙겨 나서는데, 자신에게로 쏟아지는 친구들의 시선이 온몸으로 느껴졌다. 대놓고 손가락질하며 수군대는 아이들도 있었다. 모퀀제는 마치 어릴 때로 돌아간 기분이었다. 보청기를 하고 있다는 이유로 차별당하던 약한 아이의 모습 그대로.

이젠 아이가 아니니까, 강해져야지. 저런 시선들은 외면하면 돼, 그러면 돼…….

그때였다. 두 사람의 모습이 모쥔제의 눈에 들어왔다. 모쥔제는 잠시 멈칫했지만, 가슴에 차오르던 서러움이 금방이라도 터져 나올 듯한 기분을 느꼈다. **두려워. 너희도 날 믿지 못하는 건 아닐까?** 리쯔웨이와 천원루가 모쥔제 앞에 다가섰다. 천원루가 입을 열기도 전에 모쥔제가 먼저 말을 건넸다.

"나 아니야, 정말 나 아니야……."

모쥔제는 주먹을 꽉 쥔 채 솟구치는 감정을 억눌렀다. 눈에는 이미 눈물이 고여 있었다.

"천원루, 난 절대로 절대로 널 다치게 하지 않아……."

주먹에 힘이 들어가자 손톱이 살을 파고드는 아픔이 느껴졌다.

"나 믿어?"

천원루는 눈앞의 소년을 바라보며, 그렇게 수줍음을 타면서도 용기 내어 자신에게 고백하던 날을 떠올렸다. 모쥔제는 천원루를 이해하고, 또 지켜주고 싶어 했다. 어쩌면 천원루가 어떤 생각을 하는지 알고 싶어 했던 유일한 사람일지도 몰랐다. 하지만 모쥔제가 좋아하는 그 천원루는 지금의 천원루가 아니었다.

천원루가 대답이 없자, 모쥔제의 눈빛에 서글픈 기색이 묻어났다. 모쥔제는 고개를 푹 떨구며 걸음을 뗐다. **아무도 날**

믿으려 하지 않아. 그때였다.

"모쥔제."

천윈루가 갑자기 모쥔제의 손목을 붙잡더니 큰 소리로 말했다.

"난 너 믿어!"

천윈루는 믿었다. 모쥔제는 영원히 천윈루를 다치게 하지 않을 거라고.

*

천윈루가 두 사람을 끌고 형사팀 팀장 양비윈을 찾아 경찰서에 왔다. 천윈루는 비록 그날 자신을 습격한 범인이 누군지 기억나진 않지만, 경찰이 현장에서 발견한 보청기는 모쥔제가 현장에서 떨어뜨린 게 아니라 자신이 떨어뜨린 거라고 설명했다. 모쥔제와 리쯔웨이가 놀란 얼굴을 하자, 양비윈이 그 모습을 금방 감지했다.

"상황을 조금 더 확실하게 설명해 줄 수 있겠니?"

양비윈이 담담한 얼굴로 묻자 천윈루가 아무렇지 않은 듯 입을 열었다.

"그날 저녁에 레코드 가게 앞에서 친구들이 제 생일을 축하해 준 다음, 리쯔웨이가 저를 집에 데려다주려고 할 때, 이 보청기를 주웠어요."

양비원이 물었다.

"그러니까 네 말은, 습격을 당하기 전에 모쥔제가 이미 보청기를 잃어버린 상태였다는 거지?"

천원루가 고개를 주억거렸다.

"시간이 좀 늦어서 집에 얼른 가느라 보청기는 일단 제가 챙겼어요. 다음 날 학교 가면 돌려줄 생각이었는데, 돌려주지도 못하고 그런 일이 생길 줄은 몰랐어요."

천원루가 모쥔제를 바라보며 말했다.

"CCTV에 모쥔제가 저랑 리쯔웨이를 따라오는 모습이 찍힌 건, 혹시 보청기를 주웠는지 물어보려던 걸 거예요!"

모쥔제가 여전히 넋을 놓고 있자, 천원루가 어깨를 툭툭 치며 대답을 유도했다.

"모쥔제, 내 말이 맞지?"

모쥔제는 천원루가 자신의 혐의를 벗겨주려 애쓰고 있다는 걸 깨닫고는 정신을 차리며 고개를 끄덕였다.

"그럼 모쥔제가 너희 집까지 따라갔는데, 보청기는 왜 안 받아 간 거야?"

양비원이 정곡을 찔렀다. 천원루는 질문을 예상한 듯 차분하게 대답했다.

"그날 저녁에 리쯔웨이가 저를 내려 주자마자 저는 바로 집으로 들어갔거든요. 휴대폰도 없고, 엄마가 엄하셔서 남자애들이 제 주변에 얼씬거리는 걸 싫어하세요. 그래서 제가 둘

想見你 Someday or One Day

한테 아무 때나 찾아오지도 말고, 집으로 전화도 하지 말라고 일러두었어요. 그러니까 모쥔제는 제가 이미 집에 들어간 걸 보고 어쩔 수 없이 빈손으로 돌아갔던 거예요."

논리정연하면서도 유창한 말솜씨가 놀라웠다. 사람들을 피해 다니고, 눈도 똑바로 바라보지 못하던 과거의 내성적이고 자신감 없는 모습은 온데간데없었다. 자신이 짝사랑하는 소녀를 바라보던 모쥔제는 또다시 낯선 느낌에 휩싸였다. 전과는 완전히 달라져 버린 천원루의 모습에 오히려 리쯔웨이가 감탄하며 눈을 떼지 못하고 있었다.

양비원은 곰곰이 생각해 보았다. 천원루의 진술이 사실이라면, 현장에서 발견된 보청기는 모쥔제의 혐의를 입증하는 간접증거가 될 수 없었다. 그 순간, 천원루가 확신에 찬 눈빛으로 미소를 띠며 말했다.

"양 팀장님, 그럼 이제 모쥔제는 용의자도 아니고, 기소될 일도 없는 거죠?"

양비원은 여전히 미심쩍은 부분이 있었지만, 천원루의 진술에서 당장은 허점을 찾을 수 없어 그 말에 동의할 수밖에 없었다.

"지금 당장 사건 관계자 명단에서 제외되지는 않겠지만, 용의자 신분으로 기소되는 일은 없을 거야. 안심해도 돼."

천원루는 내심 기뻤다. 모쥔제와 리쯔웨이 역시 가슴을 쓸어내렸다. 세 사람은 기쁜 마음을 숨기지 못한 채, 서로를 바라보았다. 양비원의 얼굴에도 미소가 번졌다. 하지만 세 사람을 주시하는 눈빛만큼은 더욱 날카로워졌다.

*

혐의를 벗은 모쥔제를 축하하기 위해 세 사람은 리쯔웨이가 제일 좋아하는 냄비우동을 먹은 뒤, 모쥔제 할머니네 빙수 가게에 가서 우유 팥빙수를 먹었다. 할머니가 정성껏 끓여낸 팥은 부드럽고 촉촉했다. 리쯔웨이는 그 위에 연유를 두 배나 얹어서 더없이 맛있게 먹었다. 천윈루가 보다 못해 물었다.

"넌 무슨 남자애가 단 걸 그렇게 좋아하냐?"

"우리 엄마가 그러는데, 단 거 좋아하는 남자가 나중에 아내를 엄청 아낀대."

리쯔웨이는 말이 끝나기가 무섭게 빙수 그릇에 얼굴을 파묻을 기세로 맛있게 먹기 시작했다. 천윈루는 얼어 있었다. 왕취안성도 같은 말을 한 적이 있었다. 달달한 음식을 좋아하는 것도 똑같았다. 그래서 천윈루는 일부러 떠보듯 고기만두와 라면 개그를 꺼냈다.

"재밌는 얘기 하나 해줄게. 어느 날, 고기만두랑 국수가 싸웠는데, 고기만두가 엄청나게 얻어맞은 거야. 그래서 다음 날 물만두랑 찐빵을 데리고 국수한테 복수를 하러 가는데, 길에서 라면을 만났지. 다짜고짜 라면을 막 두들겨 팼어. 라면이 억울한 얼굴로 왜 나를 때리냐고 따졌더니 고기만두가 뭐라고 했게? '이놈아, 파마하면 내가 못 알아볼 줄 알았냐?'"

천원루는 기대에 찬 얼굴로 리쯔웨이를 바라보았다. 리쯔웨이는 어리둥절한 얼굴이었다.

"그게 끝이야?"

리쯔웨이가 물었다.

"응, 어때? 재밌지?"

천원루의 말에 모쥔제가 맞춰주듯 어색하게 웃자, 리쯔웨이가 단칼에 잘랐다.

"뭐가 웃기냐! 어디가 재밌다는 거야? 썰렁해 죽겠네."

리쯔웨이가 일부러 몸을 부르르 떨었다. 실망한 천원루가 반격했다.

"빙수를 좀 많이 먹었어야지!"

그건 왕취안성이 얘기해 주었던 개그였다. 자신은 하나도 안 웃긴데, 왕취안성은 이야기하는 내내 배를 잡고 한참을 하하거리며 크게 웃었다. 하지만 리쯔웨이는 재미없다고 하는 걸 보니, 왕취안성이 아닐 것이다. 천원루는 순간 기분이 한없이 가라앉았다. 더 이상 두 아이와 잡담할 기분이 나지 않아서 피곤하니 집으로 가자고 했다.

*

집으로 돌아오니 우원레이가 거실에 앉아 있어 천원루는 약간 놀랐다. 천원루를 보자마자 벌떡 일어나는 걸 보니 계속 기다렸던 모양이다.

"사장님…… 아니, 삼촌?"

천원루가 얼른 말을 바꾸었다.

"원루, 괜찮니? 엄마가 그러는데, 요즘 며칠째 학교를 안 갔다며. 오늘은 레코드 가게도 안 나오고. 무슨 일 있는 거야?"

소파에 앉아서 게임을 하던 천쓰위안이 맞장구치듯 거들었다.

"사춘기 왔냐?"

천원루는 천쓰위안을 노려보았다. 고등학교 졸업을 앞둔 마당에 사춘기는 무슨. 천원루는 잠시 고민하다가 걱정스러운 얼굴을 한 우원레이를 바라보며 사실대로 털어놓기로 마음먹었다. 주머니에서 잔돈을 꺼내 천쓰위안에게 내밀었다.

"나 배고프니까, 가서 먹을 것 좀 사 와!"

난생처음 자신을 대놓고 부려먹는 누나를 바라보며, 천쓰위안은 당황한 얼굴로 동전을 확인한 뒤 말했다.

"겨우 17위안 가지고 뭘 사 오라는 거야?"

"어쨌든 가서 사 와, 너 게임하던 거 재부팅해 버리기 전에!"

천원루가 전원 스위치로 손을 뻗는 시늉을 했다. 천쓰위안은 어쩔 수 없이 소파에서 일어나 쏜살같이 밖으로 나갔다. 옆에서 가만히 지켜보던 우원레이는 평소와 달라진 천원루의 행동에 궁금증이 일었다. 하지만 우원레이가 입을 열기도 전에 천원루가 이미 진지한 얼굴로 말을 꺼내기 시작했다.

"어차피 언젠가는 알게 되실 테니까 차라리 지금 진실을 말씀드리는 게 낫겠어요."

천원루가 심호흡을 하고 나서 말을 이었다.

"사실 지금 눈앞에 있는 저는, 예전에 삼촌이 알고 계시던 그 천원루가 아니에요."

제8장

1998년, 타이난.

"그러니까, 너는 천원루가 아니라 미래에서 온 황위쉬안이라고?"

소파에 앉은 우원레이는 생각을 정리해 보려 애썼다.

"그러니까, 만약 내가 2019년에 천원루의 일기를 너한테 주지 않았다면, 너는 여기 올 일이 없었을 거란 얘기지?"

"맞아요, 바로 그거예요!"

천원루는 기뻐서 고개를 끄덕였다.

"근데 상황이 좀 꼬였어요. 2019년으로 돌아갈 방법을 못 찾았거든요. 이렇게 계속 여기 있다가는 1999년에 살해당하는 게 천원루일지 아니면 저일지 그것도 알 수가 없고요."

천원루는 이야기를 이어갈수록 자꾸만 기운이 빠졌다. 복잡한 미궁 속에서 허우적대는 기분이었다. 기대하는 눈으로 우원레이를 바라보았지만, 우원레이는 여전히 반신반의하는 얼굴이었다.

"됐어요, 제 말 못 믿으시는 것 같은데."

천원루는 힘없이 소파에 주저앉았다.

"안 믿는다고 말한 적 없다."

우원레이의 말에 천원루가 몸을 벌떡 일으켰다. 눈을 동그랗게 뜨고 놀란 얼굴로 우원레이를 바라보며 물었다.

"그럼 믿으세요? 제가 천원루가 아니라는 거 믿으시는 거죠?"

우원레이가 천천히 고개를 끄덕이며 대답했다.

"이전의 천원루와는 완전히 달라졌으니 믿지 않을 수가 없지."

천원루는 드디어 말이 통하는 사람을 찾았다는 듯이 안도하며 웃었다. **다행이다, 드디어 내 사정을 이해해 줄 사람이 생겼어!**

"근데, 정말 네 말대로 네가 2019년에서 온 황…… 황…… 이름이 뭐라고 했지?"

"황위쉬안."

"네가 2019년에서 온 황위쉬안이라면, 그럼 원래의 천원루는? 지금 어디에 있지?"

천원루는 당황했다. 한 번도 생각해 보지 못한 문제였다.

어떻게 대답해야 할지 난감했다. **그러게, 원래의 천원루는 어디로 간 거지? 설마 2019년의 황위쉬안 몸으로? 하지만 지난번에 2019년으로 다시 돌아갔을 때는 잠에서 바로 깨어났잖아, 천원루의 흔적 같은 건 없었는데.** 아무리 생각해도 답이 나오지 않았다.

"솔직히 그건 저도 모르겠어요. 제가 원래의 세계로 돌아가면 그때 천원루도 돌아오겠죠?"

우원레이는 그 말에 고개를 끄덕이더니 진지한 얼굴로 말했다.

"정말 그렇다면, 황위쉬안 씨, 한 가지 상의하고 싶은 게 있는데?"

천원루가 고개를 끄덕였다.

"원래의 세계로 돌아갈 방법을 함께 찾아볼게. 물론 비밀도 지켜줄 거야. 그러니 황위쉬안 씨도 한 가지 협조를 했으면 해. 여기 있는 동안만이라도 최대한 원루의 역할을 해주면 안 될까?"

천원루가 살짝 놀란 얼굴을 하자 우원레이가 설명을 이어갔다.

"난처하다는 건 알지만, 지금 위쉬안 씨가 살고 있는 인생은 천원루의 인생이지, 본인 인생이 아니잖아. 어차피 지금은 원루가 되었고, 원루가 보냈어야 할 일상을 대신 살고 있으니 책임지고 원루 대신 열심히 살아야 하지 않을까? 나중에 진

想見你 Someday or One Day

짜 원루가 돌아왔을 때, 인생의 가장 중요한 순간이 위쉬안 씨 때문에 망가져 있어서는 안 되잖아."

천원루는 미간이 찌푸려졌다.

"저 때문에 망가지다니요?"

우원레이가 한숨을 쉬며 대답했다.

"위쉬안 씨는 지금 자기 처지만 생각하고 있어. 원루는 지금 고3이야. 지금 가장 중요한 건, 좋은 대학에 들어가는 일이라고. 설령 위쉬안 씨가 1999년에 원루의 죽음을 막는 데 성공한다 해도 대학 진학에 실패한다면, 원루의 남은 인생을 망치는 것과 다름없지 않을까?"

천원루는 순간 말문이 막혔다. **그러네, 왜 그걸 생각 못 했지?**

우원레이는 천원루의 방으로 가서 책상 위에 놓인 두꺼운 참고서를 들고 거실로 나왔다. 여전히 멍한 얼굴을 하고 있는 천원루의 손에 참고서를 내려놓았다.

"여기 있는 동안 무슨 문제라도 생기면 언제든 나를 찾아와. 하지만, 일단 내일부터는 얌전히 등교부터 합시다."

천원루는 반박할 수 없어 고개만 끄덕였다. 우원레이의 말이 맞았다. 어차피 지금은 황위쉬안이 아니라 천원루이니, 천원루의 인생을 잘 꾸려나가야만 했다.

*

우원레이가 밖으로 나가는데, 천쓰위안이 언제 돌아온 건지 문밖에서 몰래 엿듣고 있었다. 천쓰위안은 우원레이를 보자마자 낮은 목소리로 물었다.

"삼촌, 누나가 방금 한 얘기 진짜로 믿어요?"

"무슨 얘기?"

"우리 누나가 아니라는 얘기요, 무슨 미래에서 온 황⋯⋯ 황 뭐더라? 그리고 천원루가 1999년에 죽는다는 건 또 무슨 얘기예요?"

심각한 얼굴로 걱정스러워하는 천쓰위안의 얼굴을 보고 우원레이는 웃음이 터져 나왔다.

"얼마나 엿들은 거야? 이렇게 누나한테 관심이 많은 줄은 몰랐네?"

천쓰위안은 빨개진 얼굴로 다급히 부인했다.

"제가 언제 관심을 가졌다고 그래요! 아휴, 삼촌, 지금 그게 중요한 게 아니잖아요. 삼촌은 진짜 누나 말을 믿냐니까요?"

우원레이가 고개를 돌려 뒤를 살폈다. 천원루가 따라 나오지 않았다는 걸 확인하고는 천쓰위안을 한쪽으로 끌고 가 낮은 소리로 말했다.

"그럴 리가 있겠니? 머리를 다친 건 네 누나지, 내가 아니거든! 잘 들어, 누나가 저런 엉뚱한 생각을 하는 건, 지난번에 머리를 다친 것과 관련이 있을 거야. 그렇다고 지금 억지로 병원을 데려가면 괜히 반발심만 생겨서 병이 더 악화될지도 몰라."

우원레이가 다시 뒤를 살폈다. 아무도 없는 것을 확인하고서야 말을 계속 이었다.

"나는 일단 네 누나 말을 따라주면서 마음을 달래주려는 것뿐이야. 당분간 네 엄마랑 내가 윈루를 좀 더 챙겨야겠다. 그래도 상황이 나아지지 않으면, 그땐 병원으로 보내야지."

우원레이가 한숨을 쉬더니, 안타까움이 가득 담긴 목소리로 덧붙였다.

"그 멀쩡하던 애가 어쩜 이렇게 변했을까?"

"그런데요……."

천쓰위안이 머뭇거리며 말을 꺼냈다.

"정말 예전의 누나랑은 다른 것 같아서요, 어쩌면……."

어쩌면 그 말이 모두 진짜는 아닐까? 진짜 천윈루가 아니라면?

우원레이가 천쓰위안의 머리를 힘껏 내리치며 말했다.

"천쓰위안, 나한테는 그런 얘기 해도 네 엄마한테는 하지 마라. 딸은 미래에서 왔다는 소릴 하지 않나, 아들은 멍청하게 그걸 믿고 있지 않나. 네 엄마가 분명 너희 둘 다 절로 데려가서 기도를 받게 할 거다."

천쓰위안은 좀 더 대꾸하고 싶었지만, 우원레이가 말을 끊었다.

"됐어, 둘 다 말 좀 잘 듣고 싸우지 마라. 네 엄마 힘들게 하지 말라고."

말을 끝낸 우원레이가 걸음을 옮기며 자리를 떴다. 천쓰위안이 웅얼거렸다.

"저 드센 여자랑 누가 감히 싸운다고……."

삼촌은 천원루의 말을 믿지 않는다고 했지만, 왠지 모르게 천쓰위안은 누나 말에 어느 정도는 믿음이 갔다. 예전의 천원루는 아무리 윽박질러도 말 못 하는 사람처럼 반응이 없었지만, 지금은 폭약처럼 건드리기만 해도 폭발할 것 같았다. 그건 예전 천원루가 아니었다. 차라리 다른 사람으로 바뀌었다고 하는 편이 더 그럴듯했다.

*

천원루는 우원레이의 제안대로 학교에 돌아가 수업을 듣기 시작했다. 원래의 천원루 역할을 잘해내려 애썼지만, 성격 자체가 다르다 보니 이상하게 여기는 주변의 눈길을 피할 수는 없었다.

가령 이런 일이 있었다. 토요일에 있을 반 대항 농구 시합의 팀원을 짜던 친구가 사람을 찾지 못하다가 '한번 물어나 보자'는 심정으로 천원루에게 의향을 물었다. 이에 천원루가 냉큼 수락하자, 친구들은 당황하며 자신의 귀를 의심했다.

想見你 Someday or One Day

농구 시합 당일, 천원루는 눈부신 활약을 펼쳤다. 드리블부터 인터셉트, 컷인 플레이와 레이업 슛까지 능숙하게 해냈고, 3점 슛은 놀라울 만큼 정확했다. 경기 내내 거의 천원루 혼자 득점을 하면서 수많은 구경꾼이 몰려들었다. 소문을 들은 리쯔웨이도 자기 반 시합이 끝나자마자 모쥐제를 끌고 구경을 왔다가 할 말을 잃고 말았다. **평소 얌전하고 조용하던 애가 공 하나 잡았다고 저런 능력자가 될 줄이야!**

구경꾼이 점점 많아지고 있었다. 특히 소문을 듣고 몰려든 남학생들이 경이로운 눈길로 천원루를 바라보고 있었다. 천원루는 더 이상 길가에 굴러다니는 돌멩이가 아니라 햇살 아래서 눈부시게 빛나는 다이아몬드 같았다.

"재가 언제 저렇게 농구를 잘했지?"

모쥐제는 아무리 생각해도 의아했다. 흥미진진하게 시합을 구경하던 리쯔웨이가 대답했다.

"그게 지금 뭐가 중요해? 일단 응원부터 하자고!"

리쯔웨이가 두 손을 입가에 갖다 대고 경기장에 있는 천원루를 향해 크게 외쳤다.

"천원루, 너 시합에서 지면 냄비우동 쏘기다!"

모쥐제는 누가 응원을 저런 식으로 하나 싶어 어이가 없었다. 드리블로 공격을 시작하려던 천원루가 리쯔웨이의 말에 고개를 돌렸다. 못마땅한 듯 한번 흘겨보더니 3점 라인 밖에서 공을 던졌다. 멋지게 득점! 경기장 주변에서 환호성이 터져 나왔다. 천윈루는 얼굴에 난 땀을 훔치며 팀원들과 눈을 맞추고 빙그레 웃었다. 그 순간 경기장 주변을 메운 사람들의 시선이 일제히 천윈루에게 쏠렸다. 그리고, 함께 시선을 던지는 누군가가 또 있었다.

*

시합이 끝났다. 리쯔웨이가 흥분하면서 천윈루에게 달려갔다.

"너 농구를 그렇게 잘하면서 왜 여태 우리한테 말 안 했어?"

천윈루가 엉겁결에 대답했다.

"고1 때, 학교에서 여자 농구부였거든."

"네가 농구부였다고?"

그럴 리가. 모쥔제는 약간 놀란 기색이었다.

리쯔웨이가 물었다.

"나도 고2 때 농구부에 있었는데, 왜 네가 여자 농구부인 걸 몰랐지?"

천윈루는 당황하며 다급히 해명했다.

"내 말은…… 어릴 때부터 농구부에 들어가고 싶어서 몰래 농구 연습을 했다는 얘기지!"

리쯔웨이가 웃으며 말했다.

"예전에 난 네가 진짜 붙임성 없고 별난 앤 줄 알았어. 맨날 혼자 다니고, 먼저 말 거는 일도 없고. 근데 사고 후에 완전히 다른 사람이 됐네, 농구까지 잘할 줄이야!"

리쯔웨이가 갑자기 진지한 얼굴로 천원루에게 접근하더니 말했다.

"사실 난 진작부터 네가 천원루가 아닐지도 모른다고 생각했지."

천원루는 순간 가슴이 덜컥 내려앉는 것 같았다. **들킨 건가?** 리쯔웨이가 이번에는 심각한 얼굴로 물었다.

"너 실은 이중인격이지?"

그러고는 손으로 천원루의 이마를 톡톡 치며 말을 이었다.

"헬로, 안에 있는 천원루, 내 말 듣고 있나? 들리면 대답 좀 해봐."

뭐야! 이제 보니 이 자식 농담이었어? 천원루가 리쯔웨이의 손을 확 밀쳐내며 짜증 난 듯 말했다.

"장난하지 마! 이중인격 아니거든!"

그러고는 잠시 멈칫하다 말을 이었다.

"내가 지금 눈에 띄게 행동하는 건, 그러니까…… 더 많은 사람들이 봐주었으면 해서야. 특히 날 습격했던 그 범인."

타고난 성격을 억누르고 천원루를 연기하는 건, 애초에 불가능한 일이었다. 대신 다른 각도에서 생각해 보면, 밝고 눈에 띄는 천원루의 모습은 범인의 주의를 끌 것이 분명했고 범인이 다시 나타나게 만들 수 있었다.

리쯔웨이와 모쥔제는 천원루의 말에 걱정 가득한 얼굴로 눈길을 주고받았다. 두 사람이 입을 열기 전에 천원루가 다시 말을 이었다.

"너희가 무슨 생각 하는지 알아. 하지만, 잘 생각해 봐. 범인이 모습을 드러내지 않는 건, 내가 사건 정황을 기억하지 못하고 있어서이기도 하겠지만, 그보다 과거의 내가 감정도 잘 드러내지 않고 겁도 많은 데다 만만해 보이는 아이였다는 게 더 클 거야. 기억이 돌아와도 차마 입 밖으로 얘기하지 못할 거라고 생각하는 거겠지. 하지만 지금 내가 이렇게 눈에 띄게 행동하는데, 너희가 범인이라면 뭔가 이상하다는 생각이 들지 않겠어? 어쩌면 뭔가 기억난 건 아닐까 두려워서 불안해할지도 모르지."

천원루의 조목조목 논리적인 분석에 리쯔웨이와 모쥔제는 고개를 끄덕이며 동의할 수밖에 없었다. 천원루가 계속 말을 이었다.

"만약 이럴 때, 내가 그날 일을 어렴풋이 기억한다더라는 소문을 주변에 일부러 퍼뜨린다면, 범인이 그걸 알고 어떻게 반응할까?"

리쯔웨이가 대뜸 반대 의견을 냈다.

"안 돼! 지금 네 행동이 범인의 이목을 끌 수는 있지만, 그만큼 너도 위험해지는 거잖아! 전에도 거의 죽을 뻔했는데,

이번에 또 혼자 있다가 습격이라도 당하면 그땐 진짜 목숨이 위험해지는 거야!"

모쥔제도 입을 열었다.

"리쯔웨이 말이 맞아. 이런 위험한 방법으로 범인의 눈길을 끄는 건 나도 반대야. 왜 경찰 손에 맡기지 않는 거야?"

천원루가 두 사람을 바라보며 한숨을 쉬었다.

"너희는 너무 순진해. 경찰들이 시간이 그렇게 남아도는 줄 알아? 그 사람들이 습격 사건 하나 때문에 밤낮없이 일할 거 같냐고? 만약 내가 그때 죽어서 살인 사건이 됐다면 또 모를까. 지금은 내가 멀쩡히 살아 있는 데다가 무슨 일이 있었는지도 기억 못 하잖아. 경찰은 아마 당분간 이 사건을 그냥 보류해 두거나, 아무나 붙잡아서 범인으로 몰아갈 거야." 천원루가 모쥔제에게 시선을 돌렸다. "모쥔제도 그렇게 의심받았던 거잖아?"

그 말에 두 남학생은 반격할 말이 없었다.

"사실…… 그날 사건의 경위는 아직도 잘 떠오르지 않지만, 요즘 머릿속을 어렴풋하게 스치는 장면이 있는데 범인이 나를 붙잡았을 때 말이야. 우리 학교 교복을 입고 있었어."

리쯔웨이와 모쥔제가 거의 동시에 숨을 '헉' 하고 들이켰다. **범인이 학교 안에 있을지도 모른다고?!**

*

농구 시합이 끝나고 그다음 주 점심시간, 남학생 한 명이 농구 시합 때 찍은 사진을 넣은 앨범을 손에 들고 8반 교실을 향해 소리쳤다.

"이번 농구 시합 때 찍은 사진 나왔어! 추가 인화할 사람은 신청해. 여자 팀 사진도 있어!"

"2반 차이원러우 것도 있어?"

누군가 큰 소리로 물었다.

"나는 음악반 젠자링 사진! 전부 다 추가 신청해 줘!"

"2반 천윈루 사진도 있어?"

떠들썩하던 남학생 몇몇이 순간 숨을 죽이더니 약속이나 한 듯 서로 눈길을 주고받다가 한마디씩 거들며 떠들기 시작했다.

"너도 천윈루한테 관심 있어?"

"응, 요즘 보니까 웃는 게 너무 귀엽더라. 예전엔 몰랐는데."

"나도 요즘 천윈루가 좀 귀여워진 것 같더라. 예전엔 너무 어두운 애 같았는데."

"이제 보니 완전 매력녀였잖아!"

"그래서 천윈루 사진은 있는 거야, 없는 거야?"

"있어, 여기."

사진을 받아 든 남학생이 이리저리 넘기다 한 장을 펼쳤다. 천윈루가 골대 안으로 공을 던져 넣는 멋진 포즈가 담긴 사진이었다. 수많은 남학생이 서로 신청하겠다면서 또다시 떠들썩하게 굴었다. 그때였다. 교실 앞쪽에 앉아 책을 보던 반장 셰쭝루가 남학생들의 소란에 교과서를 내려놓고 일어서더니 아이들 앞으로 다가갔다. 남학생들이 소란을 멈추었다. 그중 한 명이 입을 열었다.

"반장, 시끄러웠지? 이제 곧 끝나."

평소 점잖고 수줍음 많던 반장이 약간 멋쩍은 얼굴로 말했다.

"나도 천원루 사진 한 장 신청하려고."

모두가 그 말에 깜짝 놀라더니 놀리듯 말했다.

"반장도 여자애 사진을 신청하네! 너 천원루 몰래 좋아하는 거 아냐?"

반장은 그저 미소만 지었다. 사진 신청을 하고 나서 자리로 되돌아왔다. 아무도 발견하지 못했지만, 셰쭝루의 교과서 안에는 이미 천원루의 사진 한 장이 끼워져 있었다. 32레코드 카운터에서 가게를 지키며, 눈을 감은 채 음악에 심취해 있는 모습이 담긴 사진이었다.

*

천원루의 일상을 잘 살아가려니 범인이 다시 나타나 해코지를 하면 어쩌나 하는 걱정 외에도 날마다 있는 크고 작은 시험에 주간 평가와 모의고사까지 치러야 했다. 학생 신분을 벗어난 지 오래지만 자신만만하게 생각했는데 시험문제를 보자마자 알았다. 1998년의 교과서는 자신의 기억 속에 남아 있는 것과 천지 차이였다. 펜을 들고 장장 10분을 멍해 있다가 자신이 풀 수 있는 문제를 하나하나 찾아보려 했지만, 단 한 문제도 찾을 수 없었다.

참담한 성적표를 들고 집으로 돌아왔다. 엄마에게 크게 혼날 거라고 예상했는데, 의외로 엄마는 천윈루를 품에 안으며 안쓰럽다는 듯 말했다.

"우리 착한 딸, 머리가 회복되려면 시간이 필요할 거야. 이 정도 점수만 해도 이미 대견해."

옆에서 듣고 있던 천쓰위안이 믿을 수 없다는 얼굴로 말했다.

"엄마! 반에서는 뒤에서 4등, 전교에서는 뒤에서 27등이라고! 못해도 200등은 떨어진 거야! 뭐가 대견하다는 거야? 바보가 된 게 대견하다는 거야?"

엄마는 아들의 말을 무시하고 계속해서 천윈루를 품에 안고 토닥였다.

"엄마는 단 한 번도 너보다 동생이 더 소중하다고 생각한 적 없어. 엄마는 너희를 똑같이 생각해."

돌이켜보면 애초에 윈루의 엄마가 남편과 이혼 문제로 다투는 과정에서 딸의 의견을 묻지 않았던 탓에 천윈루는 소외감을 느끼고 마음에 상처를 입어야 했다. 그러지 않았더라면, 이런 끔찍한 사건은 벌어지지 않았을 터였다. 엄마는 옆에서 어리둥절해 있는 아들을 함께 품에 안으며 말했다.

"엄마는 너희 둘 다 버리지 않을 거야. 더 열심히 돈 벌어서 둘 다 엄마 옆에 두고 키워야지."

천원루는 순간 가슴이 뭉클해져 고개를 숙였다. 무심결에 엄마를 마주 안았다.

*

엄마는 둘이 저녁을 해결하라며 200위안을 건네고는 서둘러 출근했다. 천원루는 천쓰위안을 데리고 저녁을 먹으러 나갔다. 허겁지겁 먹느라 바쁜 천쓰위안을 바라보다가 천원루가 궁금증을 참지 못하고 물었다.

"야, 천쓰위안. 너 그날 왜 가출하려고 한 거야?"

중2병 같은 본성을 못 버린 천쓰위안이 대뜸 대꾸했다.

"무슨 상관…… 우욱……."

열린 입안으로 천원루가 달걀조림을 통째로 욱여넣는 바람에 천쓰위안은 목이 막혀 죽을 뻔했다.

"좋은 말로 물을 때 고분고분 대답해라. 뚫린 입이라고 함부로 나불대지 말고, 알았어?"

천원루가 천쓰위안을 노려보며 손가락 마디를 우두둑 꺾

었다. 언제든 주먹을 날릴 준비가 된 일진 누님의 포스였다. 천쓰위안은 누나를 힐끗 바라보더니 왠지 내키지 않는 얼굴로 입을 열었다.

"그날 누나가 아빠, 엄마랑 싸울 때, 사실 나 방에서 다 듣고 있었어."

오랜만에 집에 돌아온 아빠가 대뜸 이혼 이야기를 꺼내며 아들을 데려가겠다고 한 날이었다. 엄마는 엉겁결에 말을 가려 할 새가 없었다. 그 때문에 천원루는 부모가 자신은 원하지 않고, 오로지 아들 천쓰위안만 원한다고 생각했다. 천쓰위안이 일부러 애어른 흉내를 내며 말을 이었다.

"어릴 때부터 아빠, 엄마는 남아 선호가 심했으니까 누나가 날 미워하는 것도 정상이겠지. 어쨌든 나도 누날 별로 좋아하지 않으니까."

천쓰위안은 일부러 천원루를 보지 않으려 고개를 돌렸다.

"나는 그냥…… 그냥 아빠, 엄마가 누나를 그렇게 대하는 게 싫더라, 그래서…… 아, 몰라. 어차피 말해도 누난 몰라, 말 안 할래."

토라진 듯 구는 천쓰위안을 보고 천원루는 문득 한 가지 사실을 깨달았다.

"너 설마, 네가 집을 나가면 아빠, 엄마가 날 버리지 않을 거라고 생각한 거야?"

천쓰위안은 말이 없었다. 부정하지도 않았다.

“왜 그렇게 맞을 짓만 하나 했더니, 혹시 엄마가 착하고 얌전한 천……”

순간 자신이 또 천원루를 남처럼 이야기하고 있다는 걸 자각하고는 다급히 말을 바꿨다.

“엄마가 착하고 얌전한 나를 더 좋아해 줬으면 해서 그런 거야?”

“자기 입으로 착하고 얌전하다니, 진짜 뻔뻔하다. 지금은 완전 깡패가 따로 없…… 아, 머리 건들지 마!”

천쓰위안은 누나가 자신을 때린다고 생각했지만, 의외로 천원루는 천쓰위안의 머리를 쓰다듬으며 살짝 미소 지었다. 칭찬하듯 천쓰위안의 머리를 토닥거렸다.

“전에는 어떠했든 간에 지금 나는 네가 진짜 마음에 든다. 그렇게 천…… 누나를 생각해 줘서 고마워.”

천쓰위안의 얼굴이 살짝 달아올랐다. 누나의 손을 피하며 일부러 투덜댔다.

“누가 누나 생각을 했다고, 착각도 과하네!”

*

“차렷! 경례!”

수업 끝을 알리는 종이 울렸다. 반장의 구령에 맞춰 학생들이 모두 일어나 선생님께 인사를 했다. 선생은 몇 마디 당부의 말을 덧붙인 뒤 교실에서 나갔다. 학생들도 하나둘 가방을 챙겨 교실을 나서기 시작했다. 그때 한 남학생의 목소리가 들려왔다.

"모쥔제, 누가 너 찾아!"

모쥔제와 리쯔웨이가 동시에 교실 밖으로 고개를 돌리자 천원루가 서 있었다. 반장 셰쭝루도 천원루를 보았지만, 누구에게 들킬세라 다급히 고개를 푹 숙였다. 리쯔웨이는 천원루에게로 가는 모쥔제의 뒷모습을 바라보며 왠지 질투가 났다.

뭐야, 왜 모쥔제만 부르는 건데?

천원루가 약간 멋쩍은 듯 모쥔제를 바라보며 입을 열었다.

"오늘 전교 석차 성적표를 보니까 너 성적이 정말 좋더라. 저기…… 너도 알다시피 내가 머리를 다치고 나서 기억력이 안 좋아졌잖아. 교과서에 나오는 것도 거의 잊어버렸거든. 그래서 말인데……."

천원루가 한창 이야기를 하는 와중에 모쥔제가 흔쾌히 대답했다.

"좋아."

천원루는 당황하며 되물었다.

"나 아직 얘기 안 끝났는데, 뭐가 좋다는 거야?"

"공부를 도와줬으면 하는 거잖아, 맞지?"

천원루는 약간 놀란 표정으로 고개를 끄덕였다. 모쥔제의 관찰력은 참으로 세심했다. 천원루의 말을 끝까지 듣지 않고도 천원루가 무슨 생각을 하는지 꿰뚫고 있다.

"내가 뭘 가르쳐주면 될까?"

모쥔제가 물었다. 천원루는 곧바로 가방에서 수학 교과서를 꺼내 모쥔제에게 건네며, 구원을 요청하듯 바라보았다.

"모 선생님, 잘 부탁드립니다!"

그때, 가방을 메고 밖으로 나가려는 리쯔웨이가 보였다. 천원루가 리쯔웨이를 불렀다.

"리쯔웨이, 뒤에서 전교 5등! 너도 공부 같이 할래?"

리쯔웨이는 무심한 얼굴로 대답했다.

"난 됐다."

그 순간 천원루는 졸업 후에 캐나다로 이민을 간다던 리쯔웨이의 말이 떠올라 엉겁결에 말을 뱉었다.

"맞다, 넌 졸업하고 나서……."

리쯔웨이가 다급하게 당장 멈추라는 눈짓을 했다.

"리쯔웨이가 졸업하고 나서, 뭐?"

모쥔제가 물었다. 천원루는 순간 말문이 막혔다. 결국 리쯔웨이가 수습에 나섰다.

"내가 천원루한테 그랬거든. 졸업하고 나서 대학 입학의 길만 있는 건 아니니까 나는 우선 다른 걸 할 수도 있다고! 최악의 경우, 재수하면 그만이지, 뭐."

모쥔제는 리쯔웨이가 뭔가를 숨기고 있다는 걸 어렴풋하게 느꼈다. 리쯔웨이는 모쥔제가 더 캐물을까 봐 대충 핑계를 대고 먼저 자리를 피했다.

"그럼 우리는 도서관으로 가자!"

모쥔제도 어쩔 수 없다 싶어 천윈루에게 말했다.

"일단 제일 간단한 수학 공식부터 시작해 보자."

모쥔제가 가방을 메고 천윈루와 함께 도서관으로 향했다. 교실에는 학생 몇 명만 자리에 남아 있었다. 반장 셰쭝루는 펜을 들고 노트에 무언가를 열심히 적고 있는 듯 보였다. 그러나 실은 아무것도 쓰고 있지 않았다. 그저 빈 노트 위에 소용돌이만 힘주어 그리고 있었다. 그 칠흑 같고 거대한 소용돌이는 마치 그 순간의 셰쭝루 눈빛처럼 깊고 복잡해 간담을 서늘하게 했다.

*

스쿠터를 몰고 가는 길, 리쯔웨이는 속에서부터 이유 모를 초조함을 느끼고 있었다. 그 바람에 무심코 속도를 더 내다가 신호를 위반할 뻔했다. **대체 내가 왜 이러지? 천윈루가 내가 아니라 모쥔제를 찾아와서? 그렇다면 친구 대신 기뻐해야 맞는 거 아냐? 지금 뭐 때문에 초조해하는 건데?**

그때 갑자기 훈훈하고 달큰한 냄새가 풍겨왔다. 고개를 돌려보니 저만치에 설탕 꽈배기를 파는 노점상이 있었다. 스쿠터를 옆에 세워두고 가게로 갔다가 방금 튀긴 설탕 꽈배기를 손에 들고 돌아왔다. 크게 한 입 베어 물려는 찰나, 예닐곱 살 쯤 되어 보이는 여자아이가 언제 나타났는지 스쿠터 옆에 서서 커다란 눈으로 리쯔웨이 손에 있는 설탕 꽈배기를 뚫어지게 바라보았다. 리쯔웨이가 설탕 꽈배기를 천천히 왼쪽으로 가져가니 아이의 머리도 왼쪽으로 따라 움직였다. 이번에는 오른쪽으로 가져가니 역시나 아이의 머리도 오른쪽으로 따라 움직였다.

"먹고 싶어?"

리쯔웨이가 웃으며 물었다. 아이는 기다렸다는 듯 고개를 마구 끄덕였다. 그러고는 침까지 꿀꺽하고 삼켰다. 리쯔웨이는 설탕 꽈배기를 아이에게 건넸다. 아이는 조금도 경계심 없이 냉큼 받아 들더니 먹기 시작했다.

"엄마가 모르는 사람이 주는 거 함부로 먹으면 안 된다고 가르쳐주셨을 텐데?"

리쯔웨이는 웃음이 나왔다. 아이는 듣는 둥 마는 둥 꽈배기를 먹느라 정신없었다.

"여기 근처 살아?"

주변을 둘러봐도 가족들은 보이지 않고, 아이 혼자 이곳에 있는 모습이 왠지 심상치 않았다. 아이는 설탕 꽈배기를 다 먹더니 그제야 대답했다.

"길을 잃어버렸어요. 할머니가 어디 있는지 모르겠어요."

"뭐? 길을 잃었다고?"

리쯔웨이는 깜짝 놀랐다. **길을 잃었는데 아무렇지도 않게 낯선 사람한테 간식을 얻어먹고 있었던 거야? 빨리 경찰서로 데려가야겠다. 가족들이 걱정하겠어.** 그러나 생각지도 못한 상황이 벌어졌다. 경찰서로 가야 한다는 말을 꺼내기가 무섭게 아이가 엉엉 울면서 안 간다고 한바탕 난리가 난 것이다. 리쯔웨이는 괜히 유괴범으로 오해받을까 봐 무서워서 어쩔 수 없이 경찰서는 안 가기로 아이와 약속했다. 하지만 어떻게든 아이를 집으로 데려다줘야 했다.

"그럼 잘 생각해 봐, 할머니 집이 어딘지 기억나? 내가 데려다줄게."

코를 훌쩍이다 가만히 생각하던 아이는 그림을 그리듯 기발한 대답을 했다.

"하얗고, 높고, 빨간색인데 뾰족한 지붕이 있고, 바다도 있어요!"

……이건 수수께끼 놀이를 하자는 건가?

"하얗고, 높고, 빨간색인데 뾰족한 지붕? 아! 알았다! 할머니 집이 안핑에 있구나, 맞지?"

리쯔웨이의 말에 아이는 알쏭달쏭한 얼굴로 고개를 젓더니 되물었다.

"안핑이 뭐예요? 먹는 거예요?"

리쯔웨이는 쓰러질 지경이었다. 상황을 보아하니, 일단 아이를 데리고 안핑 근처를 돌면서 아이가 할머니 집을 알아보길 기대하는 수밖에 없었다.

아이는 낯가림이 없었다. 리쯔웨이를 믿는지 아이에게는 좀 크다 싶은 헬멧도 거부하지 않고 고분고분 쓰더니 스쿠터에 올라탔다. 리쯔웨이는 아이를 태우고 안핑에 도착해 스쿠터를 세웠다. 아이 손을 잡고 크고 작은 골목길을 누비며 아이의 가족들을 찾아다녔다. 한참을 돌아다니던 중, 아이가 갑자기 리쯔웨이의 손을 잡아당기며 멈춰 세웠다.

"왜? 할머니 집 찾았어?"

리쯔웨이가 물었다.

"목말라서 뭐 좀 마시고 싶어요."

아이가 동과차 노점을 가리켰다. **이 먹보 꼬맹이!** 리쯔웨이는 어이가 없었지만, 주머니에서 잔돈을 꺼내며 노점으로 갔다. 동과차를 사서 돌아서는데 아이가 갑자기 보이지 않았다. 주위를 둘러보니 아이는 달고나 노점 앞에서 사장이 만드는 달고나 구경에 푹 빠져 있었다. 숟가락에 물 조금, 설탕 조금, 베이킹파우더를 조금 넣고 뜨겁게 달구니 커다란 설탕 과자로 부풀어 오르는 모습이 너무나 신기했다. 사장이 아이에게 해보겠느냐고 묻자 아이는 냉큼 고개를 끄덕였다. 잠시 후, 뜻대로 되지 않아 울상을 짓고 있을 때 리쯔웨이가 다가와 아이 옆에 꿇어앉았다. 리쯔웨이는 아이 손을 잡고 달고나 만드는 법을 보여주었다. 꽤 그럴듯한 달고나가 만들어졌다. 아이는 감탄하며 리쯔웨이를 바라보았다.

리쯔웨이는 동심으로 돌아간 기분이었다. 아이를 즐겁게 해주고 싶은 마음도 있었다. 그래서 아예 아이 손을 잡고 전통 거리를 구경하면서 아이의 가족을 찾기 시작했다. 풍선 터뜨리기부터 구슬치기, 금붕어 잡기까지 뭐든 능숙하게 해내는 리쯔웨이 모습에 아이는 팬심이 가득한 눈빛으로 리쯔웨이를 바라보았다. 리쯔웨이가 잡은 금붕어 봉투를 아이에게 건네자, 아이가 갑자기 물었다.

"오빠, 여자 친구 있어요?"

"없어."

그러자 아이가 다시 물었다.

"그럼 좋아하는 사람은요?"

리쯔웨이는 그 순간 천원루의 얼굴이 떠올랐지만, 얼른 고개를 흔들며 대답했다.

"없어."

"진짜 없어요?"

아이는 마치 다 알고 있다는 듯한 얼굴이었다.

"뭐 그렇게 궁금한 게 많아?"

리쯔웨이는 들킬까 두려운 마음을 감추려 고개를 돌렸다. 아이는 무언가 생각하는 얼굴로 리쯔웨이를 바라보았다. 두 사람이 '100위안 스테이크 전문점'을 지나칠 때였다. 고기 굽는 냄새에 아이 배에서 꼬르륵 소리가 났다.

"오빠, 배고파요."

"……."

리쯔웨이는 생각했다. **꼬맹이가 진짜 끝도 없이 먹네.**

*

"오빠, 그럼 내가 오빠 여자 친구 할래요."

아이가 먹기 편하도록 스테이크를 한 조각씩 잘게 썰던 리쯔웨이는 순간 손에 들고 있던 나이프를 놓칠 뻔했다. 긴장한 얼굴로 주변을 살폈다. 행여라도 다른 사람들이 아이를 유괴한 변태로 볼까 봐 겁이 났다.

"그게 무슨 엉뚱한 소리야?"

리쯔웨이는 스테이크 한 조각을 아이의 접시에 올려놓으며 말했다.

"얼른 먹어, 먹어. 다 먹고 얼른 가족들 찾아야지. 너 이렇게 먹이다가 내가 거지 되겠다."

아이는 음식은 안 먹고 눈을 반짝이며 리쯔웨이를 바라보더니 말했다.

"그럼 마지막으로 하나만요. 이것만 물어보고 이제 그만 물을게요."

"그래, 마음대로 해."

리쯔웨이는 자포자기하는 심정이었다. 아이를 상대하는 건 참으로 어려운 일이다.

"오빠, 오빠는 어떤 여자를 좋아해요?"

"나중에 크면 알려줄게."

"싫어요, 지금 알려줘요!"

아이가 떼를 쓰기 시작했다.

"안 알려주면, 울어버릴 거예요!"

리쯔웨이가 헉하고 숨을 들이켰다. 이 꼬맹이가 정말로 울어버리기라도 하면 큰일이다. 아무리 해명한다 한들 빼도 박도 못하고 아동 유괴범으로 몰릴 게 분명했다. 하는 수 없이 나이프와 포크를 내려놓고 진지하게 생각해 보았다. **나는 어떤 여자를 좋아하지?** 그러는 사이 선명하게 떠오르는 누군가가 있었다.

"오빠, 생각 다 했어요?"

아이가 물었다.

"내가 좋아하는 여자는…… 활발하고 독립적이면서도 자기 주관이 뚜렷한 사람이야. 그리고 문제가 생겨도 겁내지 않고 용감하게 도전하는……."

대충 한두 마디로 넘겨버릴 생각이었는데, 어째서인지 그 소녀가 했던 말이며 행동 하나하나가 끝없이 떠올랐다. 이야기를 계속하다 보니 어느새 손으로 턱을 받치고 속이야기를 늘어놓고 있었다. 예닐곱 살 꼬마가 앞에서 그 이야기를 듣고 있다는 것도 완전히 망각한 채.

"가끔은 이해 안 되는 말을 할 때도 있는데, 오히려 그래서 더 궁금하고 더 알고 싶기도 해……."

가령 자꾸만 왕취안성이라고 부른다거나, 아득하지만 진짜인 듯한 꿈 이야기를 늘어놓는 순간이 그랬다.

"가끔은 성숙해 보이기도 했다가 또 가끔은 유치하기도 하고……."

리쯔웨이 얼굴에 미소가 번졌다.

"웃을 때는 정말 예쁜데, 울 때는 너무 짠해……."

그 소녀가 울고 있을 때면 품에 안고 다독이고 싶었다. 이제 울지 말라고, 내가 항상 옆에 있겠다고 말해주고 싶었다. 리쯔웨이는 왠지 쑥스러운 마음에 고개를 살짝 숙였다.

"사실 난 누군가를 좋아해 본 적이 없어. 근데 그 애랑 같이 있으면, 내가 그 애를 좋아하고 있는 것 같은 기분이……."

리쯔웨이는 갑자기 안색이 약간 달라지면서 말을 멈추었다. 자신이 천윈루를 정말 좋아하고 있었다. **하지만 그 애는 모쥔제가 좋아하는 여자잖아! 이러면 내가 남의 여자를 뺏는 거랑 뭐가 달라? 하지만…… 하지만 이미 그 애가 좋아졌는데, 이제 어쩌지?**

아이는 리쯔웨이가 잘라준 스테이크를 어느새 싹 비우고는 마카로니를 냠냠 먹기 시작했다. 작은 얼굴이 후추 소스로 범벅이 되어 있었다.

"오빠, 오빠가 좋아하는 그 여자는 나랑 닮았어요!"

고민에 빠져 있던 리쯔웨이는 아이의 말에 '풋' 하고 웃음이 터졌다. 손가락으로 아이의 뺨을 콕콕 찌르며 놀리듯이 말했다.

"어디서 나온 자신감이야! 얼굴은 소스 천지인데! 난 이렇게 지저분한 꼬마는 싫거든!"

리쯔웨이는 냅킨으로 아이의 입을 닦아주었다.

"얼른 먹어. 다시 가족들 찾으러 가야지. 날 어두워지면 가족들이 엄청나게 걱정할 거야."

스테이크 전문점에서 나와 아이를 태우고 천천히 스쿠터를 몰았다. 집집마다 물어가며 아이의 가족을 찾았다. 어느 골목에 들어서자 아이가 나란히 늘어선 주택 중 하나를 가리키며 말했다.

"할머니 집이다!"

리쯔웨이는 골목 어귀에 스쿠터를 세웠다. 아이의 손을 잡고 대문으로 다가가 초인종을 눌렀다. 문이 열리자 할머니가 애간장이 타는 얼굴로 나오더니 아이를 보자마자 끌어안았다. 그러고는 애타는 목소리로 꾸짖듯 말했다.

"어딜 갔던 거야? 네 엄마가 경찰에 신고까지 했어!"

"길을 잃어버렸단 말이야! 이 오빠가 데려다줬어."

아이가 뒤에 있던 리쯔웨이를 가리켰다.

"그리고 오빠가 맛있는 것도 엄청 많이 사줬어!"

그 말에 할머니는 리쯔웨이를 보며 연신 고마워했다. 드디어 가족을 찾은 아이를 보고 리쯔웨이는 안도하며 숨을 돌렸다. 돌아서는 길, 아이에게 당부의 말을 건넸다.

"앞으로는 이렇게 함부로 돌아다니면 안 돼. 세상 사람들이 전부 나처럼 착하진 않거든. 꼭 기억해."

리쯔웨이가 골목 어귀로 나가 스쿠터를 타고 길을 나설 때였다. 아이가 갑자기 할머니 손에서 벗어나 밖으로 좇아 나오더니 아쉬운 듯 소리쳤다.

"오빠, 나 잊으면 안 돼요!"

리쯔웨이가 고개를 돌리더니 웃으며 대답했다.

"알았어, 꼭 기억할게."

"내 이름은 황위쉬안이에요. 약속한 거예요, 나 잊어버리지 말아요!"

아이의 앳된 목소리가 리쯔웨이의 귓가에 울렸다. 문득 아주 익숙한 이름이라는 생각이 들었다. **황위쉬안…… 황위쉬안……. 맞다, 생각났어.** 천원루가 꿈 이야기를 들려주며 말했었다. 자신은 황위쉬안이고, 그는 리쯔웨이가 아니라 왕춰안성이라고.

「꿈에서 우리는 타이베이에 있는 작은 아파트를 하나 빌렸어. 사실 나는 처음에 그 집이 별로였거든. 근데 같이 산 가구들이며 함께 찍은 사진들이 늘어가고, 둘만의 흔적들이 쌓여가는 걸 보니까 그 집이 날이 갈수록 좋아지더라. 얼마나 좋았냐면, 우리가 돈을 충분히 모아서 더 큰 집으로 옮기려고 했을 때도 차마 그 집을 못 떠나겠더라고…….」

그때 천윈루의 반짝이던 눈빛과 행복감에 벅차오르던 옆 모습을 떠올리면, 리쯔웨이는 지금도 정신이 아득했다. 은연중에 자신이 정말로 꿈속의 왕취안성이기를 바라기도 했다.

황위쉬안……. 스쿠터를 잠시 멈추고 뒤를 돌아보았다. 아이는 고개를 돌린 리쯔웨이와 눈이 마주치자 신이 난 얼굴로 계속해서 손을 흔들며 외쳤다.

"오빠, 나 절대 잊으면 안 돼요!"

제9장

1998년, 타이난.

다음 날.

수업 끝을 알리는 종이 울렸다. 리쯔웨이가 모쥔제에게 물었다.

"매점 가서 뭐 좀 먹을래?"

모쥔제는 고개를 숙인 채 눈길도 주지 않고 대답했다.

"너 혼자 가! 오늘 수업 끝나고 천원루 가르쳐주기로 해서 요점 정리 중이거든."

그 말에 리즈웨이는 짜증이 났지만 티를 낼 수는 없었다. 어색해하며 혼자 교실을 나서는데 누군가 리쯔웨이를 붙잡더니 예쁘게 접힌 쪽지 하나를 건넸다.

"이게 뭐야?"

리쯔웨이의 물음에 쪽지를 전해주던 학생이 어깨를 으쓱하며 대답했다.

"나도 몰라. 2반 여학생이 너한테 전해달래."

2반이면 마침 천원루의 반이다. 모쥔제도 그 말을 들었는지 고개를 들고 리쯔웨이를 바라보았다. 리쯔웨이도 어리둥절한 얼굴이었다. 리쯔웨이는 쪽지를 펼쳐 보았다.

2교시 끝나면 학교 후문에서 보자.

리쯔웨이가 모쥔제를 바라보며 물었다.

"천원루가 2교시 끝나고 후문에서 보자는데, 너도 같이 갈래?"

모쥔제는 잠시 고민하다 대답했다.

"천원루가 그렇게 불러낸 걸 보면, 너한테만 따로 할 얘기가 있는 거겠지. 너 혼자 가봐."

그러고는 별로 신경 쓰이지 않는다는 듯 고개를 숙인 채 요점 정리를 계속해 나갔다. 리쯔웨이는 오히려 뭐라고 대꾸해야 할지 난감해졌다. 천원루를 향한 자신의 마음을 알게 된 뒤로 자신과 모쥔제 사이에 보이지 않는 벽이 생긴 느낌이었다. 겉으로는 전과 다르지 않아 보였지만, 은연중에 전처럼 서로에게 모든 걸 털어놓지 못하고 말을 아끼거나 감추기 시작했다. 리쯔웨이는 이런 상황이 참 싫었지만, 그렇다고 해서 달리 해결 방법이 있는 것도 아니었다.

매점으로 가는 길, 리쯔웨이는 손에 든 쪽지를 계속해서 읽으며 천원루가 왜 자신을 따로 보자고 했을까 생각해 보았다. 불현듯 리쯔웨이가 놀란 얼굴로 걸음을 멈추었다. **아니겠지? 설마…… 설마 천원루 나한테 또 고백하려는 건가?**

*

2교시가 끝나고 종이 울렸다. 선생이 교실을 나서기도 전에 리쯔웨이는 기다렸다는 듯이 교실 뒷문으로 빠져나갔다. 학교 후문을 향해 빠르게 걸음을 옮기면서, 다시 천원루에게 고백을 받으면 어떻게 반응해야 하나 고민했다. **저번처럼 거절해야 하나? 하지만…… 하지만 지금은 천원루에 대한 감정이 완전히 달라졌잖아……. 아, 잠깐만, 내가 도대체 무슨 생각을 하고 있는 거야? 그럴 리가 없잖아?** 그럼에도 리쯔웨이는 알 수 없는 긴장감을 거둘 수가 없었다. 약간의 기대감까지 들었다.

학교 후문에 다다랐지만, 천원루는 보이지 않았다. 리쯔웨이는 마음을 가라앉히려 심호흡을 계속 시도했지만, 헛수고였다. 심장은 점점 더 빠르게 뛰고, 호흡은 점점 더 가빠졌다. 그때, 누군가의 발소리가 들렸다. **왔다!**

*

말로는 무심한 척 반응한 모쥔제도 신경이 쓰이는 건 어쩔 수 없었다. 결국 몰래 지켜보기로 하고 슬그머니 따라 나와 모퉁이에 숨었다.

"몰래 뭘 보고 있는 거야?"

갑자기 누군가가 뒤에서 물었다. 돌아본 모쥔제는 놀란 얼굴로 물었다.

"네가 왜 여기 있어?"

천원루는 당연한 걸 왜 묻냐는 얼굴이었다.

"나야 오늘 당번이니까 쓰레기 버리러 왔지! 넌 뭘 훔쳐보고 있는 건데?"

모쥔제가 천원루를 옆으로 끌어당기더니 낮은 목소리로 물었다.

"네가 리쯔웨이한테 여기서 만나자고 쪽지 보낸 거 아니었어?"

천원루는 어리둥절한 얼굴로 대답했다.

"리쯔웨이한테 볼 일이 있으면 너희 반으로 찾아가면 그만이지, 뭐 하러 쪽지를 보내? 이상하잖아."

"그럼 네가 리쯔웨이를 불러낸 게 아니란 말이야? 그럼 어떤 여자애가 여기서 보자고 부른 거지?"

모쥔제가 리쯔웨이 쪽으로 시선을 돌렸다. 천원루도 따라서 고개를 내밀었다. 그때, 리쯔웨이의 뒷모습을 향해 다가가는 여학생이 보였다. 천윈루가 "어?" 하고 소리를 냈다. **쟤는 우리 반 여신 차이원러우잖아?**

"리쯔웨이?"

차이원러우가 리쯔웨이를 불렀다. 한껏 기대로 들떠 있던 리쯔웨이는 순식간에 마음이 식어버렸다. 천윈루의 목소리가 아니었다. 천천히 뒤를 돌아보니, 예쁘게 생긴 여학생이 서 있었다. 얼굴 가득 부드러운 미소가 어딘가 의도적이어서 오히려 부자연스러워 보였다.

"나는 차이원러우라고 해. 널…… 널 좋아해."

차이원러우는 말이 끝나기 무섭게 부끄러운 듯 고개를 숙였다. 그러면서도 수시로 리쯔웨이의 반응을 살피려 힐끗거렸다. 그런 차이원러우를 바라보며 리쯔웨이는 오로지 한 가지 생각뿐이었다. **나한테 고백하려던 건 천윈루가 아니었네.**

리쯔웨이가 한참 동안 반응이 없자, 차이원러우는 기다리다 못해 긴장감과 기대감이 뒤섞인 표정으로 살그머니 고개를 들었다. 모퉁이에 숨어 이 모습을 지켜보던 천윈루 역시 알 수 없는 긴장감을 느끼며 리쯔웨이의 대답을 기다렸다. 마침내, 리쯔웨이가 입을 열었다.

"이름이 뭐라고 했지?"

"차이원러우."

리쯔웨이는 대뜸 안타깝다는 얼굴을 하며 대답했다.

"너무 아쉽다. 어릴 때부터 우리 엄마가 그랬는데, 점쟁이가 나는 평생 '차이'씨 성을 가진 여자랑은 사귀면 안 된다고 했대. 그럼 요절할 수 있다고."

차이원러우는 예상치 못한 대답에 입가를 씰룩거리다가 물었다.

"너 지금 농담하는 거지?"

리쯔웨이는 한껏 오버스럽게 한숨을 내쉬며 대답했다.

"아니, 진짜야. 나도 이런 미신은 별로지만, 내가 외아들이거든. 그러니 이런 일은 아무래도 조심하는 게 낫겠지! 그러니까, 미안!"

차이원러우는 그간 남학생들에게 러브레터를 수없이 받아왔던 터라 이번 고백은 무조건 성공할 거라고 생각했다. 하지만 예상과는 달리 리쯔웨이가 황당한 이유를 대며 거절하자, 창피한 마음에 재빠르게 자리를 피했다. 모퉁이를 도는데, 마침 천윈루가 보였다. 수치심에 화가 나서 천윈루를 매섭게 노려보고는 서둘러 달아났다.

살짝 실망한 리쯔웨이는 머리를 쓸어 올리며, 돌아서서 교실로 향했다. 천윈루는 리쯔웨이의 뒷모습을 바라보며 잠시 생각에 잠겼다. **정말 이렇게까지 공교로울 수가 있나…….**

대학 시절에 왕취안성도 학교 후배에게 고백을 받은 적이 있었다. 그때 왕취안성도 비슷한 대답을 했었다. 심지어는 후배의 성까지 틀려가며 단칼에 거절했다. 후배는 '린'씨였는데, 점쟁이가 '뤄'씨 성을 가진 여자를 만나면 안 된다고 했다면서. 그 소문을 들은 친구들이 배꼽을 잡고 웃었다.

하지만…… 하지만 리쯔웨이가 왕춰안성일 리 없잖아……. 천원루는 쓸데없는 생각을 멈추려고 고개를 절레절레 흔들었다. 옆에서 천원루를 내내 지켜보던 모춴제는 못내 이상하다는 생각이 들었지만 아무것도 묻지 않았다.

*

며칠 후, 천원루는 아침 일찍 교실에 도착했다. 의자를 빼내 앉으려는데, 책상 서랍이 무언가로 가득 차 있었다. 사진이었다. 그것도 양이 꽤 많았다. 한 장 한 장 살펴보니 전부 천원루의 사진이었다. 혼자 집으로 가는 길에 찍힌 사진부터 레코드 가게에 앉아 카운터를 홀로 지키는 사진까지. 천원루는 언제 이 사진들을 찍었는지 기억나지 않았다. 누군가 몰래 찍은 게 분명했다. 순간 천원루의 안색이 살짝 바뀌었다. 혹시 지난번 자신을 습격했던 범인이 이 사진들을 몰래 찍은 건 아닐까 하는 생각이 들었다. 천원루는 차이원러우를 비롯해 교실에 더 일찍 와 있던 친구들에게 물어보았지만, 천원루의 서랍에 무언가를 넣는 범인을 목격한 사람은 아무도 없었다.

천원루는 손에 든 사진을 가만히 바라보았다. 처음에는 범인의 주의를 끄는 데 성공한 덕분에 참다못한 범인이 결국 나

셨구나 싶어 내심 기쁜 마음이었다. 하지만 기쁨은 이내 불안으로 바뀌었다. 범인이 이런 사진들을 서랍 안에 넣어둔 건, 어쩌면 일종의 경고일 수 있었다. 천원루의 행적을 모두 알고 있으며, 언제든 천원루 앞에 나타나 마음 내키는 대로 할 수 있다는 것을 보여주려는…….

사진을 보아하니 최근 며칠 사이에 찍은 듯했다. 하교 시간 이후부터 레코드 가게에서 퇴근하는 저녁 9시쯤까지였다. 만약 범인이 정말 같은 학교 학생이라면, 고등학생이 길거리에서 카메라를 들고 연신 사진을 찍어대는 모습이 분명 사람들 눈에 띄었을 것이다. 천원루는 깊은 생각에 빠졌다. 그렇다면 방과 후에 학교에서 레코드 가게까지 가는 길을 따라서 그 주변 가게나 주민들에게 물어보면 범인을 목격한 사람이 있지 않을까?

쉬는 시간을 틈타 천원루는 재빨리 리쯔웨이와 모췬제를 찾아갔다. 두 사람에게 자신이 추리한 내용을 들려주자 리쯔웨이는 연신 고개를 끄덕이는 데 반해 모췬제는 그다지 찬성하지 않는 얼굴로 되물었다.

"내 생각엔 그렇게 간단한 문제가 아닌 것 같아. 그렇게 오래 숨어 있던 범인이 왜 갑자기 못 참고 나타나서 이런 사진으로 협박을 해? 게다가 경찰도 아직 그 사람이 천원루를 습격했다는 증거를 못 찾았잖아. 그런데 이 시점에 갑자기 범인이 그렇게 쉽게 단서를 흘린다고?"

“그렇다면, 너는 범인이 일부러 혼란을 주려는 것 같다는 얘기지?”

천원루가 물었다. 모쥔제는 잠시 생각하더니 조심스럽게 대답했다.

“그럴 가능성도 있다는 거지.”

리쯔웨이는 오히려 천원루의 생각을 믿고 있었다.

“이렇게 생각만 하고 있으면 뭐 해. 차라리 천원루가 말한 대로 수업 끝나면 주변 가게들 들러서 요 며칠 카메라 들고 다니는 고등학생을 본 적이 있는지 물어보자.”

*

방과 후, 갑자기 비가 많이 내리기 시작했다. 세 사람은 학교 옆에 있는 가게의 처마 밑에서 비가 그치길 기다렸다.

“너 이러다가 아르바이트 늦는 거 아니야?”

리쯔웨이가 물었다. 천원루는 고민하다가 가방에서 접이식 우산을 하나 꺼냈다. 우산을 아직 펼치지도 않았는데 리쯔웨이가 투덜대기 시작했다.

“어이구, 이 작은 우산으로 우리 셋이 어떻게 쓰냐?”

천원루가 우산을 펼쳤다. 작은 우산을 바라보다가 자신보다 머리 하나는 더 큰 두 사람을 바라보니 할 말이 없었다.

“난 여기서 비 그칠 때까지 기다릴 테니까, 모쥔제 네가 천원루 아르바이트하는 곳까지 데려다줘!"

리쯔웨이의 말에 모쥔제는 도리어 고개를 저었다. 그러고는 담담한 얼굴로 리쯔웨이를 바라보며 대답했다.

"아냐, 네가 데려다줘! 비 그칠 때까지 난 여기서 기다리면 돼."

리쯔웨이는 어딘가 의아했다. 천원루가 듣다못해 입을 열었다.

"둘이 뭘 그렇게 서로 양보를 하고 있어? 셋이 같이 쓰고 가면 되잖아! 빨리 가자!"

말이 끝나기가 무섭게 천원루가 곧장 우산을 받쳐 들고 앞장섰다. 리쯔웨이와 모쥔제는 서로 눈길을 한번 주고받더니 어쩔 수 없다는 듯 따라나섰다. 예상대로 조그마한 접이식 우산 하나를 세 사람이 쓰기엔 역부족이었다. 비가 점점 거세져서 얼마 못 가 온몸이 흠뻑 젖고 말았다. 천원루는 아예 우산을 접어버리더니 두 사람을 끌고 빗속을 달리기 시작했다.

"천원루! 그러게 내가 우산 너무 작다고 했잖아!"

리쯔웨이가 불평했다.

"비가 많이 오잖아, 우산 있으나 없으나 어차피 젖는 건 똑같아!"

천원루는 큰 소리로 대꾸하며 돌아섰다. 비에 젖은 생쥐 꼴이 된 리쯔웨이의 모습에 웃음이 터져 나왔다. 리쯔웨이는 빗속에서 즐거운 듯 환하게 웃는 천원루의 얼굴을 바라보았다. 비에 온몸이 흠뻑 젖었지만, 가슴에는 따스한 기운이 파도처럼 밀려들었다. 그 순간, 리쯔웨이는 확실히 알았다. 그건 설렘이었다. **내가 정말…… 천윈루를 좋아하고 있었네.**

모쥔제는 그 옆에서 내내 말없이 고개만 숙인 채 달리고 있었다. 왼쪽 귀로는 두 사람이 장난치듯 외치는 소리가 들리지 않았고, 오른쪽 귓가로는 거센 빗소리만 끊임없이 전해졌다. 하지만 두 사람의 표정만은 눈에 확실히 들어왔다. **분명 혼자가 아닌데, 왜 더 외롭게 느껴지는 걸까?**

세 사람은 홀딱 젖은 몸으로 32레코드에 뛰어 들어갔다. 안에는 아무도 없었다. 카운터를 지키고 있어야 할 우원레이도 어디로 갔는지 보이지 않았다.

"여기서 기다려. 안에 들어가서 수건이랑 너희 갈아입을 만한 옷이 있나 찾아볼게. 감기 걸리면 안 되잖아."

천윈루가 축축하게 젖은 신발을 신은 채로 레코드 가게 뒤편으로 들어갔다. 그 모습을 바라보던 리쯔웨이는 문득 결심한 듯 모쥔제에게 말을 건넸다.

"네가 전에 그랬잖아. 요즘 내가 천윈루한테 관심이 과한 것 같다고."

모쥔제가 시선을 돌려 친구의 얼굴을 바라보았다. 다음에 이어질 말이 무엇인지 마음속으로 이미 알고 있었다. 하지만 의외였다. 이번에는 그 어떤 감정이 느껴지지 않았다. 상실감도, 분노도, 배신감도 없었다. 단지 자신도 설명할 수 없는…… 무덤덤한 느낌만 맴돌았다.

리쯔웨이가 모쥔제의 두 눈을 마주 바라보며 솔직하게 이야기했다.

"나 말이야, 천원루를 좋아하는 것 같아."

모쥔제는 대답 없이 친구를 가만히 바라보았다. 하나뿐인 친구의 얼굴을. 그때 천원루가 수건 두 개를 들고나오더니 웃으며 말했다.

"이 수건 가져가서 써!"

모쥔제는 마치 아무 일도 없었다는 듯 자연스럽게 수건을 받아 들었다. 리쯔웨이의 수건까지 대신 받더니 돌아서서 리쯔웨이에게 수건을 건넸다. 리쯔웨이는 담담하게 반응하는 모쥔제가 괜히 더 신경 쓰였다. **혹시 충격이 너무 커서 이런 반응인 건가?**

그때, 레코드 가게 입구에서 우원레이의 목소리가 들렸다.

"이상하네, 너희 둘은 내가 월급을 주는 것도 아닌데 어째서 맨날 여기 있는 거야?"

도시락 봉투를 손에 든 우원레이가 두 남학생 앞에 서서 둘을 번갈아 보며 말을 이었다.

"도대체 둘 중에 누가 원루를 좋아하는 건데? 자, 나한테 확실히 말해봐."

그 말에 천원루가 펄쩍 뛰었다.

"외삼촌, 그만해요. 둘 다 그냥 집에 가는 길에 데려다준 거지, 저 좋아하는 거 아니라고요!"

리쯔웨이가 모쥔제를 슬쩍 쳐다보았다. 모쥔제가 침착한 얼굴로 입을 열었다.

"맞아요, 가는 길에 데려다준 것뿐이에요. 이제 가보겠습니다."

모쥔제가 리쯔웨이에게 눈짓을 했다. 두 남학생은 천원루에게 인사를 한 뒤, 32레코드를 나섰다.

"잠깐만!"

천원루가 검은색 남성용 우산을 하나 들고 나오더니 리쯔웨이에게 내밀었다.

"아직 비 오잖아, 이걸로 둘이 같이 써!"

리쯔웨이가 우산을 펴는데, 모쥔제가 비를 맞으며 혼자 앞장서 걸어갔다.

"모쥔제!"

리쯔웨이가 뒤따라갔다. 걸음이 점점 빨라지는 모쥔제를 쫓아가 팔을 힘껏 붙잡으며 불평하듯 말했다.

"왜 그렇게 빨리 가는 건데?"

모쥔제가 숨을 깊이 들이마시더니 돌아서서 친구를 바라보며 물었다.

"그래서?"

"뭐가 그래서야?"

리쯔웨이는 어리둥절했다.

"천원루를 좋아하게 됐다면서. 그래서 천원루한테 말할 거야?"

모쥔제가 대뜸 그런 질문을 할 거라고는 생각지 못했던 터라 리쯔웨이는 잠시 당황했다. 그러다 눈길을 피하며 낮은 목소리로 말했다.

"아니."

"왜?"

모쥔제가 리쯔웨이 쪽으로 한 발 다가섰다.

"나 때문에?"

리쯔웨이는 조금 난처했다. 그러고는 잠시 후, 결심한 듯 모쥔제에게 대답했다.

"좋아한다는 말은 안 할 거야. 왜냐하면, 나는 곧 떠나야 하니까."

"떠나? 어딜 가는데?"

모쥔제는 처음 듣는 이야기다.

"고등학교 졸업하고 나면, 가족들 따라서 캐나다로 이민 가……."

짧은 한마디였지만, 한 글자 한 글자를 내뱉을 때마다 무게감이 더해졌다. 나중에는 너무 무거워서 말을 더 잇지 못할 정도였다. 그렇다. 리쯔웨이는 조만간 타이완을 떠나게 될 터였다. 모쥔제를, 천원루를 떠날 것이다. 그러니 아무리 천원루를 좋아한다 해도 할 수 있는 일이 없다. 그럴 바에는 아무 말도 하지 않는 편이 나았다.

잠시 멍해 있던 모쥔제가 어렵게 입을 열었다.

"이민 가는 건 언제 알게 됐어?"

"고2 올라가던 여름방학 때."

리쯔웨이는 모쥔제의 시선을 피했다. 모쥔제는 더욱더 믿기지 않는다는 얼굴로 화를 애써 참으며 말했다.

"그렇게 오래전에 알았는데, 왜 나한테 말을 안 한 거야?"

모쥔제는 잠시 침묵하다가 불현듯 물었다.

"천윈루도 알아?"

리쯔웨이는 아니라고 부정하고 싶었지만, 모쥔제에게 차마 거짓말을 하고 싶지는 않았다. 잠시 주저하다 결국 고개를 끄덕거렸다. 모쥔제는 이제껏 좋은 친구라고 여겨왔던 리쯔웨이를 바라보았다. 그 차가운 눈빛에 리쯔웨이는 차마 고개를 들 수 없었다.

"좋네, 천윈루도 다 알고 있었는데, 나만 아무것도 모르고 있었구나! 리쯔웨이, 넌 이런 게 친구라고 생각하나 보지?"

모쥔제가 원망하듯 바닥의 물웅덩이를 걷어찼다. 비에 젖은 리쯔웨이의 교복에 물방울이 튀었다. 잠시 후, 모쥔제가 화를 내며 돌아서서 자리를 뜨자 리쯔웨이 혼자만 남았다. 비는 여전히 내리고 있었다. 외로움과 분노를 짊어지고 거세게 내리는 빗속으로 사라져 가는 모쥔제의 뒷모습을 바라보며, 리쯔웨이는 후회가 몰려왔다. 아예 우산을 옆으로 던져버리고, 내리는 비를 온몸으로 맞았다. 그렇게라도 해야 죄책감이 조금이라도 덜어질 것 같았다.

*

32레코드. 우원레이와 천윈루가 도시락을 먹고 있다. 우원레이가 밥을 먹으며 궁금한 듯 물었다.

"저 말썽꾸러기 녀석들 중에 넌 대체 누굴 좋아하는 거야?"

천윈루가 불쾌한 듯 대답했다.

"재네가 저 좋아하는 거 아니라니까요. 제가 혼자 있으면 그 범인이 또 찾아올까 봐 일부러 여기까지 데려다준 거라고요."

우원레이는 조금도 동의하지 않는 얼굴이었다. 여자를 좋아해 본 경험으로 볼 때, 그건 단지 핑계라는 걸 모를 리가 없었다.

"연애하는 걸 반대하려는 게 아니라, 잘 기억해 두라고. 첫사랑은 한 번뿐이다……."

천윈루가 눈을 한껏 치켜떴다.

"연애 경험은 넘치게 했거든요. 그런 조언은 넣어두셨다가 나중에 천윈루한테 하세요!"

우원레이는 순간 당황하며 감정을 숨기지 못했다. 눈치 빠른 천원루가 이상한 낌새를 감지하고는 불만스럽게 말했다.

"설마 아직도 제가 천원루가 아니라는 걸 못 믿고 계시는 거 아니죠?"

"믿어! 당연히 믿지!"

우원레이는 마음으로는 여전히 미심쩍으면서도 천원루의 말에 다급히 호응하는 척 대답했다.

천원루는 당당하게 말했다.

"믿으신다면서 왜 자꾸 누굴 좋아하냐고 묻는 거예요? 제 나이가 스물일곱인데, 저런 10대 남자애들이 눈에 들어오겠어요? 천원루의 일상을 망가뜨리지 않겠다고 약속만 안 했어도 제가 이런 난감한 삼각관계에 휘말렸겠냐고요!"

"삼각관계?"

우원레이는 드디어 알았다는 얼굴이었다.

"너희 셋은 도대체 누가 누굴 좋아하는 거야?"

"모쥔제가 천원루를 좋아하는데, 천원루는 리쯔웨이를 좋아하고, 리쯔웨이는 하필 천원루를 안 좋아해요."

이 삼각관계에 관해서는 진작부터 간파하고 있었다.

"만약 제가 천원루라면 모쥔제랑 이렇게 가깝게 지내지도 않고, 리쯔웨이랑 계속 친구로 지내지도 않았을 거예요."

한 명은 천원루에게 고백했던 사람, 다른 한 명은 천원루의 고백을 거절한 사람이다. 두 남학생과 어울린다는 건 정말 어색한 일이 아닐 수 없다. 하지만 자신은 천원루가 아니므로 두 사람과 어떤 관계로 지내야 할지 천원루 대신 결정해 버릴 수 없었다. 그저 천원루가 돌아오기 전까지 아무 일도 없었던 것처럼 계속 친구 관계를 유지하는 게 최선이었다.

우원레이는 감탄을 금치 못하고 있었다. **누구랑 사귀고 싶은 건지 물어본 것뿐인데, 이렇게 세세한 부분까지 생각하고 있었다니 이 정도면 작가나 각본가 수준이네.**

천원루는 우원레이가 무슨 생각을 하고 있는지 눈치챈 듯 우원레이를 한번 흘겨보았다. 우원레이가 당황하며 얼른 화제를 돌렸다.

"오해는 금물이야, 널 못 믿는다는 뜻이 아니니까. 그래, 이렇게 생각해 보면 되겠다. 그냥 궁금해서 그러는데, 만약 너는…… 아니, 만약 과거의 천원루는 리쯔웨이를 좋아하는데, 리쯔웨이는 지금의 너를 좋아하게 됐다면, 그럼 어떻게 할 건데?"

천원루는 순간 멈칫했다. 요 며칠 자신과 리쯔웨이 사이에 있었던 수많은 일이 떠올랐다.

우원레이에게 자신은 연애 경험이 풍부하다고 큰소리친 건 결코 허풍이 아니었지만 지금 와서야 진짜 깨달은 게 있었다. **리쯔웨이가 어쩌면…… 정말 나를 좋아하게 된 것 아닐까……. 아니, 아니, 아니야.** 천원루는 얼른 고개를 세차게 저었다. **뭐 하러 계속 이렇게 생각을 하는 거야? 나는 황위쉬안이지, 천원루가 아니잖아! 나는 이 시공간에 사는 사람이 아냐. 언**

젠가는 원래 내가 있던 2019년으로 되돌아갈 거고, 그러고 나면 더 이상 리쯔웨이와 만날 일은 없을 거라고…….

우원레이는 도시락을 먹으며 천원루의 표정을 구경하고 있었다. 천원루는 깊은 생각에 빠진 듯하다가 격렬하게 고개를 가로젓더니 근심 가득한 얼굴로 마무리 지었다. 마치 소중한 무언가를 떠나보내기라도 하는 것처럼 홀로 드라마를 찍고 있었다. **저러다 나중에 배우를 하겠어.**

*

비가 내린 탓에 몰카범이 누구인지 알아보려던 계획은 하루 미루기로 했다.

다음 날 방과 후, 천원루는 리쯔웨이, 모쥔제와 함께 학교에서 레코드 가게까지 이어지는 길을 따라 걸으며 눈에 띄는 가게마다 전부 들어가 물어보았다. 그러나 사진기를 들고 다니는 고등학생을 보았다는 사람은 없었다.

“아니면 사진을 갖고 근처 사진관으로 가보자. 최근에 이 사진을 인화하러 온 사람이 있었는지 물어보면 되잖아?”

모쥔제의 제안에 천원루가 고개를 끄덕였다. 모쥔제는 곧장 모퉁이에 보이는 사진관으로 향했다. 하지만 언제나 그림자처럼 붙어 다니던 리쯔웨이는 제자리만 우두커니 지키고 있었다. 평소와 달리 유독 말이 없었다.

사실 천원루는 진작부터 두 사람 사이가 심상치 않다는 걸 눈치채고 있었다. 가는 길 내내 서로가 시선을 피하고 있었기 때문이다. 대화가 오갈 때면 냉전을 벌이듯 리쯔웨이는 건성으로 대꾸했고, 모쥔제는 한술 더 떠 리쯔웨이 말을 거의 무시하다시피 했다. 천원루는 궁금한 마음에 모쥔제를 바짝 쫓아가 물었다.

"리쯔웨이랑 무슨 일 있었어?"

모쥔제가 갑자기 발걸음을 서둘렀다. 대답하고 싶지 않은 듯했다. 천원루가 다시 쫓아가 입을 열려는 찰나, 모쥔제가 말을 가로막았다.

"지금 그 이야기는 하고 싶지 않아."

모쥔제의 표정을 바라보니 어렴풋하게나마 답을 알 것 같았다. 혹시 리쯔웨이가 이민 간다는 걸 알게 된 것 아닐까? 그때, 모쥔제가 불현듯 고개를 돌려 천원루에게 말했다.

"혹시 아직도 리쯔웨이를 좋아하고 있다면, 나는 신경 쓰지 않아도 돼."

천원루는 잠시 얼떨떨했다. 무슨 일인가 싶었다. 모쥔제가 저만치에 서 있는 리쯔웨이를 한 번 바라보더니 다시 말을 이었다.

"내년이면 타이완을 떠난다니까, 너도 재랑 더 많은 시간을 보내고 싶을 거야!"

역시 모쥔제가 알아버렸다. **그래서 냉전 중이었네. 리쯔웨**

이가 그 중요한 일을 계속 감추고 있었으니까.

"모쥔제, 리쯔웨이를 좋아한 건 과거의 일이야. 이젠 아니거든. 난 리쯔웨이한테 조금도……."

"그만!"

평소 상냥하던 모쥔제가 더는 못 참겠다는 듯 낮게 소리치며 천윈루의 말을 막았다.

"천윈루, 그만해, 이제 연기할 필요 없다고!"

천윈루는 그 순간 얼어버렸다. 모쥔제의 말이 순간적으로 이해되지 않았다.

"모쥔제, 나는……."

모쥔제가 또다시 천윈루의 말을 잘랐다.

"다른 사람들 눈에 과거의 넌 보통의 여자아이들과 다르게 보였을지도 몰라. 하지만 그렇다고 해서 네가 부족하다거나 틀린 게 아니야. 리쯔웨이 때문에 억지로 재가 좋아하는 모습으로 널 바꾸면서, 마치 과거의 천윈루는 없었던 것처럼 연기하지 않아도 된다고! 네가 이러면, 내 마음이 얼마나 괴로운지 알아?"

모쥔제는 말을 더해갈수록 더욱더 큰 괴로움에 빠졌다. 아픈 마음이 얼굴에 그대로 드러났다. 분명 천윈루가 눈앞에 있는데도 지금의 천윈루를 바라보는 모든 순간마다 과거의 천윈루가 떠올랐다. 조용하고, 아무도 자신을 주목해 주지 않는다고 생각하며, 구석에 숨어 고요히 자신만의 세계에 침잠해 있던 그 소녀의 모습이.

할 말을 끝낸 모쥔제는 천원루가 아무런 변명도 하지 않는 것을 보고 마음이 더욱 아파왔다. 돌아서서 몇 걸음 옮겼을 때쯤, 천원루가 갑자기 모쥔제의 손목을 잡았다. 돌아서는 모쥔제에게 천원루가 말했다.

"너희 둘한테 해줄 얘기가 있어."

*

천원루는 일단 집으로 돌아와 방에서 워크맨을 꺼내 들고 공원으로 향했다. 리쯔웨이와 모쥔제는 공원에서 서로 약간의 거리를 둔 채 천원루를 기다리고 있었다. 눈도 마주치지 않는 걸 보니 여전히 냉전 상태인 듯했다. 천원루는 속으로 한숨이 나왔다. 가까이 다가가며 심호흡을 해보았지만, 어떻게 이야기를 꺼내야 할지 망설여졌다. 리쯔웨이가 답답했는지 천원루를 불렀다.

"천원루, 우리한테 할 말 있다며? 대체 무슨 얘긴데?"

얘기하자. 천원루는 생각했다. **내가 이 얘기를 해야만 모든 게 설명될 거야.** 두 사람을 바라보며 입을 열었다.

"전에 내가 혼수상태였을 때, 아주아주 긴 꿈을 꿨다고 했던 거 기억나?"

리쯔웨이와 모쥔제는 눈길을 한번 주고받더니 이내 서둘

러 얼굴을 돌렸다. 그러고는 거의 동시에 고개를 끄덕였다.

"그 꿈에서 나는 1998년의 천원루가 아니라 2019년도에 살고 있는 황위쉬안이었다고 했잖아. 실은…… 그거 꿈이 아니라 진짜야. 나는 너희가 알고 있는 그 천원루가 아니라 2019년에서 온 황위쉬안이라고."

천원루가 모쥔제 앞으로 다가서며 말했다.

"아까 네가 했던 말이 완전히 틀린 것도 아니야. 나는 변한 게 아니라 애초에 네가 예전에 좋아했던 천원루가 아니거든."

그 말에 모쥔제는 눈도 깜빡이지 않은 채 천원루를 가만히 바라보았다. 생각에 잠긴 얼굴이었다. 천원루가 이번에는 리쯔웨이에게 시선을 돌리며 말했다.

"네가 나한테 호감이 있다는 것도 알아. 근데 난 네가 아는 그 천원루가 아니야. 그러니까…… 그러니까 두 사람, 나 때문에 이렇게 냉전을 벌일 필요가 전혀 없다고."

리쯔웨이가 납득이 안 된다는 얼굴로 입을 달싹이자 천원루가 가로막았다.

"지금 당장은 믿기 어려울 거야. 그런데 증거가 있어."

천원루는 주머니에서 수학 시험지 두 장을 꺼내 두 사람에게 건네며 말을 이었다.

"왼쪽 시험지는 전에 천원루가 풀었던 거고, 오른쪽 시험지는 내가 푼 거야. 두 사람도 보면 바로 알겠지만, 글씨체가 완전히 달라."

두 사람은 얌전히 시험지를 바라봤다. 왼쪽 시험지는 98점에다가 글씨체가 반듯하고 보기 좋았다. 반면 오른쪽 시험지는 낙제점인 17점에다가 글씨체가 거침없고 자유분방했다. 이름 칸에는 '황위'라는 두 글자를 쓰다가 지운 흔적이 어렴풋하게 보이기도 했다.

"내가 진짜 천원루라면 이름을 잘못 쓸 리가 없잖아?"

천원루의 말에 두 사람은 멀뚱히 서로만 바라보고 있었다. 순간적으로 답이 떠오르진 않았지만, 뭔가 석연치 않은 구석이 있었다. 지금 천원루의 모습이 예전과 완전히 달라졌다는 건 확실했다. 하지만 아무리 그래도 이건 너무나 상식 밖의 이야기였다. 눈앞에 있는 이 아이가 실은 미래에서 왔다고? 리쯔웨이가 먼저 손을 들고 질문했다.

"그러니까 넌 천원루가 아니라 미래에서 온 황위쉬안이라는 거잖아, 그럼…… 미래에서 여길 어떻게 온 건데?"

천원루는 들고 있던 워크맨을 두 사람에게 내밀었다.

"이 워크맨 때문이야."

리쯔웨이와 모쥔제는 다시 한번 서로 눈을 마주치더니 동시에 천원루에게로 시선을 던졌다. 읽어내기 힘들 만큼 복잡해 보이는 표정들이었다. 천원루가 계속해서 말을 이었다.

"남자 친구 고별식에 갔던 날이었는데, 고별식이 끝나고 누군가 나한테 이 워크맨을 보냈어. 그래서 집에 가는 길에

이 워크맨으로 안에 있던 음악을 듣다가 잠이 들었는데, 깨어나 보니까 지금 너희들 눈앞에 있는 천원루로 변해 있었어."

"나 잠깐 보여줄 수 있어?"

리쯔웨이가 손을 내밀었다. 천원루는 워크맨을 리쯔웨이 손에 건넸다. 리쯔웨이가 워크맨을 가만히 바라보았다. 표정이 사뭇 심각해지나 싶더니 갑자기 고개를 번쩍 들고는 진지한 얼굴로 천원루에게 말했다.

"솔직히 말하면, 사실 나도 네가 알고 있는 그 리쯔웨이가 아니야."

천원루가 놀란 얼굴로 두 눈을 동그랗게 뜨고 리쯔웨이를 바라보았다. 리쯔웨이가 말을 이었다.

"나는 2029년에서 온 생체로봇 T1000이다. 내가 이 세상에 온 이유는 딱 하나, 스카이넷을 저지하고 터미네이터 손아귀에서 인류의 미래를 구하기 위해서지! I be back!"

천원루는 어이가 없어 눈을 치켜떴다. 졸도할 지경이었다. **저 바보 같은 녀석!** 모쥔제도 천원루와 같은 생각이었는지 차갑게 비꼬듯 말했다.

"I'll be back이겠지!"

리쯔웨이가 모쥔제에게 눈을 흘기며 대꾸했다.

"그게 그거잖아?"

"완전 다르거든."

모쥔제는 바보가 따로 없다는 듯한 표정을 지었다.

"나 지금 너희랑 농담하는 거 아니거든!"

천원루는 어이가 없었다. 말투에 약간 초조함이 묻어났다.

"진짜야. 얼른 그 범인을 잡지 않으면 천원루는 조만간 살해될 거라고!"

입씨름을 계속하던 둘은 천원루의 말에 약속이라도 한 듯 동작을 멈추더니 천원루에게로 고개를 돌렸다.

"방금 뭐라고 했어? 네가 살해된다고?"

리쯔웨이가 반신반의하는 말투로 물었다.

"엄밀히 말하면, 살해당하는 건 내가 아니라 천원루지. 1999년에 누군가에게 살해당할 거야."

천원루 얼굴에 근심이 서렸다.

"그러니까 제발 부탁인데, 누가 누굴 좋아하느니 마느니 그런 사소한 걸로 싸우지 말고, 하루라도 빨리 천원루를 죽이려는 범인을 같이 찾아줘. 나머지는 천원루가 돌아오면 그때 싸우든지 말든지 맘대로 하고!"

단숨에 말을 내뱉고 나서 보니 두 사람은 여전히 믿기지 않는다는 얼굴이었다. 천원루는 기운이 쭉 빠졌다. **이 멍청이들! 나중에 천원루가 진짜 죽고 나면, 그제야 내 말 들을 걸 그랬다고 후회나 하지 말라고!** 천원루가 돌아서서 자리를 뜨려는데, 모쥔제가 불러 세웠다.

"천원루, 난 너를 못 믿는 게 아니야."

놀란 천원루가 돌아서자, 모쥔제가 다가서며 물었다.

“다만 한 가지 궁금한 게 있어.”

천원루가 고개를 끄덕였다.

“혹시 나랑 리쯔웨이랑 화해시키려고 꾸며낸 이야기는 아니지?”

모쥔제의 물음에 천원루는 숨을 깊게 한번 들이쉬었다. 그 진지한 얼굴 위로 주먹을 날리고 싶은 충동을 꾹 참았다. **나도 모르겠다! 마음대로 하라지!** 천원루는 리쯔웨이의 손에서 워크맨을 낚아챈 뒤 쏜살같이 자리를 벗어났다. 속수무책으로 어리둥절해하는 두 사람만 그 자리에 남았다. 잠시 후, 모쥔제가 갑자기 리쯔웨이에게 먼저 말을 건넸다.

“빙수 먹으러 갈래?”

리쯔웨이는 먼저 손을 내미는 모쥔제가 약간 뜻밖이었다. 괜히 자존심 때문에 주저하는 척하다가 대답했다.

“아니. 배고파. 장어 국수 먹을래.”

*

길가의 소박한 노점에는 테이블과 의자가 얼마 없었지만, 손님이 끊이지 않았다. 주인아저씨는 뒤집개를 손에 들고 쉴 새 없이 일하면서도 드나드는 손님들을 놓치지 않고 살폈다. 리쯔웨이가 모쥔제를 데리고 오자 던지듯 물었다.

“오늘은 둘이지?”

리쯔웨이가 고개를 끄덕이고는 모쥔제와 함께 빈자리를 찾아 앉았다. 잠시 후, 주인아주머니가 뜨끈뜨끈한 장어 국수를 내오자 리쯔웨이는 주저하지 않고 바로 젓가락을 들어 먹기 시작했다. 새콤달콤하면서도 매콤짭짤한 소스와 탱글탱글한 식감의 장어가 입안에서 한데 어우러졌다. 땀으로 흠뻑 젖은 주인의 뒷모습을 바라보며 리쯔웨이가 소리쳤다.

"사장님, 진짜 너무 맛있어요!"

주인아저씨가 손에 든 뒤집개를 흔들어 보였다. 주인아주머니는 여전히 무표정한 얼굴로 다른 손님들을 상대하느라 바빴다.

모쥔제는 조용히 국수를 몇 번 입에 넣었다. 장어 국수가 맛있는 건 분명했지만, 머릿속으로 아까 천원루에게 들었던 이야기를 생각하느라 맛이 잘 느껴지지 않았다. 커다란 그릇에 담긴 국수를 후루룩 거의 다 먹어치운 리쯔웨이가 한 그릇 더 주문하려고 하는데, 모쥔제가 입을 열었다.

"아까 천원루가 했던 이야기 말이야, 넌 어떻게 생각해?"

리쯔웨이가 마지막 장어 한 조각을 집으며 대답했다.

"그건 장어도 알겠다. 네 말대로 우리 화해시키려고 지어낸 이야기잖아. 아냐?"

리쯔웨이가 장어를 입에 넣고는 남은 국수를 싹 비우더니 말을 이었다.

"근데 왠지 모르게 나는 그 말이…… 진짜일 수도 있겠다는 생각이 들어."

그 말에 모쥔제는 약간 놀랐다.

"그러니까 만들어낸 이야기가 아닌 것 같다는 거지?"

리쯔웨이 역시 확신할 수는 없다는 듯 곤혹스러운 얼굴로 대답했다.

"황당무계한 이야기이긴 한데, 천윈루가 사고 후에 완전히 다른 사람이 되기는 했단 말이지."

천윈루와 함께했던 최근의 시간들을 돌아보면, 성격부터 말하는 방식, 웃는 얼굴, 심지어는 화내는 모습까지 예전에 알던 그 천윈루와는 완전히 달랐다.

"그럼 너는? 천윈루가 한 얘기 믿어?"

리쯔웨이가 모쥔제에게 되물었다. 모쥔제는 잠시 생각하다가 대답했다.

"그게 진짜라면, 요즘 그 애에 대한 내 감정이 왜 예전 같지 않았는지 설명이 되긴 해."

사실 모쥔제는 지금 이 순간 누구보다도 천윈루의 이야기가 모두 진실이기를 바라는 사람이었다. 그렇다면 적어도 지금의 천윈루는 진짜 천윈루가 아니라 미래에서 온 황위쉬안이라는 뜻이고, 그럼 자신도 실연당한 게 아닌 셈이었다. 다만, 예전의 천윈루는 도대체 어디로 간 것일까, 하는 의문은 여전했다.

리쯔웨이는 고개를 끄덕이며 시선을 떨군 채 생각에 잠겼다. 그러다 갑자기 고개를 들더니, 의아하다는 눈으로 모쥔제를 바라보며 물었다.

"잠깐, 그러니까 네 말은 이제 천원루를 안 좋아한다는 거야?"

"완전히 그런 뜻은 아니지만, 예전만큼 설레지는 않는 것 같아."

그러고는 잠시 생각하다가 다시 입을 열었다.

"적어도 네가 나한테 천원루를 좋아하게 됐다고 말했을 때, 사실 그렇게 화가 나진 않았으니까."

"너 진심이야?"

리쯔웨이는 조심스럽게 모쥔제를 살피다가 말을 이었다.

"설마 나 마음 편하라고 하는 얘기는 아니지?"

모쥔제는 냉랭한 눈으로 리쯔웨이를 한 번 바라보았다.

"내가 그렇게까지 할 이유가 뭐가 있어?"

리쯔웨이는 그만 안도의 한숨을 내쉬었다. 그러고는 모쥔제의 어깨를 가볍게 치더니 웃으며 말했다.

"진작 말하지! 내가 천원루를 좋아하게 된 걸 알고 나서 너한테 얼마나 죄책감을 느꼈는지 알아!"

모쥔제는 여전히 탐탁지 않은 얼굴로 쏘아붙였다.

"아무리 그래도 넌 천원루를 좋아할 자격이 없어. 곧 이민 간다는 애가 천원루를 좋아한다고 나서서 뭘 어쩌려고?"

그 말에 리쯔웨이는 순식간에 입맛이 사라졌다. 말없이 젓가락으로 빈 접시에 남은 국물을 휘휘 젓더니 한참 후에야 어색하게 입을 열었다.

"이민 간다는 얘기를 안 한 건, 널 친구로 생각하지 않아서가 아니야. 그게, 너도 알잖아, 그러니까…… 어쨌든……."

한참을 이야기했지만, 결국 미안하다는 말은 입 밖으로 나오지 않았다. 리쯔웨이는 사과에 서툴렀다. 모쥔제는 얼버무리는 리쯔웨이를 바라보다 몸을 일으켰다. 냉장고에서 맥주 한 병을 꺼낸 뒤 유리컵 두 개를 챙겨서 테이블로 돌아왔다. 리쯔웨이가 맥주를 받아 들더니 병뚜껑을 따고는 두 잔을 가득 채웠다. 모쥔제가 담담한 얼굴로 먼저 잔을 들었다. 리쯔웨이도 모쥔제를 따라 잔을 들었고 입꼬리를 살짝 올리며 웃었다. 오랜 친구 사이에서만 가능한 암묵적인 이해가 무언 속을 오갔다. 유리잔이 가볍게 부딪치고 한 모금 마시려는 순간, 주인아주머니가 불쑥 한마디 던졌다.

"너희 고등학생 아냐? 미성년자가 술을 마시면 안 되지!"

*

텅 비어 있어야 할 학교 건물 안에 세 여학생의 수상쩍은 그림자가 어른거렸다. 그중 한 학생은 손에 사진 뭉치를 들고 게시판에 한 장 한 장 붙이고 있다. 전부 천원루가 체육 수업 전에 교실에서 옷을 갈아입고 있는 모습이다.

"이래도 괜찮을까?"

한 학생이 겁먹은 얼굴로 물었다. 한창 사진을 붙이던 여학생이 분하다는 듯 벌컥 화를 내며 말했다.

"걔가 자초한 일이야!"

겁줄 생각으로 일부러 몰래 사진을 찍어 서랍에 넣어두기까지 했지만, 천원루는 예상과 달리 별 반응을 보이지 않았다. 여전히 매일같이 리쯔웨이랑 붙어 다니는 모습이 눈꼴사나웠다. 사진을 전부 붙이고 난 뒤, 주동자였던 여학생은 흡족한 듯 게시판을 바라보았다. **내일 이 사진을 애들이 모두 보고 난 뒤에도 천원루 네가 계속 기세등등할 수 있을지 어디 한번 보자고!** 의기양양해진 세 여학생은 그때까지도 눈치채지 못하고 있었다. 모퉁이에서 어두침침한 그림자 하나가 그 모든 걸 지켜보고 있었다는 사실을.

想見你 Someday or One Day

제10장

1998년, 타이난.

천원루는 집에 돌아오자마자 방 안에 틀어박혔다. 베개 하나를 움켜쥐고 마구 내리치면서 속으로 욕을 퍼부었다. **멍청한 녀석들! 기껏 열심히 설명해 줬는데 농담 따먹기 취급하다니!** 죄 없는 베개가 납작해지고 나서야 천원루는 간신히 속이 좀 풀리는 듯했다. 침대에서 벌떡 일어나 책상으로 가서 서랍을 열었다. 일기장을 꺼내 마지막 페이지를 펼쳐보았다.

여전히 빈 페이지 그대로였다.

그때 봤던 '그 애가 왕취안성이야'라는 문장은 천원루가 쓴 게 맞을까? 만약 그렇다면, 언제 쓴 거지? '그 애'는 또 누군데? 정말 리쯔웨이일까? 천원루는 빈 페이지를 바라보며 어느새 온갖 상념에 잠겼다. **그 답을 찾으려고 여길 온 거잖아. 안 그**

래?

그때였다. 창문에서 '톡' 하는 소리가 났다. 창문을 열고 내려다보니 리쯔웨이였다.

*

"솔직하게 얘기해 봐. 너 지금 이중인격인 거야, 아니면 망상증인 거야?"

리쯔웨이가 평소와는 달리 진지한 얼굴로 물었다.

"다 늦은 시간에 공원을 가자더니, 나보고 정신병이냐고 물어보려던 거야?"

천윈루가 불같이 화를 내며 되물었다. 더는 참을 수가 없었다. 씩씩대며 돌아서서 집으로 가려는데, 리쯔웨이가 붙잡으며 말했다.

"네가 정신병이라는 게 아니라 대체 어떻게 된 일인지 확실히 알고 싶어서 그래. 이중인격이라면 그건 납득이 돼. 어쨌든 네가 전이랑 완전히 다르긴 하니까. 근데, 오후에 네가 우리한테 했던 그 얘기들은 아무래도 좀 망상증에……."

"아무튼 내 머리에 문제가 있다는 거잖아!"

천윈루가 말했다. 벌컥 화를 내는 천윈루를 보며 리쯔웨이도 난처해졌다. 일부러 화를 돋울 생각은 없었다. 그저 자신이 좋아하게 된 사람이 대체 어떤 모습인 건지 알고 싶었다.

"더 애기 안 할래. 어차피 더 얘기해 봤자 넌 또 안 믿을 거잖아."

천원루는 체념한 듯했다.

"잠깐만! 그럼 이렇게 하자. 전에 미래가 보이는 아주 길고 긴 꿈을 꾼 적이 있다고 했었지?"

"그건 꿈이 아니라! 미래에 실제로 있었던 일이라니까!"

천원루가 말을 바로잡았다.

"그래, 그래. 만약 그게 꿈이 아니라면, 미래의 황위쉬안한테 무슨 일이 있었는지 얘기해 줄 수 있어?"

천원루는 짜증이 난 얼굴로 말했다.

"말하면 믿을 거야?"

리쯔웨이가 머리를 쓸어 올리더니 대답했다.

"그냥 알고 싶어서 그래. 내가 지금 좋아하는 사람이 정말 2019년에서 온 황위쉬안이라는 여자라면, 그 사람은 어떤 사람인지, 미래에 어떤 삶을 살았는지, 그리고 왜 여길 오게 된 건지 말이야."

그 말에 천원루는 순간 당황했다. **리쯔웨이가 지금…… 날 좋아한다는 건가?** 천원루가 약간 얼떨떨한 얼굴로 물었다.

"너 방금 나한테 고백한 거야?"

리쯔웨이는 살짝 어색했다. 하지만 좋아하면 좋아한다고 말하는 게 리쯔웨이에게 그다지 어려운 일은 아니었다. 모쥔제처럼 쭈뼛거리는 타입이 아니니까. 다만 좋아하는 사람과 마주 보고 있으니 조금은 쑥스러웠다. 하지만 애써 침착한 척 하며 말했다.

"내가 너한테 마음 있는 건 너도 진작부터 눈치채고 있었잖아? 그러니까 고백은 아닌 거지."

눈을 동그랗게 뜨고 자신을 바라보는 천원루의 모습에 리쯔웨이는 더더욱 어색해져 황급히 말을 이었다.

"진짜 알고 싶어서 그래. 내가 좋아하는 사람이 정말 미래에서 온 사람인지, 아니면 인격 분열이나 망상증이 있는……." 리쯔웨이는 말을 하던 중 문득 무언가를 깨달은 듯 흥분하며 말을 이었다. "내가 널 왜 좋아하게 됐는지 이제 알겠네! 둘 중 어느 쪽이 됐든 완전 멋있잖아!"

천원루는 눈을 흘기고 싶은 것을 꾹 참았다. **어쩐지 좀 감동이다 했더니, 애송이 같은 녀석한테 순식간에 당해버렸네!**

리쯔웨이는 천원루의 표정을 보며 속으로 또 자기를 욕하고 있다는 생각에 불만을 터뜨렸다.

"천원루, 너 지금 속으로 내 욕하고 있는 거 다 안다."

그것도 십중팔구 철없는 꼬맹이 취급을 하고 있을 터였다. 리쯔웨이는 텅 빈 손목을 매만졌다. 전자시계는 안 차고 다닌 지 이미 오래였다.

"그러니까 도대체 어쩔 거야? 얘기해 줄 거야, 말 거야?"

리쯔웨이가 재촉하듯 물었다.

"뭘?"

"미래 얘기 말이야! 2019년은 어떤 모습이야? 정말 〈백 투 더 퓨처〉 영화에 나온 것처럼 차가 막 하늘을 날아다녀? 길거리에는 로봇도 많고?"

"영화에 나온 것처럼 그렇지는 않거든!"

천원루는 순간 졸음이 몰려왔다. 집에 가서 자야겠다 싶어 돌아서자 리쯔웨이가 쫓아오며 계속해서 물었다.

"그럼 어떤데?"

"영화 같진 않지만, 지금이랑 아주 많은 게 달라. 예를 들면 2019년에는 대부분 스마트폰을 쓰는데……."

천원루의 걸음이 어느새 조금씩 느려지고 있었다. 얼른 집으로 가서 잠을 청하려던 다급한 마음이 어느샌가 사그라들고 있었다.

선선한 가을밤, 천원루와 리쯔웨이는 함께 길을 걸으며 이야기를 나누고 또 나누었다. 어느덧 천원루가 미래에 자신이 무얼 좋아하고 또 무얼 싫어했는지 이야기하고 있을 때, 열일곱 살 소년은 그 옆에서 말 한마디 한마디에 귀 기울이며 전부 가슴에 담았다.

*

다음 날 아침, 천원루는 하품을 하며 학교로 들어섰다. **이게 다 리쯔웨이 때문이야. 어젯밤에 붙잡혀서 한참을 떠들어대**

는 바람에 늦게 잤잖아. 피곤해 죽겠네. 천원루가 모퉁이를 돌았다. 교실은 복도 끝에 있었다. 이른 아침이라 평소 같으면 학생들이 별로 없을 시간인데, 오늘따라 웬일인지 꽤 많은 아이가 천원루의 교실 앞에 모여 있었다. 무슨 일인가 싶어 다가가 보니 교실 주변에 폴리스 라인이 처져 있고, 그 안에서는 경찰관 두 명이 증거를 수집하고 있었다.

"무슨 일이야?"

천원루가 친구 한 명을 붙잡으며 낮은 소리로 물었다.

"차이원러우가 죽었대!"

친구는 겁에 질린 얼굴이었다.

"그것도 엄청 잔인하게 죽었나 봐!"

천원루가 깜짝 놀라며 되물었다.

"차이원러우가 죽었다고?"

또 다른 여학생이 다가오더니 겁먹은 얼굴로 나지막이 이야기했다.

"엄청 잔인하게 죽었대. 얼굴은 완전 피투성이에다가 뭐로 다치게 한 건지 목부터 얼굴까지 전부 상처였대. 제일 처음 목격한 애는 지금 너무 놀라서 아무 말도 못 해."

이른 아침에 제일 먼저 교실로 들어섰던 여학생은 들어오자마자 책상에 엎드려 있는 차이원러우를 보았다. 자는 것 같길래 별생각 없이 다가가서 어깨를 툭 건드렸는데, 갑자기 차이원러우가 한쪽으로 미끄러지더니 그대로 바닥에 쓰러져

想見你 Someday or One Day

버렸다. 입과 코에서 엄청나게 많은 양의 피가 흘러나와 있었고, 목에서 아래로 이어진 혈관은 어떤 부식성 액체를 주입하여 심하게 타버린 듯 기괴한 주술 문양이 상처로 남아 있었다. 놀란 여학생이 소리를 지르자 다른 교실에 있던 학생들이 달려와 구경하기 시작했다. 그중 누군가 신고를 했고, 얼마 지나지 않아 소식을 들은 선생이 달려와 학생들을 불러 모았다. 오늘 수업은 일시적으로 중단하니 모두 일단 집으로 돌아가 안전에 유의하라는 당부가 이어졌다.

선생님의 이야기가 끝나고 돌아서던 천원루는 자신을 뚫어지게 응시하고 있는 여학생 두 명과 눈이 마주쳤다. 형언할 수 없는 두려움으로 가득한 눈빛이었다. 천원루는 그 두 사람을 알았다. 딩위신과 젠잉후이였다. 언제나 차이원러우 옆에 꼭 붙어 다니며 무얼 하든 함께하는 아이들이었다. 두 사람은 천원루와 눈이 마주치자 황급히 시선을 피하더니 딩위신이 부랴부랴 젠잉후이를 끌고 자리를 떴다. 천원루는 뭔가 이상하다는 걸 느꼈다. 다른 사람 눈을 피해 살그머니 두 사람 뒤를 쫓았다. 건물 모퉁이에 있는 여자 화장실에 다다랐을 때, 두 사람이 안에서 언쟁을 벌이는 소리가 희미하게 들려왔다.

"……난 어제 걔가 먼저 집에 간 줄 알았지. 이런 무서운 일이 생길 줄 누가 알았겠어……."

"걔 혼자 그렇게 남겨두는 게 아니었는데. 다 너 때문이야, 괜히 화장실은 간다고 해서는……."

"그다음은…… 그다음은 설마 우리 차례 아니겠지?"

젠잉후이가 떨리는 목소리로 말했다. 얼마나 두려운지 눈가에 눈물이 그렁그렁했다.

"쓸데없이 겁주지 마! 아, 왜 그러는 거야!"

"혹시 천원루는 아니겠지? 걔가 알아채고 차이원러우를 죽인 걸까?"

"설마! 내 손 좀 놔봐, 아파……."

여자 화장실 입구가 갑자기 어둑해졌다. 두 여학생이 고개를 홱 돌렸다. 입구에 천원루가 서 있는 걸 보고는 깜짝 놀라서 입도 뻥긋 못한 채 뒷걸음질을 쳤다.

"너희 두 사람, 확실히 털어놓는 게 좋을 거야. 도대체 어떻게 된 일이야?"

천원루는 팔짱을 낀 채 그 자리에 서서 두 사람을 차가운 눈으로 바라보며 말했다. 거절은 절대 용납하지 않겠다는 듯 위협적인 목소리였다.

*

천원루는 가방을 멘 채 서둘러 리쯔웨이와 모쥔제의 교실로 향했다. **이제 보니 범인이 몰카를 찍었던 게 아니라 전부 다 차이원러우가 벌인 짓이었어!**

차이원러우는 리쯔웨이에게 고백했지만, 말도 안 되는 이

想見你 Someday or One Day

유로 거절당했다. 그런 데다가 매일같이 리쯔웨이, 모쥔제와 붙어 다니면서 눈에 띄는 행동으로 남자아이들의 관심까지 받는 천원루를 보자 속으로 질투가 났다. 그 때문에 천원루를 혼내줄 생각으로 꾸며낸 일이었다. 그때까지만 해도 딩위신과 젠잉후이는 그저 짓궂은 장난 정도일 거라고 생각했다. 차이원러우의 분풀이를 도우려던 것이 이렇게 끔찍한 살인 사건으로 번질 줄은 꿈에도 몰랐다.

살인 사건으로 휴교가 결정되자 학생들은 가방을 챙겨 학교에서 나갈 준비를 하고 있었다. 빠르게 걷던 천원루는 모퉁이에서 한 남학생과 부딪혔다. 중심을 잃고 넘어지려던 찰나, 남학생이 바로 손을 뻗어 붙잡아 주었다.

"조심히 다녀."

"미안. 고마워……." 천원루가 인사를 하며 고개를 들다가 남학생의 얼굴을 보는 순간 굳어버렸다. "너는……."

셰즈치였다. 아니, 엄밀히 말하면 젊은 시절의 셰즈치.

"날 알아?"

평소 온화하고 순해 보이던 남학생의 두 눈에 살짝 경계심이 어렸다. **천원루, 다 생각난 거야? 날 알아보는 거야?**

천원루는 눈앞의 남학생이 셰즈치라는 걸 알았다. 하지만 지금은 리쯔웨이와 모쥔제를 급하게 찾아가던 길이었고, 자신이 셰즈치를 어떻게 알고 있는지에 대해서도 당장은 설명하기가 어려웠다. 차라리 모른 척하는 게 낫겠다 싶어 고개를 저었다.

"아니, 잘못 봤나 봐. 방금은 정말 미안했어."

천원루는 말이 끝나자마자 걸음을 더욱 재촉하며 자리를 떴다. 남학생은 그 자리에 서서 빠르게 사라져 가는 천원루의 뒷모습을 가만히 바라보았다. 눈빛에 서서히 어둠이 깔리며 혼탁해져 갔다.

*

천원루는 막 학교를 나가려던 리쯔웨이와 모쥔제를 찾아가 중요하게 상의할 일이 있다고 말했다.

"근데 사람 많은 데에서 하기에는 좀 불편한 이야기야."

천원루의 말에 리쯔웨이가 바로 의견을 냈다.

"그럼 우리 집으로 가자! 어차피 지금 아무도 없거든."

세 사람은 리쯔웨이의 집으로 갔다. 집은 2층짜리 단독주택이었다. 앞뒤로 정원이 딸려 있었는데 잡초가 무성했다. 휑한 집 안은 제대로 정리가 안 된 느낌이었다. 리쯔웨이는 별로 개의치 않는 듯 말했다.

"도우미 아주머니가 얼마 전에 그만두셨거든. 어차피 아빠도 타이완에 안 계시고, 엄마도 바빠서 종일 집에 안 계셔."

그러고는 어깨를 으쓱해 보였다.

"나도 이제는 다 커서 이래저래 돌봐줄 사람이 없어도 되고, 어차피…….”

리쯔웨이가 말을 하다 멈추었다. 어차피, 머지않아 온 가족이 이민을 가게 될 터였다. 집 안에 있는 물건들도 처분할 수 있는 것은 최대한 처분하고, 집도 처리해야 할 테니 더 이상 가사도우미가 필요 없었다. 리쯔웨이가 곧 타이완을 떠날 거라고 생각하니 천원루와 모쥔제는 약간 울적해졌다. 하지만, 지금은 그보다 더 중요한 게 있었다.

리쯔웨이의 방으로 들어서자마자 천원루가 불법 촬영 사건의 자초지종을 이야기했다. 리쯔웨이는 매우 놀란 눈치였다. 그러다 순간 천원루에게 미안한 마음이 들었는지 급히 말을 건넸다.

“나는 그 ‘차이’ 뭐더라, 걔랑 사실 잘 아는 사이도 아니야. 걔네가 너한테 그런 짓을 할 줄은 정말 몰랐다.”

“알아, 사실 너랑은 관련이 없지. 다만…….”

천원루의 미간이 살짝 찌푸려졌다.

“이번 일은 아무래도 뭔가 이상해.”

“무슨 말이야?”

모쥔제가 물었다.

“젠잉후이랑 딩위신 말이 어젯밤에 차이원러우랑 같이 내가 교실에서 옷 갈아입는 사진을 게시판에 붙였대. 근데 그 사진들이 전부 없어졌어.”

“뭐?”

순간 리쯔웨이는 화가 치솟았다.

“걔네가 무슨 사진을 찍었다고? 설마…… 설마 나체 사진이란 거야? 그걸 게시판에? 걔네 정말 너무한 거 아냐!”

말이 끝날 때쯤 리쯔웨이는 얼굴이 붉어지고 귀까지 달아올랐다. 화난 얼굴에 약간의 부끄러움이 섞여 있었다. 모쥔제도 열받은 얼굴이었다. 천윈루는 두 사람의 반응을 보며 웃음이 나왔다.

“나체까지는 아니거든. 그리고 너희 둘, 요점 파악을 잘못한 것 같다? 내 말은, 차이원러우가 살해당한 게 나랑 관련이 있는 건 아닐까 싶어서.”

그 말에 두 사람은 충격을 받은 듯 동시에 천윈루를 바라보았다. 천윈루가 차근히 설명하기 시작했다.

“어젯밤에 걔네가 게시판에 붙인 사진들이 오늘 아침엔 전부 사라졌어. 그건 어젯밤에 누군가 가져갔단 뜻이잖아. 그렇다면 그 시간, 그 현장에 걔네 세 명 말고도 누군가 더 있었다는 얘기야. 그리고 그 사람이 내 사진을 가져갔을 테고.”

두뇌 회전이 빠른 리쯔웨이가 바로 말을 이어받았다.

“그러니까 차이원러우를 죽인 사람이 전에 널 습격한 범인일 거라고 생각하는 거지?”

천윈루는 잠시 생각하다 혼란스럽다는 얼굴로 대답했다.

“근데 말이야, 만약 같은 사람이라면 왜 이런 짓을 하는 거지? 이건 완전 나 대신 화풀이해 주는 거랑 다름없잖아? 처음엔 날 죽일 뻔했던 범인이 말이야! 정말 앞뒤가 안 맞아."

내내 침묵을 지키던 모쥔제가 갑자기 목소리를 냈다. 평소와 다르게 무겁고 어두운 음성에다가 눈빛은 날카롭고 차가웠다.

"어쩌면, 범인은 너를 오로지 자기 거라고 생각하는지도 몰라. 자기 외에는 아무도 널 건드려선 안 되고, 다치게 하는 건 더더욱 용납이 안 되는 거지!"

갑자기 흑화한 모쥔제의 모습에 두 사람은 깜짝 놀랐다. 리쯔웨이가 베개를 잡아다가 모쥔제에게 던졌다.

"야! 너 뭐야! 갑자기 무서운 얼굴을 하고서는. 누가 보면 네가 한 건 줄 알겠다!"

모쥔제는 이내 원래의 다정한 얼굴로 돌아오더니, 미안한 듯 웃으며 말했다.

"범인의 심리가 뭘까 추측해 보려다, 연기에 너무 몰입해 버렸네. 그렇다고 뭘 그렇게 호들갑을 떨어? 그런데 말이야……." 모쥔제가 천원루에게 시선을 돌렸다. "정말 너를 습격했던 범인이 그 사진을 가져간 거라면, 혹시 사진에 자기 모습이 찍혀서 그런 것은 아닐까?"

"그건 말이 안 돼. 교실에서 체육복을 갈아입다가 찍힌 사진이야. 교실에 전부 여자들뿐이었는데, 범인이 숨을 데가 어디 있어?"

천원루는 모쥔제가 던진 실마리에 바로 반박했다.

"범인이 여자일 수도 있잖아?"

리쯔웨이가 물었다. 천윈루는 잠시 생각하다 천천히 고개를 저었다.

"범인 얼굴까지는 기억이 안 나지만, 우리 학교 남자 교복을 입고 있었던 건 어렴풋하게 기억나."

한참 이야기를 나누었는데도 여전히 갈피를 잡을 수 없자, 세 사람은 약간 풀이 죽었다. 정적이 흘렀다. 잠시 후, 모쥔제가 자리에서 일어섰다.

"오늘은 여기까지 하는 게 좋겠다. 나 학원 늦을 것 같아서 먼저 갈게. 리쯔웨이, 이따가 네가 천윈루 집에 데려다줘."

리쯔웨이는 고개를 끄덕이며 "그래" 하고 대답했다. 모쥔제가 나간 뒤, 리쯔웨이는 문득 이상하다 싶어 천윈루를 바라보며 물었다.

"잠깐, 모쥔제는 성적도 그렇게 좋은 애가 무슨 학원이야."

천윈루는 답답한 얼굴이었다.

"보면 몰라, 일부러 자리 피해주는 거잖아?"

순간 천윈루는 너무 대놓고 말했나 싶어 약간 민망해졌다. 리쯔웨이도 왠지 어색한 분위기를 느끼고는 벌떡 몸을 일으켰다.

"냉장고에 가서 마실 것 좀 가져와야겠다. 너도 뭐 좀 마실래?"

천원루가 고개를 끄덕이자 리쯔웨이는 방에서 나갔다. **모쥔제 이 자식! 완전 골탕을 먹이네! 갑자기 나랑 천원루 둘만 놓고 나가다니, 난 아직 마음의 준비가 안 됐단 말이야!** 남녀 둘이서 한 방에 있다니. 리쯔웨이는 생각만으로도 귀가 뜨거워지는 기분이 들어 더는 떠올리지 않으려 애썼다.

방에 혼자 남은 천원루는 호기심에 주변을 둘러보기 시작했다. 텅 빈 책상 위에 펼쳐진 드로잉북이 눈에 들어왔다. 가까이 다가가 무심코 페이지를 넘겨보았다. 전부 리쯔웨이가 그린 스케치와 삽화들이었는데, 보면 볼수록 어딘가 모르게 익숙한 느낌이 들었다.

그때, 눈에 들어오는 그림이 하나 있었다. 고등학교 교복 차림으로 빗속을 달리는 한 소녀의 뒷모습이었다. 천원루의 두 눈이 휘둥그레졌다. 그림을 바라보는데, 차마 믿기지 않는 듯 두 손이 덜덜 떨려왔다. 그 모든 그리움과 오랫동안 억눌러 왔던 애틋한 사랑이 일순간에 휘몰아치듯 덮쳐왔다. **어떻게 이럴 수가……. 그 사람이었어……. 정말 그 사람이었어!**

"천원루, 아이스티랑 콜라 있는데 어떤 거 마실래?"

문 쪽에서 리쯔웨이의 목소리가 들려왔다. 천원루는 심호흡을 했다. 터질 것 같은 눈물을 애써 참으며 문 앞에 서 있는 리쯔웨이에게로 시선을 돌렸다. 그 순간, 마침내 깨달았다. 천원루의 일기장에 적혀 있던 마지막 문장의 의미를.

그 애가 왕취안성이야.

갑자기 격한 감정에 휩싸여 있는 천원루의 모습에 리쯔웨이가 조심스럽게 물었다.

"너 괜찮아?"

천원루가 자리에서 일어났다. 눈물로 흐릿해진 시야 속에 앳된 그 사람의 모습을 담았다.

"정말 네가 맞았네……."

천원루가 천천히 리쯔웨이에게로 다가갔다. **리쯔웨이, 네가 정말 왕취안성이었어!** 눈앞에 선 소년의 모습이 흐릿해지고 또 흐릿해졌다. 누군가 부르는 소리가 귓가를 희미하게 울렸다.

「……왜 그래? 황위쉬안? 사람 놀라게 하지 말고, 얼른 일어나 봐!」

"천원루?"

리쯔웨이가 다가오고 있었다.

두 음성이 동시에 울렸다. 무슨 소리인지 분간할 새도 없이 순간 눈앞이 암전되었다.

「천원루?」

「황위쉬안?」

누가 부르는 걸까. 나는 천원루일까, 아니면 황위쉬안일까?

*

여자는 두 눈을 번쩍 떴다.

“다행이다, 드디어 깨어났네!”

침대 위였다. 옆에는 초조한 얼굴을 한 샤오다이와 집주인 아주머니가 보였다.

“……샤오다이?”

여자는 혼란스러웠다. 지금 자신이 어디에 있는 건지 분간할 수가 없었다. 침대에서 천천히 몸을 일으켜 주변을 둘러보는데, 샤오다이가 계속해서 소란을 떨었다.

“황위쉬안, 드디어 깨어났네. 세상에! 어쩜 그렇게 오래 잘 수가 있어? 우리가 얼마나 놀랐다고!”

황위쉬안은 혼란스러운 얼굴로 두 사람을 바라보았다. **내가 그렇게 오래 잔 건가? 집주인 아주머니는 또 여기 어쩐 일이시지?**

“아가씨, 어쩜 잠을 그렇게 깊이 자. 우리가 한참을 불러도 안 깨더라고. 하마터면 구급차를 부를 뻔했다니까!”

풍채 좋은 집주인 아주머니는 아직도 진정이 안 되는지

가슴을 쓸어내리며 말했다. 이어서 샤오다이가 입을 열었다.

"휴가 낸 것도 아닌데, 오늘 하루 종일 출근도 안 하고, 문자를 보내도 답이 없고, 전화해도 받질 않아서 집주인 아주머니한테 문 열어달라고 부탁한 거야. 도대체 무슨 일인지 확인하려고."

샤오다이가 집주인 아주머니를 한번 바라보더니 말을 이었다.

"숨 쉬는지 확인해 봤으니 망정이지, 정말 죽기라도 한 줄 알았어!"

황위쉬안은 샤오다이의 설명을 다 듣고 나서도 여전히 멍해 있었다. 아직 잠이 완전히 깨지 않은 듯했다. **내가 잠을 오래 잤다고? 그럼…… 그게 전부 꿈이었다는 거야? 또 천윈루가 되는 꿈을 꾼 거라고? 하지만 꿈에서 뭔가 중요한 단서를 찾았던 것 같은데…….**

그때였다. 황위쉬안이 별안간 침대에서 벌떡 일어났다. 옷매무새는 흐트러진 데다 종일 자느라 씻지도 못한 상태였지만, 그런 건 신경 쓸 겨를이 없었다. 어리둥절한 얼굴의 샤오다이와 집주인 아주머니만 우두커니 남겨둔 채, 흥분하며 문밖으로 뛰쳐나갔다. **생각났다! 그 애가 왕취안성이야! 리쯔웨이가 왕취안성이라고!**

리쯔웨이 방에서 보았던 그 고등학생 소녀의 그림은 바로 왕취안성의 작업실 벽면을 가득 채우고 있던 삽화였다. 구도

想見你 Someday or One Day

며 색감까지 모두 똑같았다.

황위쉬안은 아직도 기억하고 있었다. 왕취안성의 작업실에서 그 그림을 처음 보았던 날, 뒷모습만 보이는 이 소녀가 왕취안성에게는 아주 특별한 의미가 있다는 걸 마음으로 알았다. 질투심이 일어 추궁했지만, 왕취안성은 말없이 웃기만 하다가 나중에는 자신이 처음으로 좋아했던 여자라고 털어놓았었다. **아, 첫사랑이구나.** 순간 질투심이 활활 타올랐다. **누군 첫사랑 안 해봤나, 뭐? 내 첫사랑은 이름도 잘 모르는 오빠라고!** 신경 안 쓰는 척하고 싶었지만, 황위쉬안은 결국 참지 못하고 그림을 보며 온갖 트집을 잡았다. 그림체가 어설프다느니, 작업실의 품격을 떨어뜨린다느니 하면서 그림을 바꾸라고 강력하게 권했다. 그런데도 환하게 웃기만 하는 왕취안성을 바라보다 결국에는 귀를 꼬집으며 캐물었다.

"혹시 아직도 재 생각하는 거 아니야? 그래, 그럼 재한테 가면 되겠네! 나랑 뭐 하러 사귀어!"

왕취안성은 아프다고 소리를 지르면서도 입가에 떠오른 미소를 감추지 못했다.

결국…… 벽에 걸려 있던 그 소녀는 천원루이자, 황위쉬안이었다. 처음부터 지금까지, 왕취안성이었을 때도, 리쯔웨이였을 때도 그의 마음엔 오로지 한 여자뿐이었다.

*

2019년, 타이베이.

우원레이는 카페의 바 뒤에서 커피를 내리고 있었다. 불현듯 누군가 문을 열고 뛰어 들어왔다. 고개를 들자 황위쉬안이 붉어진 눈과 엉망인 차림새로 서 있는 게 보여 깜짝 놀라 물었다.

"황위쉬안 씨, 왜 그래요?"

황위쉬안은 그대로 우원레이에게 다가서서 바를 사이에 두고 다급하게 물었다.

"리쯔웨이가 왕취안성 맞죠?"

카페로 향하는 내내 혼란스러웠지만, 어떻게든 상황을 정리해야만 했다. **리쯔웨이가 왕취안성이 맞다면, 왕취안성도 나처럼 타임슬립으로 리쯔웨이 몸에 들어간 건 아닐까? 내가 1998년에 만난 리쯔웨이가 실은 왕취안성이라면?**

우원레이는 황위쉬안의 강한 기세에 살짝 당황하며 잠시 입을 열지 못했다. 그 모습에 황위쉬안은 더욱 조바심이 나는 듯 큰 소리로 말했다.

"제가 천원루를 도와주길 바라신다면, 사실대로 이야기해 주세요!"

"내가 대신 얘기할게!"

누군가의 목소리가 황위쉬안 뒤편에서 들려왔다. 순간 황위쉬안은 깜짝 놀라 숨을 들이켰다. 익숙한 목소리였다. 지난 2년간, 그토록 간절하게 듣고 싶어 했던 목소리. 황위쉬안이 떨리는 몸으로 돌아섰다. 맞았다. 눈앞에 왕취안성이 서 있었다. 아니, 왕취안성이 아니다. 앞에 서 있는 이 남자는 눈가에 주름이 잡히고 눈 아래에는 수척함과 슬픈 기색이 선명했다. 황위쉬안이 기억하는 왕취안성의 모습이 아니었다. 황위쉬안의 대학 후배이긴 했어도 왕취안성은 재수를 했기 때문에 나이로 따지면 둘은 동갑이었다. 왕취안성이 살아 있다면, 올해는 황위쉬안과 똑같이 스물일곱 살이었을 터였다. 그러나 눈앞의 이 남자는 적어도 30대는 되어 보였다.

"너는……."

멍하니 남자를 바라보던 황위쉬안은 은연중에 생각이 떠올랐다. **만약 그 꿈이 모두 진짜라면, 이 남자는 리쯔웨이인 걸까? 그렇다면, 그때는 열일곱 살이었으니까 지금은 서른일곱 살이 됐을 거야.** 황위쉬안은 그 익숙한 눈매를 가만히 바라보았다. 황위쉬안을 바라보는 남자의 눈빛 속에는 깊은 애틋함과 떨쳐낼 수 없는 아픔이 뒤섞여 있었다.

이게 도대체 어떻게 된 일이지? 황위쉬안은 입을 열고서야 목이 멘 상태라는 걸 알았다.

"넌 대체 리쯔웨이야, 아님 왕취안성이야?"

눈물이 '툭' 하고 떨어졌다. 리쯔웨이든 왕취안성이든 그보다 더 중요한 건 정말로 다시 만나게 되었다는 사실이다. 남자가 황위쉬안에게 한 발 다가섰다. 눈물로 범벅이 된 얼굴이 너무나 애잔해서 품에 안고 나지막이 다독이고 싶었다. 이젠 울지 말라고, 그 어디도 가지 않고 계속 옆에 있겠다고. 남자는 한 발짝 더 다가섰다. 혹시 놀랄까 봐 걱정스러운 듯 여자의 두 눈을 부드럽게 바라보며 나직하게 대답했다.

"나는 리쯔웨이야. 그리고 왕취안성이기도 해."

*

모든 것은 한 차례의 교통사고로 시작되었다.

2003년, 그해는 사람들을 공포에 떨게 했던 사스(SARS)가 유행하던 시기였다. 대부분의 사람이 마스크를 착용하고 다녔다. 당시 리쯔웨이는 고등학교를 졸업하고 가족과 캐나다로 이민을 떠나 그곳에서 대학을 다녔다. 졸업 후 타이난에 있는 부동산을 처리해야 할 일이 생겨 자진해서 타이완으로 돌아왔다.

비행기에서 내리자마자 공항에서 차를 렌트한 뒤 타이난으로 향했다. 타이완에 온 데에는 한 가지 목적이 더 있었다. 만나고 싶은 사람이 있었다. 그러나 구치소에 도착했을 때, 상대가 면회를 거절했다. 심지어는 교도관을 통해 다시는 찾아오지 말라는 메시지까지 전해 들어야 했다. 리쯔웨이는 실망하며 구치소를 나와 차에 올라탔다. 그때 주머니 속에서 휴대폰 벨소리가 울렸다. 캐나다에서 걸려 온 어머니의 전화였다. 어머니는 어딜 가든 마스크를 반드시 착용하라며 거듭 당부했다. 전화를 끊고 나서 시동을 걸려는 순간, 떠오르는 게 있었다. 조수석에 놓인 가방에서 워크맨을 꺼냈다. 과거에 모쥔제와 함께 천윈루에게 선물했던 그 워크맨이었다. 멍하니 워크맨을 바라보는데 지난 기억이 밀물처럼 쏟아졌다. 모쥔제가 정말 그런 일을 저질렀다니, 지금도 리쯔웨이는 믿고 싶지 않았다. 하지만…… 하지만 천윈루가 죽은 건 사실이었다. 언젠가 자신이 했던 예언처럼. 천윈루는 1999년 2월 14일, 섣달그믐 하루 전날에 죽었다.

리쯔웨이가 이어폰을 귀에 꽂고 재생 버튼을 눌렀다. 얼마 지나지 않아 익숙한 음악이 들려왔다. 노랫소리는 여전히 세월의 굴곡진 무게를 싣고 왔지만, 세상은 이미 달라져 있었다. 노래를 들으며 차를 몰았다. 청춘을 채우던 기억이 하나 둘 눈앞을 스쳐 갔다. 온갖 희로애락의 순간, 갈등과 분노, 그리고 얼굴을 붉히며 보낸 가슴 뛰도록 달콤했던 시간들이 있었다.

해안 도로에 들어서자 길 위에는 리쯔웨이의 차뿐이었다. 리쯔웨이는 머나먼 수평선으로 시선을 던졌다. 사랑하는 여자와 해변의 석양을 함께 보던 때가 생각났다. 그날의 석양은 눈부시게 아름다웠다. 그녀는 리쯔웨이의 팔을 안았고, 둘은 워크맨으로 함께 음악을 들었다. 그 노래가 바로 〈라스트 댄스〉였다.

네가 준 사랑, 막막한 기다림
혼자 가야만 할까, 네가 붙잡아 주면 좋을 텐데
외로움으로 흩날리는 봄바람과 가을비……

네가 준 사랑, 달콤한 상처
네 마음을 묻고 싶어, 피하고 싶었던 의문들
내일이 지나면 넌 여전히 날 사랑……

쾅! 워크맨에서 흘러나오던 음악이 별안간 끊겼다. 동시에 귀를 찢는 듯한 굉음이 이어졌다. 잇따라 극심한 통증과 함께 불현듯 중력에서 벗어난 듯한 기분이 느껴졌다. 말로 표현할 수 없는 거대한 힘이 리쯔웨이를 무참히 내던졌다.

리쯔웨이의 차가 교차로를 지나던 순간, 과속으로 직진하던 차 한 대가 세게 들이받은 탓이었다. 형체를 알아볼 수 없을 정도로 부서진 채 뒤집힌 차량 밖으로 상반신이 나와 있었다. 하반신은 여전히 차 안에 끼여 옴짝달싹할 수 없었다. 리쯔웨이는 필사적으로 눈을 크게 뜨며 정신을 차리려 애썼지만, 시야가 점점 흐릿해지다가 완전한 어둠 속으로 빠져들었다. 가슴 위로 떨어져 있던 워크맨에서 갑자기 재생 버튼이 눌리며 작동되었다. 음악 소리가 또다시 끊어졌다 이어지기를 반복하며 흘러나오기 시작했다. 마지막까지 재생되지 못한 채 끊겨버렸던 바로 그 〈라스트 댄스〉가.

네가 준 사랑…… 달콤한…… 상처……
나를 꽉…… 묶어버려…… 약해진 마음…… 숨길 수 없어……

굴곡진 노랫소리가 마치 먼 곳에서 들려오듯 뿌옇게 흩어졌다. 물에 적신 테이프를 무리하게 재생하는 것처럼 음정마저 간간이 튀었다. 다음 순간, 리쯔웨이는 물소리를 들었다. 거대하면서도 맹렬한 힘을 품은 물소리였다.

넘쳐흐르는 강물은…… 멈출 수 없이…… 너에게로…… 날 데려가……

거센 물살이 연이어 리쯔웨이를 휘감다가 별안간 빛줄기가 두 눈을 정면으로 비추었다. 눈을 번쩍 떠보았지만, 숨을 쉴 수 없었다. 물속이었다. **분명 아까 도로에서 사고가 났는데, 왜 갑자기 물속인 거지?** 리쯔웨이는 고개를 들고 본능적으로 그 빛을 따라 헤엄쳐 올라갔다. 코와 입으로 쏟아져 들어오는 짠물에 이곳이 바닷속이라는 걸 감지했다. 숨을 꾹 참고 위로 또 위로 올라가 마침내 수면을 뚫고 나오던 그 순간. 노랫소리가 돌연 사라졌다. 세상이 완전한 적막 속에 빠졌다.

*

눈을 떴을 때는 침대 위였다. 소독약 냄새가 나는 걸 보니 병원이었다. 구급차에 실려 온 것일지도 몰랐다.

"취안성! 취안성! 드디어 깼구나!"

침대 옆에 있던 한 중년 여성이 흥분하며 다가가 그를 꽉 끌어안았다.

"깼으니 됐다, 깼으니 됐어……."

여자는 목이 멨다. 그는 멍한 얼굴로 중년 여성을 살그머니 밀어내며 물었다.

"제가 누구라고요?"

"취안성이지."

중년 여성이 눈물범벅이 된 얼굴로 대답했다.

"취안성?"

그는 어리둥절했다. 침대에서 불쑥 내려오자 당황한 중년 여성이 말리려 했지만, 아랑곳하지 않고 침대 끝으로 돌진해 침상 명찰을 떼어내 확인했다. 환자 이름란에 '왕취안성'이라고 적혀 있었다. 믿기지 않는 듯 그의 두 눈이 휘둥그레졌다. 갈급하게 사방을 둘러보기 시작했다. 거울 혹은 자신을 비춰 볼 수 있는 거라면 무엇이든 찾아야 했다. 순간 화장실 문이 보여 뛰어 들어갔다. 세면대 거울에 얼굴을 비춰 본 순간, 그는 말문이 턱 막힐 만큼 소스라쳤다. 너무나도 익숙한 얼굴, 하지만 리쯔웨이는 아니었다. **왕취안성? 내가 왕취안성이라고?! 왕취안성이 나였다고?**

"취안성? 괜찮니?"

왕취안성의 어머니가 전전긍긍하며 화장실 앞에 섰다. 유리라도 대하듯 깨어질까 조심스러워하며 한껏 낮춘 목소리였다.

제11장

2010년, 타이베이.

그는 손에 든 신분증을 바라보았다. 왕취안성이라는 이름과 함께 1992년 7월 21일이라는 생년월일이 적혀 있다. 그러나 진짜 왕취안성은 2010년 여름에 이미 죽었다. 바다에 몸을 던져 목숨을 끊었다.

그가 병원에서 깨어났을 땐 왕취안성의 기억이 머릿속에 그대로 남아 있었다. 성소수자인 왕취안성은 같은 반 남학생을 오랫동안 짝사랑했다. 고3 시절, 친구들에게 그 사실을 들킨 이후 집단 따돌림을 견디지 못해 사흘을 등교도 하지 않은 채 집에 숨어 있었다. 그러고 난 뒤, 혼자 자전거를 타고 바닷가로 향했고 그곳에 몸을 던졌다.

신분증을 바라보던 그는 온갖 상념에 휩싸였다. 그러니까 천원루, 아니, 엄밀히 말하면 황위쉬안의 말은 거짓이 아니었다. 단지 황위쉬안은 2019년에서 1998년으로 돌아왔고, 그는 오히려 2003년에서 7년을 뛰어넘어 2010년으로 온 것이었다. 황위쉬안은 천원루가 습격을 당한 뒤 나타났고, 그는 왕취안성이 바다에서 투신자살을 한 뒤 7년의 시공간을 지나 미래로 왔다. 그렇다면 진짜 천원루는 어디 있을까? 설마 이미 죽은 건 아닐까? 1999년에 죽음을 맞은 천원루는 천원루 본인일까, 아니면 황위쉬안일까? ……2019년에서 온 황위쉬안이 스물일곱 살이었다면, 2010년의 황위쉬안은 열여덟 살, 아마도 대학을 다니고 있을 터였다.

「……꿈에서 대학생이 되었을 때 너를 만났는데 이름이 왕취안성이라고 했어……. 우린 분명 처음 만났는데, 이상하게도 내가 뭘 좋아하고 싫어하는지 네가 전부 알고 있는 거야. 꿈에서 나는 널 처음 만난 건데, 너는 나를 아주 오래전부터 알고 있기라도 했었던 것처럼 말이야. 꼭 나를 만나려고 내 앞에 나타난 것 같았어…….」

과거에 천원루가 했던 이야기가 떠올랐다. 그때의 천원루는 분명 황위쉬안이었을 것이다. 황위쉬안은 대학생 때 왕취안성을 만났고, 둘은 연인으로 발전했다.

그는 컴퓨터 앞에 앉아 전원을 켜고 인터넷에서 황위쉬안의 이름을 검색했다. 한 페이지 또 한 페이지 검색 결과가 보였다. 그러던 중 발견한 한 블로그에 들어가 보니 메인 페이지에 황위쉬안의 사진이 있었다. 즐거워 보이는 황위쉬안의 앳된 얼굴을 보며 그는 저도 모르게 미소가 흘러나왔다. 사진첩에서 '대학 신입생 라이프'라는 폴더를 클릭해 보았다. 각종 행사와 모임에 참석했던 사진들이 눈에 들어왔다. 한 장 한 장 둘러보다가 다시 또 처음부터 살펴보기를 반복했다.

이 사람이 바로 그가 처음으로 좋아했던 소녀, 황위쉬안이었다. 그의 시선이 마지막 사진에 멈추었다. 황위쉬안이 나무 옆에서 고개를 돌려 카메라를 향해 미소 짓는 모습이었다. 그는 모니터로 손을 뻗었다. 화면 위로 보이는 소녀의 얼굴을 한없는 애틋함을 담아 쓰다듬었다. 마음속에 희미하고도 어렴풋하게 자리 잡고 있던 생각들이 점점 선명해졌다. **만일 내가 지금 왕취안성이 된 거라면, 황위쉬안을 만나 서로 사랑하게 될 거야. 그렇다면 과거의 아쉬움을 다시 채울 수 있지 않을까?**

그는 모니터 속에서 웃고 있는 소녀의 얼굴을 바라보며, 결심한 듯 천천히 주먹을 쥐었다.

*

그는 집에서 며칠 더 휴식을 취한 뒤, 타이난을 한 차례 다녀왔다. 32레코드는 이미 폐업한 지 오래였고, 사장 우원레이가 타이베이에 카페를 열었다는 소식을 들었다. 그리하여 우원레이를 찾아 타이베이에 있는 32카페에 도착했다.

자신을 리쯔웨이로 생각하는 우원레이에게 그는 씁쓸하게 웃으며 말했다.

"리쯔웨이는 맞는데, 또 아니기도 해요. 지금 제 이름은 왕취안성이거든요."

그는 그간 있었던 일을 모두 털어놓았다. 우원레이는 여전히 의아해하면서도 눈앞에 마주한 진실을 믿지 않을 수가 없었다.

"그러니까 그때 그 이야기가 전부 진짜였던 거네. 그 여자아이는 원루가 아니라 정말 다른 사람이었던 거구나……."

우원레이가 생각에 잠긴 얼굴로 말했다. 그가 고개를 끄덕였다.

"똑같은 일을 제가 겪지 않았더라면, 저도 믿지 못했을 거예요. 어쨌든 쉽게 믿을 수 없는 일이니까요."

그는 우원레이에게 천원루 가족의 근황을 물었다. 원루의 모친은 몇 해 전 재혼을 한 뒤, 부부가 함께 훠궈집을 운영하며 그럭저럭 잘 살고 있다고 했다. 천쓰위안은 그 사건 이후, 갑자기 철이 들어서는 열심히 학업에 매진한 끝에 대학 졸업 후 IT회사를 다니고 있으며 곧 결혼을 한다고 했다.

겉으로만 보면 다들 그 일을 뒤로하고, 앞으로 나아가고 있는 듯 보였다. 누구도 천원루 이야기를 언급하지 않았다.

감히 언급할 수가 없었다. 우원레이는 더더욱 그랬다. 그때 천윈루가 했던 이야기를 믿어주었더라면 그 사건을 피할 수 있지 않았을까, 하는 생각이 이따금 자신을 괴롭혔다. 리쯔웨이, 아니 이제 왕취안성이 된 그는 잠시 망설이다 우원레이에게 물었다.

"그럼 저는 2003년에, 그러니까 그때의 리쯔웨이는 교통사고 후 어떻게 된 거예요?"

"교통사고가 난 뒤론 혼수상태에 빠져서 다시는 깨어나지 못했어. 의사가 식물인간 상태로 판정하자, 결국 부모님이 캐나다로 데려가서 돌보기로 하셨지."

우원레이는 머뭇거리다 사실대로 털어놓았다. 그가 침묵을 지키다 또다시 물었다.

"하나만 더 여쭤봐도 될까요? 그럼 모쥔제는 어떻게 됐어요?"

우원레이가 이번에는 바로 입을 열지 않았다. 살짝 시선까지 피하며 눈을 마주치지 않았다. 잠시 후, 우원레이는 어렵게 말을 꺼냈다.

"모쥔제는…… 2년 전에 출소한 뒤로는 행방을 알 수가 없어."

*

황위쉬안이 그랬다. 왕취안성과 대학생 때 알게 되었다고. 황위쉬안은 현재 대학 신입생이고, 그는 휴학 중인 고3 학생이기 때문에 같은 대학에 가려면 피나는 노력을 해야 했다.

그는 공부에 전념하기 위해 집에서 나가 학원을 등록한 뒤 대입 준비를 하겠다고 왕취안성의 부모를 설득했다. 엄마는 처음에 반대했지만, 아빠는 어차피 크고 나면 독립하게 될 테니 이번 기회에 바깥에서 홀로서기 연습을 해보는 것도 좋겠다고 생각했다. 게다가 익사 사고 후에 의식이 돌아온 뒤로 왕취안성은 완전히 다른 사람이 되어 있었다. 언제나 부모를 공손히 대하는 아들과 밤낮으로 함께 생활하려니 부모도 실은 난감하던 차였다. 어쩌면 아들의 독립이 서로에게 숨 돌릴 기회가 될지도 몰랐다.

왕취안성은 방을 알아보려 했지만, 우원레이가 미리 정리해 둔 카페 2층을 당분간 빌려주기로 했다. 그렇게 우원레이는 가까이에서 왕취안성을 돌보면서 집세도 아낄 수 있었다.

32카페 2층으로 이사하던 날, 우원레이가 왕취안성에게 신발 상자 크기만 한 종이 상자를 건네며 말했다.

“사실은 원루에게 들었던 이야기가 어쩌면 진짜일 수도 있겠다고 간혹 생각했었어. 그래서 계속 보관하고 있던 건데, 어쩌면 이제는 네가 보관하는 게 맞겠다.”

왕취안성은 상자를 열어보았다. 안에는 천원루의 일기장과 카메라, 그리고 사진이 들어 있었다. 대부분 세 사람이 함께 찍은 사진이었다. 잠을 자고 있던 리쯔웨이를 몰래 찍은 사진이나 진지하게 수학 문제를 푸는 모쥔제의 사진도 보였다. 32레코드 앞에서 카메라를 향해 웃으며 손을 흔드는 천윈루의 사진도 있었다. 그다음 장은 세 사람이 레코드 가게 앞에 서서 찍은 사진이었다. 세 사람의 웃음은 눈부시게 선명했다. 아무런 근심도, 걱정도 없어 보였다. 마치 이 세상에 애수와 슬픔이란 존재한 적 없다는 듯이.

왕취안성은 사진을 바라보며 아주 오랫동안 말을 잇지 못했다.

*

그 후, 왕취안성은 매일같이 학원과 아르바이트 장소인 편의점을 오갔다. 편의점은 황위쉬안이 다니는 대학교 근처에 있었다. 이곳을 아르바이트 장소로 택한 건, 당연히 황위쉬안을 만났으면 하는 기대 때문이었다. 실제로 황위쉬안이 딱 한 번 편의점을 방문한 적이 있었지만, 왕취안성을 알아보지는 못했다. 엄밀히 말하자면, 그때의 황위쉬안은 아직 왕취안성을 알기 전이었다. 왕취안성이 카운터 앞에서 한참을 멍하니 있자 황위쉬안이 기다리다 못해 물었었다.

"저 방금 아이스 아메리카노 미디엄 사이즈로 시켰는데, 들으셨어요?"

想見你 Someday or One Day

왕취안성은 그제야 정신이 번쩍 들었는지 후다닥 커피를 내리기 시작했다. 웃음기로 실룩거리는 입가를 막을 수가 없었다. 정말 만나게 되었다. 황위쉬안이 가까이에 있었다. 더 이상 닿을 수 없는 곳이 아니었다. 체온마저 느껴지는 기분이었다. 왕취안성은 황위쉬안이 나간 뒤에도 한참을 멍하니 출입구만 바라보았다. 얼굴에서 웃음기가 사라지지 않았다.

밤낮으로 열심히 공부한 결과, 왕취안성은 기대했던 대로 황위쉬안과 같은 대학의 시각디자인과에 합격했다. 합격자 명단을 확인하자마자 아래층으로 흥분하며 뛰어 내려가, 바닥을 청소하던 우원레이에게로 달려갔다. 마치 우원레이가 황위쉬안이라도 된 것처럼 덥석 끌어안고는 신나게 빙글빙글 돌면서 소리쳤다.

"합격이에요! 저 합격이라고요!"

"내려줘!"

우원레이가 놀라서 빗자루를 바닥에 떨어뜨렸다. 왕취안성은 우원레이를 놓아주더니 신이 난 듯 환호성을 지르며 바깥으로 뛰어나갔다. 온 세상에 이 기쁜 마음을 나누고 싶은 심정이었다. 카페 밖은 햇빛이 찬란하게 내리고 있었다. 왕취안성은 고개를 들어 포근한 햇살을 만끽했다. 처음으로 인생이 희망으로 가득 찬 기분이었다. 세상에 이유 없이 일어나는 기적은 없으니, 이 모든 건 분명 하늘이 준 두 번째 기회일 터였다. 이번만큼은 반드시 직접 좋아한다고 말할 것이다.

"황위쉬안! 널 좋아해!"

왕취안성은 거리를 향해 소리쳤다. **이번만큼은 절대 널 놓치지 않아.**

*

대학교 개강 첫날, 왕취안성은 일부러 일찍 일어났다. 세심하게 옷을 고른 뒤 적당히 단장을 마치고 거울 앞에 서서 황위쉬안을 만나면 첫인사를 어떻게 건넬까 연습했다.

"안녕하세요. 잠깐 시간 좀 내주실 수 있을까요? 저는 왕취안성이라고 하는데요, 저기 혹시…… 아! 아니야, 아니야, 무슨 보험 팔러 나온 사람 같잖아?"

"여인이여, 나 왕취안성이 그쪽에 반했습니다. ……젠장, 이렇게 말했다간 미친 사람인 줄 알겠다!"

"선배, 저는……. 아, 안 돼! 처음부터 나이 든 사람 취급했다간 첫인상부터 감점이야!"

"황위쉬안, 오랜만이야, 너무 보고 싶었어……. 이것도 안 되지! 스토커처럼 들리잖아!"

왕취안성은 괴로운 듯 머리를 감싸안았다. 황위쉬안을 만나면 대체 뭐라고 이야기해야 할지 한참 고민하다 보니 어느덧 출발할 시간이었다. 어쩔 수 없이 가방을 들고 카페를 나섰다.

*

한껏 기대를 품고 캠퍼스에 들어섰다. 시각디자인과에 갈 생각으로 걷고 또 걷다가 문득 생각이 바뀌었다. 신입생 등록 안내서에 그려진 지도를 보며 국제무역학과로 향했다. 캠퍼스를 가로질러 광장을 지나자 강의동 하나가 보였다. 2층이 국제무역학과였다. 그러니까 황위쉬안이 재학 중인 그곳.

왕취안성은 심호흡을 한 뒤 강의동 계단을 향해 천천히 걸음을 옮겼다. 가는 내내 주변을 둘러보았지만, 찾는 사람은 보이지 않았다. 살짝 실망스럽던 찰나, 무심코 2층에서 1층 광장으로 시선을 던진 왕취안성의 눈에 익숙한 실루엣이 들어왔다. 이어폰을 귀에 꽂은 채 손에 책을 들고 멀지 않은 곳에서 이쪽으로 걸어오고 있었다. 왕취안성은 부랴부랴 아래층으로 향했다. 황위쉬안 앞에 서자 미소가 자꾸 입가를 비집고 흘러나왔다. 그 오랜 기다림과 노력이 전부 이 순간을 위한 게 아니었던가.

그러나 황위쉬안은 자기 앞으로 신나게 달려와 실없이 웃으며 말이 없는 남자를 보고는 어리둥절해하며 물었다.

"무슨 일이시죠?"

한껏 기쁨에 취해 있던 왕취안성은 정신이 번쩍 들었다. 갑자기 머릿속이 하얘져서 황위쉬안과의 첫 만남인 이 순간 무슨 말을 해야 좋을지 도무지 떠오르지 않았다. 도리어 황위쉬안이 어쩔 줄 몰라 하는 그의 얼굴을 보며 걱정스러운 듯 물었다.

"혹시 신입생? 길 잃었어요?"

왕취안성이 냉큼 고개를 끄덕거렸다. 신입생 등록 안내서에 있는 지도까지 꺼내 들며 말했다.

"네, 신입생인데요. 시각디자인과에 등록해야 하는데, 아무리 찾아도 못 찾겠어요!"

황위쉬안이 웃어 보였다.

"시각디자인과는 반대편에 있는데, 어떻게 여기까지 온 거야?"

왕취안성은 부끄러운 척 머리를 긁적이며 대답했다.

"제가 방향 감각이 도통 없어서요."

황위쉬안이 지도를 들고 시각디자인과로 가는 길을 설명했지만, 왕취안성은 조금도 귀에 들어오지 않았다. 진지하게 설명하는 황위쉬안의 옆모습만 뚫어지게 바라보며, 벅차오르는 가슴을 주체하지 못하고 있었다. 황위쉬안의 목소리와 호흡, 그리고 몸에서 풍겨 나오는 포근한 향기가 바로 가까이에 있었다. 해주고 싶은 말이 너무나 많았다. 과거에 이미 너를 알고 있었다고, 이제 나는 곧 너의 남자 친구가 될 거라고, 우린 서로 알아가고 사랑하게 될 거라고 알려주고 싶었다. 과거에 우리가 누릴 수 없었던 모든 것을 이제부터 전부 함께하게 될 거라고.

想見你 Someday or One Day

"……후배님, 내 말 듣고 있는 거야?" 황위쉬안의 물음에도 그가 여전히 넋을 놓고 있자, 황위쉬안은 그의 얼굴 앞으로 손을 흔들어 보였다. "괜찮아?"

왕취안성이 정신을 차리며 대답했다.

"네, 듣고 있었어요. 근데 제가 정말 방향치라서요, 다시 한 번만 알려주실래요?"

황위쉬안은 잠시 고민하더니 대답했다.

"그럼 내가 데려다줄게."

"정말요?"

왕취안성의 얼굴에 놀라움과 기쁨이 동시에 떠올랐다.

"어차피 이따가 도서관에서 약속이 있는데, 마침 시각디자인과 근처거든. 가는 김에 데려다줄게!"

왕취안성은 무척이나 기뻐하며 감사 인사를 했다. 황위쉬안이 돌아서는 순간, 신이 난 듯 주먹을 쥐며 조용히 "예스!" 하고 외쳤다. **나이스! 정식으로 만난 건 처음인데, 이렇게까지 해주는 걸 보면 나한테 호감이 있는 거겠지?**

왕취안성은 얼른 황위쉬안을 따라갔다. 두 사람은 어깨를 나란히 하고 캠퍼스를 걸었다. 마치 천윈루와 어깨를 나란히 하고 천천히 산책하며 이야기를 나누었던 그때처럼. 지나치게 기쁜 나머지, 가는 내내 황위쉬안만 쳐다보며 실실거리느라 왕취안성은 뒤늦게서야 자기소개를 했다.

"저는 왕취안성이라고 해요. 말씀 언(言)변이 있는 취안

(詮)에다가 승리할 때는 쓰는 성(勝)이요. 선배 이름은 뭐예요?"

처음 만난 데다가 같은 학과도 아닌데 이렇게 서로 이름을 주고받는 게 황위쉬안은 약간 이상했다. 하지만 왠지 모르게 이 남자가 싫지는 않았다. 이름을 알려주고 나서 한 마디 더 덧붙였다.

"후배님, 우리 학교에 들어온 게 그렇게 좋아? 계속 웃고 있는 거 같아서."

왕취안성은 변함없이 환하게 웃으며 대답했다.

"이 학교에 합격해서 기쁜 것도 있지만, 사실 제가 진짜 기쁜 건, 선배 때문이에요."

어느새 두 사람이 시각디자인과 강의동 앞에 다다랐을 때였다. 황위쉬안은 왕취안성의 말에 의아한 얼굴로 물었다.

"나? 왜?"

순간 왕취안성은 무심결에 진심을 내뱉었다는 사실에 아차 싶었다. 지금의 황위쉬안에게 자신은 그저 낯선 사람일 뿐이라는 걸 잠시 잊고 있었다. 왕취안성은 다급히 해명했다.

"어, 그러니까 제 말은, 학교에 온 첫날, 제일 처음 알게 된 사람이 선배처럼 이렇게 좋은 사람이니까 당연히 기쁘죠!"

황위쉬안은 크게 개의치 않는 듯 웃으며 말했다.

"그래, 여기가 시각디자인과야. 다음엔 길 잃지 말고."

황위쉬안은 인사를 건넨 뒤 돌아서서 도서관 쪽으로 향했다. 오랫동안 기다려왔던 재회의 순간이 순식간에 끝나버리자 왕취안성은 문득 공허한 기분이 들었다. 멀어져 가는 황위쉬안의 뒷모습을 못내 아쉬운 듯 바라보았다. 잠시 후 강의동으로 걸음을 옮기던 왕취안성은 계단 모퉁이에서 별안간 돌아섰다. 그리고 도서관을 향해 뛰기 시작했다.

*

"황위쉬안!"

도서관으로 막 들어서려던 황위쉬안은 누군가 큰 소리로 자신의 이름을 부르자 돌아섰다. 방금 길을 잃었다던 그 후배였다. 왕취안성은 모든 게 정해진 운명이라는 듯 확신에 찬 미소를 띠며 천천히 다가오더니 입을 열었다.

"좋아해요."

황위쉬안은 눈을 깜빡이며 자신이 잘못 들었나 싶어 되물었다.

"뭐라고?"

"제가 좋아한다고요."

왕취안성이 한 발 앞으로 더 다가섰다. 황위쉬안은 너무나 당황스러웠다.

"우리 오늘 처음 만났는데?"

"좋아해요. 만난 지 얼마나 됐는지는 중요하지 않아요."

왕취안성은 말을 이으며 계속해서 다가갔다.

"처음 볼 때부터 알았어요. 좋아하게 될 거란 거."

드디어 가까이 다가서고 나서야, 오랫동안 가슴에 담아두었던 말을 꺼낼 수 있었다.

"왜냐하면, 선배가 저를 알기 전부터 저는 선배를 깊이 좋아하고 있었으니까."

왕취안성의 표정이 사뭇 진지해서 황위쉬안은 몇 초간 남자의 얼굴만 바라보고 있었다. 그의 말에 압도되어 입이 떨어지지 않았다. 그러다 이내 정신을 차리고는 확인하듯 물었다.

"방금 그거 고백이야?"

왕취안성이 냉큼 고개를 끄덕이며 대답했다.

"네, 좋아해요. 선배랑 사귀고 싶어요."

황위쉬안은 미친 사람 보듯 대꾸했다.

"제정신이야? 나는 후배에 대해 아무것도 모르는데!"

"내 이름 알잖아요? 나 왕취안성이라니까요!"

조금 전까지 왕취안성이라는 사람은 황위쉬안에게 낯선 사람이었다는 사실을 또 까맣게 잊어버리고 무심결에 흥분하고 있었다. 황위쉬안은 자신이 정말 미친놈을 만났구나 싶었다.

"작업을 걸려면 최소한 친구부터 하자고 해야지! 세상에 어떤 사람이 이렇게 길에서 만난 여자한테 아무렇게나 고백을 해?"

"아무렇게나 고백했다뇨?" 왕취안성이 항의하듯 말했다. "저는 진심이라고요! 지금은 분명 이상하다고 생각할 거예요. 하지만 한 번만 기회를 주면, 선배도 분명히 나를 좋아하게 될 거라니까요!"

황위쉬안은 웃어야 할지 울어야 할지 모를 만큼 황당했다. **어디서 나온 자신감이야? 세상에, 이렇게 뻔뻔스럽게 작업하는 사람은 또 처음이네!**

"마음대로 해, '후배'님."

황위쉬안은 일부러 '후배' 두 글자를 힘주어 말했다. 철부지 같은 꼬마라는 걸 넌지시 표현한 것이다.

"근데 아쉽게도 그런 기회는 없을 거야."

"왜요?"

왕취안성이 불쑥 이유를 물었다. 그때, 황위쉬안이 왕취안성의 뒤쪽을 향해 손을 흔들었다. 곧 준수하게 생긴 남자가 다가왔다.

"선배."

황위쉬안이 환하게 웃더니, 앞으로 다가가 남자의 팔을 끌어안았다. 왕취안성은 휘둥그레진 눈으로 멍하니 바라보았다. **잠깐, 이게 무슨 상황이지?**

"후배님, 내 남자 친구야. 혹시 이름도 궁금하려나. '두치민'이라고 해."

호기롭게 소개하는 황위쉬안 앞에서 왕취안성은 도무지

믿을 수가 없었다. **황위쉬안이…… 남자 친구가 있었다고?**

"누구야?"

두치민이 왕취안성을 슬쩍 쳐다보더니 황위쉬안에게 물었다. 황위쉬안은 무심한 얼굴로 대답했다.

"올해 입학한 햇병아리 신입생, 길을 잃었대." 그러고는 미소 띤 얼굴로 왕취안성에게 물었다. "이제 시각디자인과가 어디인지 알았지? 우리가 또 데려다줄 필요는 없을 것 같은데?"

아직 충격에서 벗어나지 못한 왕취안성은 굳은 얼굴로 대답했다.

"괘, 괜찮아요. 감사합니다."

황위쉬안은 대답이 만족스러운 듯 고개를 끄덕이더니 남자 친구의 손을 잡고 함께 도서관으로 들어갔다. 왕취안성은 얼빠진 얼굴로 그 자리에 멍하니 서 있었다. **황위쉬안한테 남자 친구가 있었던 거야? 그것도 내가 아니라고? ……젠장! 황위쉬안, 1998년으로 돌아왔을 때 그런 말은 없었잖아?!**

*

왕취안성은 시각디자인과의 강의동으로 어떻게 걸어 들어갔는지 모를 정도로 혼이 빠진 얼굴이었다. 마치 방황하는 영혼 같았다. 주변에서 사람들 말소리가 끊임없이 들려왔지만, 그의 마음은 커다란 의문으로 가득했다. **황위쉬안에게 남자 친구가 있다고? 그럼 난 뭐지?**

신입생 오리엔테이션이 끝난 후, 동기 한 명이 달려와 저녁에 과팅이 있는데 함께 가지 않겠느냐고 물었다. 왕취안성은 의욕이 없었지만, 상대가 국제무역학과 신입생이라는 걸 알고는 갑자기 기운이 솟아 흔쾌히 응했다.

미팅 자리에 와서야 과팅을 주선한 동기 이름이 '천차이위'라는 걸 알았다. 왕취안성과 고등학교 동창이었다. 녀석은 진작부터 인터넷으로 이 여학생들을 알고 있었다. 여학생들과 같은 대학에 합격했다는 것을 알고는, 여자를 꼬시려고 당당하게 축하 명목으로 만든 자리였다.

당연하게도 왕취안성은 과팅에 조금도 관심이 없었다. 모두가 앉자마자 왕취안성은 자리가 따뜻하게 데워질 새도 없이 질문을 던졌다.

"혹시 황위쉬안이라는 선배 아세요?"

다들 오늘 막 입학한 신입생이었다. 선배는커녕 같은 과 동기들조차도 아직 알지 못했다. 천차이위가 왕취안성의 머리를 톡 치며 말했다.

"왕취안성, 너도 너무한다! 과팅 와서 무슨 다른 여자 얘기를 하냐? 제정신이야?"

국제무역학과 여학생들이 괜찮다면서 애교스럽게 웃었다. 그때, 여자 아르바이트생이 다가와 물었다.

"주문하시겠어요?"

왕취안성이 목소리를 듣자마자 고개를 번쩍 들었다. 황위쉬안이었다. **황위쉬안이 이 식당에서 알바를?!** 황위쉬안 역시 왕취안성을 보더니 깜짝 놀라는 얼굴이었다.

"여기 어쩐 일이야?"

예쁘게 생긴 여자의 등장에 천차이위가 냉큼 다가오더니 실실 웃으며 왕취안성에게 물었다.

"아는 사이야?"

왕취안성은 고개를 끄덕이더니 살짝 무안한 얼굴로 대답했다.

"어, 방금 내가 얘기했던 그 선배."

천차이위는 이제야 알겠다는 얼굴로 슬그머니 웃으며 팔꿈치로 왕취안성을 쿡 찔렀다.

"왜 그렇게 물어본 건지 이제 알겠네."

천차이위에게 입조심하라는 경고를 할 새도 없이 녀석이 어느새 벌떡 일어나서는 황위쉬안에게 거침없이 자신을 소개했다.

"선배, 안녕하세요. 저는 왕취안성의 동기 천차이위라고 합니다. '아차이'*라고 편하게 불러주세요."

* 타이완에서는 이름 앞에 '아(阿)' 자를 붙여서 상대를 친근하고 편안하게 부르기도 한다.

젊은 남녀가 자리를 꽉 채워 앉아 있는 것을 보고 황위쉬안이 별생각 없이 물었다.

"다들 동기예요? 시각디자인과?"

여학생들이 고개를 저었다. 그중 한 명이 대답했다.

"여기 남학생 두 명만요. 저희는 국제무역학과예요."

"국제무역학과? 근데 어쩌다 이 남학생들이랑 같이 밥을 먹으러 나온 거야?"

황위쉬안은 약간 의아했다.

"친구 만들기 사이트에서 알게 됐어요. 아차이가 같은 대학에 합격한 기념으로 같이 밥을 먹자고 했거든요."

그 말에 황위쉬안은 이제 알겠다는 얼굴을 했다.

"친구 만들기 사이트에서 만난 거구나."

그러곤 무심한 눈으로 왕취안성을 쓱 훑더니 말을 이었다.

"후배님들, 친구를 사귀려면 조심히 사귀어야지. 오로지 여자 꼬실 생각밖에 없는 그런 형편없는 남자는 만나지 말고."

왕취안성은 몹시 난처해져서 대충 핑계를 대고 그 자리를 나와 화장실로 갔다. 무척 후회스러웠다. **진작 알았으면 이런 망할 과팅 자리에 오지 않는 건데! 황위쉬안에 대한 정보는커녕 오해만 샀잖아…….** 왕취안성은 정신 차리자는 생각에 수도를 틀고 얼굴에 찬물을 끼얹었다. **어차피 오해일 뿐인데, 확실히 해명하면 되겠지?** 화장실에서 나오는데, 마침 황위쉬안이 못마땅한 얼굴을 하고 지나갔다. 왕취안성은 서둘러 쫓아가며 해명하기 시작했다.

"아까 그 여학생들 진짜 내가 불러낸 거 아니에요, 나는……."

황위쉬안이 말을 잘랐다.

"후배님, 해명할 필요 없어. 저 애들이랑 나가 놀겠다 한들 나랑 아무 상관 없잖아?"

"황위쉬안, 그게 아니라, 나는……."

"그리고, 그렇게 친한 사이도 아닌데 앞으로는 내 이름 함부로 부르지 말아줘. 선배라고 부르라고."

황위쉬안은 말이 끝나자마자 홱 돌아서서 자리를 떴다.

테이블로 돌아온 왕취안성은 기분이 한껏 가라앉아 조용히 고기만 먹었다. 이따금 황위쉬안이 음식을 가져올 때마다 고개를 들고 익숙한 그 얼굴을 바라보았지만, 기대했던 반응은 조금도 돌아오지 않았다. 왕취안성은 문득 자신이 무엇 때문에 이토록 애를 쓰고 있는 건지 알 수 없었다.

미팅이 끝나자 천차이위가 왕취안성을 한쪽으로 끌고 가더니 돈을 내라고 했다. 왕취안성이 500위안짜리 지폐를 꺼내자 천차이위가 콧방귀를 뀌었다.

"500위안 갖고 되냐? 저 여자애들 것까지 같이 내야지. 750위안 더 줘."

안 그래도 꿀꿀하던 차에 왕취안성은 더 짜증이 났다. **뭐**

想見你 Someday or One Day

하나 알아낸 것도 없어, 황위쉬안한테 오해까지 사, 거기다 이제는 여자애들 먹은 것까지 계산하라고?

두 사람은 식당을 나섰다. 왕춰안성은 가까운 곳에 세워둔 스쿠터 앞에 엉덩이를 붙이고 앉았지만, 바로 출발할 생각은 없어 보였다. 천차이위가 궁금한 듯 물었다.

"설마 그 선배 퇴근할 때까지 기다리려는 건 아니지?"

왕춰안성은 눈을 흘기며 부정하지 않았다.

"와, 끈질기게 달라붙는 것 좀 보소. 강단 있어, 얼굴도 두껍고. 이제 좀 마음에 드네!"

천차이위가 오버하며 말했다.

왕춰안성은 안 그래도 종일 답답하던 차에 잘 걸렸다 싶었다. 홱 돌아서서 오른손으로 천차이위의 옷깃을 붙들고는 주먹 쥔 왼손을 때릴 듯이 들어 올렸다.

"자꾸 쓸데없는 소리나 하고, 너 좀 맞아볼래?"

"저기 봐! 너의 그 선배 퇴근한다!"

천차이위가 손가락으로 후다닥 식당 입구를 가리켰다. 왕춰안성이 고개를 돌렸다. 유니폼을 벗고 사복으로 갈아입은 황위쉬안이 식당을 나오고 있었다. 왕춰안성이 다가가려는 순간, 잘생긴 두치민이 스쿠터를 타고 황위쉬안 앞에 나타났다. 세심하게 헬멧까지 씌워주는 모습이 눈에 들어왔다. 황위쉬안은 행복한 웃음을 지으며 뒷자리에 올라타더니 두 손으로 남자 친구를 껴안았다. 그렇게 두 사람은 훌쩍 그 자리를 떠났다. 빠르게 멀어져 가는 두 사람의 뒷모습을 바라보며 왕취안성은 실망감에 아무 말도 할 수 없었다.

"남자 친구 있었네, 마음 접어라!"

천차이위가 시큰둥하게 말했다. 왕취안성은 천차이위를 노려보고는 스쿠터에 올라탔다. 시동을 걸고 스로틀을 세게 당겨 쌩하니 그곳을 나섰다. 여전히 포기하지 못하고 거리를 두리번거리며 돌아다니다가 패스트푸드점에 있는 황위쉬안과 두치민을 발견했다. 아이스크림콘을 먹고 있는 두 사람의 모습이 달달해 보였다. 황위쉬안이 남자 친구 입가에 묻은 아이스크림을 세심하게 닦아주기도 했다. 그 모든 장면을 눈에 담던 왕취안성은 기분이 더욱더 바닥으로 곤두박질쳤다.

*

32카페로 돌아왔을 때는 이미 심야에 가까운 시간이었다. 우원레이는 일부러 왕취안성을 기다리고 있었다. 대학 입학 첫날인 오늘, 황위쉬안을 만났는지, 일이 순조롭게 진행되고 있는지 궁금했다. 마침내 돌아온 왕취안성은 심통이 난 얼굴이었다. 봉지 가득 맥주를 사 들고 카페로 들어오더니 아무 말도 없이 따서 벌컥벌컥 들이켰다. ……**보아하니 잘 안 풀렸나 보네.** 우원레이는 속으로 생각했다.

왕취안성은 연달아 맥주 세 캔을 비우고 나서야 감정을

드러내기 시작했다. 우원레이를 붙잡고 끝없이 하소연을 해댔다.

"어제까지만 해도 일단 여기까지 오면, 황위쉬안을 만날 수만 있으면 행복할 줄 알았단 말이에요. 근데 제가 틀렸어요! 그때 황위쉬안이 천원루가 됐을 때 어떤 마음이었을지 이제 알겠다고요……."

말이 이어질수록 슬픔이 북받쳐 오르는지 눈시울이 더욱 붉어지고 있었다. **좋아하는 사람이 바로 눈앞에 있는데 날 조금도 못 알아보다니. 내가 얼마나 그리워했는지, 무슨 말을 해주고 싶은지 하나도 모르잖아……. 억울해! 하지만 내가 뭘 할 수 있을까? 빼앗아? 아니지, 그럴 순 없어. 그건 황위쉬안의 행복을 깨뜨리는 거잖아…….**

우원레이는 맥주 한 캔을 따서 왕취안성에게 건넸다. 왕취안성은 코를 훌쩍이더니 추태를 감추려 고개를 돌린 채 강경한 말투로 말했다.

"얄미운 황위쉬안, 내가 올 때까지 기다리지는 않고 맘대로 남자 친구를 사귀었다 이거지. 열받네!"

우원레이가 고개를 저으며 씁쓸하게 웃더니 물었다.

"황위쉬안이 그런 얘기는 한 번도 안 했던 거야?"

"그렇다니까요! 그저 맨날 자기가 얼마나 왕취안성을 좋아했는지 읊어댔다고요. 왕취안성은 자기를 엄청 이해해 준다는 둥, 자상하다는 둥, 또 부담스럽게 하지 않는다는 둥 하면서…….”

주절주절 말을 이어가던 중, 왕취안성은 어렴풋하게 무언가 떠올랐다. 순간 몸을 바로 세우고 앉았다. 정신을 차리려고 눈을 깜빡거리며 머리를 세게 흔들었다. **생각났다. 그때 천윈루가, 아니 황위쉬안이라고 해야 맞겠지. 나를 만나기 전에 다른 남자를 사귀었다는 말은 없었지만…… 왕취안성과 함께하는 동안 있었던 일을 전부 알려주었잖아?**

우원레이는 갑자기 생각에 잠긴 왕취안성을 바라보며 궁금해져 물었다.

“왜 그래?”

왕취안성의 얼굴에 드리웠던 그늘이 일순간 싹 가셨다. 대신 자신에 찬 미소가 떠올랐다.

“작전 변경입니다!”

*

왕취안성은 다른 사람에게 부탁해 황위쉬안의 시간표를 알아냈다. 그런 다음 천차이위를 끌고 황위쉬안과 같은 교양 수업을 신청했다. 강의실에 들어선 황위쉬안은 예상대로 두 사람을 보더니 깜짝 놀라는 얼굴이었다.

“왕취안성? 여기 어쩐 일이야?”

왕취안성은 아무것도 모르는 척 대답했다.

想見你 Someday or One Day

"선배, 이 교양 수업은 신입생도 들을 수 있는 건데요? 그리고 선배, 친한 사이도 아닌데 함부로 제 이름 부르지 말아 주세요. 후배라고 부르라고요."

그러고는 무해한 미소를 지었다. 말문이 턱 막힌 황위쉬안은 화가 나서 대꾸하지 않으려 고개를 돌렸지만, 하필 옆자리에 있던 마오마오가 궁금한 듯 물었다.

"아는 사이야?"

황위쉬안이 저런 스토커를 어떻게 알겠느냐고 대답하려는데, 왕취안성이 말을 낚아채며 먼저 입을 열었다.

"알죠. 개강 날 제가 길을 잃었거든요. 황위쉬안 선배가 친절하게 길을 안내해 줘서 다행이었지, 하마터면 신입생 등록에 늦을 뻔했다니까요."

그 대답에 황위쉬안은 의아했다. **이 녀석이 웬일로 칭찬을?** 하지만 더 의아했던 것은, 왕취안성이 황위쉬안은 완전히 무시한 채 마오마오와 이야기하는 데 열중하고 있다는 사실이었다.

"선배, 이름이 뭐예요? 머리 색깔 너무 예쁜데요?"

왕취안성이 마오마오에게 말했다. 마오마오는 잘생긴 후배의 칭찬에 신이 나 꺄르륵 온몸을 떨더니 부끄러운 척하며 대답했다.

"정말? 예뻐 보여?"

"네, 선배가 직접 염색한 거예요?"

왕취안성이 관심 있는 듯 물었다.

"당연히 아니지, 나 그 정돈 아냐!"

"그럼 어디에서 염색한 건지 알려줄 수 있어요? 저도 해 보고 싶은데."

즐겁게 이야기를 나누는 두 사람 사이에서 자신은 완전히 열외당하자 황위쉬안은 속이 부글부글 끓었다. 일부러 강의실 가장 구석으로 가서 두 사람과 제일 멀리 떨어진 자리를 골라 앉았다. 왕취안성은 황위쉬안의 행동 하나하나를 전부 놓치지 않았다. 얼굴에 핀 미소가 한층 더 밝아지고 있었다. 그 모습을 본 마오마오는 거의 녹아내릴 지경이었다.

수업이 끝나고 마오마오가 은근슬쩍 다가오더니 황위쉬안에게 같이 밥을 먹으러 가지 않겠느냐고 물었다. 황위쉬안이 좋다고 대답하려는데, 마오마오가 별안간 신이 나서 왕취안성과 천차이위를 향해 손을 흔들며 말했다.

"후배, 학교 근처에 맛있는 곳 알려달라며? 점심 같이 먹자!"

황위쉬안이 물었다.

"재네랑 같이 가게?"

"응."

마오마오가 고개를 끄덕였다.

"그럼 너희끼리 가, 난 안 갈래."

황위쉬안이 싸늘한 얼굴로 돌아서더니 서둘러 자리를 떴

다. 마오마오가 어리둥절한 얼굴로 왕취안성을 바라보자, 왕취안성은 어깨를 으쓱하며 아무것도 모르는 척했다.

*

하루 종일, 황위쉬안은 기분이 엉망이었다. 왕취안성의 그 망할 미소가 머릿속을 떠나질 않았다. **스토커! 가는 데마다 다 쫓아오겠다 이거야?**

수업이 끝나고, 아르바이트하는 식당에 들어섰다. 점장이 오늘 신입이 왔으니 가르쳐주라고 황위쉬안에게 부탁했다. 황위쉬안이 흔쾌히 대답하자 점장이 신입을 불렀다. 순간 황위쉬안은 당황했다. 또 왕취안성이다. 3초쯤 흘렀을까. 정신을 차린 황위쉬안은 씩씩거리며 왕취안성을 식당 뒤편 골목으로 끌고 가 따져 물었다.

"확실하게 얘기해. 대체 무슨 생각이야? 나랑 같은 수업을 듣는 건 그렇다 쳐. 이젠 여기까지 쫓아와서 알바를? 이 변태 스토커……."

왕취안성이 황위쉬안의 말을 잘랐다.

"와, 선배, 지금 오해한 거예요? 나는 그냥 마오마오 선배한테 알바하고 싶다고 했는데, 그 선배가 친절하게도 여길 소개해 줘서 온 거라고요."

황위쉬안은 화가 머리끝까지 치솟는 기분이었다. **남자만**

보면 친구는 안중에도 없는 이 얄미운 마오마오 녀석! 황위쉬안은 왕취안성을 가리키며 경고하듯 말했다.

"내가 남자 친구 있는 거 뻔히 알면서, 왜 자꾸 졸졸 따라다니는 거야? 이러면 내가 얼마나 곤란한지 몰라!"

곤란하다 못해 화가 나서 주먹이 근질거린다고! 왕취안성은 눈을 커다랗게 뜨더니, 생사람 잡는다는 얼굴로 말했다.

"선배, 왜 곤란하다고 하시는지 모르겠는데요? 선배한테 고백했던 건 맞지만, 남자 친구 있다는 거 알고 나서는 다시 좋아한다고 얘기한 적 없잖아요?"

황위쉬안은 말문이 막혔다. 왕취안성이 계속 말을 이었다.

"어쩌다 보니 선배랑 같은 수업을 듣게 됐고, 마오마오 선배가 소개해 줘서 여기로 알바하러 오게 됐고, 전부 다 우연일 뿐이잖아요? 이게 선배를 졸졸 따라다니는 거예요?"

황위쉬안은 말문이 막혀 한참을 말없이 있다가 겨우 입을 열었다.

"어쨌든 난 싫어! 이건 너무 이상하단 말이야!"

"이상하다고요? 선배, 제가 일부러 막 피해 다니면 그게 더 이상할 거 같은데요?"

왕취안성은 화가 나 벌게진 황위쉬안의 얼굴을 보자 웃음을 참을 수 없었다.

"그게 아니면, 선배, 혹시 저한테 뭔가…… 음…… 말로 표현하기 힘든 그런 감정 같은 게 있는 건 아니죠?"

"자백도 유분수지! 내가 너한테 그런 게 있을 리가 없잖아?"

황위쉬안이 바로 맞받아쳤다.

"그러니까요, 감정이 없는데 선배가 곤란할 게 뭐가 있어요, 안 그래요? 단지……."

말머리를 바꾸는 걸 보니 무언가 숨겨진 의도가 있어 보였다.

"선배가 저한테 다른 생각이 있어서 곤란하다고 느끼는 거라면, 눈치껏 굴게요. 선배한테서 멀리 떨어져 있을게요. 절대 곤란하게 하지 않겠다고 약속해요."

정신없이 쏟아지는 대답에 황위쉬안은 오리무중에 빠진 느낌이었다. 그게 도대체 무슨 뜻이냐고 되물으려는 찰나, 왕취안성이 다시 입을 열었다.

"오늘은 제가 알바 첫날이라 계속 여기서 선배랑 시간을 때울 수가 없네요. 죄송해요."

왕취안성이 뒷문을 열고 식당으로 들어가자, 황위쉬안만 홀로 남았다. 저 남자를 어떻게 해야 할지 답답했다.

제12장

2011년, 타이베이.

수업을 마친 황위쉬안은 여느 때처럼 아르바이트를 하러 식당으로 향했다. 식당에 막 들어서는데, 왕취안성이 종이와 펜을 들고서 다른 직원들이 마시고 싶어 하는 음료 리스트를 적고 있었다. 그러다 황위쉬안을 보더니 환하게 웃으며 다가와 물었다.

"선배, 오늘 제가 첫 알바비를 받았거든요. 한 달간 다들 챙겨주신 데에 감사하는 뜻으로 음료수 쏘려고요. 선배는 뭐 마실래요?"

"나는 크게 챙겨준 것도 없는데, 뭐. 다른 사람들이나 사 줘, 나는 됐고."

황위쉬안이 차갑게 대꾸했다. 반응을 예상하고 있던 왕취안성은 기죽지 않고 졸졸 쫓아가며 물었다.

"진짜 안 먹을 거예요? 내가 쏘는 건데!"

"됐다고 했잖아. 알바비 받았다고 그렇게 막 쓰는 거 아니다, 너?"

황위쉬안이 짜증 난 말투로 대답했다.

"그럼 이건 어때요? 우리 내기해요. 선배가 마시고 싶은 게 뭔지 내가 맞히면, 그거 쏠게요. 못 맞히면 앞으로 절대 선배 귀찮게 하지 않을게요, 어때요?"

그 말에 황위쉬안은 냉소하며 말했다.

"좋아."

어차피 내가 평소에 뭘 마시는지 이 녀석이 알 리가 없지.

"골랐어요?"

왕취안성이 물었다.

"골랐어."

"대충 얼렁뚱땅하려고 하면 안 돼요!"

"귀찮게 하네, 정말……."

황위쉬안의 말이 끝나기도 전에 왕취안성이 뒤에서 커피 한 잔을 꺼내 황위쉬안 앞으로 내밀었다.

"선배는 버블티 안 마시고 아이스 아메리카노 중간 사이즈만 마시잖아요. 출근하는 길에 대신 사 왔어요."

황위쉬안은 깜짝 놀라서 말이 나오지 않았다.

"너…… 너 내가 아이스 아메리카노 중간 사이즈만 마시는 거 어떻게 알았어?"

왕취안성은 대답 없이 비밀스러운 미소만 지었다.

"내가 맞혔죠? 약속한 대로 이 커피는 내가 선배한테 쏘는 거예요, 마셔요! 저는 일 시작하기 전에 다른 동료들 음료 사러 얼른 나가봐야 해요."

커피를 받아 든 황위쉬안은 돌아서서 밖으로 나가는 왕취안성을 바라보다가 손에 든 커피로 시선을 돌렸다. 놀란 얼굴로 기쁜 듯 미소를 지었다.

*

식당 영업 종료 시각이 다가오고 있었다. 황위쉬안과 왕취안성은 홀에서 바쁘게 뒷정리 중이었다. 문득 황위쉬안이 주변을 둘러보다 물었다.

"마오마오는 어디 간 거야? 얼른 와서 돕지 않고?"

그때, 마침 주방에서 마오마오가 나오더니 휴대폰에 대고 짜증 난 듯 말했다.

"설마, 걱정하지 마. 그럴 일은 없을 거야. 실연할 때마다 죽으면, 난 뭐 벌써 몇백 번은 죽었게?"

그러고는 전화를 끊더니 가까이 와서 정리를 시작했다. 황위쉬안이 궁금한 마음에 물었다.

"마오마오, 누구랑 통화한 거야? 뭔데 죽느니 마느니 하는 거야? 걱정스럽게 들려서."

"별거 아니고, 고등학교 때 친했던 친구가 실연당했나 봐. 웹사이트 '레치'에 혼자 어떻게 살아가야 할지 모르겠다는 둥 죽으면 이렇게 괴롭지 않을 거라는 둥 글을 잔뜩 올렸대. 그걸 본 친구가 걱정됐는지 가봐야 하지 않겠냐고 묻더라고."

마오마오의 말에 황위쉬안의 얼굴 위로 그림자가 졌다.

"많이 심각한 것 같은데, 얼른 가봐야 하지 않아?"

마오마오는 무심한 얼굴이었다.

"내가 뭐 하러 가? 그거 전 남친 보라고 일부러 쓴 거잖아! 아휴, 이런 말 하기는 싫지만, 난 이렇게 자살 운운하면서 감정적으로 협박하는 애들 정말 싫어."

황위쉬안이 말을 덧붙이려 하자, 마오마오가 손을 흔들며 잘랐다.

"진짜 신경 안 써도 돼! 그리고 오늘 내가 재고 확인하는 날인데, 이런 사소한 일까지 해결할 새가 어딨어."

"그건 사소한 일이 아니죠."

옆에서 내내 조용히 듣고만 있던 왕취안성이 순간 입을 열었다. 황위쉬안과 마오마오가 동시에 왕취안성에게로 시선을 돌렸다. 전에 없이 진지하고 무거운 표정이 다소 의외였다. 왕취안성이 진지한 말투로 이야기했다.

"살다 보면 누구나 어떻게 나아가야 할지 난감한 순간이 있잖아요. 운이 좋은 사람들은 자기 힘으로 벗어나기도 하고,

때맞춰 누군가 손을 내밀기도 하죠. 하지만 그런 행운이 닿지 않는 사람들은…….”

그 순간, 왕취안성은 모쥔제를 떠올렸다. 계산해 보니 모쥔제가 출소한 지도 어느새 3년이 되었지만, 지금껏 감감무소식이었다. **만약 그때, 내가 모쥔제에게 조금 더 신경을 썼더라면, 그럼 모쥔제 혼자 그렇게 모든 걸 감당할 필요는 없지 않았을까? 그랬다면 이렇게 세상과 완전히 단절되는 일도 없었겠지.** 왕취안성이 정신을 차리고 보니 황위쉬안과 마오마오가 멍하니 자신을 바라보고 있었다. 본의 아니게 내비친 후회와 슬픔의 감정을 서둘러 거두고는 마오마오에게 말했다.

“그러니까 내가 하고 싶은 말은, 친구가 자살 운운하는 게 단순히 협박용으로 보여도 지금 그 친구는 정말 괴로운 걸 거예요. 함께 있어줄 누군가가 필요할 거라고요. 선배가 친한 친구라면 이럴 때 찾아가서 신경 써주고 함께 있어주는 건 당연한 일 아닐까요?”

마오마오는 그 말을 마음에 깊이 담으며 고개를 끄덕였다. 황위쉬안이 재고 확인을 대신 해줄 테니 걱정하지 말고 가보라고 거들었다. 밖으로 나서려던 마오마오가 황위쉬안에게 낮은 소리로 물었다.

“방금 왕취안성 이야기를 들어보니까 말이야, 왕취안성도 전에 비슷한 일을 겪었던 거 아닐까?”

황위쉬안이 고개를 저었다. 줄곧 왕취안성의 과거에는 눈

곱만큼도 관심이 없었는데, 그 순간 왠지 모르게 궁금해졌다.

*

식당 후문 밖, 왕취안성이 벽에 기대어 고개를 들고 별 한 점 없는 어둑한 하늘을 바라보고 있다. **모쥔제, 도대체 무슨 일이 있었던 거야?** 왕취안성은 모쥔제가 그런 잔인한 일을 저질렀을 거라고 생각하지 않았다. 그러나 경찰이 나타나 모쥔제를 경찰차에 태우는 순간에도 모쥔제는 변명 한마디 없었다. 게다가 그 후로 왕취안성에게 연락 한번 하지 않았다. 오랜 시간이 흘렀지만, 모쥔제에게 직접 묻고 싶었다. 그날 저녁, 도대체 무슨 일이 있었던 거냐고. 지난 시간이 남긴 슬픔과 후회 속에 빠져 있을 때, 식당 후문이 불현듯 열리면서 황위쉬안이 고개를 내밀었다.

"왕취안성, 너 여기 숨어서 뭐 해?"

왕취안성은 자신의 애처로운 얼굴을 보이고 싶지 않아 서둘러 고개를 돌려버렸다. 감정을 추스른 뒤 대답했다.

"그냥 멍때리는 건데요."

평소와 같은 쾌활한 말투가 아니었다.

"혹시…… 누구 생각나는 사람이 있어서 그래?"

황위쉬안이 떠보듯 물었다. 왕취안성은 더 이상 이 얘기를 하고 싶지 않았다.

"선배 퇴근할 시간 아니에요?"

"그건 맞는데, 생각해 보니까 너 재고 조사 안 해본 것 같아서 겸사겸사 가르쳐줄까 하고. 별일 없으면 얼른 들어와. 빨리 가르쳐야 나도 얼른 퇴근하지."

황위쉬안이 말했다. 왕취안성은 문득 황위쉬안이 자신을 걱정하고 있는 건지도 모른다는 생각이 들었다. 황위쉬안을 따라 주방으로 들어갔다. 하나하나 짚어가며 꼼꼼하게 가르쳐주던 황위쉬안은 왕취안성이 여전히 저기압인 것을 보고 재고 조사표를 내려놓으며 말했다.

"내가 여기서 알바를 시작한 뒤로 기분이 안 좋을 때는 뭘 했는지 알아?"

왕취안성이 망연히 고개를 저었다.

"다른 사람 재고 조사 빼앗아서 하기."

황위쉬안이 말했다.

"왜요?"

왕취안성은 이해가 잘 안 됐다. 황위쉬안은 조금이나마 주의를 돌리는 데 성공했다는 생각에 왠지 모르게 조금 기뻤다.

"재고 조사할 땐, 가게에 나 혼자뿐이잖아. 그래서 좋아하는 음악을 틀어둘 수 있거든! 그리고 재고 조사가 지루하긴 해도 집중해서 해야 하니까 울적한 일들을 잠깐이라도 잊을 수 있어. 그리고 제일 중요한 건, 재고 조사를 하다 보면 간혹 생각지 못한 서프라이즈가 생긴다는 거지. 예를 들면……."

황위쉬안은 냉장고로 다가가 문을 열더니, 그 안에서 소고기가 가득 담긴 접시를 꺼냈다.

"주방 재고 담당 알바생이 몰래 립아이 스테이크를 숨겨놨더라고! 어때, 우리가 이 스테이크 다 먹어 치우자!"

왕취안성은 황위쉬안이 자신의 기분을 풀어주려 애쓰고 있다는 걸 알았다. 억지로 웃음을 짜내며 고개를 끄덕여 보였다. 가스 불을 켜고 스테이크를 집어 그릴 위에 올리자, 곧 주방 전체에 고기 향이 진동하면서 군침이 핑 돌았다. 왕취안성은 고기 굽는 데에 열심인 황위쉬안의 옆모습을 바라보았다. 잠시 후에 먹게 될 맛있는 음식 생각 때문인지 얼굴에 싱글벙글 웃음이 가득했다. 그 웃음에 왕취안성은 가슴 깊은 곳에서 따스한 기운이 감도는 걸 느꼈다. 그러자 자연스럽게 입꼬리가 슬며시 올라갔다.

*

오늘은 황위쉬안의 생일이다.

왕취안성은 진작부터 무슨 선물을 줄지 계획해 둔 상태였다. 천차이위에게 황위쉬안이 생일을 어디에서 보내는지 알아봐 달라고 특별히 부탁까지 해놓았다. 그러면 때마침 지나가다 우연히 마주친 척할 생각이었다. 손에 작은 선물을 들고 있다가 오늘이 황위쉬안 생일이라는 걸 그제야 안 것처럼 연출하면, 생일도 함께 보내면서 선물도 줄 수 있을 터였다. 계획을 다 듣고 난 천차이위는 의문이 들었다.

"선물을 주고 싶으면 바로 주면 되지, 뭐 하러 이렇게 돌고 돌아? 남자 친구 있으면 뭐 어때서? 생일 선물 주는 게 뭐 대수라고?"

"네가 뭘 안다고 그래? 내가 선물 준비한 거 알면 분명히 안 받는다고 할 거야. 근데 다들 보는 앞에서 주면서 너희가 분위기까지 띄우면 선배도 받을 수밖에 없을 거라고."

그때, 황위쉬안이 마오마오를 따라 강의실로 들어섰다. 왕취안성이 황급히 천차이위를 붙잡아 자리에 앉혔다. 그러고는 얼른 가서 물어보라고 천차이위에게 눈짓을 보내고 있는데, 마오마오가 다가오더니 왕취안성에게 물었다.

"후배, 오늘 식당 알바하는 날이야?"

"오늘 저 쉬는 날인데, 왜요?"

왕취안성이 물었다.

"오늘 내가 갑자기 일이 생겨서 그런데, 대신해 줄 수 있을까?"

마오마오가 간절히 부탁했다. 왕취안성은 천차이위를 힐끗 쳐다보더니 약간 난처해하며 말했다.

"근데, 미안해요. 오늘은 다른 일이 있어서요."

마오마오가 실망스러운 얼굴을 했다. 그때, 황위쉬안이 다가오더니 물었다.

"마오마오, 왜 그래?"

마오마오는 슬픈 목소리로 답했다.

"엄마가 얼마 전에 수술을 받았는데, 퇴원 후에 상처 부위가 감염됐대. 오늘 급하게 입원하셔서 수업 끝나고 내가 가서 돌봐드려야 해. 그래서 알바 대신해 줄 수 있는 사람을 찾고 있어."

"점장님한테 휴가 신청을 하면 되잖아?"

황위쉬안의 제안에 마오마오가 고개를 저었다.

"너도 오늘 휴무잖아. 그럼 두 명이나 빠지게 되는 건데. 지난주에 아카이도 그만뒀고 게다가 오늘은 또 주말이라 가게가 엄청 바쁠 거야. 휴가 내기 어려울걸……."

이야기를 하다 보니 초조해졌는지 마오마오의 눈이 붉어졌다. 황위쉬안은 잠시 고민하다가 자진해서 나섰다.

"그럼 내가 할게!"

마오마오는 놀라는 얼굴이었다.

"넌 오늘 선배랑 같이 생일 파티 하기로 한 거 아니야?"

황위쉬안은 아무래도 좋다는 듯 대답했다.

"괜찮아. 생일이야 퇴근하고 나서 선배랑 같이 보내면 되지!"

그 말에 왕취안싱이 벌떡 일어나더니 가슴을 툭툭 치며 말했다.

"마오마오 선배, 내가 대타 할게요!"

"정말? 근데…… 아까는 다른 일 있다고 하지 않았어?"

마오마오가 물었다.

"어차피 별일 아니라서요. 그리고 오늘은 위쉬안 선배 생일인데, 생일 주인공한테 대타를 부탁하는 것도 좀 그렇잖아요? 얼마나 김빠지겠어요!"

왕취안성이 말했다.

"왕취안성, 너 진짜 자상한 사람이구나!"

마오마오는 그야말로 감동의 도가니였다. 왕취안성이 황위쉬안을 향해 웃으며 말했다.

"선배, 선배는 남자 친구랑 생일 즐겁게 보내요!"

황위쉬안이 왕취안성을 바라보면서 칭찬하듯 미소를 보냈다.

*

주말 저녁의 식당은 예상대로 눈코 뜰 새 없이 바빴다. 왕취안성은 출근 직후부터 조금도 쉬지 못하고 거의 두 사람 몫을 하고 있었다.

"여기, 주문이요!"

한 테이블에서 손님이 큰 소리로 외쳤다. 왕취안성이 대답하고는 서둘러 걸음을 옮기는데, 식당 정문이 열렸다. 다른 아르바이트생들과 함께 "어서오세요!"라고 외친 뒤 문 쪽으로 시선을 돌리던 왕취안성은 몹시 놀랐다. 황위쉬안이 서 있었다. 기분이 약간 가라앉은 듯한 얼굴이었다. 직원 휴게실로 들어가는 것을 보니 유니폼으로 갈아입고 일을 하려는 것 같았다. 왕취안성이 다른 동료를 불러 주문받는 일을 대신 맡겨 놓고 직원 휴게실로 향했다. 예상대로 황위쉬안이 얼굴을 찌푸린 채 유니폼 앞치마를 두르고 있었다.

"선배, 왜 왔어요?"

실은 '남자 친구와 생일 파티 하기로 하지 않았느냐'고 묻고 싶었다. 그러나 황위쉬안의 안색을 보니 지금은 가급적 그 이야기를 꺼내지 않는 게 좋겠다는 판단이 들었다. 황위쉬안은 일부러 기운을 내려 애쓰며 아무렇지 않은 척 대답했다.

"일손이 부족한데 도와줄 수 있냐고 점장님이 전화를 하셨더라고. 어차피 할 일도 없고 해서 왔지."

"할 일이 없다뇨? 오늘 그 두치 선배랑 생일 파티 한다고 했잖아요?"

왕취안성은 도통 이해가 되지 않았다.

"두치 선배라니? 아무렇게나 막 부르지 말아줄래?"

황위쉬안이 말을 바로잡고 난 뒤 약간 풀 죽은 목소리로 말했다.

"선배가 갑자기 일이 생겼다고 해서 취소했어."

"선배 생일을 같이 보내는 것보다 더 중요한 일이 뭔데요?"

왕취안성은 무의식중에 음성이 높아졌다. 약간 분노까지 서린 목소리였다. 그 격한 반응에 도리어 흠칫 놀란 건 황위쉬안이었다. 그때, 점장이 서빙을 도와달라고 부르는 소리가 들려왔다. 왕취안성이 대답을 하며 돌아서서 걸음을 옮겼다. 두 눈에는 숨겨지지 않는 분노의 기운이 여전했다. 황위쉬안은 왕취안성의 뒷모습을 바라보며 생각에 잠겼다. **왕취안성…… 왜 그렇게 신경을 쓰는 거야?**

*

전쟁터를 방불케 했던 주말 밤이 드디어 끝났다. 식당 직원들은 하나같이 의자 위로 쓰러져 꼼짝도 할 수 없었다. 왕취안성은 벽에 걸린 시계로 시선을 던졌다. 어느새 밤 10시가 가까워지고 있었다. 잠시 고민하다가 마지막 테이블을 정리하고 있는 황위쉬안에게 다가갔다.

"선배, 이따가 약속 있어요?"

황위쉬안이 고개를 저었다.

"그럼 잠깐만 나 좀 기다려줘요, 금방 올게요!"

왕취안성은 말이 끝나기 무섭게 돌아서서 식당을 나갔다. 근처에 밤 10시까지 하는 케이크 가게가 있었다. 조금만 서두르면 생일 케이크를 사서 황위쉬안의 생일을 축하해 줄 수 있을 터였다.

왕취안성이 나가고 얼마 되지 않아 황위쉬안의 휴대폰이 울리기 시작했다. 두치민의 전화였다.

"선배 오늘 갑자기 일이 생겼다면서?"

황위쉬안이 물었다.

"응, 근데 이제 다 끝났어. 나 근처 카페에 있는데, 괜찮으면 이리로 올래?"

전화기 너머에서 두치민이 물었다. 황위쉬안은 약간 어리둥절했지만, 이내 두치민이 특별히 준비한 생일 서프라이즈일지도 모른다는 생각이 들었다. 그러자 피곤한 기색이 사라지고 행복한 미소가 두둥실 떠올라 빙그레 웃으며 승낙했다.

왕취안성이 간신히 케이크를 사 들고 헐레벌떡 식당으로 돌아왔을 때, 황위쉬안은 이미 나가고 없었다. 점장 혼자 남아 나머지 정리를 하고 있었다.

"황위쉬안 선배는요?"

왕취안성이 물었다.

"갔어."

"갔다고요?"

왕취안성은 당황스러웠다.

"남자 친구 전화 받더니 먼저 가도 되냐고 묻더라. 싱글벙글한 거 보니 데이트 가려는 거 같길래 먼저 가라고 했지."

왕취안성은 순간 바람 빠진 풍선처럼 기운이 쭉 빠진 채 케이크를 들고 멍하니 서 있었다. 씁쓸한 웃음이 나왔다. **보**

아하니 내가 또 혼자 착각했네.

*

카페로 들어선 황위쉬안은 기대에 잔뜩 부푼 얼굴로 사방을 둘러보았다. 구석 자리에서 두치민이 황위쉬안을 보더니 손을 흔들었다. 신이 나서 다가가던 황위쉬안의 얼굴에서 웃음기가 돌연 사라졌다. 두치민 옆에 또 다른 여자가 있었다. 세련된 옷차림하며 눈에 띄는 외모를 지닌 여자가 황위쉬안을 거침없이 위아래로 훑었다.

“누구야?”

황위쉬안이 머뭇거리며 물었다. 두치민이 대답하기도 전에 여자가 서슬이 퍼런 얼굴로 두치민에게 지시하듯 말했다.

“확실히 이야기할 거라고 했잖아? 빨리 말해!”

그때, 두치민이 난처한 얼굴로 입을 열었다.

“이쪽은 전에 만났던 여자 친구야. 얼마 전에 다시 연락하게 됐는데, 헤어지고 나서도 서로를 못 잊고 있었다는 걸 알았어. 그래서…… 다시 만나기로 했어.”

황위쉬안은 자신의 귀를 의심했다. 두치민은 양심에 가책을 느끼는지 황위쉬안의 두 눈을 바로 보지 못한 채 고개를 살짝 돌렸다.

“너한테는 너무나 미안하지만, 그래도 얼굴 보고 확실히

想見你 Someday or One Day

이야기하는 게 좋을 것 같았어." 그러고는 잠시 뜸을 들이더니 말을 이었다. "우리 헤어지자."

황위쉬안은 머릿속이 새하얘졌다. 몇 초를 멍하니 있다가 떠듬떠듬 묻기 시작했다.

"그러니까…… 그러니까 요즘, 졸업 논문 때문에 바쁘다고 했던 것도, 거짓말이었던 거네?"

황위쉬안은 두치민 옆에 앉아 있는 여자를 가리키며 말을 이었다.

"사실은 저 여자 만나러 갔던 거였어?"

두치민이 고개를 끄덕이며 무어라고 대꾸하려는 찰나, 황위쉬안이 세차게 빰을 때렸다. '찰싹!' 하는 소리에 카페에 있던 사람들이 모두 궁금한 듯 고개를 돌려 쳐다보았다. 두치민은 어떻게 해야 할지 몰라 얼얼해진 빰만 멍하니 어루만지고 있었다.

"야, 너 왜 사람을 때리고 그래!"

두치민의 전 여친이 씩씩대면서 일어서더니 질책하듯 말했다.

"입 다물어! 너랑 상관없는 일이니까 넌 얌전히 앉아 있기나 해. 너한테까지 손 날아가기 전에!"

황위쉬안의 매서운 눈길에 여자는 기가 완전히 눌렸는지 이내 고분고분히 자리에 앉아 대꾸도 하지 못했다. 황위쉬안이 또 손을 올릴까 두려웠는지 두치민은 부랴부랴 여자 앞을 막아섰다.

"전부 다 내 잘못이야." 두치민이 말을 이었다. "너한테는 정말 많이 미안해. 그래도 계속 숨기는 것보다는……."

황위쉬안은 부아가 치밀어 두치민의 말을 잘랐다.

"두치민, 오늘이 내 생일이거든. 기억 못 하는 건 됐다 치고, 어떻게 전 여친을 데려다가 내 앞에서 이런 허접한 쇼를 해! 앞으로 매년 생일마다 내가 너 같은 쓰레기를 만났었다는 걸 떠올리면서 살라는 거야?"

두치민이 어리숙한 얼굴로 물었다.

"오늘이 생일이었어?"

황위쉬안은 그야말로 폭발 직전이었다. **이 미련한 놈아! 지난 연애도 제대로 못 끝냈으면서 왜 나를 끌어들인 거야?**

"미안해, 오늘이 생일인 줄은 정말 몰랐어……."

두치민이 거듭 사과했다.

"사과 같은 거 필요 없으니까 입 다물어. 앞으로 영원히 내 눈앞에서 사라져 버려!"

황위쉬안은 서둘러 카페를 나왔다. **젠장! 짜증 나, 짜증 나! 두치민 이 쓰레기! 오늘은 내 생일이라고! 정말 최악의 생일이네!** 빠르게 걸음을 옮기는 와중에 속은 것이 분해 눈물이 쏟아지자 손으로 얼른 눈물을 훔쳤다. **울 게 뭐 있어! 그런 쓰레기 같은 인간 때문에 이렇게 슬퍼할 필요 없잖아? 감정이 장난감인 줄 아는 사기꾼을 만난 것뿐이야…….** 황위쉬안은 자신을 달래보려 안간힘을 썼지만, 겨우 훔쳐낸 눈물은 무기력하게 다시 또 뺨을 타고 흘렀다.

그때, 휴대폰 벨소리가 울렸다. 그 쓰레기 두치민의 전화일 거라는 생각에 그대로 끊어버리려고 휴대폰 액정을 들여다보는데 왠지 망설여졌다. 태연한 척 전화를 받았다.

"왜 또 전화야?"

휴대폰 너머로 들려온 건 왕취안성의 목소리였다.

"그냥요. 선배 생일이 이제 한 시간밖에 안 남았는데, 생일 축하한단 말도 못 한 것 같아서요. 선배, 생일 축하해요."

'생일 축하한다'는 그 따스한 한마디에 황위쉬안은 왠지 모르게 서러운 마음이 밀려와 눈물이 투두둑 쏟아지기 시작했다. 울고 있다는 걸 들킬까 봐 대답은커녕 소리조차 내지 못했다. 잠시 후, 황위쉬안이 발길을 멈추었다. 저만치 자신이 일하는 식당 앞에 있는 왕취안성이 보였다. 스쿠터에 걸터앉아 전화 통화를 하면서 생일 케이크 위에 초를 하나하나 세심하게 꽂고 있었다. 휴대폰에서 왕취안성의 목소리가 계속 이어졌다.

"선배가 지금 남자 친구랑 생일을 보내고 있다는 거 알아요. 선배랑 거리를 두겠다고 약속했던 것도 기억하고요. 그래도 생일 축하한다는 말은 하고 싶어서요, 이 정도는 괜찮죠?"

왕취안성이 촛불을 다 꽂더니 한 손으로 어설프게 라이터를 쥐고서 하나씩 불을 붙이기 시작했다. 황위쉬안은 그 모습을 바라보고 있었다. 절망과 슬픔이 찾아왔던 그 생일 밤, 하나둘 밝혀지는 촛불을 따라 황위쉬안의 마음에도 서서히 온기가 스며들었다. 자신을 챙겨주는 누군가가, 자신을 위해 생일 케이크에 촛불을 밝혀주는 누군가가 있었다.

초에 불을 다 붙이고 난 왕취안성은 황위쉬안에게서 줄곧 대답이 없자 자신이 방해를 했다는 생각에 서둘러 말했다.

"이제 됐어요, 하려던 말은 다 했으니까. 데이트 방해 안 할게요, 바이바이……."

"잠깐만!" 황위쉬안이 갑자기 말을 건넸다. "그래도 생일인데, 축하한단 말 한마디로 때우려고?"

눈물은 어느새 사라지고 목소리가 밝아져 있었다. 마음이 훈훈해진 왕취안성이 뭔가 말을 꺼내려는 순간, 황위쉬안이 어느새 앞으로 다가와 있었다. 왕취안성은 눈을 동그랗게 떴다. 어떤 반응을 보여야 할지 몰라 어리둥절한 얼굴이었다. 그때, 황위쉬안이 전화를 끊고는 왕취안성이 준비한 케이크를 바라보며 물었다.

"아까 퇴근할 때 기다리라고 하더니, 케이크 사다주려고 그런 거였어?"

왕취안성이 고개를 끄덕이며 대답했다.

"생일 축하해 줄 사람이 없는 줄 알았어요. 그래서 케이크 사다가 축하해 주고 싶어서."

생크림으로 가득 덮인 생일 케이크와 그 위에서 활활 타고 있는 촛불을 황위쉬안은 가만히 바라보았다. 가슴을 가득 채우고 있던 억울함과 배신감으로 인한 분노가 촛농처럼 서서히 녹아내리면서 은은한 온기만 흘렀다.

"두치 선배랑 같이 생일 보낸다고 했잖아요? 왜 혼자 여기 있는 거예요?"

왕취안성이 궁금해져 물었다. 황위쉬안의 반응도 평소와 달라 보였다. 평소 같았으면 쓸데없는 짓을 한다며 비난하고, 스토커라고 욕을 했을 상황이었다. 어쩐 일로 저렇게 감동한 얼굴을 하고 있는 건지 궁금했다.

"선배?"

"계속 소원도 안 빌고 있다간 초 다 타버리겠다."

황위쉬안이 불쑥 말을 꺼냈다. 그때, 황위쉬안의 붉어진 눈이 왕취안성의 시선에 들어왔다. 뭔가 짐작 가는 게 있었지만, 왕취안성은 입 밖으로 꺼내지 않았다.

"그럼 생일 축하 노래 먼저 해줄게요!"

왕취안성이 말했다.

"노래는 됐고, 소원이나 빌자!"

황위쉬안은 약간 조바심이 난 듯 재촉했다.

"좋아요, 생일 주인공 말 들어야지."

황위쉬안은 살랑살랑 타오르는 촛불을 바라보며 눈을 깜빡였다. 눈가가 촉촉해진 게 느껴졌다.

"첫 번째 소원은, 세상 모든 연인이 행복한 결실을 맺었으면 좋겠다는 거고."

왕취안성은 가슴이 철렁했다. 황위쉬안의 옆얼굴 위로 희미하게 말라버린 눈물 자국이 보였다.

"두 번째 소원은, 평생 다시는 누군가의 뺨을 때리는 일이 없었으면 좋겠어."

왕취안성은 살짝 놀란 듯 눈을 크게 떴다. 이런 생일 소원은 난생처음이었다. 황위쉬안에게 도대체 무슨 일이 있었던 걸까. 황위쉬안이 세 번째 소원은 빌지 않고 잠시 멈추자 왕취안성이 물었다.

"그럼 세 번째 소원은요?"

황위쉬안이 고개를 살짝 갸웃거리며 생각하더니 왕취안성을 바라보며 말했다.

"세 번째 소원은 생각이 안 나네. 너 줄게!"

"나한테 준다고요? 왜요?"

왕취안성이 손으로 자신을 가리켰다.

"안 빌면 어차피 버려지는 거니까 그럴 바엔 너라도 주는 게 낫지."

왕취안성이 미소를 지었다.

"좋아요, 생일 주인공 말 들어야지. 선배의 세 번째 소원은 내가 대신 빌어줄게요."

그러고는 두 눈을 감더니 진지한 얼굴을 했다. 정말 소원을 대신 빌어주고 있는 듯했다. 그때야 비로소 황위쉬안은 눈을 들어 왕취안성을 바라보았다. 얼굴에 미소를 띠며 '고마워, 후배'라고 속으로 되뇌었다.

"무슨 소원 빌었어?"

황위쉬안의 물음에 왕취안성은 비밀스럽게 웃었다.

"세 번째 소원은 말로 하면 안 되는 거예요. 입 밖으로 꺼내면 안 이뤄진대요. 자, 케이크 잘라요!"

황위쉬안은 왕취안성이 건네는 플라스틱 칼을 받아 들었다. 오늘 밤에 있었던 우울한 일들은 잊고서 즐거운 마음으로 케이크를 잘랐다. 그 후, 두 사람은 살그머니 식당 주방으로 들어가 스파클링 와인을 꺼냈다. 케이크와 술로 생일을 축하하면서 황위쉬안은 오늘 밤에 두치민과 헤어진 일을 털어놓았다. 왕취안성은 황위쉬안 편을 들어주며, 처음에는 양다리를 걸친 두치민을 신랄하게 욕하다가 문득 물었다.

"정말 이해가 안 되네. 선배는 어쩌다 그런 사람을 좋아하게 된 거예요?"

황위쉬안 역시 조금은 후회된다는 얼굴로 가만히 생각하다 입을 열었다.

"실은 처음엔 아무런 감정도 없었어. 그러다 두 달 전에 같은 과 친구들이랑 나들이를 나갔는데, 거기서 길 잃은 꼬마 여자아이를 만났거든. 선배가 아이 손을 잡고 가족들을 찾아주는 모습을 보는데 갑자기 누군가가 떠오르는 거야……."

황위쉬안은 그 누군가를 처음 만났던 아주아주 오래전을

회상하기 시작했다.

"그게 누군데요?"

황위쉬안 얼굴 위로 동경 어린 빛이 보이자 왕취안성은 자기도 모르게 살짝 질투가 났다. 황위쉬안은 고개를 살짝 옆으로 기울인 채 스파클링 와인을 한 모금 마셨다. 한결 부드러워진 얼굴로 입을 열었다.

"어릴 때, 할머니를 보러 타이난에 갔었거든. 혼자 놀러 나갔다가 길을 잃어버린 거야. 발을 동동 구르고 있는데, 어떤 오빠가 집 가는 길도 찾아주고 맛있는 것도 많이 사줬어. 설탕 꽈배기랑 동과차, 그리고 달고나도 만들어주고, 마지막엔 스테이크까지 사줬다니까. 또 전통 거리에서 구슬치기랑 물고기잡기도 했는데, 진짜 대단한 오빠였어. 못하는 게 없더라고."

가만히 듣고 있던 왕취안성은 왠지 그 모든 게 익숙하게 들렸다. 그러다 불현듯 고등학교 시절이 떠올랐다. 그때 만났던 길 잃은 먹보 꼬마 아이!

「오빠, 나 절대 잊으면 안 돼요…….」

그때 등 뒤에서 몇 번이고 외치던 아이의 목소리가 귓가에 들리는 듯했다. 왕취안성은 와인을 마시다 사레가 들려 얼굴이 붉게 달아올랐다. **생각났다! 끈질기게 따라다니던 그 꼬**

想見你 Someday or One Day

마가 자기 이름이 황위쉬안이라고 했던 것 같은데? 어떻게 이걸 잊고 있었지?

"너 괜찮아?"

황위쉬안이 걱정하듯 물었다. 왕취안성이 고개를 저으며 되물었다.

"저기…… 캑캑, 그럼 혹시 그 오빠 얼굴은 기억나요? 분명 엄청 잘생겼죠?"

그런데 황위쉬안은 지금 나를 보면서도 낯익다는 생각이 안 든단 말이야? 그저 고개만 젓던 황위쉬안은 아쉬운 듯 대답했다.

"기억나는 건, 오빠가 스쿠터를 타고 나를 할머니 댁에 데려다줬는데, 오빠가 가는 걸 보니까 슬퍼서 그 뒤를 따라가다가 절대 날 잊지 말라고 소리쳤던 일이야. 근데…… 그러고 나서 정작 얼굴은 잊어버렸어……."

왕취안성이 조용히 한숨을 쉬었다. **얼굴을 기억하고 있었다면, 캠퍼스에서 만났던 그날 바로 날 사랑하게 됐을걸.** 어릴 적의 달콤했던 첫사랑을 떠올리며 황위쉬안은 반짝이는 눈으로 말을 이었다.

"얼굴은 기억 안 나지만, 여태 그 오빠를 잊어본 적이 없어. 속으로 항상 생각했지, 언젠가 남자 친구를 사귄다면 반드시 그 오빠처럼……."

왕취안성이 갑자기 끼어들었다.

"그러니까 그 망할 두치가 길 잃은 아이를 집에 데려다줬다는 것 때문에 두치랑 그 오빠를 엮어서 생각했고, 그래서 두치를 좋아하게 됐다는 거예요?"

황위쉬안은 부정하지 않았다. 살짝 수줍어하며 고개를 끄덕거렸다. 왕취안성은 입꼬리를 은근슬쩍 삐죽거리며 속으로 생각했다. **그 망할 두치랑 나는 달라도 너무 다르잖아!**

"너 그게 무슨 표정이야?"

황위쉬안이 왕취안성을 흘겨보았다.

"어, 그게, 저…… 저 기분이 좋아서요."

왕취안성은 서둘러 대꾸를 했다.

"기분 좋을 게 뭐가 있어?"

황위쉬안은 어리둥절했다.

"선배가 실연당했으니까 이제 내가 쫓아다녀도 된다는 뜻이잖아요?"

"왕취안성, 이 멍청아!" 황위쉬안이 왕취안성의 뒤통수를 쳤다. "나 방금 막 실연당했거든!"

"선배 그런 말 몰라요? 실연의 아픔을 치유하는 가장 빠른 방법은 빨리 새로운 연애를 시작하는 거라잖아요. 선배가 필요하다고 하면 전 언제든 준비돼 있어요!"

"꿈도 크시네! 너희 같은 망할 남자들이 하는 말을 내가 또다시 믿을 것 같아? 다시는 남자 친구 안 사귈 거라고!"

황위쉬안이 더는 상대하기 싫다는 듯 고개를 돌려버렸다.

"좋아요. 선배가 평생 남자 친구를 안 사귄다고 하니, 그럼 앞으로 매년 선배 생일을 떳떳하게 같이 보낼 수 있겠다. 매년 밸런타인데이는 내가 또 선배랑 같이 행복한 연인들을 저주하면서……."

"왕취안성, 너 진짜 약 먹었냐!"

왕취안성의 장난에 황위쉬안은 결국 웃음이 터졌다.

"선배, 전 진심으로 하는 말이에요. 선배가 다시는 남자 친구를 안 사귀겠다면, 그럼 저도 평생 여자 친구 안 사귈래요!"

왕취안성의 말투는 진지했다. 마음속으로 이미 오래전부터 황위쉬안을 평생의 운명으로 여기고 있었으니까. 하지만 황위쉬안은 그 말을 진심으로 받아들이지 않았다. 시계를 보니 이미 늦은 시각이어서 집에 갈 채비를 했다. 그때, 왕취안성이 작은 선물을 건네며 말했다.

"생일 축하해요."

예쁘게 포장된 선물을 받아 든 황위쉬안이 왕취안성을 바라보았다. 입가에 잔잔한 미소가 피었다.

*

황위쉬안은 나중에야 알았지만, 사실 왕취안성은 인기남이었다. 의도적으로 왕취안성을 피하거나 그의 존재를 불편해하지 않게 되면서부터 황위쉬안은 왕취안성이 나타나는 곳이면 언제나 수줍게 시선을 고정하는 여학생들이 있다는 걸 알았다.

그날도 교양 수업이 끝나자 몇몇 여학생이 왕취안성 뒤를 몰래 따라가며 흥분한 얼굴로 속닥거리는 모습이 보였다. 황위쉬안은 무심결에 마오마오에게 물었다.

"왕취안성이 여자애들한테 인기가 많나?"

마오마오는 깜짝 놀라며 호들갑을 떨었다.

"그걸 이제 알았어? 재네 과에서 왕취안성이 인기 제일 많잖아. 후배들뿐만 아니라 선배들까지 잘 보이려고 난리래!"

황위쉬안은 별로 개의치 않는다는 듯 "오" 하고 대꾸하더니 별생각 없이 말했다.

"어쩐지 아주 자신만만하게 여자들을 꼬시고 다니더라니."

그 말에 마오마오가 가방을 챙기다 말고 눈을 동그랗게 뜨며 말했다.

"잠깐. 우리 지금 같은 사람 이야기하고 있는 거 맞지? 왕취안성이 여자들을 꼬시고 다닌다고?"

"그럼 아니야?"

황위쉬안이 물었다.

"저기요, 재가 무슨 여자들을 꼬시고 다닌다는 거야? 여자들이랑 항상 적정 거리를 유지하는 데다가 먼저 말도 안 걸어. 눈으로 볼 수는 있는데 손에는 넣지를 못하니 여자애들이 저렇게 열광하는 거라고!"

마오마오의 말에 황위쉬안은 당황하며 재차 확인하듯 물었다.

"지금 왕취안성 얘기 하고 있는 거 맞지?"

마오마오가 가방을 다 챙겼는지 황위쉬안을 끌고 강의실을 나서며 계속 말을 이었다.

"그럼 누구 얘기겠어? 너 개강하고 지금까지 얼마나 많은 애들이 걔한테 고백했는지 알아? 하나같이 전부 차였대. 근데 거절의 이유가 완전 황당해, 얘기해 줄까?"

황위쉬안은 내심 신경이 쓰였지만, 굳이 그 마음을 드러내고 싶지는 않았다. 마오마오와 나란히 몇 걸음을 더 걷다가 대답했다.

"그 황당한 이유가 뭔데?"

"올해 신입생 여신이라는 린멍제 알지? 그저께 모임이 있었는데, 걔가 사람들 앞에서 왕취안성한테 고백했대. 근데 왕취안성 말이 점쟁이가 '뤄'씨 성을 가진 여자랑 사귀면 요절할 수 있으니 안 된다고 했다는 거야. 걔는 '린'씨인데! 성도 제대로 모르면서 단칼에 거절해 버린 거지. 그때 옆에 있던 사람들 배꼽 잡고 뒤집어졌대."

마오마오가 말했다.

"근데, 넌 어떻게 이렇게 속속들이 알아?"

황위쉬안이 물었다. 마오마오는 그제야 울상을 지으며 머쓱한 듯 입을 열었다.

"그게…… 그게 지난주에 왕취안성이 어떤 여자애한테 그랬거든. 점쟁이 말이 '마오'씨 성을 가진 여자랑은 사귀면 안 된댔다고. 안 그러면 부모님한테 그 해가 가서 가정에 불화가 생긴다나."

마오마오의 말소리가 점점 줄어들었다. 황위쉬안은 그 '어떤 여자애'가 마오마오 본인이라는 걸 굳이 묻지 않아도 알 것 같았다. 달래주려 하니, 마오마오가 금세 기운을 차리며 먼저 말을 건넸다.

"괜찮아, 거절의 이유가 좀 황당하긴 해도 왕취안성은 진짜 자상한 아이 같거든. 그런 재미난 말로 거절하니까 여자 입장에서는 마음을 접으면서도 체면을 지킬 수 있잖아. 물론…… 거절당하는 순간에는 꽤 민망하지만."

황위쉬안은 생각에 빠져들었다. **그러니까 왕취안성이 아무 여자에게나 그렇게 친절을 베푸는 게 아니란 말이야? 게다가 지금껏 여자들 고백을 전부 거절했다고?** 황위쉬안은 이제 인정해야 했다. 어느새 서서히 왕취안성이 달리 보이고 있었다.

*

수업이 끝나고, 황위쉬안은 평소처럼 아르바이트를 하러 식당으로 향했다. 식당은 아직 영업 준비 중이었다. 식당에 들어섰을 때, 스피커에서 약간 오래된 노래가 흘러나오고 있었다. 연륜이 묻어나는 목소리에 황위쉬안은 어렴풋하게 한 가수가 떠올랐다. 거칠어 보이는 외모와 달리 감미로운 사랑 노래를 곧잘 부르던 가수였다.

"왜 너 혼자야? 점장님은?"

황위쉬안이 물었다.

"납품 업체에서 엉뚱한 물건을 보냈나 봐요. 점장님이 그걸 알고는 씩씩거리면서 납품 업체랑 한판 해야겠다며 나가시더라고요."

황위쉬안은 고개를 끄덕이다가 들려오는 노랫소리에 궁금한 듯 물었다.

"이 음악 네가 튼 거야?"

왕취안성이 고개를 주억거렸다.

"네, 어때요? 노래 좋죠?"

"이거 엄청 옛날 노래 아니야? 너는 나이가 몇인데, 이런 옛날 노래를 들어?"

황위쉬안이 우스운 듯 물었다. 왕취안성이 천천히 황위쉬안 앞으로 다가섰다. 눈빛에 담긴 애틋함과 그리움이 단번에 읽혔다.

"전 옛날 노래 좋아하거든요. 특히 이 노래. 이 노래만 들으면 타임머신을 타는 기분이에요. 멜로디를 따라 과거의 어느 순간으로 돌아가서 그때의 일들을 떠올리게 되거든요……."

그건 어쩌면 무심코 가슴속을 맴돌던 미소일지도 모른다. 혹은 어느 순간 꿈속으로 들어선 누군가일 수도 있었다. 또 어쩌면 우연히 기억 속에 선명히 새겨진 포옹일지도.

왕취안성은 마주 선 여자를 바라보며 우바이의 〈라스트 댄스〉를 듣고 있다. 고등학교 시절의 기억들이 하나둘 떠올랐다. 새콤달콤하면서도 청춘의 씁쓸함이 배어 있는 기억들. 비 오던 날의 미소와 고개 돌려 바라보던 눈에 익은 얼굴도. 처음 자신을 안아주었을 때 느껴지던 체온까지…….

왕취안성은 황위쉬안을 가만히 바라보며 말을 이었다.

"이 노래를 들을 때마다 누군가가 떠올라요. 언제나 내 마음 안에서 떠나지 않는 사람, 아주 오래전부터 지금까지 내가 한 번도 잊은 적 없는 사람."

왕취안성은 일부러 잠시 멈추었다가 다시 입을 열었다.

"그 사람이 누군지 궁금하지 않아요?"

왕취안성의 뜨거운 시선에 황위쉬안은 아까부터 심장이 빠르게 뛰고 있었다. 오늘 학교에서 마오마오와 나누었던 대화가 떠올랐다. 여자들에게 관심이 조금도 없다던 왕취안성이 유독 자신에게만은 달랐다. **혹시, 왕취안성에게, 나는 정말, 특별한 존재인 걸까?** 애써 별 관심 없는 척하며 물었다.

"누군데?"

은연중에 왕취안성이 마음에 두었다는 그 사람을 질투하고 있다는 생각이 들었다.

"바로 선배예요."

왕취안성의 얼굴이 사뭇 진지했다. 왕취안성은 종일 또 쓸데없는 소릴 한다고 타박을 듣겠구나 싶었는데, 뜻밖에도 황위쉬안이 아무런 반응 없이 가만히 왕취안성을 마주 보고 있었다.

"왜 그래요? 왜 말이 없어요?"

조용한 황위쉬안이 어쩐지 낯설었다.

"너 종일 그렇게 쓸데없는 소리만 자꾸 하는데, 그러다 언젠가 내가 진심으로 받아들이면 어쩌려고 그래?"

황위쉬안이 물었다.

"선배가 진심으로 생각해 주면, 나는 기쁠 거예요."

왕취안성이 솔직하게 대답했다. 한마디 한마디가 모두 진심이었다.

"모든 여자한테 그렇게 말하는 거 아니야?"

황위쉬안은 부끄러운 마음에 고개를 돌렸다.

"아니에요!" 왕취안성이 항변했다. "이런 말은 선배한테만 하는 거라고요!"

"알았으니까 길 좀 비켜줄래. 유니폼 갈아입으러 가야겠다."

황위쉬안은 뜬금없는 말을 던지더니 왕취안성을 밀치며 직원 휴게실로 들어가 버렸다. 황위쉬안이 후다닥 자리를 벗어나는 바람에 왕취안성은 황위쉬안의 붉게 달아오른 얼굴과 당황한 표정을 볼 수 없었다.

제13장

2011년, 타이베이.

황위쉬안은 집으로 돌아오자마자 빨간색 이어폰을 꺼내 들었다. 왕취안성이 준 생일 선물이다. 실은 그다지 큰 의미를 두지 않고 있었다. 생일날 밤, 들뜬 마음으로 선물을 열어본 뒤 한쪽에 던져두었다. 하지만 오늘 밤은 일부러 그 빨간 이어폰을 꺼내 휴대폰에 꽂은 뒤, 액정을 쓱쓱 밀어가며 노래를 찾았다. **왕취안성이 이 노래를 들으면 마음에 담아두었던 사람이 생각난다고 했지. 그리고 그 사람이 나라고 했어. 그게 무슨 뜻일까?** 이해하긴 어려웠지만 왕취안성의 눈빛을 보았을 때 그게 진심이라는 걸 알았다. 드디어 노래를 찾아냈고, 노래가 시작되었다. 우바이의 〈라스트 댄스〉였다.

……그러니 잠시 눈을 감아봐

천천히 내 마음에 들어와도 돼

무대 위의 사람들이 하나둘 흩어져

그래 바로 지금이야……

황위쉬안은 이 노래가 좋았다. 그리고 지금 이 순간부터는 이 노래를 들을 때마다 자신의 마음속에도 그런 사람이 자리 잡게 될 거라는 걸 알았다.

*

기말고사가 코앞이었다. 왕취안성은 거의 매일 도서관에서 살다시피 했다. 어느 날, 복습을 한 단락 마치고는 기지개를 켜고 하품을 하다가 눈가에 맺힌 눈물을 닦으려는데, 누군가 왕취안성의 어깨를 톡톡 두드렸다. 돌아보니 황위쉬안이 손에 음료수를 들고 서 있었다. 황위쉬안은 음료를 책상에 내려놓더니 마시라는 듯 턱짓을 했다.

"고마워요, 선배!"

왕취안성이 싱글벙글한 얼굴로 작게 말했다.

"우리 사이가 그렇게 서먹했던가? 나랑 동갑이면서 자꾸 선배라고 부르니까 꼭 내가 늙은 것 같잖아!" 황위쉬안이 일부러 눈을 흘겼다. "앞으로 선배라는 말은 금지, 알았어?"

황위쉬안은 말이 끝나기 무섭게 빠른 걸음으로 도서관을 나갔다. 왕취안성이 도서관 입구로 쫓아가 큰 소리로 말했다.

"알았어, 황위쉬안!"

황위쉬안은 걸음을 멈추지도, 돌아서서 대꾸하지도 않았다. 다만 가방에서 빨간 이어폰을 꺼내 두 귀에 꽂았다.

*

"왕취안성, 혹시 황위쉬안 못 봤어?"

땀을 뻘뻘 흘리며 일하던 점장이 물었다. 바쁜 주말 저녁이 또 돌아왔다. 식당은 정신없이 바쁜데 어쩐 일인지 황위쉬안이 보이지 않았다.

"점장님, 황위쉬안 오늘 출근하자마자 화장실로 달려가던데요!"

한쪽에서 설거지하느라 정신이 없던 피피가 산더미 같은 그릇들 사이에서 고개를 들고 말했다.

"제가 한번 가볼게요!"

왕취안성이 걱정스러운 마음에 점장에게 말했다. **혹시 어디가 아픈 건 아니겠지?** 화장실로 다가가 노크를 하니 안에서 누군가 응답하듯 바로 문을 두드렸다.

"황위쉬안, 너 맞지?"

왕취안성이 소리 낮춰 물었다.

"……왜 그러는데."

황위쉬안의 목소리가 어쩐지 힘이 없어 보였다.

"혹시 배탈 난 거 아니야? 너 화장실에서 벌써 30분째야!"

"너…… 아니다, 마오마오 있어?"

황위쉬안이 물었다.

"마오마오 오늘 휴무인데."

"그럼 가게에 누구 있어?"

"점장님, 피피, 그리고 나!"

황위쉬안은 화장실 안에서 말없이 하늘만 쳐다보았다. **왜 오늘은 전부 남자들뿐인 거야? 나보고 이 얘기를 어떻게 하라고?**

"황위쉬안, 대체 왜 그러는데? 정말 많이 아파서 쉬고 싶은 거면, 일단 방해하지 않을게."

왕취안성이 화장실에서 나가려 하자 황위쉬안이 불러 세웠다.

"잠깐!"

"왜?"

"너…… 일단 가지 말고, 나 뭐 하나만 부탁해도 돼? 그게…… 나 그게 왔는데, 좀 갑작스러워서 못 챙겨 왔거든……."

말을 더할수록 점점 부끄러워졌다. **짜증 나, 왜 하필 왕취안성인 거야?** 왕취안성은 바로 눈치챘다.

"알았으니까 그만 얘기해도 돼. 내가 지금 가서 사 올게, 금방이면 돼!"

*

왕취안성은 여자들이 생리 기간이 되면, 어느 정도 불편해지고, 어떤 사람은 특히 힘들어한다는 것도 알았다. 황위쉬안은 후자였다. 허리를 펴는 것조차 힘이 들 만큼 아파하는 데다가 얼굴색까지 창백했다. 결국 왕취안성은 황위쉬안 대신 점장에게 휴가를 신청한 뒤, 황위쉬안을 집에 데려다주겠다고 나섰다. 그런 뒤에 곧장 식당으로 돌아와 일을 계속할 것이며, 오늘 밤에 황위쉬안이 맡아야 했던 재고 조사까지 전부 자신이 하겠다고 점장에게 약속했다.

황위쉬안은 폐를 끼치고 싶지 않아 혼자 집에 갈 수 있다고 말했지만, 왕취안성은 완강했다. 결국 말씨름할 기운도 없어 그 말을 따르기로 했다. 왕취안성은 택시를 불러 황위쉬안의 집으로 향했다. 집 앞에 도착했을 때는 황위쉬안이 걸음을 옮기는 것도 힘들어하자, 말없이 황위쉬안을 등에 업고 천천히 계단을 올랐다. 널찍하고 따듯한 등에 업힌 채, 황위쉬안이 나지막이 물었다.

"왜 나한테 이렇게 잘해주는 거야?"

이렇게 자상한 남자는 지금껏 본 적이 없었다. 아무런 거리낌 없이 생리대를 사러 달려간 것도 모자라 이제는 집까지 데려다주면서, 그것도 자신을 등에 업고 계단을 오르고 있다.

"그걸 꼭 물어야 알아? 당연히 좋아하니까 그렇지."

왕취안성의 대답은 떳떳했다. 몸은 힘들었지만 마음은 무척이나 따스했다. 자신도 모르게 왕취안성의 어깨에 머리를 살짝 기대었다. 입꼬리가 살짝 올라가는 게 느껴졌다. 이런 게 행복일까.

*

황위쉬안을 안전하게 집까지 데려다주고 상태가 괜찮은지 다시 한번 확인하고 나서야 왕취안성은 그곳을 나섰다. 계단을 내려와 몇 걸음 걸었을까. 휴대폰이 울리기 시작했다. 휴대폰을 꺼내 액정을 확인해 보니 황위쉬안에게서 걸려 온 전화였다.

"혹시 뭐 잊어버린 거 있어? 아니면 뭐 더 사다 줄까?"

왕취안성이 물었다.

"아니, 고개 들어봐."

황위쉬안의 말에 왕취안성은 궁금해하며 고개를 들었다. 황위쉬안이 3층 발코니에 기댄 채 미소 지으며 왕취안성을 바라보고 있었다.

"왜 그래?"

왕취안성은 고개를 든 채, 자신이 사랑하는 그 여자를 바라보았다. 황위쉬안이 심호흡을 했다. 그러고는 무언가를 결심한 듯 입을 열었다.

"오늘 이날을 잘 기억해 둬."

"오늘? 왜?"

왕취안성은 어리둥절했다.

"왜냐하면, 오늘이 1일이니까."

황위쉬안의 목소리에서 약간의 수줍음이 묻어났다.

"뭐가 1일이야? 아, 너 그날 1일?"

왕취안성의 맹한 질문에 황위쉬안이 "그게 아니라!" 하고 대답하더니 부끄러운 듯 화가 난 듯 수화기에 대고 소리쳤다.

"우리가 사귄 지 1일이라고! 왕취안성, 진짜 눈치 없게!"

왕취안성의 두 눈이 휘둥그레졌다. 자신의 귀를 믿을 수 없었다. **황위쉬안이 지금 자기 입으로 우리가 사귄다고 말한 거야?** 왕취안성은 3층 발코니에 기댄 황위쉬안을 바라보았다. 가로등이 황위쉬안의 웃음 가득한 얼굴을 또렷하게 비추고 있었다. 농담이 아닌 듯했다. 황위쉬안의 시선이 시종일관 왕취안성에게 머물러 있다. 왕취안성은 미친 듯이 기쁜 나머지 휴대폰을 손에 쥔 채 골목길에서 환호성을 질러댔다.

"우리 이제 사귄다! 오늘이 우리 1일이라고!"

왕취안성은 온 세상 사람들에게 전부 알리고 싶었다.

"왕취안성! 소리 낮춰!"

그토록 즐거워하는 모습에 황위쉬안은 화가 나면서도 한편 웃음이 나왔다.

"황위쉬안, 사랑해!"

왕취안성은 휴대폰에 대고, 동시에 온 세상을 향해 선언하듯 소리치고 있었다. 드디어 사귀게 되었다. 열일곱 그해의 애틋한 사랑이 세월을 돌고 돌아 이 순간에 이르러서야 좋아하는 그 사람과 함께할 수 있게 되었다.

*

좋아하는 사람과 함께할 수 있고, 상대도 나를 좋아한다는 건 세상에서 가장 행복한 일이 아닐까? 왕취안성과 황위쉬안은 연인이 되었다. 그 뒤로, 두 사람의 애정은 사그라들 줄 모르고 타올랐다. 왕취안성은 언제나 마음속에 황위쉬안을 1순위로 두었다. 물론 이따금 다툴 때도 있었지만, 왕취안성은 한 번도 험한 말을 내뱉지 않았고, 늘 먼저 사과를 했다. 황위쉬안이 화를 내는 것도, 눈물을 흘리는 것도 보고 싶지 않았다. 그저 행복하게 웃는 모습만 보고 싶었다. 그러나 시간이 점차 흐를수록 그 예언과도 같았던 꿈들이 현실에 모습을 드러내기 시작했다.

왕취안성은 자신이 열일곱 살 때, 과거로 돌아온 황위쉬안이 해주었던 이야기를 똑똑히 기억하고 있었다. 훗날 왕취안성은 죽고 황위쉬안 혼자 남아 괴로워하며 외롭게 살아간다고 했었다. 당시 황위쉬안이 정확한 사망 날짜를 언급한 적은 없었다. 제한된 단서를 더듬어보았을 때, 두 사람이 대학을 졸업한 이후일 거라고 짐작할 수 있을 뿐이었다. **이제는 내가 왕취안성으로 살고 있으니, 그렇다면 죽음이 예정된 미래도 내가 바꿀 수 있지 않을까?**

황위쉬안은 대학을 졸업한 뒤, 어느 테크놀로지 회사에 취직했다. 1년 후, 왕취안성도 졸업을 하고 혼자 작업실을 꾸려 일을 의뢰받았다. 그리고 두 사람의 동거가 시작되었다. 모든 게 당시 황위쉬안이 이야기했던 그대로 흘러갔지만, 왕취안성은 기대를 버릴 수가 없었다. 이번만큼은 다를지 모른다고, 죽음이라는 운명을 피해 황위쉬안과 계속 함께할 수 있을지도 모른다고. 그러다 둘이 결혼하고 아이를 낳아 아이가 커가는 모습을 함께 바라볼 수 있을지도 모른다고…….

하루하루가 흘러갔다. 왕취안성의 작업실은 날로 번창했고, 황위쉬안 역시 회사에서 노력을 인정받으면서 승진을 거듭했다. 대학을 졸업한 지 3년째 되던 해, 왕취안성은 결혼 비용이 어느 정도 모이자 몰래 프러포즈 반지를 샀다. 결국 그 순간이 오고야 말았다.

*

그날 저녁, 왕취안성은 집에 오자마자 문을 열고 집 안을 향해 외쳤다.

"나 왔어, 저녁 먹었어? 아니면 같이 나가서 먹을까? 나

오늘 하루 종일 도면 작업하느라 아무것도 못 먹었더니 배고파 죽겠어…….”

안에서는 아무런 반응이 없었다. 집으로 들어서니 황위쉬안이 다소 무거운 얼굴로 혼자 식탁 앞에 앉아 있었다.

“왜 그래?”

왕취안성이 물었다. 황위쉬안은 고개 들어 잠시 왕취안성을 바라보다 겨우 입을 열었다.

“회사에서 나를 상하이로 파견 보낼 계획이래.”

황위쉬안의 목소리는 한없이 가벼웠지만, 왕취안성은 무언가가 산산조각이 나며 부서지는 소리를 또렷하게 들었다. 한때 그려왔던 아름다운 미래가 부서지는 소리였다. 이기적이라는 건 알지만 황위쉬안을 이렇게 보낼 수는 없었다. 언제나 황위쉬안의 말이라면 온전히 따르던 그였지만, 예상외로 이번에는 황위쉬안 혼자 상하이로 떠나는 것을 반대했다. 그날 저녁, 두 사람은 이 일로 보기 드물게 늦은 밤까지 다퉜다.

왕취안성은 어쩔 수 없이 프러포즈 계획을 조금 앞당기기로 했다. 그러나 프러포즈를 하기도 전에 화가 난 황위쉬안이 서둘러 집을 나섰고 한발 앞서 상하이행 비행기에 올라타고 말았다. 왕취안성은 몰래 감춰두었던 반지를 챙길 새도 없이 황황히 공항으로 내달렸고, 가장 빠른 상하이행 항공권을 끊었다. 황위쉬안을 되찾아 오고 싶었다. 최소한 결혼 약속이라도 받아내야 했다. 그러나 출국 수속을 막 밟으려고 할 때였다. 누군가 왕취안성을 불렀다.

"왕취안성."

고개를 돌리던 왕취안성은 그대로 얼어붙었다. 그 사람이 천천히 다가오고 있었다.

"네…… 네가 어떻게……?"

왕취안성 앞으로 다가선 사람은, 리쯔웨이였다. 2003년 교통사고 이후 깨어나지 못하는 바람에 부모가 캐나다로 데려가 보살피고 있다던 그 리쯔웨이.

"이번 비행기를 타면 죽게 될 거라는 거 알고 있어?"

리쯔웨이가 왕취안성의 놀란 얼굴을 뒤로하고 물었다. 왕취안성은 충격에 잠시 멍해 있었다.

"물론 안 타도 돼. 그럼 넌 죽지 않을 거고, 계속 황위쉬안 곁을 지킬 수 있을 거야. 나중에 내가 겪게 될 일들도 감당할 필요 없을 거고."

리쯔웨이가 왕취안성을 바라보며 이야기했다.

그 순간 왕취안성은 알았다. 이 모든 게 끝없이 순환하는 매듭이라는 걸. 왕취안성이 이번 비행기를 타지 않아 죽음을 비껴간다면, 슬픔에 잠겨 있던 황위쉬안이 과거로 돌아가는 일도 없을 테고, 그렇다면 열일곱 살의 리쯔웨이가 과거로 돌아온 황위쉬안을 사랑하는 일도 일어나지 않을 터였다.

기나긴 침묵 끝에 왕취안성이 물었다.

"언제 깨어난 거야?"

리쯔웨이가 대답했다.

"실은 교통사고 당하고 2주쯤 지났을 때 깨어났어."

그 짧은 2주간의 시간 동안 리쯔웨이는 시공간을 넘어 왕취안성의 몸으로 7년을 살았다. 불행한 사고를 앞둔 그 비행기에 탑승하기 전까지.

"부상이 컸어. 타이완에 있는 병원에서 꼬박 2년 동안 재활 치료를 받고 나서야 퇴원했어. 그 후에 캐나다로 돌아가지 않고 타이난에서 게스트하우스를 운영했지. 장사도 그럭저럭 잘됐고, 게스트하우스 말고도 디자인 작업실을 열어서 일거리도 받으며 살았어……."

리쯔웨이가 말했다.

"잠깐. 그러니까 2003년 사고 후에 얼마 안 돼서 깨어났다는 거야? 그럼…… 그 오랜 시간 동안 황위쉬안한테 연락해 볼 생각은 없었어?"

왕취안성이 놀란 얼굴로 물었다. 리쯔웨이가 씁쓸하게 웃었다. 대답이 없었다. 왕취안성은 그런 리쯔웨이를 이해할 수 없다는 듯 바라보았다.

14년이었다. 리쯔웨이는 깨어난 뒤로 꼬박 14년을 황위쉬안과 같은 시공간에서 살았고, 왕취안성과 관계가 진전되는 과정 또한 속속들이 알고 있었다. 그런데 어째서 줄곧 방관자의 자리만 지키며 이 모든 일이 일어나기를 묵묵히 기다려야 했던 걸까?

"왜지?"

왕취안성 입에서 나올 수 있는 단 하나의 질문이었다.

"사랑하니까." 리쯔웨이의 대답이 계속 이어졌다. "그래서 기다리고 싶었어."

길고 괴로운 기다림이었다. 하지만 이렇게 기다릴 수 있었던 데에는 한 가지 이유가 더 있었다. 바로 모쥔제였다. 마치 속마음을 꿰뚫어 본 듯한 이야기에 왕취안성이 절박하게 물었다.

"그럼 넌 모쥔제의 행방을 알아? 우원레이 아저씨 말로는 출소 후 행방불명이 됐다고 하던데……."

리쯔웨이의 눈시울이 붉어졌다. 격한 감정을 애써 억누르고 있는 게 느껴졌다. 숨을 깊이 들이마시더니 겨우 입을 열었다.

"내가 아저씨한테 그렇게 말해달라고 했거든."

"잠깐. 그럼…… 그럼 아저씨는 진작부터 알고 계셨다는 거야?"

왕취안성이 놀라서 묻자 리쯔웨이가 고개를 끄덕였다.

"내가 널 잘 챙겨달라고 부탁드렸으니까."

"그럼…… 그럼 모쥔제는 도대체 어떻게 된 건데?"

리쯔웨이가 울컥하며 말을 꺼냈다.

"출소 후 얼마 안 돼서 모쥔제의 할머니가 돌아가셨어. 같이 장례를 치르고 나서 그날 저녁에 술을 좀 마셨지……. 그때만 해도 그렇게 생각했어. 이번에는 이 비극을 막을 수 있을 거라고. 그런데……."

리쯔웨이가 두 주먹을 꽉 쥐며 홱 하고 돌아섰다. 무너지는 모습을 왕취안성에게 보여주고 싶지 않았다.

"그러니까 모쥔제가 어떻게 된 건데?"

왕취안성이 앞으로 달려들었다. 리쯔웨이의 어깨를 확 잡아끌며 강제로 돌려세워 얼굴을 마주했다. 리쯔웨이의 눈에서 눈물이 흘러내렸다.

"그날 밤, 천원루가 죽은 채로 발견됐던 그곳, 그러니까 그 폐건물로 가서…… 뛰어내려…… 목숨을 끊었어."

왕취안성의 머릿속이 새하얘졌다. 리쯔웨이에게서 손을 떼고 멍하니 뒷걸음질을 쳤다.

과거에 경찰은 사건 현장에서 천원루의 시신과 피투성이가 된 모쥔제를 발견하면서 이로써 모쥔제를 범인으로 단정지었다. 모쥔제는 아무런 변명도 없이 그저 텅 빈 눈으로 경찰의 손에 끌려가 체포되었다. 여러 해가 지나도록 왕취안성은 모쥔제가 범인이라는 걸 믿지 않았다. 모쥔제가 직접 제 입으로 설명해 주는 걸 듣고 싶었다. 왕취안성이 흥분한 얼굴로 리쯔웨이의 팔을 세게 붙잡으며 물었다.

"모쥔제가 무슨 얘기 한 건 없었어? 천원루…… 정말 모쥔제가 천원루를 죽인 거야?"

리쯔웨이는 그저 고개만 저을 뿐이었다.

"모른다는 거야, 아니면 천원루를 죽인 게 아니라는 거야?"

왕취안성의 추궁이 이어졌다.

"아무 얘기 없었어. 아무 얘기도 해주지 않았다고……."

리쯔웨이의 눈에서 회한의 눈물이 끝없이 흘러내렸다.

"자살할 거라는 걸 난 분명 알고 있었고, 그래서 막아보려 했는데, 소용없었어. 모쥔제는 결국……."

잇따른 충격에 왕취안성은 제대로 서 있을 수 없었다. 비틀거리는 걸음으로 옆 좌석에 주저앉았다. 몸을 앞뒤로 조금씩 구부렸다 폈다 하면서 갑작스럽게 들이닥친 비보를 받아들여 보려고 애썼다. **그러니까, 모쥔제는 자살한 거야? 이미 이 세상에 없다는 거지? 그러니까, 내가 지금 상하이행 비행기를 타면 곧 죽게 될 거고, 그럼 2003년의 리쯔웨이 몸으로 돌아간다는 거잖아? 그럼 만약…… 만약 내가 이번 비행기를 타지 않는다면?**

까르르거리며 장난치는 아이 목소리에 왕취안성은 무심코 고개를 돌렸다. 한 남자아이가 장난감을 손에 들고 앞으로 내달리고 있었다. 엄마로 보이는 젊은 여자가 뒤에서 다급히 쫓아왔고, 저만치에서 젊은 남자가 양손에 짐을 든 채 서둘러 뒤따라오고 있었다. 그때였다. 젊은 여자는 황위쉬안으로 바뀌었고, 왕취안성 자신은 짐을 든 젊은 아빠가 되어 있었다. 앞을 향해 내달리는 꼬마는 두 사람의 아이였다. **이것이 어쩌**

면 나와 황위쉬안의 미래일지도 모르지. 하지만 내가 죽지 않는다면, 이 모든 시공간의 순환이 지금 나에게서 끊어지고 만다면, 그렇다면 황위쉬안을 만날 기회는 물론이고 황위쉬안을 사랑하게 될 일은 더더욱 없는 거야. 게다가 지금 이 시공간의 리쯔웨이는 또 어떻게 되는 걸까?

왕취안성은 오랫동안 깊은 생각에 빠져 있었다. 리쯔웨이는 그저 옆에서 그 모습을 가만히 바라보고 있을 뿐이었다. 어떤 대답을 할지 진작부터 알고 있는 사람처럼.

드디어 왕취안성이 고개를 들었다. 리쯔웨이를 바라보는 얼굴에 씁쓸한 미소가 어렸다.

"도대체 내가 뭐 때문에 이렇게 갈등하고 있는 거지? 왕취안성의 몸으로 황위쉬안과 만나겠다고 마음먹은 순간부터 언젠가는 이런 날이 올 거라는 걸 알았어야 했는데."

말을 이어갈수록 왕취안성의 눈시울이 점점 붉어졌다. 황위쉬안을 떠난다는 건 너무나 힘든 일이었다. 그리고 자신을 잃고 나면 황위쉬안이 얼마나 괴로워할지 눈에 선했다. 하지만 이기적으로 굴어선 안 된다고 애써 자신을 설득했다. 게다가 만약 2003년으로 돌아갈 수 있다면, 이번에는 모쥔제의 자살을 막을 수 있을지도 모른다. 고개를 돌려 통유리창 너머로 막 이륙하는 비행기를 바라보았다. 저 비행기처럼 하늘로 날아올라 자신이 그토록 사랑하는 여자에게로 날아가고 싶었다.

왕취안성은 숨을 깊이 들이마셨다. 다시 시선을 돌려 자신을 설득하듯 말했다.

"내가 어떻게 해야 하는지 이제 알겠어."

비록 아쉽지만, 알고 있었다. 언젠가 다시 황위쉬안과 만나게 되리라는 걸. 다만, 기나긴 기다림을 거쳐야 할 뿐이라는 걸. 그리고 그때가 되면, 리쯔웨이의 이름으로 황위쉬안 앞에 다시 모습을 드러낼 것이다.

왕취안성이 미소를 띠며 손에 든 비행기표를 꽉 쥐었다. 돌아서서 출국장을 향해 걸음을 옮겼다. 리쯔웨이는 조용히 그 모습을 바라보았다. 반쯤 걸어가던 왕취안성이 갑자기 뭔가 생각난 듯 고개를 돌렸다. 자신의 휴대폰을 꺼내 리쯔웨이에게 건네며 말했다.

"황위쉬안과 함께했던 소중한 추억들이 여기 모두 담겨 있어. 잘 보관해 줘."

리쯔웨이는 약간 놀란듯 잠시 머뭇거리다가 겨우 손을 내밀어 받아 들었다. 왕취안성은 또 다른 자신의 얼굴을 바라보며 웃다가 돌아섰다. 뒤도 돌아보지 않고 그대로 걸었다.

*

2019년, 타이베이.

32카페. 황위쉬안은 그 모든 게 믿기지 않는다는 얼굴이었다. 그 모습을 바라보며 리쯔웨이는 차오르는 감정을 더 이상 억누르지 못한 채 붉어진 눈으로 말했다.

"그땐 내가 이 모든 걸 견딜 수 있을 거라고 생각했어. 그런데 네가 없는 하루하루가 일분일초가 그렇게 버티기 힘들 줄은 몰랐어……." 리쯔웨이가 고개를 숙였다. 양손을 꽉 맞잡으며 자책하는 얼굴을 했다. "그리고 모쥔제는……. 가장 친했던 내 친구는……."

그 오랜 시간 동안 리쯔웨이 홀로 묵묵히 모든 걸 감당해냈을 거라고 생각하니 황위쉬안은 마음이 아려왔다. 손을 뻗어 리쯔웨이의 손을 잡았다. 두 손이 부들부들 떨리고 있었다. 감정이 무너져 내렸다. 오랫동안 느껴왔던 외로움을 마침내 누군가에게 이해받고 따스하게 위로받고 있다는 생각에 리쯔웨이는 주체하지 못하고 목 놓아 울기 시작했다. 황위쉬안이 리쯔웨이를 품에 꽉 안으며 조용히 함께 눈물을 흘렸다.

이제 보니 정말 한 번도 사라진 적이 없었어. 왕취안성이든 리쯔웨이든 둘은 결국 같은 사람이었던 거야. 줄곧 나를 깊이 사랑해주고 있었던 거야.

*

황위쉬안과 함께 살았던 집으로 다시 돌아오게 된 리쯔웨이는 왠지 주저하는 눈치였다. 왕취안성으로 살았던 그 시절이 마치 달콤한 꿈만 같았다. 이 모든 게 진짜일까? 리쯔웨이의 마음을 눈치챈 황위쉬안은 말없이 한발 앞서 들어선 뒤, 돌아서서 가만가만 리쯔웨이를 바라보았다. 드디어 리쯔웨이가 집으로 들어섰다. 이번에는 왕취안성이 아니라 리쯔웨이의 몸으로.

다시 한번 상하이 파견을 준비하면서 집 안은 이미 어느 정도 정리가 된 상태였다. 큰 가구 몇 개와 구석에 쌓인 상자들이 전부였다. 그러나 리쯔웨이가 그곳에 발을 들이는 순간, 지난 기억들이 물밀듯이 밀려왔다. 이곳저곳을 둘러보는 리쯔웨이의 시선을 따라 그들이 한때 손수 꾸몄던 집이 다시 눈앞에 펼쳐졌다. 어느새 리쯔웨이의 얼굴 위로 그리움 담긴 미소가 어렸다. 그때, 황위쉬안이 뒤에서 조용히 리쯔웨이를 안으며 말했다.

"드디어 돌아왔네."

리쯔웨이는 황위쉬안의 양손을 맞잡으며 미안한 얼굴로 말했다.

"미안해, 이렇게 오래 기다리게 해서……."

*

그날 밤, 두 사람은 서로를 꼭 안고 잠자리에 누웠다. 그러나 누구도 먼저 눈을 감고 잠들지 못했다. 다시 눈을 떴을 때,

이 모든 게 그저 꿈이 되어버릴까 봐 두려웠다. 대체 어느 게 꿈일까? 어느 게 현실인 걸까?

두 사람은 침대에 누운 채 서로를 바라보았다. 나지막한 음성으로 그간의 모든 일을 이야기했지만, 여전히 믿기지 않았다. 황위쉬안과의 재회를 기다리던 그 기나긴 나날 동안, 리쯔웨이는 여러 차례 자신에게 묻곤 했다. **끝없이 교차하고 순환하는 시공간 속에서 우린 이미 같은 일을 수없이 겪고 있었던 것은 아닐까? 그리고 매번 나는 미래에서 온 황위쉬안을 어김없이 사랑하게 되는 걸까? 매번 나는 그날 밤 일어나는 일들을 막지 못하는 걸까? 매번 나는 황위쉬안을 다시 만나기 위해 과거에서 미래로 넘어가 왕취안성이 되어 황위쉬안을 다시 사랑하게 되는 걸까? 그리고 황위쉬안은 매번 왕취안성과의 이별로 인해 또다시 과거로 돌아가게 되는 걸까?**

두 사람은 언제나 서로 다른 시공간에 존재하면서 끝없이 교차를 반복하며 순환하고 있었다. 뫼비우스의 띠처럼 어디가 시작이고 어디가 끝인지 알 수 없는 순환 속에 영원히 머무를 것만 같았다.

이야기를 듣던 황위쉬안은 자기도 모르게 리쯔웨이를 더욱 꽉 안으며 막막한 듯 말했다.

“만약 이 모든 게 끝없이 되풀이되는 거라면, 그럼 우린 대체 뭐지? 지금의 너도, 과거의 너도 모두 정해진 운명 속에서 살고 있다는 거잖아, 나도 그렇고…….”

리쯔웨이가 황위쉬안의 보드라운 머릿결을 다정하게 쓰다듬으며 애석하다는 얼굴로 대답했다.

"그래, 내가 아무리 노력해도 바뀌는 건 아무것도 없다는 걸 깨달았을 때는 나도 포기했었어. 이렇게 그냥 흘러가는 대로 운명에 내맡겨야겠다고. 하지만……."

리쯔웨이는 2년 전, 공항에서 왕취안성과 나누었던 대화를 떠올렸다. 리쯔웨이는 자신이 예상한 대로 왕취안성이 반응할 거라고 생각했다. 자신이 한때는 왕취안성의 몸으로 같은 공간에서 같은 시간을 살아가며 또 다른 자신을 만났으니까. 그러나 모든 것이 정해진 운명을 따라 또 다른 순환의 고리에 올라타는 순간, 리쯔웨이는 알았다. 왕취안성이 그때의 자신과는 조금 달라져 있다는 걸.

공항에서 왕취안성이 덧붙였던 말이 있었다.

"만약 내가 이번 비행기를 타지 않으면 지금 네가 여길 어떻게 올 수 있겠어? 황위쉬안도 나 때문에 과거로 돌아가는 일은 없었을 거야. 그렇게 되면, 과거로 돌아가서 모쥔제와 천윈루, 그리고…… 너와 나를 구해줄 사람이 없는 거잖아?"

왕취안성을 마주하고 있던 리쯔웨이는 순간 멍해졌다. 예상치 못한 대답이었다. 왕취안성도 자신처럼 모든 진실을 알고 나면, 그저 운명을 받아들일 거라고 생각했다. 하지만 왕취안성은 자신의 휴대폰을 건넨 뒤, 걸음을 몇 차례 옮기다 무언가 생각난 듯 되돌아왔다.

"만약, 마지막까지 내가 결국 이 모든 걸 바꾸지 못한다면, 나 대신 황위쉬안을 잘 돌봐줘."

왕취안성은 손을 뻗어 리쯔웨이와 악수를 했다. 두 사람이 손을 맞잡는 순간, 리쯔웨이는 자신의 손바닥에 단단한 무언가가 맞닿는 걸 느꼈다. 왕취안성이 손을 놓고 돌아서서 자리를 떴을 때, 리쯔웨이의 손바닥에는 뫼비우스 띠 모양의 반지가 남아 있었다. 남성용 결혼반지였다. 리쯔웨이는 더욱 놀랐다. 자신이 왕취안성이었을 때, 공항에서 자신은 이 반지를 건네지 않고 그대로 간직했었는데, 이 시공간에서의 왕취안성은 그때의 자신과 달랐다. 왕취안성은 자신이 과거를 바꿀 수 있다고, 살리고 싶었던 그들을 구할 수 있을 거라고 더더욱 믿는 듯했으니까…….

리쯔웨이는 황위쉬안을 바라보며 입을 열었다.

"오랫동안 생각해 봤는데, 어쩌면 우리가 무언가를 너무 바꾸려고 애써서 이 모든 게 되풀이되는 걸지도 몰라. 마치 내가 왕취안성이었을 때, 널 떠날 수밖에 없는 미래를 바꾸려고 온갖 애를 쓰고도 결국 나의 선택으로 그 비행기에 올라탔던 것처럼."

황위쉬안은 귀 기울여 듣고 있었다.

"하지만 운명을 받아들이고, 내가 알고 있는 미래를 바꿔보려고 더 이상 애쓰지 않게 되었을 때, 늘 똑같아 보이던 순환 속에 내가 예상치 못한 변화가 있었어……."

결국 그들은 운명을 바꾸지 못했지만, 시공간의 궤도는 조용히 그러나 확실히 변하고 있었다.

“그래서 생각해 봤어. 천원루가 1999년 그날 밤에 죽지 않는다면, 그 후에 일어날 모든 사건은 사라지지 않을까?”

어쩌면 이 순환은 천원루의 죽음으로부터 시작되는 건지도 모른다. 황위쉬안은 리쯔웨이의 진지한 눈망울 속에서 리쯔웨이가 무슨 생각을 하는지 알 수 있었다. 하지만 입 밖으로 꺼내지 않고, 그저 살짝 불안한 듯 눈길을 떨구었다. 그 생각을 알아챈 리쯔웨이 역시 다정하게 말을 아끼며 황위쉬안을 더욱 꼭 안아주었다.

두 사람은 같은 생각을 하고 있었다. 황위쉬안이 다시 과거로 돌아가는 데 성공한다면, 그러니까 천원루가 살해당하기 전날로 돌아가 1999년 2월 14일 밤에 천원루를 살아 있게 할 수 있다면, 끝없이 순환하는 이 모든 고리와 비극이 더 이상 일어나지 않게 막을 수 있을 터였다. 하지만 그 말은, 두 사람의 미래 역시 바뀔 거라는 뜻이기도 했다. 리쯔웨이가 과거로 돌아온 황위쉬안을 만나지 못한다면, 그 많고 많은 사람 속에서 두 사람이 여전히 서로를 만나고, 사랑하고, 끝까지 함께할 수 있을까? 무한한 교차와 순환의 고리는 여기서 멈추겠지만, 두 사람은 이제 서로 어떠한 접점도 없이 낯선 타인이 되어버리는 것 아닐까?

“나…… 난 모르겠어, 무서워…….”

황위쉬안이 결국 두려운 속마음을 입 밖으로 꺼냈다. 리쯔웨이가 조금 더 꽉 황위쉬안을 안았다.

"두려워하지 마. 지금은 우리가 함께 있잖아?"

황위쉬안은 리쯔웨이 품에 얼굴을 묻은 채, 한참 동안 아무런 말도 하지 못했다. 잠시 후, 잠든 줄 알았던 황위쉬안이 낮은 목소리로 입을 열었다.

"이렇게 지내는 것도 나쁘지 않잖아?"

적어도 지금은 둘이 함께니까.

*

황위쉬안이 그 빨간색 이어폰을 꺼냈다. 리쯔웨이가 보더니 회심의 미소를 지었다. 황위쉬안은 이어폰을 워크맨에 꽂고 재생 버튼을 누르려다가 멈칫했다. **깨고 나면 리쯔웨이는 이제 사라지고 없는 걸까?** 머뭇거리는 황위쉬안의 마음을 알았는지 리쯔웨이가 손을 뻗어 한쪽 이어폰을 자신의 귀에 꽂으며 말했다.

"내가 함께할게."

황위쉬안이 마음먹은 듯 웃으며 고개를 끄덕였다. 재생 버튼을 누르자 〈라스트 댄스〉의 전주가 흘러나왔다. 두 사람은 함께 침대에 누워 얼굴을 마주 보며 천천히 눈을 감았다.

……네가 준 사랑, 달콤한 상처
네 마음을 묻고 싶어, 피하고 싶었던 의문들
내일이 지나면 넌 여전히 날 사랑할까……

그러나 황위쉬안은 여전히 두려웠다. 왕취안성을 잊고 싶지 않았다. 리쯔웨이를 잊고 싶지 않았다……. 차라리 무한한 교차와 순환의 굴레 속에서 내내 이렇게 슬픔과 환희를 감당하는 편이 나았다. 그만큼 사랑하는 남자였다.

*

황위쉬안이 눈을 떴다.

어젯밤에 보았던 익숙한 천장이 시야에 들어왔다. 몸을 돌려보니 옆에 아무도 없었다. **설마 어젯밤 일이 정말 꿈이었던 거야?** 다급히 침대에서 내려가 침실 밖으로 뛰어나갔다. 사방을 둘러보는데 주방 쪽에서 인기척이 들리더니 리쯔웨이가 주방에서 고개를 내밀었다.

"일어났어? 아침 거의 다 됐으니까 조금만 기다려."

황위쉬안은 서둘러 주방으로 들어가 리쯔웨이를 힘껏 안았다.

"왜 그래?"

리쯔웨이가 물었다.

"어젯밤에 과거로 갔던 거야? 무슨 일 있었어?"

황위쉬안이 고개를 젓더니 한참 후에 어렵게 입을 열었다.

"일어났는데 네가 안 보이길래 또 꿈일까 봐 무서웠어."

리쯔웨이는 달걀 프라이를 하느라 들고 있던 뒤집개를 내려놓고 말했다.

"걱정하지 마. 이건 꿈이 아니야. 나 정말 돌아온 거야. 다시는 네 곁에서 떠나지 않을게."

황위쉬안은 리쯔웨이를 더욱 꽉 안았다. 그럼에도 마음은 한층 더 불안하기만 했다. 어젯밤, 전처럼 우바이의 〈라스트 댄스〉를 들으며 잠이 들었지만, 이번에는 과거로 돌아가지 못했다. 리쯔웨이가 그 이유를 곰곰이 생각하고 있을 때, 황위쉬안은 얼핏 그 답이 짐작되었지만 입 밖으로 꺼내지는 않았다. 어쩌면 그건 지금의 자신이 과거로 돌아가고 싶지도, 더 나아가 미래를 바꾸고 싶지도 않았기 때문일지도 모른다.

황위쉬안은 과거로 돌아가는 데 필요한 조건들을 종이에 하나씩 적어 내려가는 리쯔웨이를 바라보았다. 우바이의 〈라스트 댄스〉, 워크맨, 이어폰, 이동 중인 교통수단…….

"결정적으로 대체 뭐가 부족했던 걸까?"

리쯔웨이가 중얼거리는 사이, 황위쉬안의 휴대폰이 울렸다. 정신과 외래 간호사에게서 걸려 온 전화였다. 그러고 보니 오늘 오전 10시에 진료 예약을 해두었는데, 여태 집에 있었다는 걸 깨달았다.

"죄송해요, 갑자기 일이 좀 생겨서 깜빡했어요. 의사 선생님께 말씀드려서 시간을 변경할 수 있을까요?"

그때였다. 머릿속에 의사의 얼굴이 스치면서 황위쉬안은 얼굴이 굳어버렸다.

"……죄송하지만, 나중에 다시 전화드려도 될까요?"

뭔가 심상치 않은 낌새를 눈치챈 리쯔웨이가 전화를 끊는 황위쉬안을 보고 물었다.

"왜 그래?"

"원래 오늘 정신과 진료 예약을 해두었는데, 갑자기 이상한 게 생각났어."

"뭔데?"

리쯔웨이가 물었다.

"전에 정신과 의사 선생님한테 아주 긴 꿈을 꿨다고 얘기한 적이 있었어. 꿈에서 1998년으로 돌아갔었다는 거랑 천원루, 너, 그리고 모쥔제 이야기도 했었거든. 그때 의사 선생님이 전부 꿈일 뿐이니까 너무 깊이 생각하지 말라고 했었어. 근데 나중에 또다시 1998년으로 돌아갔을 때, 거기서 선생님을 만난 거야. 그것도 너희 반 학생인 것 같았어."

리쯔웨이가 잠시 생각에 잠겨 있다가 대답했다.

"그러니까 그 사람이 우리 일을 알고 있다는 얘기네."

황위쉬안이 고개를 끄덕였다.

"맞아. 근데 내가 선생님을 알고 지낸 게 몇 년인데, 한 번도 그런 얘길 한 적이 없단 말이야. 천원루에 대해서는 모른다고 쳐도 최소한 내가 너랑 모쥔제 얘기를 했을 때는 조금이라도 기억나는 게 있었을 텐데, 아무런 말이 없었어. 꼭 모르는 사람인 것처럼."

"그 사람 이름이 뭔데?"

리쯔웨이가 물었다.

"셰즈치."

리쯔웨이가 고개를 저었다.

"처음 듣는 이름인데."

"그런데 1998년에 학교에서 그 사람을 분명히 만났다니까!"

황위쉬안은 문득 무언가 떠오른 듯 휴대폰을 집어 들었다. 인터넷을 켜고 병원 홈페이지에 접속해 셰즈치의 사진을 찾아서 리쯔웨이에게 보여주었다.

"이 사람이야. 정말 몰라?"

액정에 뜬 사진을 바라보던 리쯔웨이는 살짝 놀란 얼굴로 말했다.

"이 얼굴 알아, 우리 반 반장이었어. 근데 내 기억으로는 셰즈치가 아니라 셰쭝루였는데."

두 사람이 눈길을 주고받았다. 마음속에 같은 의문이 떠올랐다. 셰쭝루와 셰즈치가 같은 사람이라면, 왜 아무것도 모르는 척했을까?

*

며칠 후, 황위쉬안은 의혹과 경계심을 안고 정신과를 찾았다. 셰즈치는 황위쉬안을 보더니 전처럼 친절한 얼굴로 따듯하게 안부를 물었다.

“약 바꾸고 나서 불편한 건 없었어요? 불면증은 좀 나아졌나요? 그 이상한 꿈을 또 꾸진 않았고요?”

그 친절한 얼굴을 바라보던 황위쉬안은 왠지 모르게 그 미소가 가면처럼 느껴졌다. 어쩌면 셰즈치가 그때의 일에 대해 무언가 알고 있을지도 모른다는 생각에 황위쉬안은 용기 내어 입을 열었다.

“선생님, 사실 오늘 저는 진료를 보러 온 게 아니라 여쭤보고 싶은 게 있어서 왔어요.”

셰즈치는 예상치 못한 이야기에 잠시 멈칫거리다 고개를 끄덕였다.

“말씀해 보세요.”

“전에 제가 과거로 가서 천윈루라는 여자아이가 되는 꿈을 꿨다고 했잖아요?” 황위쉬안은 순간 셰즈치의 안색이 달라지는 걸 포착했다. “선생님, 혹시 천윈루를 아세요?”

셰즈치가 서둘러 고개를 저었다.

“아뇨.”

“정말요? 정말 천윈루를 모르세요?”

황위쉬안이 추궁하듯 물었다. 셰즈치가 웃으며 대답했다.

"위쉬안 씨 꿈에서 나온 사람을 제가 무슨 수로 알겠습니까?"

생각해 보면 맞는 말이었다. 셰즈치의 대답에는 허점이 없었다. 결국 황위쉬안은 질문을 바꾸기로 했다.

"그럼, 셰쭝루라는 사람은 들어본 적 있으세요?"

이번에는 셰즈치의 얼굴을 덮고 있던 가면 위로 눈에 띄는 균열이 일어났다.

"그 이름을 어떻게 알죠?"

따지듯 물어오는 표정 속에 은근히 위협하는 기색이 섞여 있었다. 오랫동안 깊숙이 감춰오던 비밀이 갑자기 들춰지기라도 한 듯이. 황위쉬안은 의사의 그런 얼굴이 처음이었지만, 조금도 두려워하는 기색 없이 되물었다.

"예전에 타이난에 있는 펑난고등학교 3학년 8반이셨죠? 그땐 이름이 셰즈치가 아니라 셰쭝루였고요."

셰즈치가 약간 뒤로 물러섰다. 잠시 침묵하더니 다시 미소를 지으며 말했다.

"잘못 보셨네요. 셰쭝루는…… 저희 형입니다."

조금도 예상하지 못했던 대답이었다. 그게 정말이라면 두 사람은 닮아도 너무 닮았다.

"형이 저보다 여섯 살 많은데, 형을 보는 사람마다 모두 제가 형을 많이 닮았다고들 하더라고요. 그러니 착각하실 만해요."

셰즈치가 대답했다.

"그러니까 셰쭝루의 동생이시라고요?"

"맞습니다."

셰즈치가 몸을 뒤로 기대더니 과거를 떠올리듯 천장으로 시선을 던졌다.

"정말 오랜만에 형 얘기를 해보네요. 어릴 때, 형하고 사이가 좋았어요. 형이 저를 잘 챙겨줬죠. 그러다 초등학교 때 부모님이 이혼하면서 저도 형과 떨어져 살게 됐고, 그 후로는 연락이 끊겼습니다. 마지막으로 형을 보았던 게 벌써…… 20년 전이네요!"

황위쉬안은 순간 마음속에서 경고등이 울리는 걸 느꼈다.

20년 전? 그럼 정확히 1999년이잖아?

"그럼, 그때 무슨 일이 있었던 건지 여쭤봐도 될까요? 왜 그 후로 연락이 끊긴 거예요?"

황위쉬안이 조심스럽게 물었다.

"왜냐하면 그해에 형이 요양원에 들어갔거든요." 셰즈치의 시선이 다시 황위쉬안에게로 닿았다. "엄마 말씀으로는, 그해에 형은 고3이어서 대학 입시를 준비하고 있었대요. 학업 스트레스가 심했던 건지 버티지 못하고 정신적으로 무너졌나 봐요. 머릿속에서 어떤 목소리가 자꾸만 사람을 죽이라고 했대요. 형은 너무 무서워서 자신을 가두고 살았고 급기야는 자해까지 하는 바람에 부모님이 결국 형을 요양원으로 보내셨죠."

머릿속에서 어떤 목소리가 자꾸만 사람을 죽이라고 했다고? 혹시 천원루의 죽음이 셰쭝루와 관련 있는 걸까?

"그럼…… 형이, 그러니까 셰쭝루가 정말 사람을 해친 적이 있었나요?"

황위쉬안의 물음에 셰즈치가 고개를 저으며 대답했다.

"그건 저도 잘 몰라요."

"형을 한 번만 만나볼 수 있을까요?"

황위쉬안의 목소리가 절박했다. 셰즈치는 눈을 가늘게 뜨고 황위쉬안을 바라보며 물었다.

"안 될 건 없지만, 그 전에 저희 형 일을 어떻게 알았는지 여쭤보고 싶은데요?"

황위쉬안은 잠시 망설였지만, 당장은 사실대로 털어놓는 것 말고 그럴듯한 해명이 떠오르지 않았다.

"제가…… 1998년에 선생님의 형을 만났어요."

황위쉬안이 사실대로 이야기하자 셰즈치는 당혹스러워하는 얼굴이었다.

"선생님, 제가 전에 꿈에서 과거로 돌아갔었다고 했잖아요? 사실 그건 꿈이 아니라……."

황위쉬안은 셰즈치에게 모든 것을 털어놓았다.

제14장

그해, 셰즈치는 일곱 살이었다.

형의 방 문 앞을 지나는데, 곤충 표본을 만들고 있는 형의 모습에 호기심이 생겨 들여다보았다. 셰쭝루가 그 모습을 보더니 들어오라며 손짓했다.

"아름답지?"

셰쭝루가 딱정벌레를 들어 올리며 물었다. 셰즈치는 고개를 끄덕였다.

"표본으로 만들어두면 영원히 이렇게 아름다울 거야."

셰쭝루가 딱정벌레를 독이 든 병에 집어넣었다. 딱정벌레는 잠시 격렬하게 몸부림을 치다가 이내 움직임이 멈추었다.

"형, 이제 안 움직여."

"응. 죽었으니까."

"죽으면…… 아플까?"

"아니. 죽고 나면 아픔을 느끼지 못하는 거야."

셰쭝루가 셰즈치를 바라보며 말을 이었다.

"죽고 나면 영원히 내 것이 되는 거야."

그 후에 셰즈치는 형의 서랍에서 천원루의 사진을 발견했다.

"네가 보기에도 이 여자애 예쁘지?"

셰쭝루의 물음에 셰즈치는 잠시 머뭇거렸다. 형이 이상해 보였다. 특히 눈빛이 완전히 다른 사람 같았다.

"겁먹지 말고, 말해봐. 이 여자애 예쁘지? 갖고 싶어?"

셰쭝루가 유도하듯 물었다. 셰즈치는 형을 바라보다 천원루의 사진으로 시선을 돌렸다. 제대로 이해는 안 되지만 고개를 끄덕였다. 셰쭝루가 미소를 지으며 셰즈치를 바라보았다.

"서두르지 마. 천천히. 언젠가 이 여자애는 네 것이 될 거니까."

*

2019년, 타이베이.

셰즈치가 집으로 돌아왔다. 집이라기보다는 차라리 표본 전시실에 가까운 곳이었다. 모델하우스처럼 구석구석 먼지 하나 없는 집에는 꼭 필요한 가구 외에 아무것도 없었다. 온갖 종류의 곤충 표본만 벽면에 빼곡히 걸려 있었다. 다른 한쪽 벽에는 거대한 문서 캐비닛이 놓여 있었다. 셰즈치가 캐비닛으로 다가가 서랍 하나를 열더니 사진 뭉치를 꺼냈다. 천원루가 교실에서 옷을 갈아입다가 몰래 찍혔던 그 사진들이었다. 한 장 한 장 넘겨보던 셰즈치의 평온하던 눈빛이 집착으로 가득 차더니 강렬한 소유욕으로 불타오르기 시작했다. 손을 뻗어 사진 속 천원루를 어루만지다 미소를 지었다. 만약…… 황위쉬안의 말이 전부 사실이라면, 모든 의문이 말끔히 해소된다. 셰즈치는 그날 밤에 천원루를 죽인 범인이 누구인지 알고 있었다.

*

초인종이 울렸다. 황위쉬안은 현관으로 나가면서 물었다.

"열쇠 깜빡했어?"

리쯔웨이인 줄 알았는데, 문 앞에 불청객이 서 있었다.

"선생님? 선생님이 여길 어떻게……."

황위쉬안은 놀란 얼굴로 눈앞에 선 셰즈치를 바라보았다. 셰즈치는 약간 겸연쩍은 듯 말했다.

"이러면 실례인 줄 아는데, 죄송해요. 위쉬안 씨 진료 끝난 뒤로 그때 하셨던 이야기를 계속 생각하다 보니 뭔가 찝찝해서 직접 여쭤보려고 왔어요."

세즈치는 황위쉬안이 들어오라는 말도 하지 않았는데 곧장 집 안으로 들어섰다.

"그때 말씀하셨던 그 일기장을 좀 보고 싶어요. 그리고 워크맨도요."

황위쉬안이 주저하는 기색을 보이자 셰즈치가 얼른 말을 이었다.

"이 일이 정말 저희 형과 관련이 있는지 확실히 알려면, 증거가 더 필요하거든요."

황위쉬안은 어쩔 수 없이 일기장과 워크맨을 꺼내 셰즈치에게 건네며 말했다.

"선생님, 믿기 힘든 이야기겠지만 이 일기장에는 두 가지 필체가 있어요."

황위쉬안이 마지막 페이지를 펼쳐 보였다.

"이건 제 글씨고요. 딱 봐도 완전히 다른 두 사람이 썼다는 걸 알 수 있죠."

셰즈치가 일기장을 뒤적였다. 황위쉬안의 말처럼 앞부분의 필체는 매우 반듯하나 뒷부분의 필체는 거침없고 자연스러웠다. 확실히 서로 다른 두 사람이 쓴 글씨라는 걸 알 수 있었다. 더 정확히 말하면, 두 가지 필체가 서로 다른 두 사람의 인격을 나타낸다고도 할 수 있었다. 셰즈치가 일기장을 덮고 황위쉬안에게 말했다.

"위쉬안 씨가 저희 형을 만나고 싶어 하는 건, 혹시 형이 천원루를 죽인 범인이라고 생각해서인가요?"

황위쉬안은 잠시 머뭇거리다 고개를 끄덕였다. 그러자 셰즈치가 불현듯 흥분하며 벌떡 일어섰다.

"그럴 리가요! 저희 형은 절대 누굴 해칠 사람이 아니에요!"

황위쉬안은 서둘러 셰즈치를 진정시키려 애썼다.

"그래서 형을 한번 만나 뵙고, 천원루의 죽음과 어떤 관계가 있는 건지 직접 물어보고 싶어서 그래요."

그때였다. 휴대폰 벨소리가 울리기 시작했다. 액정을 슬쩍 보니 리쯔웨이의 전화다. 황위쉬안은 잠시 실례한다는 얼굴로 셰즈치에게 고개를 살짝 끄덕인 뒤 전화를 받으며 침실로 들어갔다.

"타이베이에 곧 도착해."

리쯔웨이가 말했다. 리쯔웨이는 남부에 다녀오는 길이었다. 셰쭝루의 근황을 알아보기 위해 전에 다니던 고등학교에 가서 담임선생을 만났다.

"뭐 좀 알아낸 거 있어?"

황위쉬안이 물었다.

"선생님 말씀으로는, 셰쭝루는 나중에 휴학하고 정신적인 문제로 요양원에 들어갔대."

"천원루가 죽고 나서 얼마 안 됐을 때의 일이라는 거지, 응?"

황위쉬안이 말했다.

"알고 있었어?"

리쯔웨이가 놀란 얼굴로 물었다.

황위쉬안은 셰즈치가 갑자기 찾아온 일을 이야기한 뒤 덧붙였다.

"의사 선생님이 그러는데, 형이 정신적으로 무너지고 난 뒤로 머릿속에서 계속 사람을 죽이라는 목소리가 들렸다고 했대. 그래서 너무 무서워서 자신을 가두고 살았다나 봐."

리쯔웨이가 잠시 침묵하더니 입을 열었다.

"설마 그때 천윈루를 죽인 범인이 셰쭝루였던 건가?"

"아직은 아무것도 확신할 수 없어. 어쨌든 집에 오면 그때 다시 이야기 나누자."

"그래, 곧 도착해."

리쯔웨이가 말했다.

황위쉬안은 전화를 끊고 거실로 나와 셰즈치에게 물었다.

"선생님, 커피 한잔 드릴까요?"

거실에서는 아무런 응답이 없었다. 셰즈치는 소파에 앉아 워크맨을 손에 들고 이어폰을 꽂은 채 눈을 감고 있었다. 음악을 듣고 있는 듯했다.

"선생님?"

*

셰즈치가 눈을 떴다.

"괜찮아?"

여자가 물었다. 눈앞에 있는 소녀는 황위쉬안…… 아니, 천원루였다. 셰즈치가 눈을 깜빡였다.

어떤 기억들이 흐릿하게 머리를 스쳤다. 혼자 길을 걷고 있는 천원루가 보였다. 천원루가 길을 건너려는 순간, 차 한 대가 빠른 속도로 천원루를 향해 달려왔다. 셰즈치가 얼른 달려가 천원루를 안고 차를 피했지만, 자신도 함께 넘어지면서 바닥에 머리를 부딪혔다. 그리고 정신을 잃은 듯했는데…….

의식이 돌아오자 천원루가 안도의 숨을 내쉬었다. 셰즈치가 눈을 떼지 않고 바라보자 그 시선을 느낀 천원루가 고개를 돌리며 셰즈치의 이유 모를 뜨거운 시선을 피해버렸다. 천천히 몸을 일으키며 사방을 두리번거리던 셰즈치는 흥분을 감출 수가 없었다. **과거로 돌아오는 데 성공한 거야?** 요동치는 감정을 가까스로 억누르며, 태연한 척 천원루에게 물었다.

"이렇게 늦은 시간에 왜 혼자 돌아다니고 있던 거야?"

천원루가 더 말하고 싶지 않다는 듯 고개를 저었다.

"괜찮은 거면 이만 가볼게."

천원루가 말했다.

"잠깐만." 셰즈치가 천원루를 막아섰다. "다 늦은 시간에 또 어딜 가려고?"

"가족들 찾으러."

천원루는 솔직히 대답할 수밖에 없었다.

"그럼⋯⋯ 같이 가줄게."

셰즈치가 말했다. 천원루는 대답 없이 돌아서서 걷기 시작했다. 셰즈치는 잠시 주저하는가 싶더니 얼른 걸음을 옮겨 뒤따라갔다.

잠시 후 비가 쏟아지기 시작했다. 하지만 천원루는 아랑곳하지 않고 계속 비를 맞으며 가족을 찾아다녔다. 셰즈치도 가만히 그 뒤를 따르고 있었다. 천원루의 교복이 빗물에 흠뻑 젖자 옷감이 몸에 달라붙어 은근슬쩍 살결이 비쳤다. 그 모습을 바라보던 셰즈치는 천원루가 옷을 갈아입던 사진이 떠올랐고, 악독한 생각이 점점 머릿속을 채우기 시작했다.

폐공장 건물 앞에 다다르자 셰즈치는 천원루를 그 안으로 유인한 뒤 바닥에 밀쳐 넘어뜨렸다. 천원루는 벗어나기 위해 죽을힘을 다해 발버둥 치다가 힘껏 발길질을 해 셰즈치를 밀쳐낸 뒤, 도망치려 몸을 일으켰다. 필사적으로 바깥을 향해 달렸지만, 당황한 나머지 발이 엉키면서 넘어지고 말았다. 황급히 일어나서 부들부들 떨리는 몸으로 다시 도망치려는 순간, 갑자기 끔찍한 비명 소리가 울렸다.

"안 돼⋯⋯."

어느새 뒤쫓아온 셰즈치가 천원루의 두 다리를 붙잡았다. 천원루는 앞으로 넘어지며 바닥에 고꾸라졌지만, 마지막 힘을 다해 앞으로 기어가려 애썼다.

"살려주세요……. 누가 좀 살려……."

순간 뒤통수에 날카로운 통증이 느껴지면서 도움을 요청하던 천원루의 목소리가 빗속에 묻혀 사라졌다. 그칠 줄 모르고 거세게 내리는 빗소리에 천원루의 목소리는 누구에게도 전해지지 않았다. 셰즈치는 비에 젖은 바닥에 쓰러진 천원루를 바라보았다. 뒤통수에서는 따뜻한 피가 끝없이 흘러내리고, 더 이상 미동도 하지 않았다. **넌, 이제 내 것이 되는 거야.** 셰즈치의 입가에 미소가 떠올랐다. 손에 든 돌덩이를 들어 올리며 다시 한번 세게 내리치려는 순간…….

「선생님?」

셰즈치는 흠칫 놀랐다.

「선생님?」

*

"선생님?"

눈을 뜬 셰즈치는 앞에 황위쉬안이 보이자 의아했다. 눈을 크게 뜨며 이내 정신을 차리고는 서둘러 이어폰을 빼면서 미안한 얼굴을 했다.

“위쉬안 씨가 이 워크맨으로 안에서 나오는 음악을 들으면 과거로 간다고 하길래, 그냥 호기심에 한번 해봤는데…….”

셰즈치는 뭔가를 말하려다 멈추었다. 할 말이 더 남은 듯했다.

“해봤는데요?”

황위쉬안이 물었다.

“이 노래 너무 좋네요. 듣다 보니 완전히 빠져들었어요. 이 노래 제목이 뭐예요?”

셰즈치가 웃으며 물었다.

“우바이의 〈라스트 댄스〉요.”

셰즈치는 생각에 잠긴 얼굴로 고개를 끄덕였다.

“기억해 둬야겠어요.”

그러고는 워크맨을 내려놓으며 말했다.

“실례지만, 물 한잔만 마실 수 있을까요?”

“마침 커피를 내리려던 중이었어요. 잠시만요.”

황위쉬안이 곧바로 주방으로 가서 커피를 내리기 시작했다. 셰즈치가 일어서더니 주방 쪽으로 걸어가며 말했다.

“방금 생각해 봤는데요. 만약 위쉬안 씨 말이 전부 사실이라면, 형이 어쩌다 그렇게 전과 다른 사람이 되었는지 알 것 같아요.”

커피를 내리던 황위쉬안은 셰즈치의 마지막 한마디에 살

짝 멈칫하며 놀랐다. 뒤를 돌아보려는 순간, 셰즈치가 어느새 황위쉬안 뒤로 바짝 다가와 있었다. 미리 준비해 온 주사기를 꺼내 황위쉬안의 목에 주삿바늘을 찔러 넣었다. 황위쉬안은 대응할 새 없이 두 다리가 풀렸고, 셰즈치 앞으로 쓰러지면서 의식을 잃었다.

셰즈치가 천천히 꿇어앉았다. 바닥에 쓰러져 있는 여자를 묘한 얼굴로 바라보았다. 황위쉬안을 처음 본 그날부터 셰즈치는 이날을 기다렸다. 천윈루와 너무나 닮았기 때문이었다. 황위쉬안의 얼굴을 쓰다듬으려 손을 뻗는데, 거실에서 누군가 문을 여는 소리가 들려왔다. 셰즈치는 다급히 손을 거두며 두리번거리다가 재빨리 침실로 들어가 몸을 숨겼다.

"나 왔어!"

리쯔웨이가 문을 열며 소리쳤다. 아무런 대답이 없었다. 집 안으로 들어서자마자 주방에 쓰러진 황위쉬안을 발견하고는 후다닥 달려갔다.

"위쉬안? 왜 그래? 괜찮아?"

그때, 갑자기 뒤에서 재빠른 인기척이 느껴졌다. 서둘러 고개를 돌려보니 누군가가 문밖으로 뛰쳐나가고 있었다. 리쯔웨이는 황황히 그 뒤를 쫓아가기 시작했다.

쏜살같이 밖으로 내달리는 셰즈치를 리쯔웨이가 끈질기게 뒤쫓았다. 막다른 골목에 이르자 셰즈치는 더 이상 도망갈 곳이 없었다. 그때, 뒤따라온 리쯔웨이가 셰즈치를 바닥으로 덮치며 쓰러뜨렸다. 셰즈치의 얼굴을 확인한 리쯔웨이는 깜짝 놀라 얼떨결에 소리쳤다.

"셰쭝루!"

셰즈치가 벗어나려 몸부림을 치기 시작하자, 리쯔웨이는 정신이 들어 셰즈치의 얼굴을 향해 주먹을 날렸다.

"말해, 황위쉬안한테 대체 무슨 짓을 한 거야?"

리쯔웨이가 윽박지르며 물었다. 셰즈치는 반격하려 했지만, 리쯔웨이가 막아내면서 다시 한번 세게 주먹을 날렸다.

"말해! 황위쉬안한테 무슨 짓을 한 거냐고?!"

리쯔웨이는 분노와 노여움에 휩싸여 계속해서 주먹을 휘둘렀다. 셰즈치는 맞으면서도 손을 마구잡이로 휘두르다가 길가에 있던 도자기 화분을 불쑥 움켜잡더니 리쯔웨이의 머리를 향해 내리쳤다. 극심한 통증에 리쯔웨이는 손을 놓을 수밖에 없었다. 그 틈을 타 빠져나온 셰즈치는 묵직한 화분을 다시 집어 들더니 리쯔웨이의 머리를 여러 차례 강하게 내리쳤다. 리쯔웨이가 더 이상 반응을 보이지 않자 셰즈치는 화분을 내려놓고 사위를 두리번거렸다. 몰래 가지고 나온 워크맨과 천윈루의 일기장이 격투 중에 떨어졌는지 바닥에 있었다. 셰즈치가 물건을 챙겨서 달아나려는데, 뒤에서 기척이 들려왔다. 돌아보니 리쯔웨이가 머리에서 흘러내린 피로 얼굴이 반쯤 가려진 채 몸을 일으키려 안간힘을 쓰고 있었다.

"그…… 물건들…… 돌려줘……."

부상이 심각했지만 리쯔웨이는 셰즈치를 매섭게 노려보았다. 피식, 냉소를 던진 셰즈치는 돌아서서 리쯔웨이에게로 다가갔다. 두 손으로 다시 한번 무거운 화분을 들어 올려 리쯔웨이의 머리로 거세게 내리쳤다. 리쯔웨이의 머리를 명중한 화분은 강력한 충격 때문에 큰 소리를 내며 산산조각이 났다. 리쯔웨이는 더 이상 움직일 수 없었다.

*

셰즈치는 집으로 돌아왔다. 핏자국을 서둘러 닦아내지도, 허둥지둥 도망칠 생각도 하지 않았다. 더 중요하게 해야 할 일이 있었다. 셰즈치는 먼지 하나 없이 깨끗하고 새하얀 소파에 앉아 세상에서 가장 귀한 보물을 보듯 천원루의 일기장을 펼쳤다.

나는 가끔 우주에서 가장 어둑한 별이 된다.
이 미약한 존재를 누군가 알아주길 바라면서 혼신을 다해 빛을 내는 별…….
그러나 결국 날 기다리는 건 추락뿐이다.
추락하는 순간, 나는 안다. 이 세상에 날 기억하는 이는 없다는 걸…….
아쉬움 가득한 청춘 속에서 나는 점점 시들어가고,

상실감 가득한 황무지에서 나는 우는 법을 배웠다.

내가 나를 연기하는 동안 나 자신을 내버렸다…….

마음 깊숙이 어둑한 그 방 안에서 날 안아주는 사랑의 노래를 읊조린다…….

셰즈치는 미소를 지으며 마치 사랑의 시를 읊듯 천원루가 쓴 글을 한 문장 한 문장 전부 읽어 내려갔다. 그 속에 완전히 빠져들었다. 다 읽고 나서는 일기장을 조심스럽게 덮어 내려놓은 뒤, 이어폰을 집어 귀에 꽂았다. 이어서 셰즈치는 두 눈을 감았다. 웃음을 머금고 워크맨을 집어 들더니 재생 버튼을 눌렀다.

*

전화벨이 울렸다. 눈을 떠보니 고향 집 거실에 앉아 있다. 테이블 위에서 전화벨이 연신 울려댔다. 전화를 받고는 잠시 듣고 있다가 침착하게 대답했다.

"엄마, 알겠어요. 일단 진정하세요. 제가 해결할게요."

*

1998년, 타이난.

엄마는 남자에게 남동생이 새끼 고양이를 죽였다고 말했다. 재혼한 남편이 의붓아들을 싫어하기 때문에 차마 이 사실을 남편에게는 말하지 못했다. 엄마가 재혼한 새집으로 들어서자 동생이 혼자 불도 켜지 않은 채 방에 틀어박혀 있었다. 남자는 엄마에게 일단 나가 계시라고 눈짓을 한 뒤 방으로 들어갔다. 방문을 걸어 잠그고 동생에게 천천히 다가갔다. 창밖에서 어스름한 빛이 들어와 남자의 침착하고 미소 띤 얼굴을 비추었다. 남자는 남동생 앞에 꿇어앉으며 입을 열었다.

"너한테 할 말이 있어."

남동생이 천천히 고개를 들자 두 사람의 눈이 마주쳤다.

"넌 잘못이 없어." 남자가 말했다. "잘못한 건 저 사람들이야. 왜냐하면 사람들은 우리 생각을 영원히 이해할 수 없거든."

두려움에 그늘져 있던 아이의 눈빛이 서서히 밝아졌다.

"그러니까 우리도 사람들의 이해를 바랄 필요가 없어. 사람들 앞에서는 그들이 보고 싶어 하는 모습으로 계속 연기만 하면 되는 거야. 그래야 우리가 하고 싶은 걸 계속해 나갈 수 있고, 또 그래야 이 세상을 더 아름답게 만들 수 있으니까. 무슨 말인지 알겠어?"

아이는 남자를 마주 보고 있다가 천천히 고개를 주억거렸다. 남자가 웃으며 말했다.

"다음에는 널 데려가서 더 예쁘고 아름다운 표본을 만들어줄게. 어때?"

*

남자는 어린 동생을 데리고 텅 빈 학교 복도를 걸었다.

"형, 너무 늦었는데 뭐 하려고 학교에 나를 데려온 거야?"

동생은 이해할 수 없다는 표정이었다.

"더 예쁘고 아름다운 표본을 만들러 함께 가자고 했잖아?"

남자가 대답했다. **비록, 제일 예쁜 표본은 아니지만 말이야.** 동생을 데리고 교실에 들어섰다. 고등학교 교복 차림의 여학생이 입에 천이 물린 채로 의자에 묶여 있었다. 소리를 내지 못해 필사적으로 몸부림만 치고 있었다. 여학생은 두 사람을 보자마자 더욱더 거세게 발버둥 쳤다. 남자는 옆에 서 있는 동생을 바라보았다. 동생은 두 눈을 동그랗게 뜬 채, 여학생의 아름다운 두 눈에 짙게 서린 공포에 깊이 매료되어 있었다. 남자는 바닥에 꿇어앉아 어린 동생과 눈을 맞추고는 미소 지으며 말했다.

"우리 시작하자!"

남자는 주머니에서 주사기를 꺼냈다. 여학생의 가늘고 하얀 목을 향해 천천히 주사를 찔러 넣는 순간…….

멈춰!

남자는 당황했다. 그건 머릿속에서 들려오는 셰쭝루의 목소리였다. 하지만 남자는 자신의 의지로 곧장 그 목소리를 억눌렀다. 어린 자신의 모습 앞에서 계속 단호하게, 그리고 천천히 차이원러우의 목에 주삿바늘을 찔러 넣었다.

*

2019년, 타이베이.

황위쉬안이 깨어났을 때는 병원 침대 위였다. 체내에 남아 있는 약물 때문에 반응이 다소 더디고 시야가 흐릿했다. 누군가가 앞에서 왔다 갔다 하는 모습이 어렴풋이 눈에 들어왔다.

"제가 왜…… 여기에……."

황위쉬안이 기운 없는 목소리로 말했다.

"깼어요?"

우원레이가 다급히 다가서며 물었다.

리쯔웨이가 셰즈치를 뒤쫓아 문을 박차고 나간 날, 문이 활짝 열려 있는 걸 이상하게 여긴 이웃이 고개를 들이밀고 살펴보다가 주방에 쓰러져 있는 황위쉬안을 발견하고 곧바로 경찰에 신고했다. 경찰이 집에 도착했을 때는 우원레이도 집으로 막 들어서는 중이었다. 우원레이는 직전에 리쯔웨이에게서 걸려 온 전화를 한 차례 놓치는 바람에 다시 전화를 걸었지만 통화가 되지 않자 황위쉬안에게 전화를 걸었다. 그런데 황위쉬안 역시 전화를 받지 않았다. 어딘가 심상치 않다는 예감이 들었다. 불안한 마음에 두 사람의 집으로 달려왔지만, 황위쉬안에게 정말로 사고가 있었을 거라고는 생각지도 못했다.

"여기…… 병원이에요?"

황위쉬안이 몸을 일으키며 앉으려다가 어지러운지 다시 침대에 누웠다. 우원레이가 대답했다.

"누가 위쉬안 씨한테 약을 주입했나 봐요. 주방에 의식 잃고 쓰러져 있는 걸 이웃이 신고해서 병원에 온 거예요. 하루 종일 혼수상태였어요."

"황위쉬안 씨, 이제 정신이 좀 드세요? 말할 수 있겠어요?"

병실 밖을 지키던 경찰이 황위쉬안이 깨어난 것을 보고 얼른 안으로 들어서며 물었다. 황위쉬안은 여전히 현기증이 나고 눈앞이 아찔했지만, 애써 고개를 끄덕였다.

"그럼 약물로 의식을 잃기 전에 무슨 일이 있었는지 기억나세요?"

경찰이 물었다. 황위쉬안은 미간을 찌푸리며 생각해 내려 애썼다.

"제 기억으로는…… 셰즈치 의사 선생님이 갑자기 집으로 절 찾아왔고…… 그다음에 저는 리쯔웨이의 전화를 받다가…… 주방에 가서 커피를 내리려고 했는데……."

생각났다. **셰즈치가 나에게 약물을 놨어. 그런데 왜?**

순간 황위쉬안은 리쯔웨이 생각이 났다. 우원레이를 바라보며 물었다.

"리쯔웨이는요? 금방 집에 도착한다고 했었는데, 지금 어디 있어요?"

우원레이는 대답이 없었다. 안타까움으로 꽉 찬 슬픔이 눈빛에 어려 있었다. 옆에 있던 경찰이 기록을 마치고는 입을 열었다.

"황위쉬안 씨, 괜찮으시다면 저희랑 같이 가주셔야겠습니다."

"어딜요?"

황위쉬안의 물음에 경찰이 대답했다.

"영안실이요."

*

황위쉬안은 불안정한 발걸음을 차가운 바닥에 포갰다. 짙은 소독약 냄새가 사방에 가득했다. 병원 직원이 황위쉬안과 동행하며 무표정한 얼굴로 걷고 있었다. 삶과 죽음의 경계를 오가는 일에 이미 익숙해진 사람처럼.

황위쉬안은 계속해서 자신에게 되뇌었다. **아닐 거야, 그럴 리가 없어, 절대 리쯔웨이일 리가 없어**……. 그러나 직원들이 냉동고에서 시신을 꺼내 하얀 천을 들어 올렸을 때, 황위쉬안은 마침내 무너져 내렸다. 두 다리에 힘이 풀리며 바닥에 무릎을 꿇었지만, 어떻게든 다시 일어나려 안간힘을 썼다. 시신이 놓인 철제 침대의 프레임을 양손으로 붙잡고 다시 한번 확인했다. **정말일까? 리쯔웨이가…… 정말 죽은 거야? 셰즈치에게 살해를 당했다고? 어째서?!** 황위쉬안은 목 놓아 울기 시작했다. 차디찬 시신 위에 엎드려 한참을 중얼거렸다.

"다시는 떠나지 않겠다고 했잖아? 거짓말……. 거짓말쟁이…… 리쯔웨이……. 왜 거짓말을 하는 거야……."

왜, 또 나를 혼자 남겨두는 거야? 뜨거운 눈물이 리쯔웨이의 얼굴 위로 방울방울 떨어져 내렸다. 그러나 리쯔웨이는 더 이상 눈을 뜰 수 없었다. 옆에서 보다 못한 우원레이가 눈물이 그렁그렁한 눈으로 고개를 돌렸다. 그때, 황위쉬안이 갑자기 벌떡 일어서더니 흥분한 얼굴로 우원레이에게 말했다.

"워크맨, 그 워크맨은요?"

무슨 뜻인지 알아챈 우원레이는 바로 입을 열었다.

"무슨 생각 하는 건지 알아요, 하지만……."

옆에서 '워크맨'이라는 단어가 들리자 경찰이 경계하는 기색을 띠며 황위쉬안에게 물었다.

"황위쉬안 씨, 같이 경찰서로 가서 저희가 입수한 CCTV 영상을 한번 봐주실 수 있을까요?"

우원레이가 말했다.

"이제 막 깨어난 데다가 아직 진정이 안 된 상태인데, 그러지 말고 내일……."

황위쉬안이 말을 잘랐다.

"괜찮아요. 지금 경찰서로 같이 갈게요."

황위쉬안의 말투가 사뭇 단호했다.

*

경찰서에서 확보한 CCTV 영상 속에는 셰즈치가 리쯔웨이에게 폭력을 가하는 모습 외에도 셰즈치가 달아나기 전 구태여 사방을 둘러보면서 한쪽에 떨어져 있던 워크맨과 일기장을 주워 드는 모습이 또렷하게 찍혀 있었다. 경찰은 왜 셰즈치가 고작 워크맨 하나, 일기장 한 권 때문에 황위쉬안에게 약물을 주입하고 리쯔웨이를 살해하기까지 했을까 하는 의문을 품었다. 황위쉬안과 우원레이는 서로 눈길을 주고받았다. 어떻게 대답해야 좋을지 몰라 대충 얼버무렸다. 두 사람이 경찰서를 나선 후에도 황위쉬안은 내내 말이 없었다. 우원레이는 황위쉬안에게 던지는 물음인 듯 혼잣말인 듯 말을 꺼냈다.

"도무지 알 수가 없네. 셰즈치는 왜 그 물건들을 가져간 거지……."

황위쉬안이 별안간 걸음을 멈췄다.

"왜 그래요?"

우원레이가 물었다.

"아무래도 셰즈치가 저희 집에서 워크맨을 들었던 그 짧은 몇 분 동안 저처럼 과거로 돌아갔던 것 같아요……."

황위쉬안이 대답했다. **어쩌면 셰즈치도 1998년으로 돌아갔던 걸지도 몰라. 그렇다면 셰즈치가 사실은 셰쭝루일까? 어쩌면 처음부터 우리가 잘못 짚었는지도 몰라.** 황위쉬안과 리쯔웨이는 줄곧 과거의 시간 속에서 천원루를 죽인 범인을 찾으려 했다. 그러나 범인은 애초에 과거 속에 존재했던 게 아니라 미래에서, 그러니까 지금 2019년에서 온 사람이었을지도 모른다. 황위쉬안이 자책하며 우원레이에게 말했다.

"다 제 탓이에요! 과거의 셰쭝루가 지금의 셰즈치와 닮았다는 걸 진작 발견했더라면, 그저 단순한 우연이 아니라는 걸 알았더라면 리쯔웨이가 이렇게……."

황위쉬안의 몸이 부들부들 떨리고 있었다. 눈물이 또 한 번 흘러내렸다. 우원레이가 황위쉬안을 달랬다.

"일단 지금은 그런 생각 말아요. 셰즈치가 정말 위쉬안 씨처럼 과거로 돌아갔던 건지 아직 확실하지 않잖아요. 지금 우리가 확신할 수 있는 건, 딱 하나예요. 워크맨만 찾으면 과거로 돌아가서 그날 밤 일을 막을 수 있다는 것. 그럼 모든 걸 되돌릴 기회가 생기는 거예요."

황위쉬안이 눈물을 훔치며 고개를 흔들었다.

"천원루가 무사히 그날 밤을 보낼 수 있게 아무리 애를 써도, 셰즈치가 정말 과거로 돌아갈 수 있다면 언제든 또 천원루에게 손댈 기회만 노릴 거예요."

그 말에 우원레이도 황위쉬안처럼 얼굴에 걱정이 어렸다. 황위쉬안은 마음을 가다듬으며 곰곰이 생각하다가 말했다.

"지금 가장 중요한 건 셰즈치…… 아니, 셰쭝루가 천원루의 죽음과 관련이 있는지 규명하는 일이에요."

*

셰즈치가 셰쭝루의 현재 행방에 관해 내비친 적은 없었다. 하지만 황위쉬안은 여러 방법을 동원해 셰쭝루가 머물고 있다는 요양원을 찾아냈다.

"아퉈, 고마워."

황위쉬안의 진심 담긴 말에 수화기 너머 아퉈는 왠지 당황스러웠다.

"황위쉬안, 그렇게 진지하게 고맙다고 하니까 적응 안 된다."

그 후, 황위쉬안은 혼자 셰쭝루를 만나러 요양원을 찾아갔다. 형제가 얼마나 닮았는지는 이미 알고 있었지만 셰쭝루가 접견실로 들어서는 순간, 소스라치게 놀라고 말았다. **너무 똑같잖아! 완전 쌍둥이 같아!** 다만 기세등등한 셰즈치의 모습과는 달리 셰쭝루는 의기소침하고 어두워 보였다. 약 기운 때문인지 눈빛이 혼탁했는데, 자신이 어디에 있는지도 잘 모르는 듯했다. 요양원 직원이 셰쭝루를 황위쉬안 앞에 앉혔다. 셰즈치와 똑 닮은 그 얼굴을 바라보던 황위쉬안은 끓어오르는 증오심을 애써 누르며 숨을 깊게 들이마시고 나서 물었다.

"셰쭝루 씨, 20년 전에 무슨 일이 있었던 건지 얘기해 주실 수 있나요?"

약 기운 때문일까. 셰쭝루는 멍하니 앉아 아무 반응이 없었다. 아무것도 듣지 못한 사람 같았다. 황위쉬안이 인내심을 갖고 다시 한번 물었다.

"제 이야기 들려요? 20년 전에 무슨 일이 있었던 거예요?"

셰쭝루는 여전히 텅 빈 눈으로 황위쉬안을 물끄러미 바라보았다. 황위쉬안은 자신도 모르게 주먹을 꽉 움켜쥐었다. 덩달아 말투에도 힘이 더 실렸다.

"셰즈치가 그러는데, 그때 머릿속에서 사람을 죽이라는 목소리가 들렸다면서요. 그 사람이 누구예요? 누구를 죽이라고 한 거예요? 혹시 천윈루인가요?"

여전히 대꾸 없는 셰쭝루의 모습에 황위쉬안의 말투가 점점 더 초조해졌다. 급기야는 격앙된 얼굴로 다가가 셰쭝루의 팔을 붙잡으며 큰 소리로 추궁하기 시작했다.

"천윈루의 죽음과 무슨 관계가 있는 거예요? 못 들은 척

想見你 Someday or One Day

하지 말고 빨리 말해봐요!"

순간 셰쭝루가 온몸을 부들부들 떨며 황위쉬안의 손을 거칠게 밀쳐냈다. 황위쉬안의 격해진 말투에 요양원 직원이 다가와 말했다.

"황위쉬안 씨, 진정하세요. 저희 환자분에게 이러시면 안 돼요."

황위쉬안이 그제야 자신이 실례를 했다는 걸 깨닫고 사과를 하려는 순간, 셰쭝루가 무어라 중얼거리기 시작했다.

"난 들려……."

황위쉬안이 다급히 물었다.

"뭐가요?"

셰쭝루가 공허한 두 눈으로 황위쉬안을 바라보며 말을 이었다.

"바깥의 소리도 들리고, 바깥에서 무슨 일이 일어나는지도 다 보이지. 심지어는 내가 바깥에서 계속 살아가고 있다는 걸 느낄 수도 있어. 그런데 바깥에 있는 나는 진짜 내가 아니야……. 내가 아니야……. 내가 아니라고……. 안 돼! 하지 마! 멈추라고!"

셰쭝루는 마치 무언가를 본 사람처럼 벌떡 일어나 흥분하며 소리를 질렀다. 두 손을 허공에서 마구 휘두르기도 했다. 살짝 겁이 난 황위쉬안은 무심결에 도와달라는 눈빛으로 요양원 직원을 바라보았다. 직원은 고개를 끄덕이더니 너무 격정하지 말라는 사인을 보냈다. 셰쭝루가 평소 자주 보이던 모습인 것 같았다.

"나는 분명 내가 맞는데, 그저 여기 안에 갇혀서 또 다른 내가 하는 말을 듣고, 또 다른 내가 하는 행동을 지켜보고만 있어야 해. 왜 이렇게 되어버린 거지? 그 또 다른 나는 진짜 내가 아니야, 난 그런 짓을 저지를 리가 없어, 사람을 죽일 수 없어, 그건 내가 아니야……."

셰쭝루는 길고 긴 이야기를 외치듯 쏟아내더니 기운이 빠졌는지 의자에 털썩 주저앉았다. 두 손으로 머리를 감싼 채 불안한 듯 몸을 앞뒤로 흔들면서 낮은 목소리로 계속 중얼거렸다.

"내가 아니야……. 정말 내가 아니야……. 그건 내가 아니라고……."

황위쉬안은 자신의 추측이 맞는지 확인하기 위해 조심스레 물었다.

"그 사람은 셰쭝루 씨가 아니라는 거죠? 그럼, 그 사람이 혹시…… 셰즈치인가요?"

셰쭝루가 돌연 고개를 들었다. 그제야 황위쉬안의 얼굴을 바라보나 싶더니 극도로 당황했다.

"천윈루?!"

갑자기 큰 소리를 내던 셰쭝루는 이내 정신을 놓아버린 듯했다. 의자에서 벌떡 일어나려다가 의자와 함께 볼품없이

想見你 Someday or One Day

바닥에 나동그라졌다. 그러고는 온몸을 바들바들 떨면서 구석으로 숨더니 몸을 웅크린 채 계속 떨고 있었다.

"아니야……. 내가 죽인 게 아니야……. 걔야……. 걔라고……."

황위쉬안이 조금 더 자세히 묻고 싶어 가까이 다가가려 하자 셰쭝루가 멍한 시선으로 뚫어지게 황위쉬안을 바라보며 소리쳤다.

"너야! 네가 날 이렇게 만들었잖아, 너라고……. 네가 널 죽여달라고 했잖아!"

황위쉬안은 그 자리에 굳어버렸다. 셰쭝루의 말은 앞뒤가 전혀 맞지 않았다. 아마도 단순한 망상이거나 약물 부작용일 가능성이 컸다. 하지만 셰쭝루의 눈빛 앞에서 황위쉬안은 머리카락이 쭈뼛 서는 기분이었다. 그날 밤, 천원루를 죽인 건 도대체 누구였을까?

*

경찰이 문을 부수고 들어왔을 때, 셰즈치는 예상과 달리 반항하지 않았다. 핏자국이 가득한 복장 그대로 소파에 앉아 이어폰을 귀에 꽂고 음악을 듣고 있었다. 마치 갓 태어난 신생아가 고요히 잠들어 있는 것 같았다. 경찰은 왠지 이상했지만 체포 작전을 계속 이행하기로 했다. 경찰 두 명이 앞뒤로 셰즈치를 포위했다. 그중 한 명이 손을 뻗어 셰즈치를 툭 밀치며 소리쳤다.

"셰즈치? 셰즈치?"

"안 돼……. 조금만……. 조금만 더……."

셰즈치가 눈살을 찌푸렸다. 깨어나길 거부하는 것처럼 보였다.

"셰즈치!"

셰즈치가 눈을 번쩍 뜨면서 정신이 온전히 돌아왔다. 눈앞의 경찰을 보자마자 제일 먼저 워크맨을 꽉 쥐더니 일어나서 달아나려고 했다. 그러나 뒤에 있던 경찰이 곧장 달려들어 바닥으로 제압하면서 셰즈치 품에 있던 워크맨도 바닥으로 나동그라졌다. 셰즈치는 분노를 참지 못하고 고함쳤다.

"왜 지금이야? 어째서?! 이제 거의 다 왔는데!"

그러고는 더욱더 필사적으로 몸부림을 치다가 눈앞에 워크맨이 보이자 이마로 몇 번이고 워크맨을 내리쳤다.

"거의 다 왔는데! 이제 거의 다 끝났는데!"

셰즈치는 고함을 지르며 계속해서 워크맨을 내리치고 있었다. 얼굴이 피로 흥건했다. **내가 그 여자를 가질 수 없다면, 다른 누구도 가질 수 없어!**

*

想見你 Someday or One Day

경찰서로 부랴부랴 들어선 황위쉬안은 형태를 알아볼 수 없을 정도로 부서져 버린 워크맨이 보이자 일순간 가슴이 서늘해졌다. **워크맨이 망가졌어……. 그렇다면 이제 다시는 과거로 돌아갈 수 없는 거야?** 떨리는 손으로 워크맨을 쥐고 재생 버튼을 눌러보았지만, 아무런 반응이 없었다. **안 돼, 이럴 순 없어…….** 황위쉬안이 발만 동동 구르고 있을 때, 마침 셰즈치가 경찰에게 붙들려 조사실을 나왔다. 황위쉬안이 즉시 달려들었지만, 옆에 있던 경찰이 재빨리 막아섰다.

"왜 이런 짓을 한 거야? 도대체 무슨 짓을 한 거냐고?"

황위쉬안이 감정을 주체하지 못한 채 셰즈치에게 따졌다. 셰즈치는 얄미울 만큼 득의양양한 얼굴로 웃음을 띠더니 황위쉬안을 깔보듯 바라보며 되물었다.

"질문이 잘못됐어. '네가 천원루한테 무슨 짓을 한 거냐'고 물었어야지."

황위쉬안의 얼굴이 굳었다. 무슨 말인지 조금도 이해가 되지 않았다. **내가 천원루한테 무슨 짓을 했느냐니? 과거로 돌아갔을 때는 내가 천원루였잖아? 혹시 천원루가 과거로 돌아간 셰즈치한테 무슨 이야기라도 해준 걸까?**

"셰즈치, 말을 정확히 해줘야지……."

경찰이 서둘러 셰즈치를 데리고 나가버렸다. 셰즈치의 뒷모습을 바라보며 황위쉬안은 머릿속이 의문으로 가득 차올랐지만, 답을 찾을 수 없었다.

*

황위쉬안은 워크맨을 들고 거의 모든 전자제품 수리점을 찾아다녔다. 수리기사 대부분이 워크맨을 힐끗 보고는 고개를 저었다.

"손님, 이렇게 망가진 걸 어떻게 고쳐요? 새로 하나 사는 게 빠르겠네!"

대부분 같은 반응이었다. 심지어는 이제 이런 워크맨은 쓰지 말라고, 요즘 누가 카세트를 듣느냐며 말리는 사람도 있었다. 황위쉬안은 포기하지 않았다. 결국에는 눈에 잘 띄지 않는 어느 골목길에서 나이 지긋한 수리 기사를 찾았다. 수리기사가 워크맨을 보고 입을 달싹이려는 찰나 황위쉬안이 먼저 말을 꺼냈다.

"무슨 말씀 하실지 잘 알지만, 저한테 너무나 중요한 물건이라서요! 부탁드려요, 기사님. 제발 한 번만 고쳐봐 주세요. 작동만 하면 돼요, 딱 노래 한 곡 들을 수 있을 정도면 돼요. 제발요……."

마지막에는 목이 메어왔다. **반드시 과거로 돌아가야 해! 과거로 돌아가서 천윈루가 죽는 이 운명을 바꾸어야만 우리의 미래가 바뀔 거야. 달라진 미래 속에서 리쯔웨이와 다시 만날 수 없다고 해도 상관없어. 리쯔웨이가 살아만 있다면.**

"기사님, 제발요……. 이 워크맨 좀 고쳐주세요……."

슬픔이 뒤섞여 붉어진 두 눈 앞에서 수리 기사는 별다른 말 없이 워크맨을 가만히 받아 들었다.

*

이틀 후, 황위쉬안은 나이 든 수리 기사에게서 절연 테이프가 잔뜩 붙은 워크맨을 건네받았다. 집으로 돌아와 워크맨을 꺼내고 이어폰을 귀에 꽂았다. 재생 버튼을 누르려다 순간 멈칫했다. 이 모든 기대가 물거품이 되어버리면 어쩌나 몹시 두려웠다.

잠시 후, 용기를 내 재생 버튼을 눌렀다. 눈을 꼭 감으며 두 손을 꽉 맞잡았다. 음이 약간 변조된 멜로디가 이어폰에서 흘러나오는 순간, 황위쉬안은 감정이 북받쳐 올라 눈물이 날 것만 같았다. **과거로 돌아가게 해줘! 1998년으로 돌아가서 이 모든 걸 바꿀 수 있게…….**

워크맨 안에서 테이프가 씹히는 듯하더니 음악이 잡음으로 변했다. 두 눈을 꼭 감고 있던 황위쉬안은 순간 온몸이 허공에 붕 뜨는 기분이었다. 금방이라도 바닥으로 거세게 떨어질 것만 같았다. 돌연 잡음이 사라지고 노랫소리가 계속되자 안도의 한숨과 함께 굳어 있던 얼굴이 서서히 풀어졌다.

……내 걸음을…… 따라…… 사뿐사뿐 밟아봐……

아름다운 추억들이…… 천천히…… 되살아나……

노랫소리가 멈췄다. 이어서 모든 소리가 사라져 버렸다.

제15장

1998년, 타이난.

"천원루, 아이스티랑 콜라 있는데 어떤 거 마실래?"

문 쪽에서 리쯔웨이의 목소리가 들려왔다. 여자는 천천히 고개를 들었다. 눈앞에 선 리쯔웨이를 바라보니 감정이 북받쳐 눈시울이 붉어졌다. **리쯔웨이가 아직 살아 있어.**

"천원루?"

리쯔웨이가 아이스티와 콜라를 각각 손에 나눠 들고 문 앞에 서서 이상하다는 듯 바라보고 있었다.

"천원루, 너 괜찮아?"

천원루가 들고 있던 드로잉북을 내려놓고 돌연 앞으로 달려들더니 리쯔웨이를 꽉 안았다. 그 바람에 리쯔웨이는 깜짝 놀라 손에 들고 있던 음료수를 떨어뜨렸다.

"천원루, 너 갑자기 왜……."

"부탁인데, 말하지 마, 아무 말도 하지 마!"

천원루는 리쯔웨이의 가슴에 얼굴을 묻고, 힘차게 뛰는 리쯔웨이의 심장 소리를 마음껏 들었다. 그건 리쯔웨이가 살아 있다는 증거였다.

"이렇게 안고 있게 해줘……."

조금 전의 그 짧은 시간 동안 천원루에게 무슨 일이 있었는지 리쯔웨이는 알 수 없었다. 하지만 자신의 품에서 멈출 수 없이 눈물을 쏟는 모습에 속수무책이 되어 그저 경직된 몸으로 천원루가 자신을 끌어안고 울게 두었다.

*

천원루가 어렵게 마음을 추슬렀을 때는 이미 늦은 시각이었다. 리쯔웨이는 잠시 고민하다가 집에 바래다주겠다고 먼저 말을 꺼냈다. 집으로 돌아가는 길, 천원루는 스쿠터 뒷자리에 앉아 리쯔웨이의 넓은 어깨와 등을 바라보았다. 무언가를 확인하려는 듯 조심스럽게 얼굴을 기댔다. **이 모든 건, 정말 꿈이 아니야.** 리쯔웨이는 스쿠터를 몰다가 어깨에 기대오는 무언가를 느끼고는 빨간불이 켜진 틈을 타 슬쩍 뒤를 돌아보았다. 눈을 감은 채, 자신의 등에 기댄 천원루의 모습을 보며 슬쩍 미소 지었다. 금세 파란불로 바뀌는 바람에 리쯔웨이는 어딘가 의아한 마음을 뒤로 감추었다.

집에 도착하자, 천원루는 스쿠터에서 내리더니 헬멧을 벗어 리쯔웨이에게 건넸다. 헬멧을 받아 들던 리쯔웨이는 결국 참다못해 물었다.

"천원루, 아까 왜 그랬던 거야? 분명히 내가 방에서 나가기 전까지만 해도 괜찮았는데, 왜 다시 돌아왔을 때는 갑자기 날 안고 그렇게 울었던 거야?"

그 말에 천원루는 답하지 않았다. 그저 표정을 감추려 고개를 숙였다. 리쯔웨이가 더 걱정스러운 마음에 재차 물었다.

"도대체 무슨 일이 있었던 건데?"

그때, 천원루가 천천히 고개를 들더니 단호한 눈빛으로 말했다.

"사실은, 아까 네 방에 있을 때 말이야. 아주 잠깐 내가…… 미래에 다녀온 것 같아. 2019년에."

"정말이야?"

리쯔웨이는 너무나 놀라웠다.

"아까? 2019년으로 돌아갔었다고? 내 방에 있을 때?"

천원루는 고개를 끄덕이며 더 이상 입을 열지 않았다.

"그래서 어떻게 됐는데? 2019년에서 무슨 일이 있었는데? 또 어떻게 갑자기 되돌아온 거야?"

리쯔웨이가 재차 물었다. 천원루는 기억을 열심히 더듬는 듯 한참을 머뭇거리다가 결국에는 난감한 얼굴을 하며 입을 열었다.

"나…… 나도 모르겠어, 기억이 안 나."

"기억이 안 난다고?"

리쯔웨이가 눈을 휘둥그레 떴다. **설마? 전에는 미래에 대한 일들을 전부 얘기했었잖아? 그것도 세세한 것까지 정확히 기억했었는데, 이번에는 어째서 기억이 안 난다는 거야?** 리쯔웨이는 순간 말로 표현할 수 없었지만, 왠지 천윈루가 약간 달라진 것 같은 기분이 들었다. 리쯔웨이의 눈 속에서 의심하는 듯한 기색을 읽은 천윈루가 다급히 입을 열었다.

"2019년에 아주 중요한 일을 알게 된 것 같은데, 아무리 생각해 봐도 지금은 기억이 안 나."

천윈루가 손을 뒤통수로 가져갔다. 전에 났던 상처에서 다시 또 통증이 시작되는 듯했다. 그 모습에 리쯔웨이도 어쩔 수가 없었다.

"괜찮으니까 너무 무리하지 마. 일단 집에 가서 푹 쉬어! 나중에 생각나면 그때 얘기해 줘."

천윈루가 고개를 끄덕이더니 돌아서서 현관문을 열려고 하는데, 리쯔웨이가 불렀다.

"천윈루, 내일 아침부터는 내가 학교 데려다줄게."

뜻밖의 말에 천윈루는 깜짝 놀랐다. 뭐라고 대답해야 할지 몰라 그저 눈을 동그랗게 뜨고 리쯔웨이를 바라만 보았다.

"너희 반에서 있었던 차이원러우 사건도 그렇고, 걱정돼서. 당분간은 내가 학교에 데려다주는 게 안전할 것 같은데, 어때?"

천원루는 여전히 말없이 리쯔웨이 얼굴에 시선을 고정하고 있었다.

"아무튼 내일 아침에 데리러 올게." 할 말이 끝났는지 리쯔웨이는 손을 흔들었다. "얼른 들어가서 쉬어!"

천원루는 그제야 고개를 끄덕였다. 그러고는 돌아서서 집으로 달려 들어갔다. 그 뒷모습을 바라보며 리쯔웨이는 생각에 잠겼다. **어딘가 이상해. 천원루의 행동 하나하나, 말투, 그리고 눈빛까지 뭔가 이상해. 혹시 미래에서 돌아온 지 얼마 안 돼서 아직 적응이 안 된 건가?** 리쯔웨이는 너무나 궁금했다. 자신이 방을 떠나 있던 그 찰나의 시간 동안, 천원루에게 대체 어떤 일이 있었던 건지.

*

다음 날 아침.

잠에서 깬 천원루는 여느 때처럼 양치질과 세안을 한 뒤 교복으로 갈아입고 거울 앞에 서서 거울 속 자신을 바라보았다. 어제저녁에 리쯔웨이가 했던 말이 떠올라 어느새 얼굴에 미소가 번졌다. 수줍고 내성적인 분위기의 미소였다. 오랜 꿈을 마침내 이뤄낸 사람처럼 약간은 몸 둘 바를 몰라 하는 설렘과 은근한 기쁨도 어려 있었다.

거울 속에 비친 자신을 바라보며 손을 들었다. 자신의 존재를 확인하려는 듯 얼굴을 매만져 보았다. 그러고는 거울을 보며 웃는 연습을 했다. 기분 좋은 미소, 한없이 기뻐하는 웃음, 그리고 마음껏 활짝 터뜨려보는 웃음까지. 이 정도면 됐다 싶을 때쯤 방에서 나가 천쓰위안을 깨우러 갔다.

"천쓰위안, 일어나. 지각하겠다."

천원루의 작은 목소리에 천쓰위안은 아무런 기척이 없었다. 잠시 주저하던 천원루는 심호흡을 한 번 하고 나서 이불 속의 동생을 향해 약간 부자연스럽게 소리쳤다.

"천쓰위안, 당장 일어나라고!"

천쓰위안이 잠투정하듯 이불을 확 젖히더니 천원루를 쏘아보았다. 천원루는 금세 겁먹은 듯한 눈빛이었지만, 이내 동생을 쏘아보며 이불까지 확 걷어내고는 큰소리를 쳤다.

"뭘 노려봐? 일어나!"

천쓰위안은 잠이 덜 깨 짜증이 났지만 의외로 별 대꾸가 없었다. 대신 얌전히 침대에서 일어나 양치질을 하러 방을 나섰다. 문을 나서다가 문득 뭔가 생각났는지 천원루 쪽으로 시선을 던지며 물었다.

"누나, 어째 좀 이상하다?"

천원루는 순간 당황했다. 마음속에 불현듯 솟아오른 약간의 당혹감을 서둘러 숨기며, 태연한 척 되물었다.

"뭐가?"

"나도 모르겠는데, 어쨌든 좀 이상해."

천쓰위안은 별로 대수롭지 않다는 듯 하품을 하더니 방에서 나갔다. 천원루가 몸을 일으켰다. 고개를 떨군 채 천쓰위안의 방을 나섰다.

*

집에서 나온 천원루는 주위를 둘러보았다. 잠시 후, 예상대로 리쯔웨이가 스쿠터를 몰고 다가왔다. 뒤따라 나오던 천쓰위안이 그 모습을 보고는 천원루를 놀리며 말했다.

"어쩐지 아침부터 이상하더라니, 남자 친구가 데리러 오셨네."

천원루는 반박하지 않고 천쓰위안을 한 번 째려보았다.

"시끄러워!"

천원루가 스쿠터에 올라타며 헬멧을 썼다. 리쯔웨이가 천원루를 태우고 학교 후문에 도착했을 땐, 마침 모쥔제도 스쿠터를 세우던 중이었다. 모쥔제는 천원루를 태우고 온 리쯔웨이를 보며 약간 놀랐다.

"너희 둘 어떻게 같이 와?"

리쯔웨이가 대답했다.

"학교에 살인 사건이 있었잖아. 천원루가 좀 걱정돼서 당분간 학교 데려다주려고."

천윈루가 웃으며 말했다.

"나는 굳이 그럴 필요 없을 것 같은데, 얘가 자꾸 고집해서 그렇게 하기로 했어."

모쥔제는 어제 둘을 일부러 이어주려고 먼저 자리를 피하긴 했지만, 두 사람의 관계가 빠르게 진전되는 걸 보며 어쩐지 마음 한구석이 편치 않았다.

세 사람이 잡담을 주고받으며 학교 정문을 향해 걷고 있을 때였다. 환하게 웃고 있던 천윈루가 정문에서 선도부장 역할을 하던 셰쭝루를 보는 순간, 얼어붙은 얼굴로 고개를 황급히 떨구었다. 마치 자신을 들키고 싶지 않은 듯했다. 일부러 걸음을 늦추며 모쥔제와 리쯔웨이 등 뒤에 숨어 학교로 들어섰다. 교문을 통과하는 찰나, 재빨리 고개를 들어 셰쭝루를 힐끗 바라보니 그도 자신을 계속 바라보고 있었다. 천윈루는 가슴이 철렁 내려앉았다. 그 시선을 피하려 황황히 고개를 돌렸다. 복도에서 모쥔제, 리쯔웨이와 헤어진 뒤 교실로 향하는데 담임선생이 막아섰다. 그 뒤에 형사팀 팀장 양비윈과 또 다른 경찰 한 명이 보였다.

"천윈루, 우선 나랑 교무실부터 가줘야겠다. 경찰이 묻고 싶은 게 있대."

담임선생이 천윈루에게 말했다.

*

교무실에서 천원루는 담임선생이 동석한 가운데 양비원에게 질문을 받았다. 당연하게도 주된 내용은 얼마 전에 일어난 차이윈러우 살인 사건에 관한 이야기였는데, 이번에는 천원루가 한 마디도 대답하지 못했다. 양비원은 전과 사뭇 달라진 천원루를 보며 의구심이 들었지만, 전처럼 최대한 상냥하게 물었다.

"정말 아무것도 모르는 거야? 그럼 네가 옷 갈아입는 모습을 차이윈러우가 몰래 찍어서 게시판에도 붙였던 건 알고 있니?"

천원루는 멈칫하더니 고개를 저었다.

"그럼 차이윈러우가 시신으로 발견되고 나서 게시판에 붙어 있던 사진이 전부 사라진 건?"

양비원이 조금 더 자세히 캐물었지만, 천원루는 여전히 고개를 떨군 채 말이 없었다. 양비원은 천원루의 어깨를 가볍게 토닥였다.

"천원루, 이 일에 대해 정말 아는 게 하나도 없는 거니?"

천원루가 어쩔 수 없이 고개를 들었다. 침착한 척 애쓰고 있지만, 눈빛에 비친 두려움과 불안을 양비원은 알아챘다. 천원루는 양비원과 눈이 마주치자 곧바로 시선을 피하더니 낮은 목소리로 다급하게 말했다.

"모르겠어요, 정말 모르겠어요. 아무것도 모른다고요!"

천원루의 반응은 양비원의 의심을 더욱 부추겼다. 결국 양비원은 재차 추궁했다.

"혹시 차이원러우 살인 사건과 관련해서 짐작 가는 사람 있니?"

그 순간, 양비원은 천원루의 온몸이 살짝 떨리는 것을 똑똑히 감지해 냈다. 그러나 수 초간 침묵하던 천원루는 여지없이 고개만 저었다. 분명 무언가를 알고 있지만 실토하고 싶지 않은 듯했다.

"좋아, 여기까지 할게."

불쑥 말을 꺼낸 양비원은 한없이 상냥한 표정을 지었다.

"이만 가도 좋아."

천원루는 왠지 믿기지 않았다. 담임선생이 천원루를 데려가려고 일어서자, 그제야 약간 위축된 기색으로 양비원에게 고개 숙여 인사한 뒤 돌아서서 재빨리 그곳을 나섰다. 양비원은 천원루의 뒷모습을 바라보며 이런저런 상념에 잠겼다. **거짓말을 하고 있는 게 분명한데, 설마 범인을 감싸주려는 건가? 그렇다면 천원루는 그 범인이 누군지 알고 있다는 건데.**

어제 나온 부검 보고서에 따르면, 차이원러우의 몸에서 '에틸 브로모아세트산'이라는 유기화합물이 발견되었다. 이는 독성이 매우 강한 물질로, 주로 군용 독가스 제조에 쓰이는데 흡입하거나 삼키는 건 물론이고 피부에 닿기만 해도 치

想見你 Someday or One Day

명적인 화학 시약이었다. 범인은 주사기로 이 맹독성 유기화합물을 체내에 다량 주입하여 차이원러우를 사망에 이르게 한 것으로 밝혀졌다. 소름이 끼칠 만큼 잔혹한 수법이었다.

이 정도로 위험한 화학약품은 모두 관리 대상이었다. 이 점을 토대로 출처를 밝혀내면 그 흔적을 쫓아 범인과 관련된 단서들을 찾아낼 수 있을 터였다. 그러나 부검의의 말에 따르면, 이 같은 화학 합성물은 아세트산이나 에탄올처럼 표본 제작에 쓰이는 비규제 약물로도 합성 및 추출이 가능하다고 했다. 다시 말해, 상당한 수준의 화학 혹은 의료 지식이 있어야만 이런 맹독성 물질을 제조해 낼 수 있다는 뜻이었다. 이 점만 가지고 범인을 추적하기란 생각만큼 쉽지 않아 보였다.

천원루는 그저 문과 학생이니 이런 지식을 갖고 있을 리가 없었다. 규제 약품을 입수할 수 있는 경로를 알고 있을 리도 만무했다. 그럼에도 양비원이 일부러 학교까지 찾아와 직접 천원루를 만나 신문한 것은 말로 설명할 수 없는 육감 때문이었다. 천원루가 뭔가를 숨기고 있다는 생각이 내내 들었다. 그리고 그 비밀이 차이원러우의 살인 사건과 관련이 있을 거라는 예감도…….

*

며칠 후, 언제나처럼 아침에 천원루를 데리러 온 리쯔웨이가 휴대폰을 내밀었다.

"나 주는 거야?"

천원루가 휴대폰을 받아 들었다. 리쯔웨이가 고개를 끄덕이며 말을 이었다.

"어제 내가 개통했어. 생각해 보니까 아무리 우리가 널 지켜주고 싶어도 24시간 계속 네 옆에 있을 수가 없잖아. 혼자 있을 때도 있으니까 언제든 우리한테 연락할 수 있게 휴대폰을 샀지."

리쯔웨이가 바짝 다가와 말을 이었다.

"단축키도 다 해놨어. 1번이 내 번호고, 2번이 모쥔제니까 잘 기억해. 3초 정도 번호를 꾹 누르면 우리한테 전화가 걸릴 거야."

천원루는 감동한 얼굴로 휴대폰을 꽉 쥐었다. 동시에 가슴 속에서 불안감이 차올랐다.

"리쯔웨이." 천원루가 물었다. "만약, 어느 날, 내가 예전의 천원루로 돌아가게 된다면, 넌……."

그래도 넌, 여전히 날 좋아해 줄까? 천원루는 끝내 묻지 못했다. 대답을 듣는 게 두려웠다.

"무슨 말이야?"

리쯔웨이는 어리둥절했다.

"그러니까, 만약에 말이야. 어느 날 내가 2019년으로 돌아가서 다시는 돌아오지 않는다면, 그럼 넌…… 그래도 지금처럼 이렇게…… 날 챙겨줄 거야?"

리쯔웨이가 웃으며 대답했다.

"왜 갑자기 그런 이상한 걸 물어? 지금 넌 여기 있잖아?"

"그런 건 신경 쓰지 말고 대답이나 해줘!"

천원루는 약간 초조해졌다. 리쯔웨이가 어쩔 수 없이 진지하게 생각해 보더니 대답했다.

"만약 네가 정말 2019년으로, 그러니까 네가 살던 원래의 시간으로 돌아간다고 해도 네가 이 세상에서 사라지는 건 아니잖아? 그저 내가 아직 겪어보지 못한 미래로 간 것뿐이니까. 그러니까…… 난 미래에 반드시 널 만날 거고, 지금처럼 계속 널 좋아하게 될 거야. 그럼 된 거 아닐까?"

그 순간, 천원루의 마음속에는 오로지 한 가지 생각뿐이었다. **절대 빼앗길 순 없어. 절대로!** 천원루가 리쯔웨이를 바라보았다. 두 사람의 얼굴이 가까이 맞닿아 있었다. 잠시 후 천원루가 눈을 감고 자신의 입술을 조심스레 리쯔웨이의 입술 위로 포갰다. 갑작스러운 키스에 리쯔웨이는 그대로 굳었다. 천원루가 살며시 물러서면서 두 사람의 입술이 떨어질 때까지도 리쯔웨이는 여전히 멍한 얼굴이었다. 방금 무슨 일이 일어난 건지 모르는 사람처럼. 천원루는 미소를 띠며 리쯔웨이를 바라보았다. 분명한 애정과 달콤한 기운이 어린 눈빛으로.

"일부러 찾아오지 않아도 돼. 왜냐하면, 나 황위쉬안은, 지금 여기 있으니까. 다시는 떠나지 않을 거니까."

그때 천원루의 머릿속에서 누군가의 목소리가 선명하게 울렸다.

너 왜 그러는 거야? 왜 리쯔웨이 앞에서 네가 나인 척하는 거야?

*

출석 체크를 하는데, 리쯔웨이가 교실에 없었다.

리쯔웨이의 습관적인 땡땡이에 담임선생도 그러려니 한 지 오래였다. 리쯔웨이는 수업을 빼먹고 혼자 학교 건물 옥상에 올라가 바닥에 누워 새파란 하늘을 바라보고 있었다. 머릿속은 온통 오늘 아침의 그 갑작스러운 키스뿐이었다. **기뻐해야 맞는데, 왠지…… 어딘가 이상해. 뭐가 이상한 거지? 눈빛이었나? 아니면…….**

"너 여기 있을 줄 알았어."

깜짝 놀라 고개를 돌려보니 천원루였다.

"너 수업 안 들어?"

리쯔웨이가 물었다.

"아까 수업 시간에 선생님 심부름으로 시험지 전달하러 가다가 너희 반 교실을 지나가는데 네가 자리에 없더라. 틀림없이 땡땡이구나 했지."

천원루가 웃으며 덧붙였다.

想見你 Someday or One Day

"너도 수업 빼먹고 나왔으면서 나한테 수업 안 듣냐고 묻는 거야?"

"알았어, 땡땡이친 내 잘못이야. 이제 교실로 들어갈게, 됐지?"

리쯔웨이는 천원루가 자신을 수업에 들여보내려고 온 거라 생각했다. 하지만 의외의 답이 이어졌다.

"너 수업 들어가게 하려고 잡으러 온 거 아냐."

리쯔웨이가 의아한 얼굴로 바라보자 천원루가 말했다.

"우리 같이 땡땡이치자, 어때?"

*

리쯔웨이는 아주 익숙한 듯이 학교 후문 쓰레기장 옆 담장으로 천원루를 데려갔다. 담장 위로 올라간 뒤, 천원루가 담을 넘을 수 있게 손을 잡고 도와주었다. 천원루가 다소 어설픈 동작으로 담을 넘어가려 할 때였다. 담장 위에 있던 리쯔웨이가 저만치 학교 건물 3층에서 눈에 불을 켜고 두 사람을 바라보던 학생주임을 발견했다. 학생주임이 몸을 돌려 후문 쪽으로 재빠르게 걸어오기 시작했다.

"잠깐, 너는 얼른 들어가!"

리쯔웨이가 다급히 말했다.

"왜 그래?"

천윈루는 당황스러웠다.

"학주 오고 있어! 이따가 학주한테 잡히면, 너는 나 땡땡이치는 거 잡으러 나온 거라고 얘기해. ……야! 너 뭐 하는 거야?"

리쯔웨이가 한창 얘기하던 와중에 천윈루가 담장 밖으로 뛰어내리면서 하마터면 넘어질 뻔했다. 가방을 주워 들고는 리쯔웨이를 향해 고개를 들며 말했다.

"학주 온다며? 안 내려오고 뭐 해?"

리쯔웨이도 더는 이것저것 따질 새가 없었다. 후다닥 담장 밖으로 뛰어내리자 천윈루가 리쯔웨이의 손을 잡아끌었다. 두 사람은 서둘러 그곳을 벗어났다.

천윈루는 지금껏 이토록 빨리, 이토록 즐겁게 뛰어본 기억이 거의 없었다. 잡고 있는 손이 너무나 따스했다. 할 수만 있다면, 평생토록 놓고 싶지 않았다. **만약 황위쉬안이라면, 이 손을 계속 잡고 있었을까, 아니면 놓았을까? 만약 황위쉬안이라면, 걸음을 멈추고 나서 리쯔웨이에게 뭐라고 이야기할까? 만약 황위쉬안이라면……**. 사력을 다해 달리는 그 순간에도 천윈루의 머릿속은 지금 이 순간 황위쉬안이라면 어떤 행동을 했을지 끊임없이 떠올렸다. **나는 천윈루야, 황위쉬안이 아니야. 하지만 황위쉬안이 되고 싶어. 왜냐하면, 리쯔웨이가 좋아하는 건 황위쉬안이니까.**

두 사람은 한참을 달렸다. 리쯔웨이가 고개를 돌려 보니 학주는 이미 따돌린 후였다. 그제야 천윈루에게 줄곧 손이 잡혀 있었다는 걸 깨닫고는 서둘러 손을 놓았다. 천윈루는 잠시 당황했고, 리쯔웨이 역시 자신의 그런 반응이 왠지 답답하기만 했다. 어쩌면 본능적으로 아는 것일지도 몰랐다. 이 아이의 손을 잡아서는 안 된다는 것을…….

"위험했다, 하마터면 잡힐 뻔했어."

갑자기 어색해진 분위기를 무마해 보려 리쯔웨이가 말을 꺼냈다.

"잘 빠져나오긴 했는데, 이제 어디 가지?"

천윈루가 태연한 척 물었다.

"어디 가고 싶은 데 있어?"

리쯔웨이의 물음에 천윈루가 대답했다.

"그럼…… 우리 바다 보러 갈래?"

*

그날, 집으로 돌아온 천윈루는 방에 들어서자마자 가방에서 리쯔웨이가 선물해 준 휴대폰을 꺼냈다. 액정을 바라보며 잠시 고민하다가 리쯔웨이에게 문자메시지를 썼다.

나는 잘 들어왔어. 운전 조심해.

메시지를 보낸 뒤 밝은 얼굴로 서랍에서 일기장을 꺼냈다. 평소처럼 오늘의 기분을 일기장에 적어 내려가기 시작했다. 한참을 쓰다가 무언가가 떠오른 듯 손이 멈췄다. 반쯤 쓰던 일기를 단번에 쭈욱 찢어 동그랗게 구긴 뒤 휴지통으로 던졌다. 그러고는 다시 새롭게 한 문장을 적었다.

그 애가 왕취안성이야.

흡족한 미소가 천원루의 얼굴 위로 스몄다. 천원루는 일기장을 덮더니 책상 위에서 세 사람이 함께 찍은 사진을 들어 올렸다. 사진 속 소녀는 눈부시게 웃고 있었다. 그러나 그 소녀는 천원루가 아니다. 천원루는 마치 혼잣말하듯 혹은 누군가에게 들으라는 듯 말했다.

"네 꿈은 끝났어. 하지만 내 꿈은, 이제 시작이야."

*

시간이 빠르게 흘러 어느새 1998년도 저물었다.

천원루는 또 다른 얼굴로 아주 조심스럽게 지내고 있었다. 눈치챈 사람이 없어 다행이었다. 적어도 지금까지는.

새해 첫날, 천원루는 레코드 가게를 찾았다. 쉬는 날이라 한창 음반을 정리 중이던 우원레이에게 사진을 배우겠다고 했다.

“갑자기 사진이 왜 배우고 싶어졌어?”

우원레이가 물었다.

“그냥 배워보고 싶어서요.”

천원루는 우원레이가 건네준 SLR 카메라를 웃는 얼굴로 바라보았다.

“삼촌, 가르쳐주실래요?”

우원레이는 다소 의아해하면서도 기본적인 촬영 기술을 가르쳐주었다. 그리하여 천원루는 그 카메라로 일상의 소소한 순간들을 담기 시작했다. 그중 가장 큰 비중을 차지한 주인공은 당연히 리쯔웨이였다. 농구하는 리쯔웨이부터 도시락을 먹고 있는 리쯔웨이까지.

어느 날, 방과 후. 셋이 함께 도서관에서 복습을 하던 중, 리쯔웨이가 잠이 들었다. 천원루는 그 모습을 찍으려고 가방에서 카메라를 살며시 꺼냈다. 온통 리쯔웨이 생각뿐인 천원루를 보며 모쥔제는 조금 씁쓸한 마음이 들었지만, 이내 단념하려 애썼다. 천원루에게 잠시 기다리라고 신호를 준 뒤, 검은색 사인펜을 꺼내 리쯔웨이의 얼굴에 낙서를 하기 시작했다. 천원루는 입을 가리고 조용히 웃다가 카메라를 들어 초점을 맞췄다. 그 수줍은 미소에 모쥔제는 순간 정신이 아득했다. 예전에 천원루가 지었던 바로 그 미소였다.

*

필름 한 통을 다 쓰자마자 천윈루는 기대감에 부풀어 서둘러 현상을 맡겼다. 다음 날, 방과 후에 사진을 찾으러 사진관에 가야 했다. 모쥔제가 눈치껏 핑계를 대고 먼저 자리를 피했고, 그 덕에 리쯔웨이만 남아 천윈루와 함께 사진관으로 갔다.

사진관에서 천윈루는 사진을 받자마자 꺼내서 한 장씩 살펴보았다. 아직 초보인지라 초점이 안 맞거나 구도가 이상한 사진들도 있었지만, 그마저도 즐거웠다. 한 장 한 장 넘겨보는 동안 입가에 미소가 떠나지 않았다. 그러다 마지막 사진 속 자신의 모습을 보는 순간, 미소가 일순간 얼어붙더니 서글픈 마음이 연하게 밀려들었다. 천윈루의 달라진 기분을 알아챈 리쯔웨이가 물었다.

"왜 그래?"

천윈루는 서둘러 고개를 저었다.

"그냥…… 사진 속 내 모습이 좀 낯설어서. 꼭 다른 사람을 보는 것 같아."

"많이 찍다 보면 익숙해질 거야."

리쯔웨이가 대수롭지 않게 대답했다.

"그럴 수도 있겠네."

그런 다음 천윈루는 또 다른 필름을 꺼내 사진관 주인에게 건넸다. 주인은 수령장을 한 장 건네며 인적 사항을 적어 달라고 했다. 천원루가 빈칸을 채우는 동안, 무심코 수령증을 힐끗 바라보던 리쯔웨이는 반듯한 글씨체에 문득 눈길이 멈췄다. 다시 천원루를 바라보다가 글씨체로 시선을 던지는데, 차츰 마음속에 의심이 드리워지고 있었다. 그 순간, 지금껏 느껴왔던 미세한 단서들이 하나의 실처럼 엮이며 명백한 답으로 이어졌다. 하지만 리쯔웨이는 입을 열지 않았다.

두 사람이 사진관을 나선 지 얼마 되지 않았을 때, 갑자기 비가 쏟아지기 시작했다.

"빨리 비 피할 곳을 찾아보자! 가방에 사진 있어서 젖으면 안 돼."

천원루가 다급하게 말했다. 두 사람은 함께 달리기 시작했다. 그러다 리쯔웨이가 갑자기 걸음을 멈췄다. 이에 그 자리에 따라 선 천원루가 빗속에서 리쯔웨이에게로 고개를 돌렸다. 바로 그 순간, 리쯔웨이는 눈앞의 소녀를 바라보았다. 이전의 그 두근거림이 느껴지지 않았다. 오히려 서글프고 슬픈 감정이 밀려왔다. 마치 무언가 아주 중요한 대상이 사라져 버린 것만 같았다.

"리쯔웨이, 거기 서서 뭐 해? 빨리 와서 같이 비 피할 곳 찾아보자!"

천원루가 리쯔웨이를 향해 소리쳤다. 리쯔웨이는 정신을 차렸지만, 무섭게 밀려드는 거리감에 발걸음을 떼지 못하고 망설였다. 소낙비가 몸을 때리고 있었다. 천윈루가 다시 한번 부르고 나서야 리쯔웨이는 천천히 걸음을 옮겼다.

*

천윈루가 비에 쫄딱 젖은 몸으로 집에 돌아왔을 때, 마침 엄마는 출근하려고 집을 나서던 중이었다. 물에 빠진 생쥐 꼴로 돌아온 천윈루를 보고 엄마가 걱정되는 마음에 몇 마디를 던졌다. 연애의 달콤함에 빠져 있던 천윈루는 잔소리마저도 아무렇지 않았다. 엄마가 던져준 수건을 받아 머리카락을 털면서 방으로 향했다. 방문을 닫자마자 가방에서 보물 다루듯 사진들을 꺼냈다. 다행히 한 장도 젖지 않았다. 아무도 눈치채지 못했을 거라고 믿으며 조심스럽게 지켜오던 자신의 비밀처럼.

다시 한 장 한 장 사진을 살펴보던 중, 마지막 사진에 시선이 오래 머물렀다. 리쯔웨이와 함께 찍은 사진이었다. 카메라를 향해 밝게 웃는 모습이 마치 아무런 근심 걱정도 없는 사람 같았다. 천윈루는 손가락을 뻗어 사진 속 리쯔웨이를 한없는 애정을 담아 어루만졌다. **황위쉬안이 되면 이 모든 걸 가질 수 있는데, 굳이 천윈루로 살아갈 필요는 없잖아?**

*

농구장에서 리쯔웨이는 무슨 생각에 빠진 건지 모쥔제가 패스한 공을 놓치고 말았다. 그 기회를 포착한 상대 팀이 곧바로 공을 가로챘고, 3 대 3 농구 경기가 끝나기 직전에 가까스로 슛을 성공시켜 득점을 얻어냈다. 리쯔웨이가 농구장을 나오자 모쥔제가 뒤따라왔다. 리쯔웨이의 어깨를 툭 치며 모쥔제가 물었다.

"너 어떻게 된 거야? 하루 종일 정신이 딴 데 가 있더니, 그 쉬운 패스를 다 놓치고?"

걱정하는 모쥔제 앞에서 리쯔웨이는 어디서부터 말을 꺼내야 할지 난감했다. **모쥔제는 천원루를 나한테 양보해 준 거나 다름없는데, 이제 와서 내가 천원루에게 설레던 마음이 급속도로 식고 있다는 소릴 하면 모쥔제가 어떻게 생각할까?**

"아냐, 요즘…… 잠을 잘 못자서."

리쯔웨이가 대충 핑계를 대며 둘러댔다. 그때, 천원루가 불쑥 나타나더니 말을 걸었다.

"농구 하러 나오면서 말도 안 해주고, 한참 찾았잖아. 오늘 수업 끝나고 나랑 사진 찾으러 가줄 수 있어?"

천원루의 시선이 내내 리쯔웨이를 향해 있었다. 리쯔웨이가 불편한 기색을 비치며 대답했다.

"오늘은 안 되겠네. 수업 끝나고 참고서 사러 갈 거라서."

모쥔제가 석연치 않은 눈으로 리쯔웨이를 바라보았다.

"그럼, 일단 우리랑 사진 찾으러 갔다가 그다음에 우리가 너랑 참고서 사러 같이 갈까?"

천원루가 의견을 냈지만, 리쯔웨이는 곧바로 말을 돌리며 사양했다.

"괜찮아. 넌 레코드 가게 아르바이트도 가야 하잖아? 같은 방향도 아니고, 나 혼자 가면 돼."

순간, 천원루는 리쯔웨이가 내키지 않아 한다는 것을 눈치챘지만 아무렇지 않은 척 말했다.

"그럼 나는 먼저 가방 챙기러 교실로 갈게. 참고서 다 사고 나면, 상황 봐서 레코드 가게에 올래?"

리쯔웨이는 억지로 웃으며 고개를 끄덕였다. 천원루가 가고 난 뒤, 교실로 돌아가던 모쥔제가 참다못해 물었다.

"너 왜 갑자기 참고서를 사러 간다는 거야?"

"아니, 그냥 조금은 준비를 해야 할 것 같아서……."

마음과는 다른 말이었다. 모쥔제가 걸음을 멈추더니 리쯔웨이를 확 잡아끌며 거침없이 따져 물었다.

"고등학교 졸업하면 캐나다로 유학 간다며 무슨 시험 준비를 한다는 거야. 월말고사도 눈 하나 깜짝 안 하고 종일 땡땡이치면서 무슨 참고서를 산다는 건데? 너 솔직히 말해, 천원루 피하는 거지?"

이렇게 금방 간파당할 줄은 몰랐다. 리쯔웨이는 말을 해야 하나 말아야 하나 그야말로 진퇴양난이었다. 섬세한 모쥔제는 리쯔웨이의 표정에서 어렴풋이 답을 읽어냈다.

"왜 피하는 건데? 너희 요즘…… 사이 좋아지고 있었잖아?"

모쥔제가 물었다. 리쯔웨이는 머뭇거리다가 결국 입을 열었다.

"너는 요즘 천원루가 예전이랑 좀 달라진 것 같다는 느낌 못 받았어?"

"무슨 소리야?"

모쥔제가 눈썹을 찌푸렸다. 리쯔웨이는 살짝 짜증스러운 듯 머리를 헤집으며 말했다.

"어떻게 말해야 할지 잘 모르겠는데, 뭐랄까. 그러니까 요즘 천원루가 많이 변한 것 같아. 2019년에서 왔다는 얘기는 더 이상 입 밖으로 꺼내지도 않고, 심지어는 그 범인 이야기도 쏙 들어갔잖아. 전에는 그 사람을 찾아내야 한다고 고집을 부리더니, 이제는 아무 일도 없었던 것처럼 굴고."

"그래서 변한 거 같다는 거야?"

모쥔제가 물었다.

"당연히 이게 다는 아니지."

리쯔웨이가 계속 말을 이었다.

"말이나 행동이 여전히 황위쉬안이랑 비슷하긴 한데, 왠지 모르게 황위쉬안이 아닌 것 같은 느낌이야. 예전의 천원루 같다고."

"그래서?"

모쥔제의 말투가 점점 차가워지고 있었다.

"직접 물어볼까 해. 대체 어떻게 된 일인지."

리쯔웨이가 말했다.

"그다음엔? 계속 피할 거야? 아니면 네가 좋아하는 황위쉬안처럼 연기를 좀 더 그럴싸하게 해달라고 할래?"

모쥔제의 눈빛에 분노가 어렸다. 리쯔웨이는 멈칫했다.

"잠깐, 너 그게 무슨 뜻이야? 천윈루가 황위쉬안 연기라도 하고 있다는 거야?"

"아니면? 이 세상에 시공간을 넘어 다니는 그런 얼토당토않은 일이 진짜 있을 거라고 생각하는 거야?"

리쯔웨이를 바라보는 모쥔제의 시선이 차가웠다.

"그러니까 너는 애초에 천윈루를 안 믿었다는 거야?" 리쯔웨이가 의아한 얼굴로 되물었다. "왜?"

"천윈루는 너 때문에 다른 사람인 척 애쓰고 있는 거야. 난 그걸 들춰내고 싶지 않았을 뿐이고."

모쥔제가 애써 화를 누르며 말했다. 리쯔웨이는 도저히 믿기지 않는다는 얼굴이었다. 그 모습에 모쥔제는 속에서 화가 치밀어 올라 리쯔웨이에게 바짝 다가서며 말했다.

"딱 한 번만이라도 천윈루 입장에서 생각해 볼 순 없는 거야? 사람이 자신을 완전히 바꾸기까지 얼마나 많은 애를 써야 할지 생각해 보라고. 겨우겨우 네가 좋아하는 황위쉬안이 되었는데, 믿어주는 척이라도 해주면 안 돼? 상처 주는 일은 이제 그만하라고."

"잠깐만!" 리쯔웨이가 말을 잘랐다. "내가 걔를 믿으니까 더욱 확실히 해야겠다는 거잖아!"

"너희 무슨 이야기 하는 거야?"

갑자기 천원루의 목소리가 들려왔다. 두 사람은 약속이라도 한 것처럼 아무 일도 없었다는 듯 행동했다. 모쥔제가 웃으며 말했다.

"이 자식이 참고서 사러 혼자 갔다가 엉뚱한 걸 사 올 거 같아서 알려주고 있었어."

"걱정되면 우리가 같이 가주면 되잖아?"

천원루가 말했다. 리쯔웨이가 모쥔제에게 눈짓을 하자 모쥔제가 마지못해 입을 열었다.

"다 얘기해 놨으니까 괜찮아, 잘못 사는 일 없을 거야. 일단 같이 사진부터 찾으러 가자. 더 늦다간 너 아르바이트도 지각하겠어."

그러고는 천원루를 끌고 재빨리 길을 나섰다. 애써 웃어 보이던 리쯔웨이는 두 사람의 모습이 멀어지고 나서야 웃음을 거두었다. 참고서를 사러 가는 대신 수많은 의문을 품고 집으로 돌아왔다. 드로잉북을 꺼내 빗속의 소녀 그림을 바라보며 온갖 상념에 잠겼다. 드로잉북을 내려놓고 책상 위에 있던 액자를 열었다. 액자 안에는 32레코드 앞에서 세 사람이 함께 찍은 사진이 들어 있었다. 사진을 뒤집어 그 위에 적힌 글씨를 바라보았다. 가슴 한편에선 의문이 더욱 깊어지고 있었다.

*

오늘 나 퇴근할 때 데리러 올 수 있어?

천원루는 휴대폰 속 문자메시지를 바라보았다. 발송 버튼을 누르지 못하고 있었다.

천원루는 이미 들었다. 리쯔웨이에게 왜 천원루를 피하느냐고 묻는 모쥔제의 질문이 천원루의 귀에도 닿았다. **리쯔웨이가 눈치챈 걸까? 만약…… 만약 리쯔웨이가 정말 나를 찾아와 천원루인지 황위쉬안인지 묻는다면, 나는 어떻게 대답해야 하지? 이렇게 모든 걸 잃게 되는 걸까?** 리쯔웨이에게 보내려던 문자를 한 글자씩 삭제했다. **지금은 리쯔웨이를 어떻게 마주해야 할지 아직 모르겠어, 차라리…….** 그때였다. 갑자기 누군가 레코드 가게로 들어왔다. 리쯔웨이인 줄 알고 약간 불안한 듯 고개를 들었는데, 예상외로 레코드 가게에 들어선 사람은 셰쭝루였다. 바로 그 순간, 천원루는 벌떡 일어나 도망가고 싶었다. 그렇다. 천원루는 황위쉬안의 기억을 이어받아 2019년에 일어났던 일들을 모조리 알고 있었다. 셰즈치, 그러니까 셰쭝루의 동생인 그가 리쯔웨이를 살해했다는 것도,

어쩌면 이 시공간으로 돌아와 차이원러우를 살해했을지 모른다는 사실까지도 전부. 그러나 깨어난 뒤에는 아무것도 말하지 않기로, 또 아무것도 하지 않기로 마음먹고 있었다.

천원루는 모든 전말을 이미 알고 있는 만큼 반드시 이 비극을 피할 수 있을 거라고 믿었다. 그러나 레코드 가게로 들어서는 셰쭝루를 보는 순간, 깊은 두려움이 마구 덮쳐왔다. 셰쭝루의 표정은 무척이나 여유로워 보였다. 레코드 가게 안에서 음반과 테이프를 고르다가 우바이의 《사랑의 끝》 앨범을 들고 천천히 천원루에게로 다가왔다. 천원루는 뱀의 먹잇감이 된 듯한 기분이었다. 달아날 기회가 있다는 걸 알면서도 두려움에 어쩔 줄 몰라 하며 꼼짝도 하지 못했다. 카운터 앞으로 다가선 셰쭝루가 테이프를 천원루 앞에 내려놓았다. 천원루는 화들짝 놀라며 의자에서 벌떡 일어나 뒤로 한걸음 물러섰다. 천원루의 겁먹은 얼굴에 셰쭝루는 동공이 살짝 커지며 흥분이 담긴 미소를 감추지 못했다.

"돌아왔구나."

셰쭝루가 말했다. **나의 가장 아름다운 표본이 이제 돌아왔네.**

천원루는 숨이 막힐 지경이었다. 그때, 다행스럽게도 다른 손님이 가게로 들어섰다. 셰쭝루는 순식간에 원래의 얼굴로 바뀌더니 돌아서서 가게를 나갔다. 테이프는 그대로 둔 채.

셰쭝루가 나가자마자 천원루는 다급히 휴대폰을 들었다. 리쯔웨이에게 전화하고 싶었지만, 문득 그만두었다. 자신이 천원루인지 황위쉬안인지 물어볼 것이 분명했다. 그 물음에 천원루는 대답하고 싶지 않았다. 진실을 이야기하고 싶지 않았으니까. 하는 수 없이 낙담한 얼굴로 휴대폰을 내려놓았다. 아르바이트 시간 내내 살얼음판 걷듯 가슴을 졸였다.

*

레코드 가게 영업이 끝날 때까지도 셰쭝루는 다시 나타나지 않았다. 천원루는 내심 안도하며 레코드 가게를 나섰다. 리쯔웨이에게 전화할까 한 번 더 망설이다가 아무래도 리쯔웨이의 질문을 마주할 용기가 없어 결국 휴대폰을 가방 안으로 넣었다. 혼자 집으로 돌아가는 길, 무심코 고개를 들었는데 골목 모퉁이의 반사경으로 누군가가 보였다. 멀찍이서 자신을 따라오고 있었다. 천원루는 불안에 휩싸여 황황히 발걸음을 재촉하면서 수시로 뒤를 돌아보았다. 그 사람이 점점 가까워지고 있었다. 셰쭝루였다. 천원루는 돌아서서 더욱 빠르게 걷기 시작했다. 거의 뛰다시피 하며 모퉁이를 도는 순간, 갑자기 누군가가 이름을 불렀다.

"천원루!"

천원루가 걸음을 멈췄다. 스쿠터를 타고 천천히 다가와 자신 앞에 서는 리쯔웨이를 의아한 얼굴로 바라보았다.

"어떻게 온 거야?"

천원루의 물음에 리쯔웨이가 헬멧을 벗으며 대답했다.

"방금 레코드 가게로 데리러 갔는데, 네가 벌써 나갔더라고. 그래서 찾아왔지……."

대답하는 리쯔웨이를 천원루가 불쑥 다가서며 꽉 끌어안았다.

"네가 와서 정말 다행이야! 방금 너무 무서웠거든!"

천원루가 말했다. 리쯔웨이가 천원루를 살짝 밀어내며 물었다.

"뭐가 무서워?"

"방금 누가 자꾸 쫓아와서……."

천원루는 차마 셰쭝루라고 말할 수는 없었다. 리쯔웨이가 즉시 천원루의 뒤쪽을 살폈지만, 어떤 인기척도 느껴지지 않았다. 요즘 천원루가 보였던 이상한 행동들에 대한 의심이 어느새 한층 더 깊어지고 있었다. **천원루가 하는 말은 어디서부터 어디까지가 진실인 걸까?**

제16장

1999년, 타이난.

리쯔웨이는 천윈루를 바로 집으로 데려다주지 않고 공원으로 데리고 왔다. 천윈루가 스쿠터에서 내리자 리쯔웨이가 물었다.

"여기 기억나?"

잠시 멈추고는 다시 말을 이었다.

"우리가 처음으로 서로 비밀을 교환했던 곳이잖아."

천윈루가 텅 빈 공원을 바라보다 고개를 끄덕였다.

"그때 우리가 어떤 비밀을 주고받았는지도 기억해?"

리쯔웨이가 물었다. 천윈루는 가족들에게 버림받은 줄로만 알았던 그날 저녁이 생각나 약간 씁쓸하게 웃으며 고개를 끄덕였다.

“네가…… 고등학교 졸업하면 이민 갈 거라고, 여기서 나한테 말했었잖아.”

리쯔웨이는 천윈루의 얼굴을 유심히 살펴보다가 뭔가를 더 확신한 듯 입을 열었다.

“오늘 널 여기로 데려온 건, 네 비밀을 다시 한번 듣고 싶어서야.”

리쯔웨이가 천윈루의 두 눈을 바라보았다.

“지금 넌, 천윈루야, 아니면 황위쉬안이야?”

리쯔웨이의 질문을 천윈루는 진작부터 예상하고 있었다. 하지만 애써 황위쉬안처럼 웃어 보이면서 황당한 이야기라도 되는 듯 과장된 표정으로 대답했다.

“당연히 황위쉬안이지! 원래 있던 곳으로 아직 돌아가지도 못했는데, 어떻게 천윈루일 수가 있어?”

천윈루가 대답을 하는 동안 리쯔웨이는 천윈루를 가만히 바라보았다. 한때 황위쉬안에게서 느꼈던 두근거림이 전혀 느껴지지 않았다.

“네가 황위쉬안이 맞다면, 내가 이곳을 기억하느냐고 물었을 때, 여기는 네가 황위쉬안이라는 걸 처음으로 나한테 털어놓았던 곳이라고 했어야 맞아. 아니면 적어도 여기서 나한테 2019년은 어떤지, 너와 왕취안성은 어떻게 시작해서 어떻게 끝났는지 말했던 곳이라고 했어야지!”

리쯔웨이는 더 이상 참을 수가 없어 하나씩 따져 묻기 시작했다.

“근데 네가 제일 먼저 떠올린 건, 황위쉬안이 여기로 오기 전, 그러니까 네가 천윈루였던 그날 저녁에 공원에서 일어났던 일들이야. 그러니까 넌 천윈루지, 황위쉬안이 아니야. 안 그래?”

리쯔웨이의 말 한마디 한마디가 무거운 쇠망치처럼 천윈루의 가슴을 끊임없이 내리쳤다. 천윈루는 다급히 웃으며 부정하려 애썼다.

“그게 아니라, 내 얘길 들어봐. 나는 천윈루가 되면서 천윈루의 과거 기억까지 전부 갖고 있었어. 그래서 내가 여기 오기 전에 있었던 일까지 알고 있는 거야.”

리쯔웨이가 주머니에서 세 사람의 사진을 꺼냈다. 사진 뒷면을 천윈루에게 내밀며 몰아세우듯 물었다.

“그럼 이건 또 어떻게 설명할래? 이건 황위쉬안이 줬던 사진이야. 여기 이 글씨체는 얼마 전에 네가 사진관에서 쓰던 글씨체와는 완전히 다르다고!”

천윈루는 입을 달싹였지만, 한마디도 할 수 없었다. 들켰다. 모든 거짓말이 탄로 나고 말았다.

“천윈루, 더 이상 황위쉬안인 척하지 말아줄래!”

리쯔웨이는 가슴이 저리는 얼굴로 천윈루를 바라보았다.

“말해줘, 황위쉬안은 대체 어디로 간 거야?”

천윈루는 침묵했다.

나 여기 있잖아! 천원루, 얼른 사실대로 말해!

또 그 목소리였다. 천원루의 머릿속에서 격앙된 외침이 들려오고 있었다.

"천원루, 말해봐. 전에 나한테 키스했던 사람은 너야, 아니면 황위쉬안이야?"

천원루, 빨리 대답하라니까! 미래에 무슨 일이 생기는지 얼른 얘기해, 범인이 셰즈치라는 것도 말하라고!

"황위쉬안은 언제 떠난 거야? 말해봐!"

리쯔웨이의 다그침과 머릿속을 울리는 목소리가 끝없이 뒤엉키며 밀려들었다. 천원루는 돌연 두 손으로 귀를 틀어막고는 세차게 머리를 흔들었다. 무언가를 거부하려는 듯이.

"그만! 다들 그만해!"

결국 천원루는 무너져 내리며 소리쳤다. 서글픈 눈으로 리쯔웨이를 바라보며 물었다.

"만약 내가 황위쉬안은 이미 가버렸다고, 다신 돌아오지 않을 거라고 하면, 넌…… 그래도 여전히 나에게 말을 붙여주고, 여전히 내 곁에 있어줄 거야?"

천원루는 이미 답을 알고 있었지만, 그래도 한번 물어보고 싶었다. 그러나 리쯔웨이에게 고백했던 그날 밤처럼 리쯔웨이는 난처하고도 서먹한 기색을 띠었다. 듣지 않아도 답은 이미 나왔다. 천원루는 고개를 떨구었다. 예전의 천원루처럼 이제는 자신감 있고 용감하게 리쯔웨이를 마주할 수 없었다. 그리고 이 세상도. 천원루가 말없이 돌아서서 걸음을 떼는 순간, 리쯔웨이가 천원루를 불렀다. 돌아선 천원루의 눈에 난처한 표정으로 애원하는 리쯔웨이가 보였다.

"황위쉬안이 언제 떠난 건지 알려줄 수 있어? 다시 돌아온다는 말은 없었어?"

천원루는 굳어버렸다. 리쯔웨이가 다시 물었다.

"아니면, 황위쉬안을 다시 만나려면 내가 어떻게 해야 하는지 알아?"

지금 이 순간까지도 리쯔웨이의 마음속엔 오로지 황위쉬안뿐이구나. 한때 내 몸을 훔쳐 갔던 그 황위쉬안. 이 시공간에는 존재하지 않는 그 황위쉬안. 눈물이 뺨을 타고 흘러내렸지만, 천원루는 마치 리쯔웨이를 비웃는 것처럼 발칙하게 웃어버렸다.

"아직도 몰라? 황위쉬안, 그리고 네가 왕취안성을 닮았다는 것도 전부 내가 지어낸 거짓말이잖아! 황위쉬안이라는 사람은 처음부터 없었던 사람이야. 아직도 모르겠어?"

천원루는 목이 터질세라 외쳤다. 마지막 한 줌의 힘까지 짜내 리쯔웨이 앞에서 황위쉬안이라는 존재를 송두리째 없애버렸다. **다들 황위쉬안뿐이네. 그럼 나는? 진짜 천원루에게 마음 써주는 사람이 있을까? 모두가 나를 부정하는데, 내가 왜 모두의 뜻대로 따라줘야 하지?**

"전부 다 내가 꿨던 꿈일 뿐이야. 내 맘대로 만들어낸 환

상일 뿐이라고!"

웃으며 말했지만, 천원루의 얼굴 위로 눈물이 끝없이 쏟아져 내렸다. **모든 게 우스워. 나의 사랑도, 이 보잘것없는 인생도.** 천원루는 억지 미소를 지으며 말없이 돌아서서 자리를 떴다.

*

침대 머리맡에서 정확히 6시 반에 알람이 울렸다. 천원루는 손을 뻗어 알람 시계를 끄고 잠자리에서 일어나 양치와 세수를 한 뒤 옷을 갈아입었다. 심드렁한 얼굴에서는 그 어떤 감정도 읽히지 않았다. 그저 지극히 평범한 하루를 대하듯, 아무런 기대도 없었던 과거의 모든 날처럼.

거실로 나오니 밤새 켜져 있던 텔레비전에서 화사한 옷차림을 한 앵커가 음력 설이 다가온다는 소식을 전하고 있었다. 섣달그믐인 오늘 저녁에는 한파가 한차례 찾아올 거라는 예보도 이어졌다. 천원루는 텔레비전을 끄고, 소파에 잠든 엄마를 살며시 부축해 일으킨 뒤 침실로 데려가 눕혔다. 방문을 나서는데 마침 천쓰위안이 방에서 나오고 있었다. 잠에서 막 깬 눈으로 천원루를 보자마자 툴툴거렸다.

"왜 또 나 안 깨웠어? 하마터면 또 늦잠 잘 뻔했잖아!"

천원루는 슬쩍 고개를 숙이며 낮은 소리로 사과했다.

"미안해."

그러고는 가방을 메고 학교로 나설 준비를 했다. 천쓰위안이 천윈루를 불렀다.

"왜 그래? 혹시 남친한테 차였어?"

그 장난스러운 한마디가 칼날처럼 또다시 천윈루를 찔렀다. 걸음을 멈춘 천윈루는 일순간 숨쉬기조차 버거운 기분을 느꼈다. 다시 발을 내딛는 게 무척이나 힘겨웠다. 천쓰위안은 이상하다는 눈길로 천윈루의 뒷모습을 바라보다 물었다.

"요즘 한 보름 동안, 누나 정말 이상하다. 꼭 예전 모습으로 돌아간 것 같아."

그렇다. 벌써 보름이 지나 있었다. 그 시간 동안 리쯔웨이는 천윈루를 외면하다시피 했다. 천윈루도 더는 황위쉬안인 척 연기할 필요가 없었다.

천윈루가 돌아서서 동생을 바라보며 낮은 소리로 물었다.

"예전 모습은 별로였어?"

천쓰위안은 생각도 하지 않고 냉큼 대답했다.

"당연하지! 이제야 겨우 누나가 좀 마음에 들었는데 말이야. 제발 부탁인데, 예전으로 돌아가지 말아줄래? 나 그때 진짜 싫었거든."

할 말이 끝났는지 벽에 걸린 시계를 확인하던 천쓰위안은 "늦겠네"라고 중얼거리더니 종종걸음으로 화장실에 들어갔다. 처음부터 끝까지 누나 얼굴에 스친 표정을 단 한 번도 세심히 살피지 않은 채로.

*

천원루는 버스를 타고 학교에 도착했다. 가방을 메고 이어폰을 꽂은 채, 고개를 떨구고 교정을 빠르게 걸었다. 누군가 알아볼까 봐 두려운 사람처럼 모두의 눈길을 애써 피해 다녔다. 모든 게 거짓이었다는 걸 들킬까 봐 너무나 두려웠다. 모쥔제 옆을 지나치면서도 그 사실을 모를 정도였다. 모쥔제도 굳이 천원루를 불러 세우지 않고, 멀어져 가는 천원루의 모습을 그저 걱정스러운 얼굴로 바라볼 뿐이었다.

천원루가 조용히 교실로 들어섰을 때, 천원루를 주목하는 사람은 아무도 없었다. 천원루는 자리로 가서 앉았다. 주위 친구들이 고3 생활의 고단함을 두고 불만을 늘어놓았다. 겨울방학에도 학교에 나와 보충수업을 들어야 한다는 둥, 설 전날에도 쉴 수 없다는 둥 불평이 끝없이 이어졌다. 천원루는 대화에 끼지 않고 그저 조용히 듣고만 있었다. 불만을 늘어놓던 친구가 고개를 돌리더니 천원루가 벌써 와 있는 걸 보고 물었다.

"천원루, 언제 왔어? 우리한테 인사도 안 하고?"

천원루가 고개를 들더니 작은 소리로 대답했다.

"한창 재밌게 얘기하는 거 같길래 방해하고 싶지 않아서."

친구들이 서로를 바라보았다. 천원루가 왠지 이상하다는 느낌 때문이었다.

“천원루, 너 요즘 무슨 일 있는 거 아냐?”

한 친구가 물었다.

“요즘 너 다시 예전으로 돌아간 것 같아.”

또 다른 친구가 맞장구쳤다. 천원루의 고개가 더욱 아래로 떨어졌다.

“예전에는 내가 별로였어?”

“당연하지!”

친구들이 반농담조로 말했다.

“전에는 네가 얼마나 어두운 애였는데. 말을 걸기는커녕 가까이 가는 것조차 싫었다니까.”

“근데 요즘 너랑 친해지고 보니까 실은 대화도 잘 통하고 같이 있으면 즐겁더라고. 전에 우리가 생각했던 거랑은 완전 다르더라.”

또 다른 친구가 말을 이어받았다.

“어쨌든 예전 그 모습은 정말 너무 별로니까, 제발 그때로 돌아가지 말아주라.”

천원루가 웃어 보였다. 눈빛이 텅 비어 있었다.

“그래? 실은 나도 너희처럼 예전의 내가 너무 싫어.”

천원루가 말했다.

*

想見你

방과 후, 천원루는 학교 복도에서 우연히 리쯔웨이와 마주쳤다. 초췌해진 얼굴에 슬퍼 보이는 눈빛을 보니 요즘 힘든 시간을 보내고 있는 듯했다. 천원루는 보다 못해 가까이 다가가 신경을 써주고 싶었으나, 리쯔웨이가 냉담한 얼굴을 했다.

"이러지 말아줘."

리쯔웨이가 말했다. 천원루는 무슨 말이냐는 듯이 바라보았다.

"황위쉬안이랑 똑같은 얼굴을 하고서 날 보지 않았으면 좋겠다……."

리쯔웨이가 고개를 돌렸다. 천원루는 그대로 얼어버렸다. **초췌한 얼굴도, 슬픈 얼굴도 역시 전부 황위쉬안 때문이었구나. 눈앞의 나는 여전히 외면하면서.**

리쯔웨이는 더 이상 보고 싶지 않은 듯 빠른 걸음으로 천원루 옆을 지나쳐 가버렸다. 천원루는 가슴속에 남아 있던 마지막 무언가마저 부서져 내리는 기분이었다. **나는 뭘 더 기대한 거야?** 집으로 가고 싶지 않았다. 학교 건물 앞을 천천히 서성이다가 고개 들고 옥상을 바라보았다. 그리고 그곳으로 올라갔다.

텅 빈 옥상으로 올라가 벽에 기댄 채 저 멀리 보이는 풍경을 가만히 바라보았다. 차가운 바람이 쉼 없이 불어왔다. 한파가 다가오고 있었다. 앞으로 며칠간은 견디기 힘든 혹한이 이어질 터였다. 하지만 천원루의 마음은 그보다 더 차가웠다.

잠시 후, 천원루는 천천히 입을 열고 혼잣말하듯 이야기했다.

"이제 봤지? 내가 이제 너인 척하지 않고 다시 나로 돌아오니까 다들 적응이 안 된대. 하나같이 걱정하면서 나보고 왜 그러냐고 물어. 나 지금 기뻐해야 맞지? 근데 난 알아. 다들 마음 쓰고 그리워하는 건 원래의 내가 아니라 네가 만들어냈던 그때의 천원루라는 걸."

천원루의 얼굴 위로 씁쓸한 웃음이 어렸다. **그렇게 노력했는데, 왜 여전히 아무도 진짜 나를 신경 써주지 않는 걸까? 난 지쳤어, 정말 너무 힘들어. 만약 내가 이대로 사라져 버린다면, 조금은 편해질까? 날 그리워하는 사람이 있을까? 날 찾아와 줄 사람은 있을까?** 천원루는 마치 무언가에 귀를 기울이듯 살짝 고개를 기울였다. 그러고는 말을 이었다.

"나한테 사과할 거 없어, 난 네 탓 안 해. 사실 네가 내 삶에 끼어들기 전부터 이 세상에서 사라져 버리고 싶다는 생각을 벌써 이미 수도 없이 했으니까……."

천원루는 눈시울이 붉어지면서 목이 메어왔다. 누군가에게 자신의 진짜 속내를 드러내는 건 이번이 처음이었다.

"하지만 난 알아. 내가 이대로 사라져 버리면 다들 분명 그러겠지. 불쌍한 천원루, 왜 그렇게 바보 같은 선택을 한 거야. 불쌍한 천원루, 혼자 그렇게 지냈다니 너무 힘들었겠다. 불쌍한 천원루……. 불쌍해……. 불쌍해라……. 그러고 나면, 나의 부재도 나의 존재와 마찬가지로 간단한 말 몇 마디로 훌러가 버리고 말겠지. 더 이상 날 기억하는 사람은 아무도 없을 테고…….”

천원루는 마치 누구도 귀 기울여 주지 않았던 마지막 유언을 나지막이 읊조리는 듯했다. 눈물을 훔치자 별안간 눈 속에 심상치 않은 빛이 퍼졌다.

“하지만 네가 내 삶에 끼어들고 나서 알았어. 만약 오늘 내가 누군가에게 살해당한다면, 나의 부재도 완전히 달라질 거라는 걸.” 천원루가 미소를 지었다. “그래야 다들 날 잊지 못하겠지. 그리고 왜 그렇게 나약하냐고, 왜 그렇게 용기가 없느냐고 날 탓하지도 못하겠지.”

천원루가 얼굴을 들어 올렸다. 석양에 하늘이 점차 물들어 갔다. 가장 짙게 물든 곳은 피처럼 붉게 타오르고 있었다.

“그러니까, 사실 난 너에게 고마워해야 해, 황위쉬안.”

천원루의 얼굴이 기대로 가득 차올랐다. 바로 오늘 밤이다. 오늘 밤, 이 세상에서 사라질 것이다.

이야기를 끝낸 천원루는 얼굴의 눈물 자국을 말끔히 닦아낸 뒤 그곳을 떠났다. 혼자 교정을 걷고 있을 때, 긴 복도 끝에 누군가가 보였다. **셰쭝루다, 아니 셰즈치인가? 누구인지는 중요하지 않겠지. 중요한 건, 나에게 무슨 짓을 하느냐일 테니까.** 이미 자신의 운명을 알아버린 터라 천원루는 이제 더 이상 두렵지 않았다. 담담하게 그 사람을 향해 걸음을 옮겼다. 셰쭝루도 천원루에게 걸어오고 있었다. 두 사람이 서로를 스치는 순간, 아주 잠시 눈빛이 마주쳤다. 셰쭝루는 담담하고 두려움이 없는, 오히려 기대와 격려마저 섞인 천윈루의 눈빛을 보자마자 단번에 알 수 있었다. 때가 되었다는 것을. 셰쭝루가 걸음을 멈췄다. 몸을 돌려 점점 멀어져 가는 천윈루의 뒷모습으로 시선을 던졌다. 입가에 달뜬 웃음을 띠며 재빠르게 그 뒤를 쫓기 시작했다.

*

"리쯔웨이!"

스쿠터를 타고 출발하려던 리쯔웨이는 모쥔제의 부름에 한숨을 쉬며 고개를 돌렸다.

"그만 좀 불러. 나도 알아, 천윈루가 황위쉬안은 자기가 지어낸 거라고 했지만, 내 머릿속은 여전히 황위쉬안 생각뿐이라고. 자꾸만……."

"그 얘길 하려는 게 아니야!"

모쥔제가 초조한 얼굴로 말을 잘랐다.

"방금 천윈루 혼자 학교 옥상에 있는 걸 봤는데, 누군가한테 말을 하는 것 같았어."

리쯔웨이는 어리둥절했다.

"무슨 말?"

"너무 멀어서 입 모양을 정확히 읽지는 못했는데, 황위쉬안이라는 이름이 나왔던 것 같아."

리쯔웨이가 소스라치게 놀라며 다급히 물었다.

"그래서? 그래서 또 뭐라고 했는데?"

모쥔제는 애써 기억을 더듬었다.

"어렴풋하게 본 거지만, 만약 자기가 사라지면 다들 바보 같은 선택을 했다고, 불쌍하다고 할 거라고 그러더니, 하지만 오늘 누군가 자신을 사라지게 해준다면 달라질 거라고, 아무도 자신을 탓하지 않을 거라고……."

두 사람이 서로를 쳐다보았다.

"그게 무슨 소리야? 사라지게 해준다니?"

리쯔웨이가 물었다.

"나도 모르겠어. 어쨌든 지금 천원루 상태가 너무 불안정한 것 같아. 바보같이 어리석은 짓을 할까 봐 걱정이야."

모쥔제는 근심스러운 말투였다.

"지금은 어디 있는데?"

리쯔웨이가 물었다.

"모르겠어. 안 보이니까 이렇게 걱정하지. 방금 휴대폰으로 전화해 봤는데도 안 받아. 레코드 가게에도 전화해 봤는데, 가게에는 안 왔대."

모쥔제가 말했다. 순간, 리쯔웨이가 결단을 내렸다.

"각자 흩어져서 얼른 찾아보자. 갈 만한 곳은 다 가보자고!"

두 사람은 서둘러 스쿠터에 올라탔다. 그러나 어둠이 내릴 때까지도 천원루의 모습은 보이지 않았다. 스쿠터를 타고 어느 산업도로를 지나던 모쥔제는 그 낯익은 풍경에 문득 떠오르는 게 있었다. 천원루가 습격을 당해 의식을 잃었던 그 사건 현장이 바로 이 산업도로 근처였다. 불길한 예감에 모쥔제는 그 즉시 스쿠터를 돌렸다. 액셀을 밟으며 목적지를 향해 질주하기 시작했다.

*

천원루는 이곳을 기억한다. 그 버려진 공장 건물. 이곳에 다시 오게 될 줄은 상상도 하지 못했다. 그것도 자신의 죽음을 맞이하러 오게 될 거라고는.

천원루를 마주한 셰쭝루의 얼굴은 곧 꿈이 이뤄질 거라는 흥분에 젖어 있었다. 목소리까지 살짝 떨려왔다.

"준비됐어?"

천원루가 담담한 얼굴로 천천히 고개를 끄덕였다. 셰쭝루가 주사기를 꺼내 들더니 천원루에게 미소를 지었다.

"내가 가장 아름다운 방식으로 너를 모두의 마음속 깊이 새겨줄게."

천원루는 이제 곧 셰쭝루의 가장 완벽한 표본이 될 터였다. 셰쭝루 손에 들린 주사기가 눈에 들어왔다. 이미 마음의

想見你 Someday or One Day

준비를 하고 왔는데도, 곧 다가올 죽음을 떠올리자 아직 어린 천원루의 마음에 공포와 불안이 희미하게 스몄다.

"그게 뭐야?"

천원루가 물었다.

"특별히 널 위해 준비했지. 걱정하지 마, 미리 연습해 봤는데 결과가 아주 만족스러웠거든."

"그럼…… 많이 아플까?"

천원루의 고운 눈썹이 살짝 일그러졌다. 셰쭝루가 고개를 끄덕였다.

"아프지, 그것도 많이, 많이 아플 거야."

천천히 천원루에게 다가가며 말을 이었다.

"하지만 이건 알아야 해. 정말 많이 아프기 때문에 죽음이 두렵지 않게 되는 거야, 그렇지?"

천원루의 가슴이 빠르게 오르내렸다. 하지만 애써 침착한 척, 자신에게 한 걸음씩 다가오는 셰쭝루를 바라보았다. 셰쭝루가 손을 뻗어 천원루의 창백한 얼굴을 애틋하게 어루만지자 천원루의 몸이 조금씩 떨려왔다. 진정하려 애쓰며 두 주먹을 꽉 쥐었다. **무섭지 않아, 난 무섭지 않아. 죽음은 그저 한순간일 뿐이야. 여기서 사라지면 편안해질 거야. 더 이상 고통도, 버림받았다는 절망도 느끼지 못할 테니까.**

"눈 감아."

셰쭝루의 목소리가 최면을 거는 사람처럼 부드러웠다. 천원루는 얌전히 두 눈을 감았다. 목으로 가볍게 와 닿는 차디찬 주삿바늘이 느껴졌다. 셰쭝루는 통제력이 바닥날 지경이었지만, 서두르지 말자고 자신을 타일렀다. 이 순간을 마음껏 누리고 싶었다. 주삿바늘이 천원루의 목을 파고들려 할 때였다. 셰쭝루의 다른 한 손이 제 의지라도 생겨난 것처럼 주사기 쥔 손을 확 움켜쥐었다. 셰쭝루의 두 눈이 커졌다. 어찌 된 일인지 알 수 없었다.

멈춰!

머릿속에서 들려오는 외침에 셰쭝루는 얼어버렸다.

안 돼! 멈추라고!

셰쭝루는 목소리를 떨쳐내려 머리를 세차게 흔들었다. **이제 거의 다 왔는데, 날 방해하게 둘 수 없어.** 셰쭝루는 손을 떼어내려 애썼지만, 갈수록 손발이 제멋대로 움직였다.

"안 돼……. 조금만 더……. 이제 다 왔다고……."

셰쭝루는 저항하고 있었다.

셰즈치!

안 돼! 왜 하필 지금인데? 셰쭝루는 돌연 소리를 지르더니, 비틀거리며 계속해서 뒷걸음질 쳤다. 손에 쥔 주사기를 보더니 끔찍한 물건이라도 본 것처럼 이내 주사기를 멀찍이 던져버렸다.

천원루가 눈을 떴다. 무너져 내린 셰쭝루의 모습이 이해가 되지 않았다.

"왜 그래?"

뜻밖에도 셰쭝루가 눈을 동그랗게 뜬 채 천원루를 바라보았다. 괴물이라도 본 사람처럼 다시 또 뒷걸음질 치더니 깨진 시멘트 조각을 밟고는 휘청거리며 뒤로 넘어졌다.

"너…… 넌……."

천원루를 손으로 가리키며 셰쭝루는 한참이 지나도록 말을 잇지 못했다. 천원루가 이를 악물고 셰쭝루에게 달려들었다. 감정을 주체하지 못하고 셰쭝루에게 따져 물었다.

"날 죽여준다고 했잖아? 왜 가만히 있는 거야? 얼른 해!"

셰쭝루는 이상하리만치 황망한 얼굴로 중얼거렸다.

"그건 내가 아니야. 그 사람은 내가 아니라고. 날 몰아세우지 마……. 자꾸 강요하지 말라고……. 아!"

셰쭝루가 머리를 감싸 쥐고 비명을 질렀다. 천원루를 확 밀쳐내더니 몸을 일으키고는 돌아서서 달아나 버렸다.

천원루는 시멘트 바닥 위에 망연히 앉아 있었다. 온몸이 차갑게 얼어붙는 것만 같았다. **저 아이까지 날 포기한 거야? 날 죽여줄 사람마저 없는 거네.**

비가 내리기 시작했다. 찬 공기가 데려온 차가운 빗물이 천원루의 몸에 닿자 겨우 남아 있던 마지막 온기가 점차 식어갔다. **이제 나 혼자다. 결국 나 혼자 남게 되면 어쩌나 늘 두려웠는데. 이런 세상은 더 이상 마주하고 싶지 않아. 너무 지쳤어, 너무 피곤해.** 천원루는 비틀거리며 일어섰다. 건물 끄트머리

쪽으로 걸음을 옮겼다.

"천원루!"

모쥔제의 목소리였다. 돌아선 천원루는 모쥔제가 보이자 홀연히 웃었다.

"모쥔제, 왔구나."

천원루는 안도의 숨을 내쉬는 듯했다.

"천원루, 너 뭐 하는 거야?"

모쥔제가 다가섰다.

"모쥔제, 나 좀 도와줄래?"

천원루가 몸을 구부려 날카로운 유리 조각을 들어 올리며 모쥔제에게 다가갔다. 놀란 모쥔제는 걸음을 멈추었다. 천원루가 유리 조각을 모쥔제에게 건네며 말했다.

"모쥔제, 네가 날 좀 죽여줘, 응?"

천원루의 웃는 얼굴이 어쩐지 쓸쓸하고 애처로웠다.

"너 나 좋아한다고 했었지? 나만 행복하다면, 내가 바라는 건 뭐든 해주겠다고 했었잖아? 그럼 날 죽여줘, 응?"

모쥔제는 믿기지 않는다는 얼굴로 천원루를 바라보았다. 뭐라고 대답해야 할지 난감했다.

"일…… 일단 진정해, 감정적으로 굴지 말고……."

천원루가 필사적으로 고개를 저었다. 애원하는 기색이 역력했다.

"안 돼, 오늘 밤 죽지 못하면 모든 걸 처음부터 다시 시작

想見你 Someday or One Day

할 수 없게 돼. 그럼 또다시 예전으로 돌아갈 텐데, 싫어, 그건 정말 싫어…….”

이런 인생은 이제 지긋지긋해!

“천원루, 너 무슨 소릴 하는 거야?”

모쥔제는 애가 타고 당혹스러웠다. 천원루가 무슨 이야기를 하는 건지 도통 이해할 수 없었다. 천원루가 유리 조각을 내던졌다. 부슬부슬 내리는 빗소리 속에서 산산이 부서지는 유리 소리가 유난히도 날카로웠다. 천원루는 유리에 벤 두 손으로 귀를 틀어막았다. 사정없이 고개를 흔들며 호소하듯 소리치기 시작했다.

“그만해! 그만 얘기하라고! 너희는 내 마음 몰라. 특히 너…… 황위쉬안!”

순간 모쥔제는 깜짝 놀랐다. **천원루가 지금 ‘황위쉬안’이라고 한 거야? 황위쉬안과 대화를 하고 있었던 거야?**

천원루가 고개를 저으며 목 놓아 울기 시작했다.

“넌 노력 없이도 내가 원하는 모든 걸 쉽게 얻었잖아, 날 이해한다고 말할 자격 없어! 조금만 더 노력하라고 말할 자격이 없다고! 모든 게 괜찮아질 거라고? 아니! 그렇지 않아! 아무도 날 찾지 않고, 아무도 내게 마음 써주지 않고, 누구에게도 사랑받지 못하는 게 어떤 건지 넌 전혀 모르잖아!”

모쥔제가 천원루에게 천천히 다가가며 위로하려 애썼다.

“천원루, 오해야. 너에게 마음 써주는 사람이 없다니, 내가 널 이렇게 신경 쓰고 있잖아. 나에게 한 번만 기회를 줘, 너에게 보여줄게…….”

잠시 시선을 빼앗긴 듯 천원루의 텅 빈 눈빛이 모쥔제를 향했다. 모쥔제는 스스로를 진정시키면서 최대한 부드러운 말투로 입을 열었다.

“이 세상 누구보다도 난 널 좋아하고, 네가 필요해. 약속해, 네가 행복하도록, 누군가에게 깊이 사랑받는 소중한 존재가 된다는 게 어떤 건지 느낄 수 있도록 내가 최선을 다할게…….”

“깊이 사랑받는…… 소중한 존재…….”

천원루가 중얼거리듯 말했다.

“그래!”

천원루가 자신의 말을 듣고 있다는 생각에 모쥔제는 감정을 주체하지 못하고 말을 이었다.

“널 좋아해, 이대로 널 사라지게 둘 수 없어!”

그러나 모쥔제를 바라보는 천원루의 눈빛은 차가웠다. 비웃는 듯 차가운 미소가 스쳤다.

“모쥔제, 정말 날 좋아하는 게 맞아?”

뜻밖의 말에 모쥔제는 당황스러웠다. 천원루가 낮게 웃음 짓더니 비꼬듯 말했다.

“아직도 모르겠어? 사실 넌 나를 좋아하는 게 아니야! 처음부터 넌 그저 날 구해주고 싶었던 거라고! 처음에 리쯔웨이가 널 구해줬던 것처럼! 리쯔웨이처럼 너도 누군가를 구해줄 수 있다는 걸 그저 증명해 보이고 싶었던 거라고!"

하지만 난 너의 실험 대상이 되고 싶지 않아! 내가 원하는 건, 날 구해줄 누군가가 아니야. 내가 원하는 건, 이 모든 걸 끝내는 거야. 난 이미 최선을 다했어, 그런데도 다들 끝없이 내게 말해. 조금만 더 노력하라고, 조금만 더 밝게 지내라고, 다시는 예전의 천원루로 돌아가지 말아달라고……. 천원루는 두 손으로 얼굴을 가렸다. 피가 섞인 빗물이 이내 손가락 사이로 흘러내렸다. 가슴을 서늘하게 하는 피눈물 같았다. 그 모든 걸 눈에 담으며 모쥔제는 차마 아무 말도 할 수 없었다.

"그만…… 이제 날 놔주면 안 될까? 더 나은 내가 되려고 더 이상 애쓰고 싶지 않아. 너무 피곤해. 정말 지쳤어……. 이 모든 걸 이만 끝내게 해줘, 응?"

천원루가 얼굴에서 두 손을 뗐다. 그 어느 때보다 지친 모습이었다. 차가운 빗줄기가 얼굴 위로 흘러 핏자국을 씻어내렸다.

"천원루!"

모쥔제는 감정이 북받쳐 무릎을 꿇었다. 천원루를 어떻게 말려야 할지 알 수 없었다. 그저 애원하는 것밖에는 할 수 있는 게 없었다.

"제발 그런 생각 하지 말아줘, 네가 생각하는 그런 게 아니란 말이야! 정말 널 많이 좋아해! 제발 이러지 말아줘…….

이러지 마…….”

무력하게 울고 있는 모쥔제의 눈물을 빗물이 빠르게 씻어 냈다. 무섭게 쏟아지는 빗줄기에 급기야는 천원루의 모습이 흐릿해졌다. 천원루는 그저 미소 띤 얼굴로 나지막이 말했다.

“악몽 꿔본 적 있어? 어떻게 해도 악몽에서 깨어날 수 없다는 걸 알게 되면, 그땐 어떻게 해야 할까?”

“천원루, 그러지 마…….”

모쥔제는 앞으로 달려가 천원루를 붙잡고만 싶었다. 그러나 자칫하면 상황이 더 심각해질 수도 있었다. **세상에, 도대체 어떻게 해야 하는 걸까? 이 세상에 진심으로 마음 써주는 사람이 있다는 걸 천원루가 믿으려 하지 않는데!** 천원루가 천천히 한 걸음씩 뒤로 물러났다. 모쥔제는 이제 더 이상 보고만 있을 수 없었다. 앞으로 달려들어 천원루를 붙잡으려는 순간, 천원루는 이미 건물 끄트머리에 다다라 있었다.

“천원루!”

천원루는 살며시 눈을 감았다. 몸이 뒤로 젖혀지며 그대로 추락했다. 흡족한 미소를 띤 채로. 이제 더 이상, 악몽은 없을 터였다.

*

리쯔웨이가 도착했을 때, 모쥔제는 길가에 앉아 있었다. 이미 숨을 거둔 천원루를 망연한 얼굴로 품에 안고서. 천원루

아래로 빗물 속에 끝없이 번져가는 핏물이 보였다. 리쯔웨이는 충격에 한참 동안 말이 나오지 않았다. 근처를 지나던 차 한 대가 그 광경을 보고 경찰에 신고했다. 얼마 지나지 않아 경찰차가 도착했다. 날카로운 사이렌 소리가 빗소리를 가르고 나서야 리쯔웨이는 정신을 차렸다.

"모쥔제?"

리쯔웨이는 믿을 수 없었다.

"무슨 일이야? 천원루는……."

모쥔제는 답이 없었다. 그저 미동도 없이 멍하니 앉아 눈물만 흘릴 뿐이었다. 경찰이 다가와 모쥔제를 데리고 가자 리쯔웨이가 달려들며 격앙된 목소리로 물었다.

"모쥔제, 이게 어떻게 된 일이야? 누가 천원루를 죽인 건데?"

모쥔제가 리쯔웨이를 바라보면서 느릿하게 한마디를 뱉었다.

"내가. 내가 죽인 거야."

"말도 안 돼! 네가 그런 짓을 할 리가 없잖아!"

리쯔웨이가 즉시 반박하듯 말했다. 모쥔제는 절대 천원루에게 상처를 줄 사람이 아니다. 그러나 모쥔제는 고개를 돌리더니 더 이상 대꾸하지 않았다. 온몸이 흠뻑 젖은 채로 경찰차에 오른 모쥔제는 차창 너머로 여전히 바닥에 쓰러져 있는 천원루의 차가운 시신을 물끄러미 바라보았다. 경찰차가 출발하고, 천원루의 모습이 시야에서 사라질 때까지 시선을 떼지 못했다. **이래야만 다들 널 잊지 못할 거야. 왜 그렇게 나약하고, 용기가 없느냐고 널 탓하지도 않을 거야. 그저 모쥔제가 오늘 밤 널 죽였다는 것만 기억하겠지.**

*

2019년, 타이베이.

온몸에 극심한 통증이 일며, 시야가 점점 어두워졌다. 이어서 눈을 뜨자, 정신이 번쩍 들었다. 몸을 일으켜 앉는데, 이어폰이 떨어졌다. 바깥에는 비가 내리고 있었다. 순간, 황위쉬안은 이곳이 어디인지 알 수 없었다. 얼굴은 눈물 자국으로 가득했고, 곧이어 한기에 몸이 떨려왔다. **캄캄하고 어두워, 너무 추워. 너무 외로워.** 이건 마치 과거로 돌아가 천원루의 마음 안에 갇혔을 때 느꼈던 기분 같았다. 벗어나려 애를 써보았지만, 시공간을 넘어온 뒤로 천원루 본인에게 미칠 수 있는 힘의 강도가 예전 같지 않아진 듯했다. 이번에는 천원루의 마음 안에 철저히 갇혀버린 느낌이었다. 천원루가 자신인 척 연기하며 리쯔웨이를 속이는 모습을 그저 바라볼 수밖에 없었다. **나였어……. 실은 내가 천원루를 죽음으로 몰아간 거야. 셰즈치의 말이 하나도 틀리지 않았어.** 죄책감이 집어삼킬 듯 밀려왔지만, 그래도 이제 천원루가 왜 죽었는지는 알게 되었다.

다시 과거로 돌아갈 수 있다면, 이 모든 걸 막을 수 있다.

황위쉬안은 눈물을 훔치고 다시 이어폰을 귀에 꽂았다. 다급히 재생 버튼을 눌렀지만, 워크맨은 조금도 동요하지 않았다. 초조한 마음에 연신 버튼을 눌렀지만, 아무런 반응이 없었다. 그래도 포기하지 않고 열몇 차례쯤 눌렀을 때, 재생 버튼에 금이 가면서 안 그래도 낡아버린 워크맨이 산산조각 나고 말았다. 놀란 얼굴로 이미 엉망이 되어버린 부품들을 바라보던 황위쉬안은 한참 동안 정신을 차리지 못했다. **워크맨이…… 완전히 쓸 수 없게 돼버렸어……. 이제 더 이상 과거로 돌아갈 수 없는 걸까?**

*

산산조각이 난 부품들을 바라보던 나이 든 수리 기사는 결국 고개를 저었다. 이미 예상했던 결과였지만, 그럼에도 황위쉬안은 더 크게 밀려드는 실망감과 슬픔을 어찌할 수가 없었다. **방법이 없네, 이제 과거로 돌아갈 수 없어. 모든 노력이 물거품이 돼버린 거야. 또 다른 시공간에서는 그 끝없는 만남과 사랑, 그리고 이별이 다시 또 되풀이되겠지, 끝도 없이. 그리고 이제 난 왕취안성도, 리쯔웨이도 없이 혼자가 된 거야.**

워크맨이 망가진 그날 이후, 황위쉬안은 리쯔웨이의 꿈을 자주 꿨다. 꿈에서는 여전히 32레코드에서 일을 하고 있었고,

천윈루가 아니라 황위쉬안이었다. 고등학생이 된 황위쉬안은 리쯔웨이를, 그리고 모쥔제를 만났다. 그러나 매번 꿈에서 깨고 나면, 전에 없던 공허함에 빠져야 했다. 그날 이후, 자신의 영혼 일부가 마치 천윈루를 따라 1999년 그 밤에 사라져 버린 것만 같았다. 동시에 천윈루에게서 무언가를 가져온 것 같기도 했다. 예를 들면, 지금껏 일기를 써본 적 없던 자신이 일기를 쓰기 시작한 것처럼. 일기를 쓸 때마다, 늘 자신에게 묻곤 한다. **만약, 만약 다시 과거로 돌아갈 수 있다면, 어떻게 해야 할까? 어떻게 해야 천윈루의 죽음을 막을 수 있을까?** 하지만, 이제 더는 아무것도 바꿀 수 없다.

*

그날, 황위쉬안은 워크맨 조각들을 챙겨 왕취안성이 남긴 차를 몰고 바닷가로 갔다. 시동을 끄고 아득하게 펼쳐진 바다를 바라보았다. 기분 전환을 하고 싶었는데, 어딜 가든 왕취안성이, 혹은 리쯔웨이가 떠올랐다. 바다를 물끄러미 바라보니 눈물이 쏟아졌다. 고개를 떨구며 눈물을 닦는데, 옆에 놓여 있던 부서진 워크맨이 눈에 들어왔다. 잠시 고민하다가 그 안에서 우바이의 카세트테이프를 조심스럽게 꺼냈다. 그러고는 차량용 오디오를 바라보다 고민 없이 테이프를 넣은 뒤, 되감기를 한 다음 재생 버튼을 눌렀다. 익숙한 드럼 소리가 울려 퍼지고, 곧이어 살짝 허스키하면서도 연륜이 묻어나는 남자의 노랫소리가 들려왔다.

그러니 잠시 눈을 감아봐……
나의 기대가 어둠을 가득히 채워……

황위쉬안은 두 눈을 감았다. 노랫소리에 빠져들며 상상해 보았다. **만약 다시 과거로 돌아갈 수 있다면, 어떻게 해야 좋을까? 비록 다시 돌아갈 수 없다는 걸 알지만.** 언제나 음정이 어긋나던 그 구간에 이르렀을 때, 불현듯 머릿속에 어떤 목소리가 스쳤다.

「천원루!」

마지막 장

여자는 눈을 번쩍 떴다. 놀랍게도 자신을 향해 달려오는 모쥔제가 보였다.

"천원루! 안 돼!"

모쥔제가 소리쳤다. 여자가 어리둥절하고 있는 사이, 발이 중심을 잃으며 온몸이 뒤로 넘어가고 있었다. 여자는 본능적으로 모쥔제를 향해 곧장 손을 뻗었다. 그 아슬아슬한 순간, 모쥔제가 여자를 붙잡으면서 건물 안쪽으로 힘껏 끌어당겼다. 그 거센 힘에 두 사람은 바닥으로 함께 넘어지고 말았다.

"천원루, 괜찮아?"

품 안에 있던 여자가 안도의 숨을 내쉬며 모쥔제를 꽉 끌어안았다. 모쥔제로서는 지금껏 상상해 보지 못한 일이었다.

"다행이야!"

想見你 Someday or One Day

여자가 말했다.

"네가 천원루 옆에 있어서 정말 다행이야!"

다행이야, 모쥔제가 끝까지 천원루를 포기하지 않아줘서.

여전히 비가 내리고 있었다. 그러나 여자는 더 이상 춥지 않았다. 잠시 후, 건물 근처에 다다른 리쯔웨이가 고개를 들어보니 버려진 건물 안에서 불빛이 새어 나오고 있었다. 황급히 달려 올라가는데, 모쥔제가 여자를 부축하며 내려오고 있었다. 여자는 리쯔웨이를 보자마자 끝없는 그리움이 몰려들면서 감정이 북받쳐 올랐다.

"리쯔웨이!"

리쯔웨이는 순간 멈칫하며 걸음을 멈추었다. 그러다 곧장 달려가 여자를 품에 꽉 안았다.

"너 맞지! 황위쉬안! 너지!"

리쯔웨이는 감격에 휩싸였다. 여자는 놀라면서도 감동한 얼굴이었다.

"내…… 내가 황위쉬안인 걸 어떻게 알았어?"

"말 안 해도 난 알아. 드디어 돌아왔구나!"

리쯔웨이가 말했다. 황위쉬안은 기쁨의 눈물이 핑 도는 걸 느끼며, 저도 모르게 팔을 뻗어 리쯔웨이를 껴안았다. **살았어, 천원루가 죽지 않았어. 그건 이제부터 미래가 달라질 거라는 뜻이야. 그렇다면 리쯔웨이도 셰즈치에게 목숨을 잃는 일 따윈 없을 거야.** 그러나 바로 그때, 갑자기 온 사위가 흐릿해지기 시작했다. 리쯔웨이와 모쥔제도 동시에 느낀 듯 세 사람은 서로를 바라보았다. 그때, 무언가를 직감한 황위쉬안이 리쯔웨이를 더욱 꽉 품에 안았다.

천원루는 오늘 밤 죽지 않았다. 그렇다면 미래는 이미 바뀌었을 터였다. 황위쉬안은 더 이상 이 시공간에 머무를 수 없었다. 리쯔웨이와 모쥔제의 모든 것이, 천원루의 모든 것이, 그리고 1998년에 일어났던 모든 일이 황위쉬안에게는 더 이상 존재할 수 없었다. 이는 과거를 바꾼 결과로 반드시 치러야 할 대가였다. 그러나 황위쉬안은 후회하지 않았다. 문득 리쯔웨이에게 키스를 하자, 이어서 눈물이 떨어졌다.

"황위쉬안?"

웃는 얼굴 위로 쏟아지는 눈물을 보며 리쯔웨이가 손을 뻗었지만, 황위쉬안의 모습은 곧 사라질 듯 점점 흐려지고 있었다.

"미래가…… 바뀌었어." 황위쉬안이 기쁨과 안도가 뒤섞인 얼굴로 말을 이었다. "난 믿어. 너라면…… 너라면 분명 날 잊지 않고…… 분명 날 찾아낼 거야……."

"황위쉬안!"

리쯔웨이는 황위쉬안이 곧 떠날 거라는 사실을 직감하고, 당황하며 황위쉬안을 더욱 꽉 끌어안았다. 이 모든 걸 막고 싶었다.

"황위쉬안, 가지 마!"

"……약속해 줘, 리쯔웨이……. 반드시 날 찾아와 준다고……."

곧 들리지 않을 듯 목소리마저 아득해져 갔다.

"약속할게! 약속해……."

그 순간, 리쯔웨이의 눈앞에는 아무도 남아 있지 않았다.

여전히 비가 쏟아지고 있었다. 비에 젖은 리쯔웨이는 망연한 얼굴로 방금 입으로 내뱉었던 마지막 한마디를 기억해냈다.

「약속할게.」

뭘 약속한다는 거지? 왜 기억이 안 나는 걸까?

"리쯔웨이!"

소리를 따라 시선을 던지니 모쥔제가 부르고 있었다.

"비가 쏟아지는데 여태 거기 서서 멍하니 뭐 해?"

생각났다. 수업이 끝나고 모쥔제와 집에 가던 길, 갑자기 비가 내렸다. 리쯔웨이는 대꾸를 한 뒤, 얼른 모쥔제를 향해 달려갔다. 달리다 말고 무슨 이유에서인지 뒤를 한번 돌아보고 싶어졌다. 축축한 바닥 위에서 외로이 나뒹구는 우산 하나가 눈에 들어왔다. **누구 우산일까?**

*

2019년, 타이베이.

황위쉬안이 다시 눈을 떴을 때는 타이베이에 있는 방 안에 서 있었다. 얼떨떨해하고 있는 사이, 방 안의 익숙했던 모든 것이 하나둘 연이어 사라져 갔다. 왕취안성과 함께했던 모든 흔적들이, 침대 협탁에 놓아둔 두 사람의 사진부터 함께 구매했던 스피커와 이불, 작은 장신구들까지 눈앞에서 사라지고 있었다.

황위쉬안은 처음엔 약간 당황했다. 그 많은 추억을, 그 오랜 사랑과 상처를 놓아주기란 쉽지 않은 일이었다. 그러나 추억들이 사라져 가는 모습을 뜬 눈으로 바라보는 동안, 다시 한번 깨달았다. 과거를 바꾼 결과로 반드시 치러야 할 대가라는 것을. 다급히 휴대폰을 꺼내 인스타그램을 열었다. 왕취안성과의 사진이며 게시물 역시 전부 사라지고 있었다. 황위쉬안은 애틋한 마음으로 휴대폰을 가슴께에 바짝 가져다 댔다. **잊고 싶지 않아. 단 하나도 잊고 싶지 않아. 이렇게 깊은 사랑을, 시공간을 끊임없이 넘나들며 찾아 헤맸던 마음을, 이렇게 전부 잊어버릴 수 없어. 조금이라도 남겨둘 순 없을까?** 마지막 기억 한 줄기가 사라지기 전에 황위쉬안은 낮은 음성으로 그 노래를 부르기 시작했다.

……네가 준 사랑, 달콤한 상처……

네 마음을 묻고 싶어, 피하고 싶었던 의문들……

想見你 Someday or One Day

내일이 지나면…… 넌 여전히 날 사랑할까……

노랫소리가 멈췄다. 방 안은 텅 비어 있었다. 그 누구의 흔적조차 없이.

*

1998년, 타이난.

머리에 붕대를 맨 천원루가 학교 옥상에 서 있다. 벽에 기대어 머나먼 하늘을 물끄러미 바라보고 있다.

리쯔웨이와 모쥔제가 생일을 축하해 주었던 그날 밤, 집으로 돌아간 천원루는 집에 아무도 없자 가족을 찾으러 급히 밖으로 나갔다가 교통사고를 당했다. 병원에서 혼수상태로 며칠을 누워 있다가 깨어났을 때, 내내 병상을 지키던 천원루의 엄마는 기쁨의 눈물을 흘리며 천원루를 끌어안고 연신 사과했다. 중2병을 앓고 있던 천쓰위안도 어색하게 입을 열었다.

“깨어났으면 됐다. 조심 좀 하지!”

엄마가 천쓰위안의 뒤통수를 탁 때리곤 흘겨보며 말했다.

“누나 깨어난 지 얼마나 됐다고, 얌전히 좀 있어!”

퇴원 후 천원루는 다시 학교로 돌아왔다. 크게 달라진 것 없이 예전과 같은 모습으로 일상은 계속되었다. 달라진 것이 있다면, 천원루 곁에 모쥔제가 있다는 사실이었다.

그리고 리쯔웨이도. 비록 그 밤, 리쯔웨이는 천원루의 고백을 에둘러 거절하긴 했지만, 여전히 친구의 자리에서 천원루를 챙겨주었다.

교통사고가 나기 전까지만 해도 천원루는 늘 우울했다. 이대로 세상에서 사라진다면 얼마나 좋을까, 하는 생각을 한 것도 여러 번이었다. 하지만 혼수상태에 빠져 있는 동안 꿈을 꾸었다. 꿈속에서 또 다른 자신을 만났다. 생긴 건 똑같지만 자신과는 다른 사람을. 그 사람이 그랬다. 이 세상에서 사라지고 싶다는 생각이 드는 건, 이 세상에 실망해서가 아니라 너무 많은 기대를 해서라고.

"열받아 죽겠네!"

천원루가 고개를 돌렸다. 모쥔제였다. 씩씩대며 다가온 모쥔제는 손에 쥔 휴대폰을 흔들어 보이며 말했다.

"리쯔웨이 이 자식! 퇴학당하기 일보 직전인데 또 땡땡이를 쳤어! 남이 걱정하는 건 안중에도 없고, 진짜 얘 때문에 열받아 죽겠다니까!"

천원루는 모쥔제를 바라보았다. 최근 모쥔제는 줄곧 천원루 곁을 지켰다. 언제나 천원루를 마음에 둔 채로. 비록 리쯔웨이는 아니지만, 누군가가 이렇게 자신을 마음에 두고, 신경써주고, 챙겨준다는 건 소중히 여겨야 마땅한 일일 것이다.

「넌 이 세상에 실망한 게 아니야. 너무 기대가 컸을 뿐이지.」

그 사람이 말했었다.

천원루는 눈을 감고 깊이 숨을 들이마셨다. 다시 눈을 떴을 땐, 늘 어두웠던 눈동자에 밝은 빛이 살짝 감돌고 있었다.

"왜 그래?"

천원루의 기분 변화를 모권제가 민감하게 알아챘다. 천원루는 옅은 미소를 띤 얼굴로 머나먼 곳으로 또다시 시선을 던지며 말했다.

"이 세상이 실은 내 생각만큼 그렇게 엉망은 아닐지도 모른다는 생각이 갑자기 들어서."

가슴을 누르던 아주 묵직한 무언가가 마침내 사라졌다. 모권제는 미소 띤 천원루의 옆얼굴을 바라보다가 따라 웃으며 고개를 끄덕였다. 그러고는 고개를 돌려 머나먼 어딘가를 천원루와 함께 바라보았다.

에필로그

수업을 빼먹고 학교를 나온 리쯔웨이는 혼자 바닷가를 찾았다. 모래사장에 앉아 파도 소리를 들었다. 마음이 텅 빈 듯 허전한데, 도대체 무엇을 잃어버린 건지 끝내 알 수 없었다. 워크맨을 꺼내 이어폰을 꽂고 재생 버튼을 눌렀다. 급박한 드럼 소리가 울리고, 이어서 세월의 무게가 담긴 남자의 노랫소리가 들려왔다.

그러니 잠시 눈을 감아봐
나의 기대가 어둠을 가득히 채워
찬란한 빛이 평온한 얼굴 위로 쏟아져
사랑할 수밖에……

한때 누군가가 내 마음속에 자리했던 건 아닐까. 진심으로 아끼고 사랑하고 싶었던 누군가가. 하지만 그게 누구일까?

내 걸음을 따라 사뿐사뿐 밟아봐
아름다운 추억들이 천천히 되살아나……

보드라운 모래사장 위로 발걸음 소리가 멀리서부터 점점 가까워지고 있었다. 이어폰 때문에 그 소리를 듣지 못했던 리쯔웨이는 작은 그림자 하나가 곁에 드리워지고 나서야 고개를 돌렸다.

"오빠, 뭐 듣고 있어요?"

여자아이가 물었다.

The Mystery
of
Love

2019

1998

옮긴이 김소희

중국어 번역가. '차라'라는 필명으로 오랫동안 활동해 왔다. 시나리오 번역으로 입문해 다수의 한중 합작 드라마와 영화 대본을 번역하고 중국어 관련 도서를 여러 권 썼다. 현재는 출판 번역과 함께 중국 원서 읽기 모임 '차라북클럽'을 운영하고 있다. 지은 책으로 『중국어 번역가로 산다는 것』『마음의 문장들』『네이티브는 쉬운 중국어로 말한다』 등이 있고, 옮긴 책으로 『어서 와, 이런 정신과 의사는 처음이지?』『어른을 위한 인생 수업』『상견니 영화 각본집』『상견니 영화 포토 에세이』『네 마음에 새겨진 이름 포토 에세이』『가까이, 그녀』 등이 있다.

상견니

초판 1쇄 인쇄 2024년 12월 10일 **초판 1쇄 발행** 2024년 12월 23일

지은이 싼펑프로덕션, 폭스네트웍스그룹, 젠치펑, 린신후이, 디 퍼 **옮긴이** 김소희 **펴낸이** 김선식

부사장 김은영 **콘텐츠사업본부장** 임보윤 **책임편집** 박하빈 **책임마케터** 배한진
콘텐츠사업2팀장 김보람 **콘텐츠사업2팀** 박하빈, 채윤지, 김영훈, 박영롱
마케팅본부장 권장규 **마케팅2팀** 이고은, 배한진, 지석배, 양지환
미디어홍보본부장 정명찬 **브랜드관리팀** 오수미, 김은지, 이소영, 박장미, 박주현, 서가을
뉴미디어팀 김민정, 고나연, 홍수경, 변승주 **지식교양팀** 이수인, 염아라, 석찬미, 김혜원, 이지연
편집관리팀 조세현, 김호주, 백설희 **저작권팀** 성민경, 이슬, 윤제희
재무관리팀 하미선, 임혜정, 이슬기, 김주영, 오지수
인사총무팀 강미숙, 이정환, 김혜진, 황종원
제작관리팀 이소현, 김소영, 김진경, 최완규, 이지우, 박예찬
물류관리팀 김형기, 주정훈, 김선진, 채원석, 한유현, 전태연, 양문현, 이민운
외부스태프 **디자인** 위드텍스트 이지선 **교정교열** 김정현

펴낸곳 다산북스 **출판등록** 2005년 12월 23일 제313-2005-00277호
주소 경기도 파주시 회동길 490 **전화** 02-704-1724 **팩스** 02-703-2219
이메일 dasanbooks@dasanbooks.com **홈페이지** www.dasan.group **블로그** blog.naver.com/dasan_books
용지 한솔피앤에스 **인쇄** 한영문화사 **코팅 및 후가공** 제이오엘앤피

ISBN 979-11-306-6132-2 (03820)

- 책값은 뒤표지에 있습니다.
- 파본은 구입하신 서점에서 교환해드립니다.
- 이 책은 저작권법에 의하여 보호를 받는 저작물이므로 무단 전재와 복제를 금합니다.

다산북스(DASANBOOKS)는 책에 관한 독자 여러분의 아이디어와 원고를 기쁜 마음으로 기다리고 있습니다.
출간을 원하는 분은 다산북스 홈페이지 '원고 투고' 항목에 출간 기획서와 원고 샘플 등을 보내주세요.
머뭇거리지 말고 문을 두드리세요.